PAUSE ❚❚

00:00:00

Para a
Princesa Sarah
Te amo, menina!

AM 00:00
Jan. 01 1900

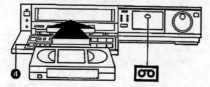

② Insert the video cassette as shown. The VTR will be turned on automatically and the cassette will be automatically drawn into the VTR.

VHS: VERDADEIRAS HISTÓRIAS DE SANGUE
Copyright © 2019, Cesar Bravo
Todos os direitos reservados
Ilustrações © 2019, Micah Ulrich

Os personagens e as situações desta obra são reais apenas no universo da ficção; não se referem a pessoas e fatos concretos, e não emitem opinião sobre eles.

Diretor Editorial
Christiano Menezes

Diretor de Novos Negócios
Chico de Assis

Diretor de Planejamento
Marcel Souto Maior

Diretor Comercial
Gilberto Capelo

Diretora de Estratégia Editorial
Raquel Moritz

Gerente de Marca
Arthur Moraes

Gerente Editorial
Bruno Dorigatti

Capa e Projeto Gráfico
Retina 78

Coordenador de Diagramação
Sergio Chaves

Revisão
Jéssica Reinaldo
Retina Conteúdo

Finalização
Sandro Tagliamento

Marketing Estratégico
Ag. Mandíbula

Impressão e Acabamento
Gráfica Geográfica

DADOS INTERNACIONAIS DE CATALOGAÇÃO NA PUBLICAÇÃO (CIP)
Angélica Ilacqua CRB-8/7057

Bravo, Cesar
  VHS: verdadeiras histórias de sangue / Cesar Bravo.
  — Rio de Janeiro : DarkSide Books, 2019.
  288 p.

  ISBN: 978-85-9454-190-1

  1. Ficção brasileira I. Título

19-2197   CDD B869.3

Índice para catálogo sistemático:
1. Ficção brasileira

[2019, 2025]
Todos os direitos desta edição reservados à
DarkSide® *Entretenimento LTDA.*
Rua General Roca, 935/504 — Tijuca
20521-071 — Rio de Janeiro — RJ — Brasil
www.darksidebooks.com

Inserting a Video Cassette (Auto Operation)

① Press the Control Panel Open Button.

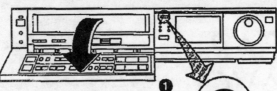

CESAR BRAVO

VHS

VERDADEIRAS HISTÓRIAS DE SANGUE

Recording time
Aufnahmedauer
Durée d'enregistrement — 180min.

D A R K S I D E

VHS This videocassette is designed for use exclusively with recorders that have the VHS mark.

VHS Diese VHS-Videocassette ist ausschließlich für Video-Cassettensysteme nach VHS-Standard geeignet.

VHS Cette cassette vidéo VHS est conçue pour être utilisée exclusivement avec les enregistreurs portant le signe "VHS".

THE VIDEO CASSETTE
HORROR

Inserting a Video Cassette (Auto Operation)

① Press the Control Panel Open Button.

CESAR BRAVO
VHS
VERDADEIRAS HISTÓRIAS DE SANGUE

R — RESTRICTED
UNDER REQUIRES ACCOMP.
PARENT OR ADULT GUARDIAN

DARKSIDE

SUMÁRIO

EP	300	240	180	120	60
LP	200	160	120	80	40
SP	100	80	60	40	20

Time left in minutes

T-120 VHS

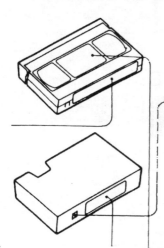

EG+ VIDEOCASSETTE   EG+ VIDEOCASSETTE

A A B B C C D	A A B
A A B B C C D	A A B
1 2 3 4 5 6 7 8 9 0 1	1 2 3
1 2 3 4 5 6 7 8 9 0 1	1 2 3
1 2 3 4 5 6 7 8 9 0 1	1 2 3

FIRESTAR VIDEOLOCADORA	030
CHUVA FORTE	046
QUANDO AS MARIPOSAS VOAM	060
BRANCO COMO ALGODÃO	074
BICHO PAPÃO	094
TRÊS QUE CAPTURARAM O DIABO	104
INTERSECÇÕES	122
JEZEBEL	134
TORNIQUETE	140
ÚLTIMO CENTAVO DA SENHORA SHIN	152
LUGAR ALGUM	168
FEITIÇO EM VOCÊ	190
MUSEU DAS SOMBRAS	198
PESO DO ENFORCADO	212
TALHERES DE OSSOS DO REI INVERTEBRADO	226
WHEY PROTEIN	240
ZONA DE ABATE: MATADOURO 7	254
HSBF6-X	270

THE VIDEO CASSETTE
HORROR

Recording time / Aufnahmedauer / Durée d'enregistrement — 180min.

DARKSIDE

VHS — This videocassette is designed for use exclusively with recorders that have the VHS mark.

VHS — Diese VHS-Videocassette ist ausschließlich für Video-Cassettensysteme nach VHS-Standard geeignet.

A A B B C C D   A A B
A A B B C C D   A A B
1 2 3 4 5 6 7 8 9 0   1 2 3

MAPA REGIÃO BRAVO
(NOROESTE PAULISTA)
Adotado pelas Prefeituras Municipais
para uso de suas Repartições

TRÊS RIOS

Três Rios é um município brasileiro do estado de São Paulo, pertencente à Região do Noroeste Paulista. Localiza-se cerca de 535 km da capital do estado. Segundo o Instituto Brasileiro de Geografia e Estatística (IBGE), sua população em 1.º de julho de 2019 era de 310.608 habitantes. A cidade faz parte do eixo industrial das cidades próximas, Acácias, Cordeiros, Terracota, Velha Granada, Assunção, Nova Enoque, Gerônimo Valente e Trindade Baixa.

ESCALA
0   35   70   105
Quilômetros

ACÁCIAS
Rio da Onça

CORDEIROS
GERÔNIMO VALENTE

TRINDADE BAIXA

Rio

MAPA TRÊS RIOS E LIMITES TERRITORIAIS

ACÁCIAS
Rio da Onça

GAZETA
TRÊS RIOS

Três Rios é um município brasileiro do estado de São Paulo, pertencente à Região do Noroeste Paulista. Localiza-se cerca de 535 km da capital do estado. Segundo o Instituto Brasileiro de Geografia e Estatística (IBGE), sua população em 1.º de julho de 2019 era de 310.608 habitantes. A cidade faz parte do eixo industrial das cidades próximas, Acácias, Cordeiros, Terracota, Velha Granada, Assunção, Nova Enoque, Gerônimo Valente e Trindade Baixa.

O nome do município foi escolhido por Sebastião Lázaro Guerra, membro do Instituto Histórico e presidente do Grande Oriente Maçônico do Estado de São Paulo, a pedido de Ítalo Dulce, um dos primeiros compradores dos lotes que formaram a cidade. O nome também faz referência aos três principais rios que cortam a região: Rio Verde, Rio da Onça e Rio Choroso. Ironicamente, Ítalo Dulce morreu por afogamento no Rio Escuro, que foi rebatizado com o nome de "Choroso" em homenagem a sua viúva inconformada, senhora Gemma Tenório Dulce.

GAZETA DE TRÊS RIOS - ORIGENS

DE CIMA PARA BAIXO: Gemma Tenório Dulce, Ítalo Dulce e seu primeiro filho, nascido na cidade de Três Rios.

Em uma área estratégica, Três Rios é semeadora do progresso das demais cidades da macroregião, tendo ostentado por décadas o título de "a maior produção agro-tecnológica do país". Três Rios foi chamada de "Semente do Brasil" pelo presidente Getúlio Vargas, devido à sua localização privilegiada e ao seu povo "sempre incessante no trabalho". Sua principal produção após a década de 1990, entretanto, nasceu dos esforços em fornecer carne de qualidade a preços competitivos. Com isso, Três Rios (combinado às demais cidades da região) foi elencado na revista Veja como "O maior terreno de abate do estado de São Paulo", embora munícipes e autoridades locais rejeitem veementemente tal categorização.

A cidade também se tornou nacionalmente conhecida após o acidente na Fábrica AgroHermes de Pesticidas (que nos anos seguintes se reestruturou como Alphacore Biotecnologia). O vazamento de produtos químicos gerou uma grande contaminação hídrica no final da década de 1980, documentada pelos principais jornais e veículos de comunicação do país. Os resíduos do acidente afetaram diretamente a fauna, os recursos naturais e a vida dos moradores da região, mas o assunto foi se tornando irrelevante com o passar do tempo, graças ao crescimento industrial de Três Rios e das cidades vizinhas.

Ocupando uma área de aproximadamente 431.944 km², a cidade faz parte do principal eixo industrial de carne e pesticidas do país, e possui, além de três rodovias locais, uma única entrada próxima à BR-363 que nos leva ao eixo principal da cidade, conhecido como rotatória do Tridente.

STUDIO FOTOGRAFICO FLAMBOYANT

FAMÍLIA DULCE • JULHO • 1953

TRIBUNA

DEPOIMENTOS CHOCANTES

SOBRE OS ESTRANHOS FENÔMENOS QUE VÊM ATINGINDO A REGIÃO

Três Rios e as cidades que divisam com suas fronteiras têm sido palco de fenômenos bizarros e inexplicáveis ao longo das últimas décadas. Na madrugada de sexta-feira, os moradores do bairro Pedra Vermelha, um dos mais afastados do centro de Três Rios, convocaram as autoridades policiais depois de serem acordados pelos ruídos dos animais do matadouro 7, também conhecido como Matadouro Ultra Carnem.

JORNAL SUMARÉ

UM PASSADO SOMBRIO

Essa não é a primeira vez que o Matadouro se torna notícia. Em setembro do ano passado, a cidade acordou com um vazamento de produtos químicos que contaminou o Rio Verde, um dos três rios que dá nome à maior cidade da região. O responsável pelos produtos, o empresário Hermes Piedade, disse que não fazia ideia do que seus fertilizantes faziam no matadouro, e muito menos sobre como os componentes químicos se misturaram ao descarte de sangue dos animais abatidos. Já Timóteo Phoebe, responsável pelo matadouro, acusou a concorrência da capital, interessada em se estabelecer na região desde 1982, de sabotagem.

"O processo ainda está em andamento, mas existem sérias dúvidas sobre sua confiabilidade e transparência", disse na época.

"Eu sou um homem trabalhador. Conquistei tudo o que tenho com os meus braços, e isso incomoda muita gente. Além disso, eu não nasci aqui em Três Rios, então é natural que muitos torçam o nariz pro meu dinheiro", resumiu Hermes Piedade.

RIO VERDE

PARECIA GRITO DE GENTE

Também conversamos com a porta voz oficial do Matadouro, Kelly Milena, que procurou acalmar a população. "Estamos averiguando o que pode ter acontecido. Nossos técnicos foram consultados logo depois das denúncias e todos disseram que tudo acontecia dentro da normalidade. Ainda não satisfeitos, procuramos por nosso veterinário, que foi pessoalmente averiguar as condições da área destinada ao abate. Garanto que se qualquer irregularidade for encontrada, ou mesmo sofrimento exagerado dos animas, as medidas cabíveis serão tomadas."
Quando questionamos Kelly Milena sobre o motivo de não conseguirmos falar diretamente com o responsável legal pelo matadouro, ela se esquivou abruptamente e disse que essa decisão foi tomada depois da última onda de acusações.

"NÃO ERA COISA DE DEUS"

"Eu sou um homem trabalhador. Conquistei tudo o que tenho com os meus braços"

São Paulo, quarta-feira, 12 d

Depoimento do coronel nada revela

O depoimento prestado ontem pelo coronel da reserva Luís Helvécio Silveira Leite trouxe poucas informações para o inquérito sobre o assassinato do jornalista Alexandre von Baumgarten. Suas declarações eram esperadas com grande expectativa pelos condutores do inquérito, o delegado Ivan Vasques de Freitas e o promotor Murilo Bernardes Miguel, já que o coronel era apresentado como testemunha-chave pelo promotor da 2ª Câmara Criminal do Rio, Victor André Soveral Junqueira.

Segundo o delegado Vasques, Helvécio Leite sabe quem mandou matar Baumgarten, mas "não pode apontar nomes por falta de provas". No entanto, o coronel declarou desconhecer os autores do sequestro de Baumgarten, sua mulher, Janette Hansen, e do barqueiro Manoel Valente Pires.

Helvécio negou-se a responder às acusações do general Newton Cruz, que divulgou nota anteontem chamando-o de mentiroso. — PÁG. 4

Carros vão subir 19,84%, em 2 etapas

Em reunião plenária, ontem, o

É meu

Exame constata

MATADOURO
TRÊS RIO

FEITO NO BRASIL — STUDIO FOTOGRAFICO

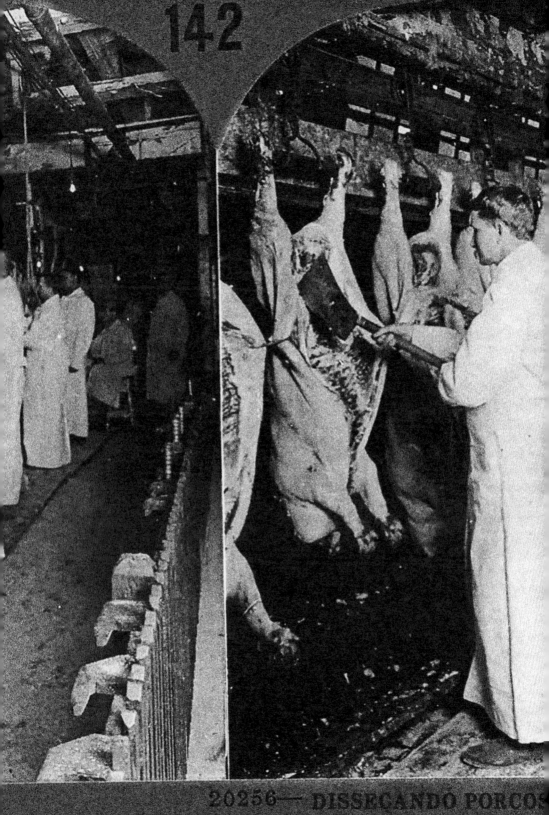

20256—DISSECANDO PORCOS, TRES RIOS, SAO PAU

JORNAL SU

AS ESPECULAÇÕES CONTINUAM NA CIDADE DE TRÊS RIOS

escrito por JOSÉ RAPOSO

Infelizmente, afecções de pele, vazamentos químicos e ruídos estranhos não são os únicos problemas a acometerem a região. Assim como Três Rios, as cidades vizinhas também presenciaram acidentes de trânsito sem explicação alguma, massacres criminais, ruídos estáticos enfurecendo televisores e aparelhos de rádio; muitos negócios e instituições foram acusados de serem meras fachadas, embora nada pudesse ser satisfatoriamente comprovado. Com tudo isso em mente, nossa reportagem também procurou por alguém capaz de definir o que parece ser uma nuvem escura estacionada bem em cima da cidade de Três Rios.

"Não dá pra explicar para um cego todas as cores do arco-íris", Mãe Clemência, afamada vidente da região e residente na vizinha Nova Enoque, esclarece. "O problema todo está nesse lugar, e não é um problema que vamos resolver tão já. Você já deu uma olhada na entrada de Três Rios ? Aquilo tem três pontas, como um tridente, dá pra ver isso nos mapas. E o senhor sabia que dentro dos moradores dessas terras também correm três rios ? O sangue da origem, o sangue da mistura e o sangue que pode tingir nossas mãos se alguma criatura perdida entre o céu e o inferno achar que não somos dignos dessa terra. Isso começou faz muitos anos, nos tempos dos primeiros ciganos. Acontece que antigamente ninguém tinha T V, e a gente não ficava o dia inteiro pendurado no rádio pra ouvir as desgraças. Lembro quando eu era menina e uns caipiras falaram que viram o Diabo. Naquele tempo eu não tinha tanta vidência, mas não precisei de mediunidade pra acreditar neles. Moramos em um lugar cheio de poder, seu moço, e o poder nem sempre é bom", diz ela. "O senhor precisa entender que muito sangue já foi derramado nessas terras, sangue que a terra foi obrigada a engolir. E uma coisa que se alimenta com sangue por tanto tempo, logo pega gosto pela coisa."

FIRE STAR
LOCADORA

> "precisa entender que muito sangue já foi derramado nessas terras, sangue que a terra foi obrigada a engolir"

TRIBUNA
RIO VERDE

Notíciário Geral

Nuvem de Chernobyl atinge SP hoje

O Instituto de Física de São Paulo e de um Rio de Janeiro, na Jacarepaguá, começam hoje os trabalhos de medição da radioatividade que deve atingir São Paulo, em consequência da explosão da Usina Nuclear de Chernobyl, na União Soviética. A informação foi dada ontem pelos integrantes, pelo reitor de São Paulo, professor Goldemberg, ao explicar que a onda radiativa desses menores do que pelo organismo humano em miliroentgen.

Ele explicou que essa detecção e de medição de radiatividade tiveram início em 60, quando eram feitas bombas nucleares e as radiativas na atmosfera, o que vai chegar a pouco da onda emitida que se produziu em acidentes em Chernobyl.

radiatividade atingiu o Brasil. Depois, as grandes potências entraram em acordo e deixaram de fazer esses testes".

Explicando que a onda radiativa que chegará a São Paulo não afetará a população por causa do baixo índice de radiatividade, o físico José Goldemberg explicou que os técnicos do Instituto de Física da USP estavam treinados os equipamentos usados anteriormente, para detectar imediatamente a chegada dessa nuvem. "A dose radiativa será muito pequena, de modo que não terá nenhum efeito nesse sentido sobre a população. Mas ela é detectável, o que mostra que o mundo é só um e que acidentes que ocorrem em outros países se espalham pelo mundo todo. Mas, na medida em que esses acidentes ocorram e que sejam mais graves, eles atingirão o Brasil. O Brasil não está imune a esse problema".

Para Goldemberg, os serviços de detecção e de medição a serem exer-

seres humanos". Por esse motivo, Goldemberg acredita que o acidente de Chernobyl servirá para alertar a todos os países, "que passarão a reavaliar as decisões tomadas de se engajar na utilização da energia nuclear."

Goldemberg acredita, nesse caso, que o efeito de Chernobyl será duplo: "Em primeiro lugar, fará com que haja uma reavaliação mais profunda sobre se os países devem ou não ter energia nuclear. E, segundo, fará com que aqueles países que decidirem por esses programas aumentem os procedimentos e normas de segurança. Mesmo assim, não haverá nunca garantia absoluta, porque não existe segurança absoluta com tecnologias perigosas".

SEGURANÇA DE ANGRA

Comparando a Usina de Angra dos Reis com a de Chernobyl, José Goldemberg informou que, em termos de construção civil, e primeira e

ma atual deixa muito a desejar. O que se espera é que sejam tomadas medidas para melhorar esse sistema". E, aproveitando a oportunidade, Goldemberg elogiou a reportagem publicada na última página de ontem do Estado, dizendo que a atuação é a descrita pelo repórter e pelo prefeito de Angra dos Reis. Assim, ele confirmou a inexistência de um plano de retirada da população residente nas proximidades da usina (haveria necessidade de retirar quase 30 mil pessoas num raio de 30 quilômetros), lembrando que há um estudo no Conselho de Segurança Nacional, mas não existe nada definido.

Voltando ao acidente nuclear de Chernobyl, José Goldemberg comentou os problemas que ainda estão sendo registrados na região próxima, como o incêndio do reator que ainda não foi apagado e os transplantes de medula que estão sendo realizados: "Esse quadro indica que o acidente foi gravíssimo. A idéia ufanista dos

Nota de Locação

013486

— As pedras que ca
eram do tamanho de
assessor da Prefeitura de
Cota, cuja família tamb

A cidade, embora
com enchentes do Ri
pânico diante da tragé
Domingos de Castro (P
crise de choro. Ele não
os prejuízos sofridos, n
algumas dezenas de bilh
muito tempo não se vê
dessas proporções", ates
da Cedec. Muitos carros
tempestade e há crianç
rante a tempestade, a e
ra de Araújo, de 17 an
sua casa levado pelo ver
irmã Tatiane, de três
guarda-roupa e, como
resistisse ao impacto do
embaixo da cama.

Prédio cent
é demolido

RIO
AGÊNCIA ESTADO

O Metrô do governo Brizola está condenando prédios centenários do Rio. Ao lado do Palácio do Catete — que até 1960 era usado para os despachos do presidente da República e hoje abriga o Museu da República —, um prédio em estilo italiano de 1860, está sendo demolido — o velho hotel Azteca. Ontem, a Associação de Moradores do Bairro e a diretora do museu, Lilian Barreto, protestaram contra esta atitude "arbitrária de mandar destruir um prédio desses importantes sem consultar a comunidade

---

PAIXÃO, ÓDIO
E DESESPERO

Moção de Pesar Nº 8/1989
Os Anjos de Cordeiros
Três Rios — São Paulo

O Prefeito do município de Três Rios, que esta subscreve, e os demais subscritores, requerem que, após tramitação, seja registrada Moção de Pesar aos Munícipes e Familiares das crianças que perderam a vida em nossa vizinha Cordeiros, no dia 22 de dezembro de 1969.

    Justificativa: o incêndio terrível ocorrido na mesma data, que vitimou as crianças Aline Tierres, Cauã Ricco, Pedro Borato, Flavio Almir, Denise Allana, Breno Calastra, Suelen Pedro Joca, Fausto Souza, Francisco Batavo e Gustavo Barone. Excelentes meninos e meninas, estudiosos, bons filhos, pequenas mudas das melhores árvores humanas, educadas segundo os preceitos de Deus e as melhores intenções dos homens. Crianças de hábitos simples e corações grandiosos, certamente teriam se tornado pessoas que nos serviriam de modelo. Este é um grande consolo, pois esses jovens cordeiros, vítimas inocentes às quais dedicamos essas condolências, estarão sempre vivos na memória dos seus pais, avós e irmãos. "João 5.24 — Na verdade, na verdade vos digo que quem ouve a minha palavra, e crê naquele que me enviou, tem a vida eterna, e não entrará em condenação, mas passou da morte para a vida." Pais, avós, irmãos e demais familiares, nossas sinceras

---

PREFEITURA DE TRÊS RIOS
Rua da Consolação, 319, Centro, Três Rios, SP

Moção de Pesar Nº 8/1989

condolências. Colocamo-nos à disposição para qualquer ajuda que se fizer necessária. Reiterando que esta Câmara não poderia deixar de se associar ao seu pesar, destacaremos todos os esforços cabíveis para que as investigações apontem a causa da tragédia horrível que vitimou crianças tão inspiradoras. Caso exista indícios de negligência, estaremos ao lado dos pais, para que os responsáveis sejam punidos com todo ardor presente na legislação. Aqui manifestamos nosso profundo respeito, rogando a Deus que traga conforto aos corações enlutados, desejamos que a paz, o consolo e a força para a reconstrução, na medida do possível, do que foi perdido e sepultado. Que essas queridas crianças, esses anjos, encontrem ao lado de Deus a alegria que perderam em vida.

Pref. José Nunes Ourives Ayres
Ver. Alves Digrês
Ver. Carlos Magno Souza
Ver. Paulo Inácio Nobre
Ver. Pedro Timótio Guerra
Ver. Augusto Anderson Torque
Ver. Marcela Dias Plural
Ver. Paulo Cesar Pires

Pref. José Nunes Ourives Ayres

PREFEITURA DE TRÊS RIOS
Rua da Consolação, 319, Centro, Três Rios, SP

PLAY ▶

Break off the tab with a screwdriver.

E cada movimento que você fizer,
Cada vínculo que você romper,
Cada passo que você der,
Eu estarei observando você
STING

FIRESTAR
VIDEOLOCADORA

And every move you make // Every bond you
break // Every step you take *** I'll be
watching you I'll be watching you — **STING**

Dênis suspirou, recebeu mais uma devolução e rodopiou a VHS de *Stallone Cobra* em frente aos olhos. O mais comum era que os clientes se esquecessem de rebobinar, mas vez ou outra um indecente se confundia e gravava alguma bobagem por cima do filme (e quase sempre deixava a fita adesiva ou o papel amassado sobre o lacre rompido da fita).

Sexta-feira era uma loucura. Gente apressada, crianças correndo e bagunçando a seção de games, adolescentes magrelos e espinhentos se encantando com as dezenas de títulos pornográficos. Dênis não gostava muito que os adolescentes ficassem zanzando pela área dos pornôs, o juizado de menores pegava pesado com esse tipo de coisa. No mês anterior, a Danny Vídeos ficou fechada por duas semanas depois da denúncia de um cliente, e ainda precisou pagar uma multa daquelas para reabrir.

— Ei, Fimose, dá uma força aqui — Dênis pediu.

O garoto fingiu que não ouviu, e continuaria fingindo a menos que Dênis o chamasse pelo nome de batismo.

Como sempre, Pedro Queixo, sócio de Dênis na FireStar, riu. Mas disse em seguida:

— Renan, não liga pra ele. É inveja do seu cabelo comprido.

Dênis perdeu o sorriso imediatamente. Ele não estava totalmente careca ainda, mas não levaria cinco anos para acontecer.

À frente do homem quase calvo, outra cliente devolvia suas fitas e deixava uma nota graúda sobre o balcão. Era uma boa cliente, Alessandra locava sempre às sextas-feiras, sete títulos no mínimo, para conseguir ficar uma semana com as fitas. Além de cliente fiel, ela era bonita, cheirava doce como goma de mascar e não usava *permanentes* no cabelo que deixavam as garotas com cara de sogras. Mas ela usava reflexo, e isso era legal. Dênis gostava das loiras.

— Poxa, Alê, faltou rebobinar essa aqui — ele disse.

Alessandra puxou a fita para si. *O Voo do Navegador.*

— Tinha que ser do cabeçudo do meu irmão. Não dá para deixar passar? — a garota disse mais baixo e se debruçou no balcão. Dênis olhou de lado, confirmando que o sócio não ouvira nada daquela conversa. Rebobinar as fitas era um saco e não havia outra maneira de educar os clientes que não fosse mexendo nos bolsos. Pedro ficava uma arara quando Dênis aliviava para alguém.

— Tá, dessa vez passa — Dênis colocou o lançamento sob o balcão, para que ele mesmo a rebobinasse em sigilo.

— Vai demorar muito aí? — Marlene Espinosa perguntou. Ela não era bonita ou atraente, jovem ou loira, e ainda por cima usava um permanente que a deixava parecida com o Biro-Biro. Mas Marlene era esposa de um figurão do Matadouro, o que a colocava no mesmo nível de importância que a mulher do presidente José Sarney.

— Tchau — Alessandra se despediu e mandou um beijinho.

Dênis ficou vermelho, guardou a nota graúda na gaveta e ouviu Marlene bufando:

— Sirigaita...

— Renan, dá uma ajuda aqui — Dênis se esforçou para não mencionar o apelido. O garoto surgiu dos fundos, um pouco ofegante. A fila chegava a nove pessoas, e segundo Pedro Queixo isso não era bom para os negócios. Ele explicou na primeira semana do garoto que uma fila pequena ajuda o comércio porque as pessoas se interessam pelo que interessa às outras, mas quando a coisa chega a mais de cinco pessoas acontece exatamente o oposto.

— Cadê o Queixo? — Dênis perguntou ao rapaz e entregou as duas sacolas com oito fitas românticas para Marlene Phoebe.

— Lá atrás. Ele tá separando as da promoção.

Dênis apontou uma pilha de fitas sobre o balcão e pediu que o garoto guardasse nos lugares certos das prateleiras. Renan era um pouco disperso às vezes, ele andava puxando um fuminho escondido, e todo mundo dos anos oitenta sabia que maconha era uma droga terrível.

Não era muito bom ficar sozinho no atendimento, ainda mais em uma sexta-feira, mas a ideia da promoção, do Lote Nove, foi realmente uma sacada de gênio. Três coelhos com uma única paulada no crânio.

Desde oitenta e sete o pessoal andava copiando as fitas. Nada muito sério até então, desde que eles guardassem as cópias em casa. O problema maior era que os garotos, principais consumidores dos cassetes, viviam emprestando os títulos para os colegas. Não era muito fácil copiar uma fita, mas três ou quatro moleques empreendedores tinham dois videocassetes e conseguiam fazer a coisa, cobrando muito pouco pelo serviço. Onde essa nova onda de pirataria iria parar ninguém de fato sabia, mas a ideia de trocar as fitas pirateadas por descontos era realmente uma solução (uma desculpa?) limpa e prática. A cartolina com os dizeres estava bem ali, acima da cabeça de Dênis.

Contribua com o meio ambiente,
não jogue suas gravações antigas no lixo comum.
Traga sua vhs caseira e acumule descontos nos lançamentos!
(Não é necessário apagar as fitas, a gente faz isso por você!)

O terceiro *coelho*, a preocupação com o meio ambiente, era quase uma piada, mas que a ideia era boa de doer, isso era! O pessoal estava começando a se preocupar com a Mãe Terra, todo mundo de repente queria parecer responsável. O que mais faltava acontecer? Proibir o cigarro?

Falando em promoções, o próximo da fila era Edgar S. Dutra, apenas um garoto de boné que por acaso também era um dos maiores participantes da promoção. Como o garoto conseguia todas aquelas fitas ainda era um mistério, mas o infeliz trazia tantas drks que ele sequer pagava por novas locações.

— Próximo — Dênis o convocou e abriu seu melhor sorriso reptiliano.

• • •

Foi um dia tumultuado, mas nenhum dos sócios reclamou. Quem não gostou tanto foi Fimose-Fuminho, que precisou adiar sua saída para tapar todos os buracos das prateleiras. Nada que o fizesse pedir demissão. Dênis e Queixo eram gente boa pra caramba, além disso eles ainda eram novos, não eram como os velhos xaropes ou as dondocas rabugentas das outras locadoras do centro.

Agora, o garoto admirava sua obra. Nada de buracos, cada fita em sua seção, tudo organizado pela ordem de procura. Lançamentos na linha de visão, mais populares no meio, o resto lá embaixo, se possível, em ordem alfabética. Acima das prateleiras, a identificação dos gêneros. Drama, comédia, aventura, ficção... os pornôs ficavam em uma salinha. A parte que o garoto mais gostava nem era o *Treme-Treme*, mas a que tinha a identificação TERROR. *Hellraiser, A volta dos Mortos-Vivos, Candyman, Enigma do Outro Mundo, Massacre da Serra Elétrica, Halloween, A Mosca, A Casa do Espanto*. Stephen King tinha um pedaço só para ele. Mesma coisa com tudo o que começava com "A hora". Espanto, Pesadelo, Zona Morta, Mortos-Vivos, tudo o que começasse com "A hora" levava vantagem sobre os outros. Vai entender...

Deixando o começo da noite de sexta mais agitado, um pouco de Cyndi Lauper nas caixinhas de som presas ao teto. O salário não era dos melhores, mas era bom trabalhar ali. Os filmes, o vai e vem das pessoas, até mesmo o cheiro era bom. E logo mais era quase certo que a Cyndi Lauper de Dênis perdesse o trono para o Def Leppard de Queixo, e que os dois sócios abrissem umas cervejas e colocassem algum lançamento que acabara de chegar pra rodar — tão certo quanto Renan-Fimose-Fuminho assistir ao filme e ainda ganhar uns goles das bebidas dos patrões.

— Renan, tá acabando aí? — Dênis perguntou.

— Já acabei — o garoto gritou de volta. — Posso ir?

— Dá uma chegadinha aqui primeiro.

Nada de Def Leppard e nada de cervejas. O que esperava por Renan era uma pilha de fitas sem títulos.

— Caramba... O que é isso aí? — o garoto perguntou. Dênis cruzou o braço atrás da cabeça e esboçou um sorriso, mas foi Pedro Queixo quem respondeu.

— Isso aqui é uma mina de ouro.

O garoto chegou mais perto e apanhou uma das fitas. Ela estava com um esparadrapo no lacre rompido, o que quase sempre significava pirataria ou vídeos caseiros. Uma vez Renan estragou a fita de batizado de sua irmã para gravar um filme mais quente que passou de madrugada na Bandeirantes. Acabou colocando fogo na fita, para não correr o risco de ser apanhado.

— O que tem gravado nelas?

— Você já deve ter ouvido o Kojak e eu conversando...

— Kojak é a sua mãe — Dênis reclamou.

— Foi mal, eu não quis ofender. Mas eu dizia que você já deve ter ouvido a gente conversando sobre o Lote Nove.

— A coisa do meio ambiente? Eu tô sabendo que é só uma desculpa de vocês dois pra impedir a pirataria.

— Ninguém *impede* a pirataria, mas você tá certo. — Queixo confirmou. Dênis voltou a sorrir. Os dois sócios se entreolharam, cheios de malícia.

— Não é só isso, né?

Dênis deixou a cadeira, apanhou uma das fitas e caminhou até o conjunto de TV e videocassete que ficava no mesmo cômodo, aos fundos da locadora.

O espaço da FireStar era incrível. A locadora já estava com mais de dez mil títulos, mais de uma dezena de prateleiras e ainda havia espaço para pelo menos outros 5 mil filmes. Aos fundos havia o banheiro dos funcionários, uma pequena cozinha e a sala onde os três estavam agora. Sofás, cadeiras, tinha até um Atari, uma mesa de pebolim e um Fliperama do Space Invaders. Mas o que mais se fazia ali era jogar conversa fora e assistir a bons filmes. Vez ou outra uma reunião que acabava em cerveja, como no dia em que os dois sócios contrataram Renan.

— O que é isso? — o rapaz chegou mais perto da TV. — Parece... Isso aí é um casamento? — sorriu.

— Tem um noivo, um padre e uma mulher de vestido branco, é sim... acho que a gente pode chamar de casamento.

— Não implica com ele.

— Eu só tava brincando — Dênis se defendeu e voltou a sentar.

— A gente não devia apagar essas coisas? Quem são essas pessoas?

— Esse são Cassiano e Dayse Guedes.

O garoto chegou ainda mais perto. O noivo segurava a noiva no colo, estavam saindo da igreja, rindo e sobrevivendo à chuva de arroz dos padrinhos. Antes de entrarem no carro, o noivo colocou a noiva no chão. Ela se atirou nos ombros deles e deu um beijo daqueles, todos que estavam na porta da igreja gritaram, como se a alegria do casal pudesse ser contagiosa.

— Eles estão tão felizes — o garoto comentou. — Mas por que a gente tá vendo essa fita?

— Porque agora ela é nossa — Queixo respondeu. — Porque de alguma maneira o nosso amigo Cassiano ou nossa amiga Dayse não querem mais essa fita, e não se interessam mais por todas essas imagens felizes.

— E o que tem nas outras? — o garoto perguntou e chegou mais perto. Em uma contagem rápida, chegou a um número próximo a cinquenta.

Talvez percebendo que o rapaz somava as fitas, Dênis explicou:

— No total, temos quinhentos e quinze filmes caseiros. Todos catalogados, todos com cópia da documentação e assinatura dos doadores. É tudo legal, Renan. Não estamos quebrando a lei.

— E onde eu entro nessa? Porque se eu tiver que apagar todas essas fitas eu vou querer um aumento!

— Garoto esperto, garoto empreendedor — Queixo riu. — Coloca pra ele o churrasco dos PM.

Dênis voltou para perto do G9 Panasonic e apertou *eject*. A fita saltou, ele a guardou e colocou outra na abertura.

A imagem começou um pouco ruim, desfocada, mas logo se estabilizou. Havia muita gente, música alta, famílias inteiras. Renan notou logo uma menina de cabelos avermelhados que não parava de rodar em volta de si mesma. Ainda era bem novinha, tinha cerca de seis, no máximo sete anos. A filmadora pareceu trocar de mãos, então um homem parecido com a menina a tomou nos braços e a beijou. A garotinha riu e se enroscou nele, depois se afastou e riu mais um pouco, enquanto o homem girava com ela nos braços. Então a imagem parou, com um risco distorcido dividindo a tela na horizontal.

— O nome dele é Gustavo, a gente descobriu na gravação. O da menina é Isabela, Belinha. Você deve imaginar que ela é filha do homem ruivo que a está segurando no colo. O resto do pessoal é da polícia ou é da família de algum policial. Infelizmente, alguns anos depois dessa festa, um homem mau abusou da menininha. Ele a machucou muito, e ninguém nunca prendeu o desgraçado, pelo menos pelo que se sabe. Quem deixou a fita com a gente foi a mãe da Belinha, ela disse que não aguentaria tornar a ver essa gravação, porque essa é uma família que não existe mais.

— Que coisa mais triste — o garoto desabafou.

— Triste, sim, mas nós acabamos descobrindo que a alegria antiga presente nessa fita interessa a muita gente.

— Eu não tô entendendo.

— Gente que não tem alegria com a própria vida, gente que gosta de ver a vida dos outros pela tela da TV, gente esquisita e curiosa. Esses dias eu estava lendo uma revista de ciências, na reportagem dizia que no futuro as pessoas vão pagar caro para ver esse tipo de coisa. Eles preveem que uma nova rede de dados chamada internet vai ficar mais rápida, e que vão existir canais, como os da TV, especializados nesse tipo de filmagem.

O garoto estava mudo, ainda com os olhos cravados na menininha. Pobrezinha. Era tão cruel, tão duro. Era como olhar um recorte do tempo apenas para lamentar o passado. E alguém estava dizendo que as pessoas pagavam por aquilo?

— Isso é esquisito demais.

— Não, Renan — Pedro Queixo se levantou e apanhou outra fita. — Isso é o futuro.

• • •

Depois daquelas duas fitas, Renan viu trechos de outras três. Um rapaz e sua namorada em um baile de formatura (o rapaz tinha um nome esquisito, Millor), um jantar chato de doer com um bando de velhos chamado "Filhos de Jocasta" ouvindo *Besáme Mucho* orquestrado por Ray Conniff (essa parte Pedro Queixo explicou enquanto ria dos velhos) e uma filmagem de jogo de futebol. Essa última acabou sendo a melhor das três, porque além de todo mundo conhecer o traficante, apelidado de Rei Invertebrado pela imprensa, ele não se parecia em nada com um monstro. Era só um homem comum jogando bola com seus amigos e o seu filho, alguém tão comum e simpático que chegava a parecer inofensivo.

Enfim com uma cerveja na mão (uma só para ele dessa vez), Renan ouviu o que os sócios queriam com ele.

— É só um negócio, Renan, um negócio como outro qualquer. Eu sei que a FireStar vai muito bem, nós estamos, inclusive, pensando em abrir outra filial no ano que vem, mas o caso é que nada dura para sempre.

— Nem os videocassetes? — o garoto perguntou. Havia um certo cinismo brincando na voz.

Pedro suspirou e deu um novo gole em sua cerveja para não suspirar outra vez.

— Você já ouviu falar sobre os cds que estão roubando o lugar das fitas e dos discos de vinil, não ouviu?

— Já, sim. Mas com o vídeo é diferente, não vai ser do mesmo jeito.

— Garoto — Queixo interrompeu —, vai ser exatamente do mesmo jeito. Eu não duvido nadinha que em menos de dez anos eles inventem uma geringonça que fará nossas fitas se parecerem com um presépio. As revistas já falam sobre isso, com o negócio dos cds aumentando, a indústria está procurando novas tecnologias.

— E o que isso tem a ver com esse monte de lixo? — o garoto apontou para as fitas do Lote Nove.

— Esse lixo — Dênis caminhou até a mesa e apanhou uma das fitas DRK nas mãos, com carinho, como quem apanha algo muito valioso — vai acabar salvando nosso pescoço quando a coisa ficar feia. Aconteceu quase sem querer, mas... Conta pra ele, Queixo. Aconteceu com você, não é justo que eu conte a história.

Pedro Queixo deu outro daqueles suspiros, outro gole na cerveja e acendeu um cigarro. Ofereceu ao garoto que recusou. Aquilo não era um fuminho verde e limpo, era câncer sujo.

— Como o Dênis contou, foi quase sem querer. O nome do cliente é Claudemir Dimas, ele trabalha pro Turco naquela lanchonete nova, O Vagão. Eu sempre achei o Claudemir meio esquisitão. Ele não fala muito, tem cara de punheteiro, mas o infeliz aluga mais filmes do que qualquer outra pessoa daqui de Três Rios, então a gente trata bem.

— Coitado, véio... — Renan se solidarizou.

— É só um jeito de explicar que ele é estranho — Dênis contemporizou.

— Faz mais ou menos uns seis meses que o Claudemir chegou aqui e, como sempre, levou metade da locadora pra casa. No meio dos vinte e dois filmes que ele alugou, acabou entregando uma fita pessoal, filmagens antigas que um outro cliente entregou no lugar dos filmes, e a gente não percebeu.

Bem, noventa e nove por cento das pessoas reclamariam e pediriam seu dinheiro de volta assim que notasse o erro, mas não o Claudemir. Ele preferiu pedir mais *daqueles* filmes.

— E vocês deram pra ele?

— Só coisa nossa, e mesmo assim porque ele insistiu. Eu tinha uma festinha de quinze anos da minha prima, o Dênis tinha uma festa da piscina do tempo do colégio, acho que ele também levou alguma coisa da viagem de lua de mel dos meus pais.

— Só que não parou por aí — Dênis assumiu a história. — Eu sempre soube que Três Rios era cheio dessa gente estranha, mas se alguém chegasse para mim e dissesse que os caras pagariam o que a gente pedisse por esse tipo de material eu teria rido.

— E quanto é que vocês pedem?

— A gente não é ganancioso — Queixo disse. — Alugamos pelo preço de dez lançamentos.

— Parece ganância pra mim — Renan se arriscou. Eles estavam tendo aquela conversa toda, dividindo segredos, iriam pedir alguma coisa em breve, então era melhor começar a se impor.

— Dependendo o tipo de material cobram muito mais caro — Dênis explicou. — A gente cobra menos porque é tudo inofensivo.

— Por que vocês dois estão me contando tudo isso?

Xeque-Mate. Hora da verdade. Garoto esperto, garoto empreendedor.

— Precisamos que alguém gerencie essas novas contas. Nós estamos organizando tudo, e já temos clientes e captadores de material em praticamente toda a região de Três Rios. Trindade Baixa, Nova Enoque, Assunção, Acácias, até a birosca esquecida de Gerônimo Valente enviou alguma coisa. É uma filmagem de um garoto correndo atrás de uma galinha, mas puta merda, o pessoal adorou!

— E a festa junina de oitenta e um no asilo? Tá lembrado? — Pedro Queixo começou a rir.

Logo o riso aumentou, os risos combinados dos sócios potencializaram a empolgação; os caras riam tanto que nem um charuto igual ao do Bob Marley feito do fuminho apertado de Renan o faria rir daquela maneira.

— Quanto eu vou ganhar? — Renan os interrompeu, precisando aumentar a voz para não ser ignorado.

Pedro ainda estava rindo tanto que a voz começou picotada quando ele explicou:

— A gente vai te pagar... três vezes o que você ganha. Mais uma... uma gratificação anual, uma espécie de participação nos... lucros, se você fizer um bom trabalho. A única restrição é que tem que ser tudo por fora. Nada de colocar esses recebimentos nos seus holerites.

— E vão pagar tudo isso só para eu organizar um monte de filme de casamento, bailinhos e festas juninas nos asilos da região?

Dênis parou de rir imediatamente, parou de rir com a precisão de quem aperta a tecla *stop* durante a reprodução de um filme.

— Não, Fimose. A gente vai pagar tudo isso para você continuar de bico fechado.

· · ·

Renan concordou com os termos e naquela noite recebeu um presente e uma missão. O presente foi um videocassete novinho para ele ligar na TV em preto e branco que ficava em seu quarto e assistir os vídeos em paz. A missão era assistir uma mochila carregada de filmes e catalogar todos eles com adesivos. Casamentos, aniversários, velórios (incrivelmente algumas pessoas filmavam suas despedidas), churrascos de família, bailinhos de garagem, festas no colégio, formatura, e almoços de Natal e Ano-Novo e... Na verdade, havia tantos subtítulos que Dênis e Queixo deram uma lista para o garoto. Outra exigência dos dois era separar as filmagens, no caso das fitas conterem duas ou mais sessões de gravação. Quando acontecesse, Renan deveria anotar o número no conta-giros de quatro dígitos do videocassete, criando um índice rudimentar.

Algo parecido com isso:

1466 — Mãe de Elizângela reclamando que estava sendo filmada no feriado de Corpus Chisti de 1983.

2081 — Pai de Elizângela lavando o carro em 1986.

2502 — Festa de 10 anos da Elisângela, sem data definida.

Daria um trabalhão danado, a utilidade e a precisão eram completamente questionáveis, mas pelo que o pessoal estava pagando, Renan não tinha o direito de reclamar. Dezesseis anos e um videocassete no quarto? Um salário maior que o do pai? Onde estaria daqui a cinco anos? O futuro brilhava como o neon das boates.

Não seria muito fácil levar tudo aquilo para casa, mas Queixo deu uma carona ao garoto em seu gol GTS. Falaram bem pouco, e não falaram nada sobre o Lote Nove. Por alguma estranha fixação, Queixo só falava de sorveterias. Ele inclusive disse que pretendia investir no negócio quando tivesse dinheiro para isso. Em menos de dez minutos, o garoto desceu do carro e se despediu, só então voltou a tocar no assunto:

— Valeu por confiarem em mim.

— Não se agradece esse tipo de coisa. Se nós confiamos, é porque você mereceu. Agora entra logo, eu não quero que sua mãe fique preocupada demais. Quer ajuda pra carregar?

— Não, eu dou conta daqui.

Na sala, Gisele parecia muito distante de qualquer preocupação, apesar do atraso do garoto — ou talvez ela estivesse de cara cheia de novo. Ela e o pai de Renan não estavam muito próximos há uns dois anos, Renan achava que o pai tinha uma amante. Ao contrário da mãe, o garoto nunca engoliu que o emprego no posto de gasolina exigisse tantos plantões noturnos.

A tv ligada exibia *Armação Ilimitada*. A julgar pelo horário, ainda estava bem no comecinho.

— Renan? — Gisele perguntou fazendo o garoto travar os passos.

— Oi?

— Tem comida na geladeira. Se estiver com fome, é só esquentar. Seu pai vai chegar tarde de novo.

— Tá — o garoto respondeu e foi direto para o quarto.

A pressa não era somente em se livrar da mãe e evitar novas perguntas. Na verdade, Renan estava curioso. O que mais encontraria naquelas fitas? Apesar de ser mais do que esperado encontrar filmagens ordinariamente comuns em quase todas elas, o que mais as pessoas filmavam? Os garotos do colégio às vezes conversavam sobre esses filmes estranhos, como o I que estava disponível para locação na FireStar. Diziam que a coisa era real, que era gente de verdade morrendo bem ali na nossa frente. Segundo os caras haviam mais daqueles filmes, coisas pesadas como assassinatos e violência sexual. Esse último, Renan não queria ver. Sentia enjoo, mesmo quando as piores cenas eram atenuadas, como nos filmes do Charles Bronson e do *Mad Max*.

Aquilo de dizer que os malucos da cidade queriam encontrar a felicidade que tinham perdido nas fitas podia se encaixar com gente como Claudemir, mas e as coisas que os malucos de verdade procuravam? Estariam naquelas fitas?

— Tomara que não — foi o que Renan disse baixinho, depois de instalar o videocassete e empurrar a primeira fita para dentro do aparelho.

• • •

Pedro Queixo também havia separado alguns filmes para a sua sexta-feira, amostras dos fornecedores. O primeiro da lista foi *Robocop*, e Pedro comeu metade de uma panela de pipoca de tanta ansiedade. Depois veio *Coração Satânico*, com De Niro e Mickey Rourke (santo Deus... O que falar sobre esse filme?). Na pilha, ainda havia O *Predador*, O *Sobrevivente*, *Os Garotos Perdidos* e *Creepshow 2*, e havia a dúvida de Pedro sobre se em alguma outra época haveria tanta coisa boa sendo lançada em um mesmo ano.

Os filmes corriam soltos, o relógio da sala marcava três e quarenta da madrugada e o sono estava tão longe quanto o planeta Netuno. As pipocas também haviam sido deixadas de lado, naquele horário o melhor mesmo era chocolate, para dar um pouco mais de energia e garantir que o sono não se aproximasse do sistema solar de Pedro Queixo até o filme terminar. Ele assistia *O Predador* e, puta merda, que filme do caralho. A menos que o final fosse completamente cagado, só com aquele título a locadora pagaria por outros seis ou sete filmes. Mas então a campainha berrou e quase jogou Pedro Queixo do sofá.

— Filho da puta — ele reclamou e apertou a tecla *pause*, se atrapalhando um pouco até conseguir encontrá-la no controle remoto. Acendeu a luz da sala. Naquele horário, devia ser algum bêbado errando o endereço ou coisa pior. Como a polícia, por exemplo, dizendo que alguém arrombou a locadora e roubou metade dos filmes.

Uma olhada no olho mágico. O boné azul de sempre.

— Renan? Tá fazendo o que aqui essa hora?

— Puta merda, Queixo, puta que pariu!

O garoto estava com a cor da lua. Ele também suava, apesar do frio que Queixo sentia pela porta aberta. Tremia um bocado, tremia tanto que a fita em suas mãos fazia um barulho esquisito, um *tec, tec, tec* da lingueta.

— Tá sozinho? — Renan perguntou.

— Fica tranquilo, eu moro sozinho. O que aconteceu com você? Tá machucado?

— Não, *eu* não — Renan deu alguns passos pela sala. Ele já havia estado naquela casa algumas vezes, a última foi no aniversário de trinta e cinco anos do Queixo. Dessa vez, entretanto, ele parecia completamente perdido.

— Senta um pouco — Queixo apontou o sofá. — Eu vou pegar uma água pra você.

— Não tem nada mais forte?

— Quer uma cerveja às três da manhã?

— Não tem nada mais forte? — Renan repetiu.

Da frente da geladeira, Pedro Queixo ouvia os pés do garoto batendo contra o chão. Havia cerveja, suco de morango e Rum. Pedro apanhou esse último e um copo. Deu o copo ao garoto. Renan apanhou a garrafa e sugou um gole.

— Ei, vai devagar com isso! — Queixo avisou e a tirou dele. — O que foi que aconteceu com você?

— Coloca essa fita — Renan estendeu a DRK, tremia um bocado.

— Pô, Fimose... Eu tô quase no final do filme e...

— Coloca essa merda, cara! Pelo amor de Deus, coloca essa merda e me explica o que é isso aí.

Com o desespero do garoto, Pedro não conseguiu questioná-lo ainda mais. Ele apanhou a fita e foi direto para a frente da TV da sala. Retirou *O Predador*, devolveu-o à embalagem e colocou a fita sem etiqueta em seu lugar, sem empurrá-la de vez.

— Alguém sabe que você está aqui?

— Não. Hoje é sexta, e a minha mãe enche a cara pra conseguir dormir. Acho que ela e o meu pai vão se separar. O velho não voltou pra casa de novo.

— Tudo bem. Vamos ver o que tem aqui — Pedro bocejou e empurrou a fita de vez.

. . .

Foi preciso menos de dois minutos de imagem estática até que Pedro arriscasse um palpite.

— É uma gravação de câmera de segurança. Pode ser um banco, uma casa, não dá para saber de onde isso veio, pelo menos enquanto não acenderem a luz. Ali do lado parece ser uma janela, mas não dá para ter certeza.

— Vai ter certeza daqui a pouco. Adianta até... adianta mais duzentos no conta-giros.

Pedro riu e deixou seu queixo ainda maior. O garoto realmente tinha feito a lição de casa.

Ainda com um resto de riso no rosto, Pedro adiantou a imagem no avanço lento, apertando a tecla FF e deixando a imagem correr na tela. Nem parecia avançar, tamanha era a falta de ação naquele vídeo. E continuou assim até que um homem entrou na sala escurecida.

— Aí, para aí!

Queixo obedeceu e soltou o *play*. Aumentou o volume da TV.

— Não tem som?

— Graças a Deus, não — Renan disse.

Com o avanço da gravação, as expressões de Pedro mudaram gradativamente. Enquanto os dois homens filmados conversavam à mesa e um garoto ficava na porta, a sensação foi o tédio. Se pelo menos aquela porcaria tivesse som... Mas então os rostos mudaram, eles pareciam assustados, tanto os dois homens quanto o garoto. Nesse ponto, Queixo também se interessou, e ficou tão curioso que chegou mais perto da TV e colocou uma cadeira bem na frente da tela. Renan continuava no sofá e folheava uma revista de cinema que encontrou pela sala, mas ele olharia para qualquer coisa, mesmo para uma lista telefônica, se isso o tirasse daquela filmagem.

O garoto da fita descobre um armário de metal, a coisa é enorme, vai do chão ao teto. Ele troca algumas palavras com os dois homens e em seguida abre a porta de inox. Dá uma olhada no que existe lá dentro. Ele verga o corpo e vomita perto da porta da sala.

Existe alguma conversa, as bocas se movem. O maior dos homens parece explicar enquanto os outros dois apenas ouvem. Existe tensão nos rostos, muita tensão. O garoto parece irritado, ele se afasta e volta para a porta. Então, um braço armado invade a sala e toma o garoto pelo pescoço.

— Que merda, parece que vocês se deram mal pra caramba — Queixo disse aos sujeitos da gravação.

Agora, os três estão de braços erguidos. À frente deles, mais de cinco homens armados, todos usando roupas pretas e botas de segurança. O cara mais gordo dos dois que foram surpreendidos mexe a boca, um dos homens de preto o rodeia, fica atrás dele, então...

— Puta que pariu! Ele matou o cara! — Queixo narrou quando o homem de preto disparou contra a nuca do sujeito.

A coisa esquenta, o outro cara adulto vai para a frente do garoto e se interpõe entre o rapaz e as armas. Mas ninguém atira, não imediatamente. O outro cara está no chão, tem sangue escorrendo pelo piso emborrachado. Um dos homens diz alguma coisa no que parece um rádio de polícia, um equipamento de comunicação. Ninguém se mexe muito, o homem à frente do garoto diz alguma coisa, mas é impossível saber do que se trata.

Outro homem entra na mesma sala depois de alguns segundos. Ele é estranho, parece alguém que era muito gordo e perdeu peso de repente, parece ter pele sobrando nas partes visíveis do corpo. E o mais esquisito de tudo é que o sujeito usa um jaleco, como o que os médicos usam. Sim, mas quando Pedro nota a faca nas mãos do homem, pensa em outro profissional.

— Um açougueiro, é isso que ele é.

Mais dois brilhos explosivos dizem que o homem rendido está morto. Outro tiro na nuca, outro corpo no chão. O garoto tenta escapar e chuta o saco de um dos brutamontes. O homem se verga, o garoto consegue apanhar a arma das mãos do agressor e atira no meio do rosto dele. Antes do homem tombar, o sangue espirra como um spray vermelho. Mas não é a cor que Pedro Queixo vê pela tela, felizmente, a gravação de segurança é feita em preto e branco. O garoto agora recebe uma saraivada de tiros. Dez, quinze, talvez mais. Ele está no chão e o homem de jaleco sacode a cabeça, respingado e decepcionado. Ele abre os braços, diz alguma coisa e os homens começam a sair. Eles levam o garoto morto com eles, dois nas pernas, dois nos braços. Outros homens voltam e retiram o segurança que foi abatido pelo garoto.

Sozinho com os cadáveres, o homem de jaleco se ajoelha. Ele retira os sapatos do primeiro homem e os joga para longe. Faz o mesmo com as meias. Em seguida secciona as roupas com muito cuidado, com muita precisão. Afasta a camisa. Depois afasta a calça. Ele sabe manejar o aço, sabe como poucos. O primeiro homem, o mais largo, está totalmente despido. Então a faca volta a trabalhar.

— Você viu a fita toda? — Queixo encerrou a reprodução.

Renan assentiu.

— Eu não quero mais ver isso, mas quero que você me conte.

— Desliga a TV, por favor.

Queixo passou as mãos pelo rosto, respirou fundo e obedeceu. Apertou o botão de ejetar, apanhou a fita e a colocou sobre a TV.

— O cara de branco corta a pele dos dois. Depois ele arranca, como se arrancasse a pele de um animal. Quando ele termina, leva as peles com ele e... — Renan respirou fundo, muito fundo. — O que sobra fica no chão. Parece aquele bicho feio do *Hellraiser*, aquele do porão, só tem músculos e tendões. É quando o pessoal de preto volta para a sala. Eles levam as carcaças dos dois pra fora. Um homem com um balde e sabão entra na sala. Ele fica limpando o chão pelo resto da gravação.

— Santo Deus.

— O que a gente vai fazer? — Renan perguntou. — Eu não quero participar disso, não é certo, não é nem humano! Responde, Queixo!

— Me dá um tempo — Queixo caminhou até o sofá e deixou o corpo cair. — Se essa fita for de verdade, essa gente é perigosa. E eu duvido que eles vão ficar felizes se descobrirem o que a gente viu.

— E o que a gente faz? Chama a polícia?

— Eu não confio na polícia daqui. Ainda mais com gente que tem dinheiro para contratar assassinos profissionais. É isso que esses homens de preto são, mercenários.

— E o cara de jaleco? Viu a pele dele? Ele é um...

— Monstro. É isso o que ele é.

Pedro Queixo ficou parado algum tempo, os olhos fixos na TV desligada, a respiração longa e silenciosa.

— O que você quer fazer, Renan? Quer sair dessa? Eu sou seu chefe, mas também sou seu amigo, não posso te obrigar a continuar trabalhando pra gente, e eu tenho certeza que o Dênis vai concordar comigo.

O garoto pensou um pouco.

— Eles vão matar a gente, né? Se eles descobrirem que a gente viu, eles vão encontrar e matar todo mundo.

— É... Acho que isso é bem... plausível.

Renan se levantou e foi até a TV. Apanhou a fita, olhou bem para ela e deixou um longo suspiro escapar pelo nariz.

— Nesse caso, é melhor a gente apagar o que tem aqui. Eu não vou ligar para a polícia, não vou arriscar nossas vidas, mas não quero que ninguém pague pra ver uma sujeira dessas.

— Tem certeza disso, Renan? Tem certeza que ainda quer continuar com a gente?

— Não. Mas eu também não tenho certeza se consigo dormir sem saber o que tem nas outras fitas.

seja nosso sócio premium

O melhor do cinema em sua casa.

LOCADORA

APROVEITE NOSSA SUPER PROMOÇÃO DE ANIVERSÁRIO

A **FIRESTAR VIDEO LOCADORA** compra suas fitas de VHS usadas.

Batizados, aniversários, comemorações e casamentos, tudo será convertido para a incrível qualidade digital dos DVDs, sem cobrança. FIRESTAR e você: de mãos dadas com o futuro! TRAGA SUA VHS E DEIXE O RESTO COM A GENTE!

DISK FILMES entregas em domicílio

TEL: 484.5666

A locadora de toda família.

Break off the tab with a screwdriver.

Até onde consigo me lembrar
A chuva continua caindo
Nuvens de mistério derramando
Confusão no solo
CREEDENCE CLEARWATER REVIVAL

CHUVA FORTE

Long as I remember/The rain been comin' down/Clouds of mistery pouring'/Confusion on the ground Who'll Stop The Rain? — **CREEDENCE CLEARWATER REVIVAL**

Ninguém sabe ao certo como aquele horror começou, não cientificamente, mas dizem que o primeiro a notá-lo — o primeiro a ser atingido por ele — foi o funcionário mais antigo dos correios, um homem chamado Carlos Felles. Dizem muitas coisas em Cordeiros, por aqui as pessoas são supersticiosas e muitas vezes impressionáveis (o que não significa em absoluto que elas estejam erradas).

• • •

Era 22 de dezembro e todos estavam nas ruas, sacando seus talões de cheque, andando depressa e comprando os presentes de última hora. Carlos Felles não se importava com nada disso, ele só queria relaxar, observar o vem e vai dos passantes e engolir sua cerveja gelada. O homem dos correios estava de folga naquela tarde, e tendo levado ao altar alguém como Almira Correa

Felles, era compreensível que preferisse beber na rua. Almira não era de todo ruim, mas tinha um certo fascínio em colocar o marido para faxinar a casa.

Depois de um gole que desceu a lata pela metade, Felles se distraiu com um rugido no céu.

A chuva se preparava para cair há dias, mas nenhuma gota havia chegado ao chão nos últimos dois meses. No solo, as plantas sofriam e secavam; o ar abafado fazia as pessoas transpirarem, mesmo enquanto tomavam banho.

Parecia azar demais chover justamente em seu dia de folga, mas Felles continuou onde estava. Esticou as pernas, deu mais um gole em sua cerveja e tombou a cabeça para trás. O vento quente agitou seus cabelos finos. Felles fechou os olhos e voltou a abri-los, deixou-os se perderem naquele céu cinzento e hostil. Da segurança do chão, observou uma pequena gota mais escura que as nuvens chegando mais e mais perto da terra. Talvez aquela pequena gota tenha feito o mesmo, talvez ela tenha escolhido, entre todos os olhos da cidade que admiravam aquele mesmo céu, o mais azul que encontrou entre eles. Então, ela calibrou sua rota e se aproximou, até que os olhos ficassem grandes demais e ela se misturasse com suas lágrimas.

— Mas que merda — Felles reclamou ao ser atingido no olho esquerdo. Ele não se queixaria de uma gota de chuva, mas aquela coisinha turvou sua visão. Incomodado, o homem colocou a cerveja de lado e esfregou o olho nublado. Em seguida conferiu sua mão direita.

— Jesus Cristo.

* * *

Já passava das onze da manhã e Cleber Rocha ainda precisaria buscar os filhos no colégio, comprar um presente para a esposa e abastecer o carro, tudo isso antes do almoço ir para a mesa. Ele não costumava acelerar seu Fiat Tempra além dos limites permitidos, mas que inferno, por que um homem compra um carro veloz se não pode economizar alguns minutos de vez em quando? Cleber estava na Avenida Tancredo Neves, com quinhentos metros de estrada limpa o separando da Praça Emiliano Nobre, sua primeira parada. Disposto a economizar aqueles minutos, ele aumentou o volume do rádio, desligou o ar-condicionado e pisou com tudo no acelerador.

* * *

Se soubesse que ter uma criança seria tão exaustivo, Érica Paixão teria dado mais crédito aos preservativos. Um carrinho de bebê, duas sacolas amarradas nas laterais, um celular pesado como um tijolo na mão livre, com a mãe insistindo para que as duas passassem a ceia de Natal juntas.

— Mãe, a ligação tá picotando... Mãe? Não tô ouvindo direito. — Érica afastou o aparelho da boca, simulando uma perda de sinal nada convincente. Em seguida, desligou o telefone e deu atenção a Igor (seu bebê que testava a elasticidade das cordas vocais pela quinta vez naquela manhã).

— Amor... a mamãe ainda te ama, tá bom? — Érica estacionou o carrinho perto do Glory Days Fliperama e se agachou à frente do menino. — Era a vovó, e você conhece a sua avó. Às vezes, penso que a dona Helena me deu essa porcaria de aparelho só para ficar de olho na gente.

— Vó-ó?

— Isso aí. Vo-vó — Érica colocou uma pelúcia do ET de Spielberg nas mãos do garoto. O interesse de Igor não duraria mais que cinco minutos, mas talvez eles conseguissem atravessar a rua e chegar ao carro antes de uma nova crise de choro.

Érica conferiu se as sacolas estavam bem presas, destravou o freio do carrinho e seguiu em direção ao semáforo. A luz vermelha pareceu demorar uma eternidade, e, quando ficou verde, Érica conferiu os dois lados antes de atravessar a rua. O Natal estava chegando e as pessoas sempre ficavam malucas nessa época do ano. Ela e seu bebê já estavam na metade do caminho quando Érica percebeu uma movimentação estranha pelo calçamento. Sem parar de andar, ela vergou o pescoço, tentando entender o que diabos estava acontecendo. Érica tinha sentido alguns pingos de chuva, mas não era motivo para tanto. Antes que pudesse notar o que apavorava as pessoas, Igor soltou um berro, o que a fez olhar para baixo, ainda mantendo a caminhada.

O bebê estava coberto com uma colcha clarinha, e Érica entrou em pânico quando percebeu todas aquelas manchas vermelhas no tecido. De tão assustada, ela parou de caminhar — calculou que não houvesse perigo, não agora, a um passo da segurança do meio-fio. Conferiu o bebê; apesar da sujeira na colcha, Igor continuava limpo. Mas bastou um segundo para que algo vermelho o atingisse bem no meio da testa. Érica olhou para o céu e viu centenas daqueles pingos caindo sobre o centro da cidade. Notou seus cabelos loiros escurecendo nos ombros, a Igreja Matriz pintada de vermelho, percebeu que as sacolas com presentes pareciam duas embalagens do açougue. Mas Érica não percebeu o Fiat Tempra crescendo em sua direção.

• • •

Cleber Rocha acionou o jato d'água do limpador de para-brisa e tudo o que conseguiu foi diluir a coisa. Ele não sabia do que se tratava, mas era vermelho, oleoso e persistente. Além disso, a coisa vermelha logo se tornou uma tromba d'água; caiu tão rápido, e em tal profusão, que ele não teve tempo sequer de pensar em diminuir a velocidade.

Em uma última tentativa de se localizar, Cleber abriu o vidro do motorista e colocou a cabeça para fora. Então, aquela moto surgiu do nada e o acertou em cheio. Cleber apagou, o carro deslizou para a esquerda, a perna direita voltou a pesar sobre o acelerador. Ao mesmo tempo, um homem velho correu pela praça, segurando uma lata de cerveja e gritando para que uma mulher e sua criança saíssem do meio da rua. Mas na verdade era, sim, tarde demais para todos eles.

• • •

Carlos Felles estava são como um padre. Ao que parecia, as cinco cervejas que ele tomara encontraram uma nova via de metabolização, uma bem rápida. Do lado de fora da delegacia, tudo tinha a cor vermelha. Carros, pessoas, prédios; o próprio céu estava vermelho como sangue. A chuva rubra ainda persistia perto das duas da tarde, e tudo dizia que o céu não desistiria de chorar tão cedo.

A dois quarteirões do centro, a única Delegacia de Polícia da cidade continuava tumultuada. O mesmo com os hospitais, o prédio do corpo de bombeiros, a sede da prefeitura e todos os lares de Cordeiros.

— Senhor Felles? — disse um dos rapazes que fazia o trabalho burocrático e, até então, insosso da delegacia. Felles ergueu os olhos e encarou o assistente. Ele o conhecia, como conhecia quase todos em Cordeiros. Hernando Fraga era filho de um grande amigo, que pela graça do Todo Poderoso estava morto e livre daquele dia tenebroso.

Com alguma contrariedade, Felles se levantou e seguiu o rapaz pelo corredor perpendicular ao balcão de atendimento ao público. Manteve os olhos baixos, calado, se perdendo nas inúmeras pegadas vermelhas e borrões que tingiam o granito branco da delegacia. Depois de cinco metros de silêncio, Hernando abriu a porta identificada com o nome do delegado Bernardo Tritão e esperou que o homem dos correios passasse por ela.

— Já contei tudo o que vi. Dei meu depoimento, vi a cara de espanto do seu escrivão, por que ainda estou nessa delegacia? — Felles perguntou ao homem de terno chumbo.

— Sente-se, Felles, também estou feliz em vê-lo — disse o delegado.

Felles obedeceu e cruzou os braços sobre a pequena barriga dura. Bernardo devolveu os olhos ao computador que ainda o confundia e ficou preso à tela por um minuto inteiro.

— Vai me dizer o que quer comigo?

— Quero ouvir da sua boca — o delegado deixou aquela porcaria em paz. De quem tinha sido a ideia de usar aquela merda nas delegacias? Dos comunistas? — Tenho uma pilha de depoimentos, cada um mais absurdo que o outro. Mas eu confio em você, Felles; tanto quanto confio na eficiência dos correios.

— Isso foi uma provocação?

— Foi um elogio. Por que não economiza nosso tempo e me diz o que aconteceu de uma vez?

Os olhos de Felles se perderam na única janela da sala. Os pingos vermelhos e densos continuavam caindo. Manchando, sujando e assustando.

— Não precisava me trazer até a sua sala para descobrir essa resposta, bastava olhar para as suas costas.

— Não estou falando dessa chuva esquisita. Quero saber como sete pessoas morreram em uma praça onde o último falecimento aconteceu há dez anos.

— Pessoas morrem.

— Felles, por favor... eu só quero entender o que aconteceu e dar uma satisfação aos familiares.

Foi preciso algum tempo para Carlos Felles se convencer a falar. Ele tremia, respirava depressa, seus olhos estavam pulsando.

— Eu estava na praça quando aquele pingo me acertou, bem aqui — puxou a conjuntiva do olho esquerdo para baixo. — Eu gosto de me esticar nos bancos e tomar umas geladas na minha folga; rever alguns amigos, mesmo que seja de longe. O centro estava cheio hoje de manhã, Eriberto Jutta, Érica Paixão e seu bebê, o filho do vereador Espada, também alguns velhos com a minha idade, como a dona Mirtes e o seu Helder Páscoa. Depois daquele primeiro pingo, foi como se alguém abrisse uma torneira no céu. Não era uma garoa, delegado, foi uma tempestade. Vendo todo aquele sangue caindo das nuvens, as pessoas entraram em pânico. O garoto dos Penna caiu da bicicleta, um carro desviou dele e acertou a frente do fusca do Armando Figo. Mirtes, Eriberto, a mocinha Érica e seu menino escaparam desse acidente, na verdade ninguém tinha morrido ainda, então o carro branco de Cleber Rocha apareceu deslizando como uma bola de boliche naquele charco de sangue. Eu... preciso de uma água — Felles pediu antes de continuar.

O delegado se levantou, apanhou um copo do bebedouro e estendeu a ele.

— Obrigado — Felles o entornou em dois goles.

— Uma moto vermelha apareceu do nada e acertou o carro branco de Cleber Rocha, e o carro acertou o menino da bicicleta e o arrastou pelo asfalto. O motociclista caiu no começo do quarteirão e foi atropelado pelo furgão da Floricultura Outono, o furgão se arrebentou em um dos postes em seguida. Aquilo estava uma confusão danada, tudo aconteceu muito rápido. Eu gritei para a mocinha Érica sair da rua, Mirtes e Eriberto correram até ela, então o carro branco, que já estava vermelho com a chuva... O senhor sabe o que aconteceu depois.

— E isso é tudo?

— Claro que não é tudo! Que espécie de pergunta é essa? Está chovendo sangue, caso o senhor não tenha percebido!

— Eles vão encontrar uma explicação, eles sempre encontram.

— E de que vai adiantar, Bernardo? Há quanto tempo nos conhecemos? Não percebe o que está acontecendo? Isso é o pagamento pelo que vocês fizeram, por aquela coisa horrível que vocês fizeram.

Uma vermelhidão tão intensa quanto a chuva tomou o rosto branco do delegado. Bernardo afastou a cadeira, ficou de pé e caminhou até a janela. Estava de costas quando disse ao velho Felles:

— Nossa conversa termina aqui. E se sabe o que é bom para você, nunca mais toque nesse assunto. O que aconteceu foi uma necessidade, não uma escolha. Pode voltar para a sua casa, se precisarmos de mais alguma coisa, eu volto a convocá-lo.

Felles se levantou e caminhou até a porta, então recuou, antes de tocar a maçaneta.

— Bernardo, isso não vai parar. A garota e o menino, o filho dos Rocha, Mirtes e Eriberto... Eu preciso dizer quem estava na moto vermelha?

— Pietro Noronha, filho de Gurgel Noronha — Bernardo respondeu. — Isso não quer dizer nada. Foi só uma coincidência estranha em uma cidadezinha mais estranha ainda. Agora me deixa em paz, ainda preciso encarar as famílias das vítimas.

· · ·

Em cidades pequenas, o poder costuma habitar grupos ainda menores. Rotarianos, Leoninos, Maçons, Rosa Cruzes e algumas organizações católicas de maior e menor expressão. Em Cordeiros, os donos do poder se intitulavam Os Filhos de Jocasta, mas eram conhecidos como Os Homens do Porão.

Reuniam-se quinzenalmente, aos sábados, no subsolo do prédio da Associação Comercial. Usavam ternos escuros, pingentes prateados e sapatos polidos. Diziam-se iguais, embora nada fosse tão contraditório quanto essa declaração. Ninguém era igual no Porão, as únicas características em comum entre aqueles homens eram o poder e a prepotência em saber o que era melhor para o resto da cidade.

— Precisamos controlar o pânico. Essa chuva, o que quer que ela seja, vai parar em alguns dias — disse Oswaldo Delmiro, prefeito da cidade.

— Como você sabe? — retrucou Celso Maia, dono de todos os cinco postos de gasolina de Cordeiros. — Conseguiram descobrir o que é aquela coisa?

— É exatamente o que parece — respondeu Renato Galês, dono do laboratório de Análises Clínicas que levava o mesmo nome. — É sangue, sangue humano. Sendo mais específico, pertence ao grupo AB positivo, o que alguns chamam de "sangue egoísta", um receptor universal.

— E qual a utilidade dessa informação? — o delegado perguntou.

— Provavelmente nenhuma.

— Talvez haja alguma relação com... vocês sabem... — disse Evandro Nóbrega, ou melhor, doutor Evandro Nóbrega.

Os homens presentes à reunião se entreolharam. Alguns baixaram as cabeças, dois ou três mantiveram-se firmes e orgulhosos. Entre os inabaláveis, estava Bernardo Tritão.

— É só uma infeliz coincidência, o mundo está cheio delas. Fizemos o que precisava ser feito. Nós votamos e todos concordamos, se bem me lembro.

— Um punhado de mortes e uma chuva de sangue após vinte anos exatos parece bem mais que uma coincidência. E que eu me lembre, Carlos Felles não concordou — Renato Galês se opôs.

— Carlos Felles é um covarde. Ele nunca mereceu estar entre nós, nunca foi digno ou se empenhou como deveria. E creio que ele saiba disso, foi o que me pareceu na nossa conversa na delegacia.

— Ele não queria que fizéssemos aquilo — disse o prefeito. — E nós fechamos as portas para ele. O homem teria morrido de fome se não fossem os Correios.

— Arrependido, prefeito? Depois de tanto tempo? Não é do seu feitio chorar o leite derramado.

Oswaldo cruzou as mãos sobre a bancada e respirou fundo.

— Não era leite, Bernardo. Era sangue, sangue inocente.

• • •

Cansado do dia exaustivo e daquela reunião improdutiva, Bernardo deixou o Porão trinta minutos antes do término programado. Alguns homens o questionaram, apontando a regra número três das diretrizes gerais, que ditava que nenhum homem deveria se ausentar até que a sessão chegasse ao fim. Mas Bernardo Tritão era o braço armado da cidade, de certa maneira, ele era as regras — ou pelo menos agia como se o fosse.

Chegou em casa por volta das dez da noite, entornou uma dose generosa de uísque e adormeceu, pouco depois das onze. O sono foi curto e insuficiente para reparar qualquer coisa; o telefone fixo da casa o acordou quarenta minutos depois.

Bernardo Tritão voltou a trocar suas roupas, apanhou sua arma e outras duas pistolas, que guardava na parte mais alta do armário do quarto. Também vestiu uma capa de plástico e tomou o guarda-chuva. Do lado de fora, o pântano de sangue estava aumentado. As rosas brancas do jardim da casa, manchadas e amolecidas, agonizavam a pouca vida que as separava da morte. Mesmo as folhas das roseiras pareciam prestes a perecer. Bernardo desprezou o horror que seus olhos mostravam e entrou no carro, seria uma longa noite.

• • •

Estava de volta ao Porão, dessa vez acompanhado pelo detetive Gilmar Dias e outros dois policiais fardados. O cheiro de sangue estava mais intenso no interior do prédio, concentrado, exagerado no odor ferruginoso.

— Minha nossa, o que aconteceu aqui? — Bernardo perguntou aos homens assim que desceu as escadas.

— É melhor o senhor ver por si mesmo — disse Gilmar.

— O que aconteceu com as paredes? — Bernardo perguntou em seguida.

— Pode ser um vazamento, uma infiltração por conta dessa chuvarada, mas eu não sei...

— Não sabe o quê, Gilmar?

O detetive chegou mais perto de uma das paredes e passou as mãos calçadas com luvas de látex sobre a superfície. Com o toque, as pequenas bolhas se espalharam e esmaeceram sua tintura, mas logo voltaram a se erguer.

— Tenho a impressão de que as paredes estão... sangrando.

Bernardo avançou pelo salão deixado há poucas horas e encontrou o primeiro corpo. Não conseguiu ser preciso na identificação. Havia muito sangue no rosto do homem, além disso, a pele estava partida, rasgada em muitos pontos.

— Galês? — ele arriscou um palpite.

— Os documentos dizem que sim. Os outros corpos estão espalhados pelo salão.

— Meu Deus, como conseguiram pegar todos de uma vez? Por quê? — Bernardo continuou andando. Quando passou pelo corpo do prefeito, conseguiu identificá-lo pelo tamanho. Oswaldo Delmiro era um homem grande, de peso, estatura e arrogância. O cadáver estava com a barriga aberta, como um porco eviscerado.

— Não encontramos armas, projéteis nos corpos, os ferimentos parecem rasgos, e não cortes. Também procuramos por rastros de algum anestésico, soníferos, alguma substância que tirasse todos de ação. Os peritos ainda farão a necropsia, mas parece que alguma coisa os rasgou de dentro para fora.

— Algum sobrevivente? — Bernardo estava ao lado de alguém que poderia ser Celso Maia (que soubesse, o dono de postos de gasolina era o único associado do Porão que insistia em usar gravata borboleta). Ao lado dele, dois outros corpos sem um rosto que permitisse identificá-los.

— Doutor Evandro Nóbrega sobreviveu — Gilmar respondeu. Ele está muito ferido, cego, perdeu sangue suficiente para morrer; os bombeiros o levaram para o hospital. Disseram que ele talvez não passe dessa noite.

— Nesse caso é melhor eu correr — Bernardo deu as costas ao detetive.

— Telefone para o Almeida, ele vai saber o que fazer com esse matadouro.

• • •

No carro, Bernardo Tritão redobrava sua atenção. O asfalto estava escorregadio, a chuva vermelha manchava os vidros, ele não passou de 30km/h. Por toda a cidade havia carros batidos, lixo, e animais ensopados com aquela coisa. Como explicaria tamanha lambança? Algumas mortes civis não geraria um problema muito grande, mas o prefeito? Os homens mais influentes da cidade? E não bastasse as más notícias que já tinha, Bernardo não conseguiria contar com reforços das cidades vizinhas. Mais cedo, ele foi notificado que o único acesso à Cordeiros estava bloqueado — parece que a chuva causara um deslizamento no Km 25 da Serra das Agulhas que ligava a cidade com Três Rios. Quando aquela chuva maldita parasse de cair, os reparos levariam pelo menos dois dias.

Bernardo encontrou muitos carros estacionados no hospital, o que não era uma surpresa. Durante a tarde, o delegado chegou a recusar os telefonemas. Acidentes automobilísticos, afogamentos, dois casos de suicídio.

— Preciso falar com o Doutor Evandro Nóbrega — Bernardo disse à recepcionista. A mulher não interrompeu a conversa ao telefone para lhe dar atenção. As pessoas que aguardavam atendimento agiam de modo oposto, o encarando, cobrando explicações que ele não tinha.

— Bernardo? O que está fazendo aqui? — alguém o surpreendeu pelas costas.

— Preciso falar com o seu marido, Patrícia. Sinto muito pelo que aconteceu.

— Ainda não, delegado, mas o senhor vai sentir. Todos vocês vão. O que foi feito foi errado, eu avisei, todas nós avisamos.

— Patrícia, pelo amor de Deus, esse não é o lugar certo para termos essa conversa. Eu só vim oferecer minha assistência ao seu marido — Bernardo voltou a olhar para a recepcionista. A mulher continuava pendurada ao telefone.

— Venha comigo — Patrícia tomou a direção do corredor. — Você e o Evandro podem terminar a reunião do seu clubinho de merda na UTI, eu não dou a mínima.

• • •

Bernardo não teve dificuldades em convencer a enfermeira chefe da UTI a deixá-lo entrar. Como todo policial de Cordeiros, ele sabia ser bastante persuasivo (principalmente no caso da Enfermeira Mayara, cujo irmão estava detido há dois meses por assalto a mão armada).

Encontrou Evandro recebendo outra transfusão de sangue (segundo a enfermeira, já era a terceira bolsa). Haviam tubos entrando por sua boca, escalpes enfiados nas veias, os olhos estavam tapados com dois chumaços de algodão e gaze. Por todo corpo haviam talhos expostos e suturas. Um remendo bem grande no peito, outros dois no pescoço, a perna esquerda havia perdido alguns quilos de carne.

— Evandro? Consegue me ouvir?

A resposta foi uma flexão no braço direito, atenuada pela amarra de couro.

Bernardo olhou ao redor. Continuavam sozinhos na sala. A enfermeira havia saído para atender um chamado há pouco, deixando ordens para que Bernardo apenas observasse, que não tentasse tocá-lo ou falasse com o paciente.

Outro tremor no mesmo braço e, dessa vez, uma flexão forte do pescoço. Bernardo levou as mãos aos tubos e os puxou para fora. Pelo estado de Evandro, ele não duraria muito de qualquer maneira. Com a passagem dos tubos pela garganta, Evandro começou a tossir e a se agitar. Escoiceou algumas vezes, uma das feridas da perna voltou a sangrar.

— Calma, sou eu. Bernardo.

— Eles voltaram... Todos eles.

— Quem, meu amigo? — Bernardo o tocou na mão direita.

— As crianças.

— Elas estão mortas, você está delirando.

— Olhe para mim, esses cortes parecem delírio? Nós não devíamos ter feito aquilo, foi cruel, foi desumano.

— Todos tínhamos filhos, Evandro. Não podíamos deixar que aquela doença horrível se espalhasse e matasse as nossas crian...

— Nós não sabíamos o que era, ninguém sabia.

— Você colocaria a vida do seu filho em risco se pudesse voltar no tempo? Faria isso, doutor Evandro?

— Elas precisavam de transfusões, as crianças podiam ter sido salvas — Evandro gemeu.

— Salvas de quê? Nós não sabíamos o que era, até hoje não sabemos. O que aconteceu no Porão? O que atacou você e os outros?

Nesse ponto Evandro conseguiu sorrir. Um esgar doentio e seco.

— Os pequenos, Bernardo, *todos* eles. Os pais podem ter engolido a desculpa do incêndio na escola, mas ninguém engana um espírito. Eles sabem que nós os matamos, ou deixamos que morressem, tanto faz. *Eles sabem.* No seu lugar, eu sairia de Cordeiros o quanto antes, se eles não te pegaram até agora, talvez ainda exista uma chance.

— Como é possível? O que eles fizeram com você?

Os aparelhos que monitoravam Evandro começaram a apitar, todos eles. Bernardo se apressou em apanhar um dos tubos. Sem ideia de como recolocá-lo, gritou pela enfermeira.

— Sangria, delegado, eles... fizeram... uma sangria — Evandro respondeu e cedeu seu último suspiro vivo.

Bernardo ouviu alguns risinhos em seguida. Risos ecoantes. Risos infantis.

Apavorado, ele se levantou e checou a sala. Que tivesse notado, não havia crianças acamadas, apenas outros dois homens e uma mulher velha. Mas havia alguma coisa maculando a transparência do ar. *Coisas.*

— Me deixem em paz! — ele sacou a arma e caminhou de costas até a saída.

• • •

Como muitas cidades, Cordeiros não costumava respeitar a intimidade de seus filhos. Sabendo da morte de alguns conhecidos do Porão — a TV local cuidou dessa parte —, Carlos Felles previu o pior, e convenceu Almira a se refugiar na casa de um dos filhos, até a poeira baixar (ou o pior realmente acontecer). Agora ele estava sozinho, insone, assistindo *Rambo: Programado para Matar* na TV da sala.

— Felles! — alguém gritou à porta. — Eu sei que você está aí, Felles! Abra a maldita porta, precisamos conversar!

Com o desespero presente naquela voz, Felles demorou alguns segundos a reconhecê-la.

— Delegado? O que está fazendo aqui?

— Cala essa boca! Está sozinho em casa? — Bernardo sacou a arma e empurrou Carlos pela abertura da porta.

— A Almira está visitando uma amiga. O que você quer? E por que não usa um guarda-chuva, como todo mundo?

— Eles estão atrás de mim, Felles, mataram todos os outros e agora estão atrás de mim. Eles foram até o hospital, entraram na frente do meu carro!

— Eles?

— As crianças, velho inútil! As crianças que nós matamos. Elas são... monstros. Têm garras e dentes e...

— Eu não matei ninguém. Eu votei contra, lembra?

Bernardo apontou a arma para a testa de Felles, ele não se moveu.

— Você não nos impediu, isso nos coloca em igualdade.

— O que vai fazer com essa arma, delegado? Me prender em casa até que eu morra de inanição, como fez com aquelas crianças? Ou pretende amenizar meu calvário e me despachar de uma vez? Estou pronto para a morte, Bernardo, estou pronto há muito tempo. Você está certo, sabe? Eu mereço morrer. Fui covarde e fraco, eu deixei que acontecesse.

Às costas de Bernardo, o vento tingido de vermelho atravessou a abertura da porta e rufou com vontade. A arma mudou de posição, elas estavam ali.

Olhos brilhantes, unhas compridas, roupas brancas apesar da chuva vermelha.

A criança morta chamada Aline Tierres sorria e mostrava os dentes pontudos, as outras estavam sérias. O menor dentre eles, Cauã Ricco, estava com a roupa manchada no peito, algo parecido com o vômito que o matou sufocado, vinte anos atrás.

Chamaram a doença de *martírio*. Ninguém sabia do que se tratava, mas ela dizimou cinco crianças antes que os Homens do Porão colocassem outras dez infectadas em quarentena. Quando as mortes e os sintomas cessaram na cidade, decidiram mantê-las em cárcere, até que se curassem ou morressem de uma vez. Além do vômito e da diarreia, o martírio as fazia sangrar. Olhos, gengivas, nos últimos instantes, a própria pele. A moléstia parecia restrita às crianças, era o que se sabia até hoje.

— Não deem mais um passo! — Bernardo avisou e disparou. A bala atravessou o corpo pálido da criança mais adiantada, um menino magrinho chamado Pedro Borato.

Tal qual uma falange, todos os pequenos avançavam ao mesmo tempo. Bernardo disparou novamente e o resultado foi o mesmo. Eles não estavam ali, não de verdade, não poderiam estar. Incapaz de vencê-los ou atrasá-los, Bernardo recuou e colocou o velho Felles à sua frente. Colou a pistola na têmpora direita do homem dos correios.

— Ele tentou ajudar vocês, e eu vou matá-lo se não pararem com isso!

As crianças riram com seus dentes triangulares. Riram e avançaram outro passo.

Em vez de atirar no velho, Bernardo o empurrou nas crianças.

O delegado correu dois passos em direção à porta, então algo no chão o fez deslizar e cair. Era sangue, o chão estava transpirando sangue. Aterrorizado, Bernardo notou que acontecia o mesmo com as paredes e com o teto. Com muito esforço, ele conseguiu se firmar e ficar de joelhos, mas antes de se reerguer totalmente, sentiu algo perfurando sua coluna. — Não... vocês não... podem... — Escavando, rompendo, dilacerando.

À sua frente, Felles se desculpava com as crianças, embora elas não parecessem ouvi-lo. Os pequenos passavam através dele e continuavam seguindo em frente, caminhando sobre o sangue, como o filho dos céus também caminhou sobre as águas. No brilho arregalado dos olhos de Bernardo Tritão, o reflexo de pequenos dentes sorria.

• • •

Disseram muitas coisas quando a tempestade de sangue se foi, pela manhã. Químicos visitaram Cordeiros, biólogos colheram seus materiais, o exército enviou seus melhores especialistas. Tudo o que descobriram foi o mesmo que as pessoas falavam: que era sangue humano, sangue AB positivo. Um jornalista da capital levantou a hipótese de uma evaporação maciça e do arraste de determinadas bactérias, que ao decomporem matéria orgânica oriunda de poluição impregnam o vapor d'água presente na atmosfera com tonalidades vermelhas. O homem ainda escreveu que tal matéria orgânica estaria abundantemente disponível em um matadouro na cidade vizinha, Três Rios, mas ele não conseguiu explicar o fato de todo aquele material ser sangue humano. Os religiosos das duas maiores igrejas de Cordeiros preferiram a teoria Apocalíptica, e precaveram a todos contra a chegada das sete pragas do Egito — que nunca chegaram.

No final das contas, o sangue perdeu a cor e a textura, e em uma semana não havia vestígio algum do vermelho que manchou as ruas, dentro ou fora dos laboratórios.

O corpo de Carlos Felles foi encontrado com vida na noite da tempestade. O homem que estava com ele, Bernardo Tritão, não teve a mesma sorte. O corpo do delegado foi enterrado em um caixão lacrado, e era de se duvidar que alguém tivesse interesse em abri-lo.

Nenhum perito conseguiu explicar como Bernardo fora retalhado daquela maneira, mas a única testemunha perdeu o juízo pelos poucos anos que o separavam da morte. Carlos Felles faleceu em um dia ensolarado, dois anos depois. Dizem que ele estava nos jardins da casa de repouso Dias Felizes, recebendo presentes de algumas crianças.

Break off the tab with a screwdriver.

Agora estamos velhos e grisalhos, Fernando
E faz muitos anos que não vejo um rifle em suas mãos
Você ainda é capaz de ouvir os tambores, Fernando?
ABBA

QUANDO AS MARIPOSAS VOAM

Now we're old and grey, Fernando//And since many years I haven't seen a rifle in your hand** *Can you hear the drums, Fernando? Fernando — **ABBA**

I

Clisman Heinz fora um homem mau, mas agora era só um velho que precisaria de alguma ajuda para não urinar nos próprios pés. Setenta anos, a próstata do tamanho de uma laranja e metade dos dentes substituída por próteses baratas. Dizer que o senhor Heinz desejava a morte não seria nenhum exagero, mas, como todo homem mau, ele temia o que o aguardava do outro lado.

Heinz estava outra vez perto da janela, seu lugar preferido a tarde. Alguém desavisado que olhasse para ele se contaminaria com sua tristeza que, naquela quarta-feira, estava ainda pior. Do lado de fora do lar para idosos Doce Retorno, o vidro transparecia um mundo úmido e descorado, o vento balançava as árvores molhadas pela chuva e o jardim descansava um breve abandono. Os únicos corajosos a continuar sobre a grama, tomando toda aquela chuva fria, eram dois cachorros de rua, mas talvez a coragem dos bichos se resumisse apenas ao fato d'eles não terem nenhum outro lugar para ir. O mesmo que acontecia com muitas das almas cansadas que entulhavam o asilo.

— No que será que ele pensa? — indagou Márcia, uma das enfermeiras. Era bem branca, tinha muitas sardas no rosto e um cabelo em formato de guarda-chuva. Márcia também era cozinheira nas horas vagas e sonhava dia e noite em dar outro uso para as roupas brancas, de uma vez por todas. Com ela estava Lúcia, general de farda branca, corpo forte e olhos pequenos e rápidos.

— Não tenha pena dele. Todo mundo tem o que merece e gente velha não é exceção. Se fossem coisa boa, suas famílias não os deixariam aqui.

Lúcia foi cuidar dos remédios da manhã em seguida, e Márcia preferiu mais um pouco do salão de jogos. A tv ainda estava desligada, o ar ainda livre do cheiro de urina e do hálito forte das pobres criaturas. Márcia sentia pena. Sim, principalmente de um deles. Ela caminhou alguns passos e parou ao lado do velho Heinz. O homem continuou na mesma, seduzido pela liberdade que não seria capaz de ter. Márcia tocou seus ombros, ele cedeu um longo suspiro.

— Olhando para a chuva, senhor Heinz?

— Pensando na vida, minha filha. É a única coisa que sobrou para mim.

Sua voz rouca vacilou levemente, mas foi forte o suficiente para fazer a emoção de Márcia rasgar a pele. Ela era canceriana, e como todo infeliz que nasce perto de junho, tinha empatia sufocante. Teria começado a chorar se Ernesto, outro morador da casa de repouso, não tivesse peidado bem alto.

— Que feiura, seu Ernesto! — ela disse. Mas já estava sorrindo quando terminou a frase. Ernesto também ria, estava com a dentadura nas mãos e a girava sobre si, como uma espanhola tocando castanholas.

II

A quarta-feira seguiu triste e chuvosa. A chuva que era novidade naquela semana quente. O fim da tarde trouxe um pouco mais de frio, e a noite chegou quieta e sem lua. Perto das onze da noite, quase todos os funcionários tinham ido para casa, e todo o trabalho havia ficado com quatro plantonistas sortudos.

Márcia abriu os olhos em um sobressalto. A enfermeira era uma das felizardas naquela noite escura, e alguém tinha acabado de gritar e socar a porta de um dos quartos.

Esfregou os olhos, apanhou a maletinha de primeiros socorros e deixou a sala de descanso às pressas. Tomou a direção dos quartos. Encontrou Dimas, vigia da noite, logo no primeiro corredor. O rapaz também corria, seu walkie-talkie sacudindo na mão direita. Parecia tão assustado e surpreso quanto Márcia.

Os dois verificaram o quarto de Sarita Guedes — uma ex-vedete que agora era cliente voluntária da clínica, assim como o senhor Heinz —, o de Clemente Antônio — um dos muitos indesejados pela família —, e depois o cômodo de Ernesto-Sem-Sorte (que na verdade se chamava Ernesto Palha). Só depois encontraram algo fora da normalidade: a porta do quarto de Clisman Heinz estava trancada. Dimas torceu a maçaneta para o lado, fez muita força. Atirou-se contra a porta, tentando forçar a entrada. Percebendo a inutilidade dos gestos, Márcia se adiantou:

— Senhor Heinz! Abre a porta! Sou eu, a Marcinha.

Nenhum movimento do outro lado. Márcia colou os ouvidos na madeira e dessa vez ouviu, em um tom protestante, o velho gritar:

— Me deixem em paz!

— Tá tudo bem aí dentro? Por que o senhor trancou a porta? — ela perguntou, se esquecendo de que nenhuma das portas dos quartos tinha uma chave. Dimas a lembrou disso quando falou:

— Ele deve tá segurando do outro lado.

— Se afasta da porta, senhor Heinz, o Dimas vai arrombar!

Dimas confirmou com os olhos se faria aquela bobagem. Se derrubasse a porta, ele mesmo teria que consertar (e duvidava muito que conseguisse), além disso, correr o risco de arrebentar os ombros pelo salário que recebia? Mas Márcia se afastou e acenou com a cabeça, os olhos esperançosos. Dimas tomou distância, então...

Clinch.

— Graças a Deus — o vigia disse a si mesmo. Márcia já estava dentro do quarto, acionando o interruptor da luz.

III

— Como prendeu a porta, seu Heinz?

O velho mantinha os olhos arregalados.

— Seu Heinz?

O velho estava recuado na cabeceira da cama, como uma criança que não tem certeza se o pesadelo terminou de verdade. Do topo de sua cabeça corria um fio de sangue. O líquido era farto e já tinha atravessado toda metade direita do rosto e chegado ao queixo. A mão direita se adiantava à frente, espalmada.

— Olha só esse ferimento — Márcia colocou a maletinha branca sobre a cama e apanhou algodão e água oxigenada.

Ela tinha jeito com os velhos, tanto que chegava a ser estranho como gostava deles. Idosos não são fáceis, eles sempre têm reclamações, sempre falam pelos cotovelos e quase sempre se irritam quando alguém discorda deles. Para Márcia isso não era problema. Falar com os velhos, mesmo quando eles a mandavam para lugares inóspitos e xingavam sua mãe, era um privilégio. Ela apanhou o algodão embebido em água oxigenada e o colocou no corte.

— Ai... — Heinz reclamou baixinho. Não muito alto, porque o velho era durão. Clisman Heinz era o único paciente que tomava Benzetacil na bunda sem fazer careta. Ficava sem sentar direito por dois ou três dias, mas não dava um pio.

— Como o senhor se machucou? — Dimas perguntou tão logo entrou no quarto.

O velho olhou para ele, depois devolveu sua atenção à Márcia.

Ela continuou o que estava fazendo. Só depois de limpar o ferimento da cabeça (que parecia uma concussão, como se alguém o tivesse golpeado ali) disse a Dimas que ele podia ir embora, que ficariam bem. O vigia confirmou se ela tinha mesmo certeza sobre ficar sozinha, a enfermeira confirmou, dizendo que, se tivesse qualquer problema, o senhor Heinz cuidaria dela.

— Não gosto dele — Heinz disse quando ficaram sozinhos. Márcia limpava o caminho vermelho deixado pelo sangue. Depois teria que trocar os lençóis, mas não agora. Se ela demorasse demais, correria o risco de acordar outros pacientes, e demoraria horas para devolver todo mundo para a cama. Por enquanto ninguém tinha aparecido no quarto de Heinz, e isso era quase tão estranho quanto a porta fechada e os ruídos que a trouxeram ao dormitório.

— O Dimas é legal. Meio atrapalhado, mas é legal.

— Ele é um idiota. Rapazes com cabelo esquisito sempre são idiotas.

Dimas tinha um cabelo quase moicano e tomava esteroides. De fato não parecia muito inteligente, e tinha perdido a namorada para o padrasto de sessenta e três anos.

— Tá fugindo do assunto, seu Heinz. Como conseguiu esse machucado?

Heinz olhou para a cômoda. Sobre ela havia uma pequena TV em preto e branco e uma estatueta de Jesus Cristo.

— Você não acreditaria — ele disse, sem mover as órbitas.

— Pode me contar. O senhor caiu da cama, foi isso?

— Sempre que um velho se machuca, vocês acham que foi alguma estupidez. Eu não caí da porcaria da cama.

— Tá bem, senhor mau-humor. Então me explique como aconteceu. Eu estou de plantão essa noite, vou precisar anotar alguma coisa no relatório.

— Tinha alguém aqui dentro, mocinha. Eu fui agredido.

Márcia deu um pequeno sobressalto e afastou o algodão rosado da pele de Heinz.

— Quem? Consegue identificar quem atacou o senhor?

— Claro que eu consigo, mas não vai adiantar nada colocar isso no seu relatório. — O homem velho sorriu. A cabeça baixou, os olhos subiram. — Quem fez isso está morto há vinte anos.

Márcia saltou os quadris para longe dele. Gente velha fala de mortos frequentemente, mas não era comum isso de dizerem que foram agredidos por eles. E o pior: ela quase acreditou nele. Pelo que conhecia de Heinz, ele não mentiria para chamar atenção. O velho pertencia à ala dos caladões depressivos, que em uma manhã qualquer aparecem mortos, enforcados pelos próprios cintos, mas gostava de dizer a verdade.

— Como pode dizer isso? O senhor não tem vergonha de me assustar desse jeito? Poxa vida, seu Heinz, custa dizer o que aconteceu?

Dessa vez, ele não disse nada. Heinz se enfiou nas cobertas, virou de lado no travesseiro e se cobriu até a cabeça. Sabendo que Heinz só abriria a boca quando bem entendesse, Márcia juntou suas coisas, apagou a luz e deixou seu amigo com o silêncio do quarto.

IV

No relatório, escreveu:

"Senhor Clisman Heinz teve um pesadelo e sofreu uma pequena concussão na cabeça ao se chocar contra a cabeceira da cama. Fiquei de olho nele a noite toda. Depois dos curativos, dormiu tranquilo.

Márcia".

V

Perto das oito da manhã do dia seguinte, Márcia se preparava para voltar para casa. Antes de sair, resolveu dar uma palavrinha com o velho Heinz, para checar se estava tudo bem com ele. Mariana, outra das enfermeiras, havia dito que sim, mas Márcia queria vê-lo com seus próprios olhos.

Encontrou Heinz no refeitório, no cantinho triste de sempre. Os olhos perdidos lá fora, focados no segundo dia da chuva fina que ameaçava durar a semana toda. Próxima a ele, Sueli. A idosa de olhos tristes e cinzentos tinha um gato de pelúcia nos braços, que sempre estava com ela. Márcia se aproximou e sentou em uma cadeira, ao lado de onde os dois estavam.

— Ele não gosta de muita gente — Sueli apontou para o bicho. Em seguida se levantou, fazendo cafuné na pelúcia.

Heinz manteve os olhos parados, mas cedeu um sorriso esguio.

— Dormiu bem o resto da noite? — a enfermeira perguntou a ele.

O velho suspirou. Baixou a cabeça. Cruzou as mãos sobre o colo.

— Não.

— Sonhos ruins?

— Gente velha não sonha. Ainda mais quando não consegue dormir. Eu não preguei os olhos a noite toda, enfermeira. Apareceu outro fantasma no meu quarto.

— Seu Heinz... Acho melhor não falarmos sobre gente morta. — Em seguida, sugeriu: — Por que não esquecemos os fantasmas e conversamos sobre assuntos mais alegres? Daqui um mês começa a festa junina, o senhor já escolheu seu par?

Heinz deixou a vidraça e correu os olhos pelo salão, fez isso bem depressa.

— Se esse lugar tivesse uma única velha que não mijasse nas próprias calças cada vez que se emociona, eu faria isso.

— Seu Heinz!

— Não vou mentir para agradar a senhorita. Tenho mais de setenta anos e nunca me justifiquei mentindo para os outros. Fiz coisas ruins, paguei minhas dívidas, então, se eu digo que vi um fantasma, um, não, *dois fantasmas*, é porque eu vi mesmo.

— Fantasmas não existem, senhor Heinz.

O velho tateou a cabeça em busca do curativo, tocou-o com os dedos magros que sempre tremiam um pouco.

— Quem fez isso na minha cabeça existe, o nome dele é Emídio Cabral. Ou era, antes dele bater com as dez.

— E de onde o senhor conhece esse Emídio Cabral?

Outro suspiro do velho, dessa vez seguido de um bocejo. Heinz coçou o canto dos olhos e pigarreou.

— Quando digo que fiz coisas erradas, eu fiz mesmo, mocinha. E ele, o Emídio Cabral, foi um dos rapazes que sofreu em minhas mãos.

— Por isso ele bateu na sua cabeça? Para se vingar?

— Não. Ele teria que fazer muito pior pra se vingar...

— Seu Heinz?

Ele estava outra vez olhando para fora. Heinz também cantarolava uma música esquisita, sem abrir a boca, e ele sempre fazia aquilo quando se cansava de alguém e queria se isolar dentro de suas memórias velhas.

Márcia estava cansada demais para trazê-lo de volta, os olhos irritados, os ossos doloridos com a noite mal dormida. Pareceu uma ótima ideia aproveitar o momento para deixar a clínica. A enfermeira ainda tinha que levar sua mãe ao shopping e o cachorro para tomar vacina. E no final do dia, outro plantão na Doce Retorno.

VI

A tarde de Heinz não foi muito tranquila. Por volta das três, o doutor o chamou para uma conversinha particular, para saber sobre o que havia acontecido na noite passada. Toda quinta-feira o dr. Tavares ia ao asilo para consultar os velhos, cobrando o dobro do preço que cobrava em sua clínica particular. Tavares era clínico geral, e diziam coisas bem ruins de seu passado, muitas delas Heinz conhecia. Mas Tavares duvidou do que ouviu do velho e riu de sua história de fantasmas. Na metade da consulta, Heinz ficou tão agitado que precisou tomar um comprimido de Capoten e meio de Rivotril para controlar a pressão — mesmo assim ficou beirando dezesseis por onze. Depois do atendimento infeliz, Tavares o deixou em paz. E Heinz voltou para sua janela preferida, onde passou o resto do dia.

Quem o viu durante a tarde comentou como estava diferente. Heinz não tinha sossego, sempre olhando para os cantos, para as costas, duas ou três vezes cochilou e acordou gritando seco como um disparo. Ele também encheu as calças de cocô, o que nunca havia feito. Magali, outra enfermeira (que operava com a paciência no vermelho há cinco anos), disse que iria trocá-lo, mas que se ele se enchesse de novo, dormiria na própria bosta. A miss simpatia da enfermagem quase levou uma advertência pelo excesso de gentileza, mas ficou no boca a boca. Magali era competente, e não era fácil encontrar bons enfermeiros em Assunção — não era fácil encontrar nem os ruins. Depois do banho, Heinz foi para o quarto, assistir à novela das seis. Segundo Heinz, a novela não era grande coisa, mas era mais interessante que os jornais que só serviam para desanimar a raça humana.

Perto das oito da noite, Márcia estava de volta à clínica. Usava um perfume novo que fez Dimas espirrar onze vezes quando a cumprimentou. Em seguida, a enfermeira foi passar o plantão com Lúcia. Falaram sobre o dia, sobre seu Clemente, que vomitou em cima da mesa de damas e xadrez, sobre a morte de Dona Terezinha (e graças a Deus por isso — a mulher tinha diabetes e já tinha perdido a visão, uma perna, um braço e toda a vontade de continuar vivendo) e, por fim, sobre o que realmente Márcia queria saber.

— Ele está bem agora, mas deu um pouco de trabalho para o doutor Tavares.

— Coitadinho do seu Heinz. Ele é velho, Lúcia. Velhos são como crianças, não dá para levá-los a sério.

Lúcia raspou a garganta e preencheu a ficha com o horário de sua saída. Depois de devolver a prancheta ao prego fixado na parede, perguntou:

— O que você sabe do senhor Heinz? Sobre a vida dele?

— Não muito. Eu evito perguntar, eles ficam tristes quando relembram o passado.

— Você devia perguntar algumas coisas pra'quele velho antes de tratá-lo como o Papai Noel.

Lúcia tentou deixar a sala em seguida, mas Márcia ainda tinha perguntas. Queria saber mais sobre Heinz, mas não queria perguntar diretamente a ele. Com toda aquela lengalenga de fantasmas, temia que ele encucasse de novo e se machucasse para valer.

— O velho nunca foi flor que se cheire — Lúcia postergou sua saída e se serviu com um pouco de café, de uma garrafa térmica que ficava por lá, em uma mesinha. Márcia também se serviu.

— Só um minutinho — Lúcia pediu em seguida. Tirou do bolso um Bip pequeno e bonito, um pager que certamente fora presente de seu marido médico, e apertou um botão. — O meu menino vem para cá no fim de semana. Tá perguntando se pode trazer a roupa suja pra eu lavar.

— Homens... — Márcia sorriu.

— O Rafa faz faculdade fora, ajudo no que posso. O pai dele fica maluco, mas é ciúme. No fundo, os homens perdem o trono quando nascem os filhos — deu um gole no café —, e eles não se cansam de tentar recuperá-lo. Mas você quer saber mais do seu amigo, não é?

— Tenho pena do senhor Heinz. Sempre olhando pra fora com aquele jeitinho triste, é de cortar o coração.

— Igual ele cortou o de um monte de gente. O seu amigo Heinz fazia o serviço sujo pr'uns poderosos de Três Rios. Gente perigosa e acobertada pela polícia. Não sei se já ouviu falar de Hermes Piedade...

— O empresário? Acho que ouvi alguma coisa na tv, sobre contaminação de solo.

— Esse homem é o mal encarnado, minha filha. Ele é a própria contaminação. Em Três Rios, todo mundo sabe que é melhor não se meter com Hermes. Muita gente foi mutilada, destruída por ele e seus comparsas. Que eu saiba, Hermes Piedade enlouqueceu de tanto mexer com seus venenos, o negócio com as carnes apareceu depois. E é aí que seu amigo entra. Ele devia... incentivar o pessoal a vender alguns terrenos.

— E posso perguntar...

— Quer saber como sei de tudo isso? Tenho um tio que também trabalhou com eles, não no mesmo setor, mas ele sabia o que acontecia. Quando o velho Heinz veio para cá, em setenta e sete, meu tio me telefonou e contou o que podia, evitou detalhes que me colocassem em risco, mas me alertou sobre ele. Aquele velho é perigoso.

— Ele está arruinado, Lúcia. Isso dos fantasmas, de se sujar todo, ele está chegando ao fim da linha.

— Bem, você quis saber e eu contei. Você é uma boa garota, Márcia, tome cuidado para não se envolver demais. Eles são velhos, têm problemas e mais problemas, temos que nos preparar. Você sabe do que eu estou falando.

— Eu sei que ele vai morrer logo. Só não acho justo que fique tão triste o tempo todo.

O pager bipou de novo. Lúcia o retirou da bolsa e leu a mensagem.

— Agora é o homem que perdeu o trono. Melhor eu ir andando, Marcinha. E você se cuida.

À porta da sala, Lúcia jogou o copinho de café na lixeira e acendeu um cigarro. Márcia ficou pelo pátio enquanto ela se afastava, pensando no que acabara de ouvir. Heinz era um velho ríspido às vezes, não só pelas poucas palavras. Também era dureza, e talvez alguma maldade adormecida, esperando a hora certa para acordar.

VII

Perto das nove e meia da noite, a novela das oito, *Vale Tudo*, terminava na sala de recreação da Doce Retorno. A TV continuou com o volume no mínimo, praticamente falando sozinha, e começou a exibir uma propaganda eleitoral que não interessava a ninguém — mais uma do governo Sarney, mostrando tudo o que fez de bom pelo país com criancinhas magras mordendo pães e pobres desafortunados agitando uma bandeirola. Pela vizinhança, alguns gatos rangiam, quebrando o silêncio restante. Márcia pensava em tirar um cochilo, ela estava cansada há uns cinco anos e precisaria de outros dez se quisesse realmente repor toda a energia perdida. A enfermeira escolhia algum canal novo no conversor UHF da TV quando ouviu uma série de gritos.

— Minha Nossa Senhora — se segurou firme na cadeira.

Depois do susto, Márcia apanhou uma caixa de primeiros socorros e chegou à porta em poucos segundos, então avançou pelo corredor do pátio e em seguida pelo corredor dos quartos. Não testou nenhuma das fechaduras antes de chegar ao quarto do senhor Heinz. Márcia ouvia novos gritos envelhecidos, pavorosos; forçava os passos, jogava o corpo pra frente, tentava ser mais rápida do que realmente conseguiria. As pernas queimavam e a boca perdia saliva. Ela estava zonza e ofegante quando chegou ao quarto, e apoiou-se no batente da porta entreaberta sem saber se ultrapassá-la era a melhor das ideias.

— Jesus Cristo!

Heinz estava ajoelhado no chão. As mãos cruzadas no peito. Olhava para cima. Seus olhos estavam encharcados e vermelhos, estava descalço e molhado de urina. Resmungava alguma coisa sem dar atenção para a entrada esbaforida de Márcia.

— O que aconteceu com o senhor?

Márcia estava com as mãos na boca, sem coragem de tocar o pobre homem. A camisa de pijama de Heinz estava toda rasgada, ele parecia ter sido chicoteado, ou empurrado de uma ribanceira. A pele cortada, as feridas vertiam algum sangue. Ele não saía do chão, continuava com a cabeça colada no queixo, dizendo frases trêmulas e incompreensíveis.

Enfim, Márcia tomou coragem para se aproximar. Com medo de assustá-lo, não acendeu a luz do quarto.

— Seu Heinz, vamos pra cama. Precisamos cuidar disso e...

— Quer ajuda aí? — perguntou Dimas.

— Alguém o feriu — Márcia explicou. Depois, usando a pouca paciência que tinha disponível: — Dá uma olhada por aí se não tem nenhum vagabundo dentro da clínica. Eu dou conta do seu Heinz.

Dimas obedeceu e correu pelo corredor, começou a checar os quartos, um a um.

— Obrigado — disse Heinz. Com a mão direita ergueu um pouco da camisa fatiada. Márcia tentou retirá-la, mas em um primeiro momento, envergonhado, ele não permitiu. Pobre Heinz, sua pele estava quente, ele tremia e olhava para os cantos escuros do quarto. — Eles ainda estão aqui?

— De quem o senhor está falando? Consegue identificar quem fez isso com o senhor?

O velho a encarou e secou os olhos com a manga da camisa; um gesto infantil que o tornou uma vítima ainda maior. Como alguém foi capaz de fazer aquilo com um velhinho indefeso? E daí que o passado de Clisman Heinz fosse pesado? Quantos compartilham do mesmo embuste? Olhando para aquele velho destroçado, joelhos ralados, urina na roupa, sangue e humilhação pelo corpo, não havia justiça ou compensação, só havia dor e vergonha.

— Claro que eu sei quem fez isso. Eu nunca vou me esquecer deles. Do mesmo jeito que eles não se esqueceram de mim. Não são gente de carne e osso, enfermeira.

— Tem certeza que nenhum estranho entrou aqui para fazer isso com o senhor? Ou que o senhor mesmo não... Entende o que eu quero perguntar?

— Minha filha, se eu pudesse me alongar desse jeito e chicotear minhas próprias costas, não estaria preso em um asilo. E quem entrou aqui não foi nenhum desconhecido. Nenhum deles.

— Fantasmas?

— É, sim. Quem me atacou ontem não foi só o Emídio Cabral, como eu contei a você. Ele trouxe uma garotinha, o nome dela era Domênica.

Antes de continuar o velho lançou um longo suspiro. Com a ajuda de Márcia, se acomodou como pôde na única cadeira do quarto.

— A menina tinha doze anos quando a conheci. Eu e os rapazes estávamos em um... trabalho, queríamos ter uma conversinha das boas com o teimoso do pai dela, o idiota do Emídio. Mas então essa garotinha saiu do nada e...

Notando um vacilo na voz do velho, Márcia intercedeu:

— Não precisa falar agora, precisamos cuidar desses ferimentos.

— Meus ferimentos mais doloridos estão aqui dentro, enfermeira — bateu de leve na própria cabeça. — Bem aqui dentro.

Márcia esperou que o velho contasse o que queria, enquanto isso apanhou o que precisava para um curativo. A maleta de primeiros socorros estava aberta. Para cuidar dos ferimentos, Márcia precisou rasgar a blusa manchada de sangue de Heinz. Também acendeu a luz do quarto.

— Meu Deus, o senhor está muito machucado.

— Eu acho que mereço. A garotinha de quem eu falei... Durante a prensa no pai, ela saiu correndo e gritando pela casa, ameaçando a coisa toda, então alguém atirou nela. Estava escuro, todos estavam tensos por que o tal Emídio podia ser perigoso e...

— Foi um acidente, não pode se culpar por isso — disse Márcia. Jogou um pouco de soro fisiológico nas feridas abertas de Heinz e ele gemeu baixinho. Forte como um carvalho.

— Não foi nenhum acidente, mocinha. Eu disparei contra a fedidinha porque ela ia foder com tudo. Depois, nós matamos o infeliz do pai dela.

Incapaz de assimilar o que acabara de ouvir, Márcia se afastou. Arregalou os olhos, e seu primeiro impulso foi jogar molho de pimenta naquelas feridas. Mas a confissão era só o rompante revoltado de um velho, alguém cujos anos sacrificaram a beleza e a vitalidade; tiraram tudo, mesmo a esperança. Aquele homem raivoso era só outro coitado cuspindo os marimbondos que engoliu pela vida afora.

— Eu não duvido de que o senhor tenha feito isso, senhor Heinz. Mas eram outros tempos, outra realidade.

Ele deixou que Márcia continuasse falando e cuidando de seus ferimentos. Sem reclamar, sem sequer ouvi-la. Heinz ficou olhando para cima o tempo todo, para a luz do quarto onde um inseto se debatia.

— A luz incomoda? — ela perguntou depois de um tempo.

— Estou observando as mariposas. Elas são animaizinhos esquisitos. Sabia que quando uma mariposa é atraída pela luz, ela não consegue se afastar? E pior do que isso: quando uma delas corre para a luz, outras fazem a mesma coisa, como se sentissem seu cheiro. Depois elas ficam ali, batendo contra a luz, até que se apague, ou até que elas próprias deixem de existir.

— Acho que terminamos.

— Não. Eu ainda não contei quem me atacou hoje.

— Nós estamos cansados, seu Heinz; é melhor irmos para a cama.

— Eu já estou ao lado da minha cama, senhorita. Então, se não estiver muito cansada e quiser me ouvir...

— Tudo bem, mas amanhã vamos falar com o doutor a respeito desses machucados. E pode ser que a polícia venha nos visitar também. Agora me conte quem fez isso com as suas costas.

— Nós os chamávamos de Irmãos Esgoto. Isso porque nenhum deles era muito diferente do que você encontra dentro de uma privada. Nessa época eu estava envolvido em um serviço particular para o dono do Matadouro de Três Rios. Seu Hermes mexeu com gente graúda da cidade, e os antigos donos do poder contrataram os Irmãos Esgoto pra contra-atacar. Trabalhei mais de vinte anos pro seu Hermes. Nosso empregador não era um homem ruim, mas ele era vingativo como o cão. Eu e meus homens ficamos no encalço deles por meses, até que montamos o cerco perto da represa do Onça, sabe onde fica?

— Acácias?

— Lá mesmo... Os três irmãos estavam dentro de um casebre, se tentassem sair levavam bala. E a gente começou a gostar do sofrimento deles. Eles urinavam e defecavam lá dentro, não comiam nada, só bebiam água suja. Mas o pior veio depois que eles se renderam. Nós os levamos para Três Rios, a matriz do nosso organismo ficava por lá. Como eu falei, seu Hermes era uma pessoa muito vingativa. Fizeram coisas ruins com esses homens, entende? Torturas, brutalidades, injetaram veneno neles todos. Pelo que sei, o último a morrer dos três foi o João Dias, o irmão mais velho. Ele já estava cego e não falava mais coisa com coisa. Via coisas que não existiam.

— E o senhor se arrependeu?

— Desses aí? Bem pouco. Mas vieram outros atrás deles, seu Hermes trabalhou com a gente por mais dez anos, até estabelecer as empresas dele e nos aposentar. São eles, minha filha. São esses demônios que estão me atacando, estão me punindo pelo que fiz com eles.

— Já parou pra pensar que talvez o senhor já tenha saldado suas dívidas? O senhor é um homem sozinho, seu Heinz. Eu o vejo olhando pela janela, quieto e de cabeça baixa, passando dias sem trocar uma palavra com ninguém. Sei que o senhor sofre.

O velho soltou um suspiro concordante e bocejou. Aquele era o sinal para deixar a noite resolver o que sobrou dos problemas. Márcia o acomodou de lado na cama, para que os ferimentos não doessem tanto, apagou a luz do quarto de modo que os insetos fossem para a luz do corredor, e saiu.

VIII

Novos gritos a acordaram antes do despertador.

Márcia pulou da maca onde dormia e correu para o quarto de Heinz. Ela sabia que tinha acontecido de novo. Atravessou os corredores que tão bem conhecia, muitas luzes estavam acesas, conversas ecoando.

Na porta do quarto de Heinz já havia muita gente, todos amontoados, sem coragem de entrar. Os velhos cochichavam uns com os outros, alguns choravam, Clemente estava de costas, contando um terço nas mãos. Dimas tentava tirá-los dali a todo custo, mas ninguém dava a mínima. Na verdade, ninguém nunca dava a mínima para aquele garoto de cabelo espetado.

— O que aconteceu aqui?

— Uma desgraça, enfermeira, uma desgraça enorme — disse Ernesto-Sem-Sorte, que chorava.

Márcia retirou Dimas do caminho e pediu para que ele chamasse os outros enfermeiros. O mar de velhos foi se abrindo, as camisolas brancas se agitando com o vento que escorria pelo corredor. Márcia venceu todos os pacientes, ouviu seus murmúrios e lamentos, então encontrou o senhor Heinz.

Por quase dois minutos, ela ficou olhando para o quarto, sem dizer nada.

Havia sangue para todos os lados. No chão, nas paredes, nos poucos móveis. E havia um cheiro terrível de fluidos orgânicos misturado a produtos químicos voláteis, como álcool e éter. Mais do que isso, o quarto do velho Heinz cheirava a esgoto. Ele estava nu, com a coluna torcida, jogado em um canto. Pés para baixo das costas, o tórax para cima. Seus olhos estavam arregalados e a boca aberta. Márcia parou de encará-lo quando uma mariposa saiu de dentro daquela boca. O inseto sobrevoou o mar de velhos e ganhou o corredor. Dali iria para o pátio, para a luz mais forte das fluorescentes.

Márcia preferia acreditar que Heinz lutou contra aqueles fantasmas, que morreu cheio de brio e orgulho, como o homem que foi até se tornar alguém rejeitado pelo mundo. Mas talvez ele tenha apenas se rendido e deixado acontecer. Senhor Heinz sabia que suas mariposas não iriam embora, que continuariam vindo e chamando por outras, voando e se batendo contra ele. Até que a luz se apagasse.

Break off the tab with a screwdriver.

E seu tivesse a chance,
nunca te deixaria ir.
Então, não vai dizer que me ama?
THE RONETTES

BRANCO
COMO ALGODÃO

```
And if I ever had the chance/I'd never
let you go/So won't you say you love me
** * Be my baby — THE RONETTES * * %
```

Um pouco de fumaça deixou o cigarro e formou um espelho de névoa sobre a minúcia de luz noturna que entrava pela janela do quarto. Louis suspirou e deu mais um trago, o último, o que traria ânimo suficiente para sobreviver a mais uma noite em claro. Se soubesse que um detetive de polícia trabalhava tanto, talvez tivesse continuado operando máquinas na Orleon. Ele ainda teria calos nas mãos, ganharia bem pouco, mas não precisaria enfrentar, todo santo dia, a disposição inesgotável da escória humana.

Perto das onze da noite, depois de um banho frio e de um café aquecido com conhaque, Louis desligava o rádio e estacionava seu Maverick em frente à Escola Municipal Aureliano Gomes, o colégio mais antigo da cidade de Velha Granada. Como era rotina, antes que descesse do carro o investigador acionou o farol alto e deu uma boa olhada no restante da rua. Árvores de exuberância entediante, os olhos brilhantes de um gato em frente ao portão secundário, alguém dormindo sobre um tapete feito de papelão e coberto com jornais, dez metros à frente. Nada de perigoso ou surpreendente, Louis conhecia subúrbios pelos avessos, fora criado em um deles.

Depois de deixar o carro sob a fina garoa que escorria do céu desde o final da tarde, o detetive caminhou até a entrada. O gato rajado que estava por lá correu assim que Louis chegou mais perto. Louis mal notou, ainda se perguntando como foi capaz de concordar com aquela ideia cretina. Ah, sim, mas a culpa também era sua... Não foi ele mesmo quem contou ao Delegado Rui Guedes sobre a suposta aparição noturna? Não foi o mesmo homem chamado Louis Trindah quem se ofereceu para ir "mais fundo que o Inferno" naquele caso? Mas o que um homem decente poderia ter feito... Negado sua ajuda a uma mãe desesperada? Não, esse não era o Louis. Ele era o que os colegas chamavam de sentimental.

Como combinado, Louis chegou ao portão precisamente no horário combinado (o prédio não tinha campainha e bater palmas em frente ao colégio acordaria metade da vizinhança). Em menos de um minuto, o homem dentro do colégio acendeu uma das luzes internas. Depois de algum ruído metálico, o vigia atravessou a porta e caminhou até o portão de entrada.

— Pensei que o senhor tinha desistido — ele disse.

— Estou atrasado? — Louis perguntou, mesmo sabendo que não estava.

— Pensei que tinha desistido do mesmo jeito. — O vigia destravou o portão e Louis atravessou.

Os dois seguiram pelo caminho de concreto ladeado por flores sem dizer muito. O silêncio da noite quebrado apenas pelos sons urbanos distantes e pelo assovio tremulante do vigia noturno.

— Quando eu contei sobre a moça, não achei que o senhor acreditaria — ele disse, mais ou menos na metade do caminho. — Tirando meia dúzia de moleques que dizem ter visto, quem acreditaria em uma moça morta que invade banheiros de escola?

— Eu não disse que acredito, só estou aqui para enterrar esse caso de vez. A mãe do menino insistiu para que eu viesse.

— Contou a ela sobre a moça?

— Não precisei. Os outros acabaram falando pelos cotovelos.

— Então a mãe de Jonas acredita? Na moça morta?

— Eu não me importo no que ela acredita, senhor Clauss. Estou aqui para provar o contrário.

— O senhor tem alguma fé, doutor?

— Tenho duas. Uma no coldre da cintura e a outra amarrada na minha perna direita.

Clauss riu, mostrando os dentes brancos de sua nova prótese. Geralmente ele não usava aquela porcaria à noite, mas o homem era um policial, o mínimo que poderia fazer era mostrar-se apresentável.

Depois de entrarem, seguiram pelos corredores escurecidos, com apenas uma luz fluorescente iluminando o piso em mosaico que levava às salas de aula. Louis não precisou perguntar o motivo da penumbra. Assim como ele, Clauss trabalhava à noite — com o tempo, os olhos se tornam mais sensíveis. Além disso, o detetive estava mais receoso com as salas de aula vazias e o ranger dos próprios sapatos. O escuro não conseguiria ser tão assustador quanto a ausência que reinava naquele espaço. Gomas de mascar, suor, perfumes adocicados; risos e vozes em estado de maturação que ainda estavam em algum lugar, mas não ali. À noite, a escola parecia uma tumba.

— Calado essa noite, detetive? — Clauss perguntou, sem parar de mover as pernas.

— Pensando no que aconteceu. A família do garoto está inconsolável.

Clauss começou a caminhar mais devagar. Não muito, mas o suficiente para que Louis pudesse alcançá-lo.

— Nós também perdemos um filho, eu e a minha senhora. Mas ele era bem novinho, tinha um ano e meio.

— Eu lamento — Louis disse.

— Não faça isso. Entendo que o senhor não tenha muita fé, mas orações e bons pensamentos fazem um bem maior aos espíritos que as lamentações, inclusive ao meu.

Com um novo silêncio, continuaram em frente, passando pela sala dos professores, por um bebedouro de inox e por dois quadros de ex-diretores bigodudos que possivelmente estavam mortos. Depois de três minutos de caminhada e de duas dezenas de salas vazias, Clauss sacou o molho de chaves e abriu uma porta de vidro à esquerda. Com o silêncio do corredor, o som da maçaneta pareceu um tiro.

— Estamos sem luz no pátio. Não sei se o senhor sabe, mas a escola não tem mais aulas à noite, por causa da violência do bairro. Desde que tomaram a decisão, ninguém me deixa trocar as malditas lâmpadas.

— Tudo bem — Louis confirmou seco, evitando que o homem que acendia uma lanterna continuasse reclamando da segurança pública. O que ele poderia fazer? Montar uma ONG? Com o salário que recebia, ser honesto era mais que suficiente.

O novo espaço deixou Louis mais à vontade. O pátio estava mais escuro que o interior da escola, mas era vazado nas laterais e coberto por telhado alto, fornecendo um espaço muito melhor que o corredor claustrofóbico que acabara de atravessar.

— Eu vou levar o senhor até o banheiro e voltar para a escola. Não me entenda mal, mas eu não quero me meter com o que acontece dentro daquelas paredes.

Louis tentou se segurar, mas seu cinismo era quase tão forte quanto a sua teimosia.

— Senhor Clauss, um homem com a sua idade com medo dessas bobagens?

— Se fosse uma bobagem assim tão grande, o senhor não estaria aqui, é o que eu penso. E quem disse que existe uma idade pra gente deixar de ter medo? — Clauss parou de caminhar e deixou que a lanterna iluminasse seu rosto. Ficou calado por alguns segundos, longos segundos.

— Minha avó contava histórias, detetive, coisas que o senhor não gostaria de ouvir em uma noite escura como essa. Foi ela quem me ensinou a não acreditar em nada e nunca duvidar de coisa alguma. Estou dizendo, detetive: os espíritos existem.

— E foi isso que atacou o menino? Um espírito?

— E como eu vou saber? Eu não estava na escola quando aconteceu. Se eu estivesse por aqui, talvez aquele menino não tivesse morrido. Mas quem ia imaginar que os garotos fariam algo tão idiota quanto invadir a escola no domingo à noite e...

— Invocar um espírito?

— Foram os amigos dele que contaram essa parte para o senhor, não eu — Clauss pigarreou e cuspiu no chão de concreto. — O senhor me parece um homem sensato; por que não desiste dessa ideia estúpida e procura por um assassino de carne e osso?

— É exatamente o que pretendo fazer. Quem asfixiou Jonas Cravinho não foi um espírito, senhor Clauss, foram mãos de carne e osso, como as minhas e as suas.

— Detetive, eu insisto. Eu sei que falei demais como todo velho, mas eu ficaria mais feliz se o senhor voltasse para casa e recuperasse o sono perdido, não tem nada que o senhor queira ver nesse banheiro.

— E o que eu vou encontrar aí dentro?

Clauss meneou a cabeça e bufou.

— Espero que coisa nenhuma. O senhor *ouviu* tudo o que eu contei quando esteve na escola pela primeira vez?

— Sobre os meninos que morrem a cada quinze anos? Ou sobre a suposta mulher morta que acaba com eles? É claro que eu cheguei as informações. E não foram sete garotos como o senhor mencionou, foram quatro.

— Isso é o que a polícia sabe. É que com os primeiros, os diretores da escola tiravam eles daqui e colocavam em outro lugar, o pessoal diz que era para eles não perderem o dinheiro que vinha da prefeitura e acabava no fundo dos bolsos. Eu não posso ter certeza, eu sou apenas o vigia, mas é o que dizem. E vamos parar de falar *nela* — o homem se benzeu. Louis não repetiu o gesto, apenas esperou que o silêncio ficasse incômodo outra vez.

— Existe mais alguma coisa que eu possa fazer para tirar essa ideia da sua cabeça, moço?

A resposta de Louis foi um passo à frente. Em seguida, pediu que Clauss abrisse a maldita porta.

— Eu preciso dar um jeito nos outros banheiros e continuar com a ronda. Se o senhor precisar de mim pode me chamar ou dar um assovio, eu vou ouvir de qualquer jeito. O que pretende fazer, detetive? Dormir em um banheiro de escola? Se for isso, vou desestimulá-lo outra vez. É melhor o senhor ficar de olhos bem abertos enquanto estiver aí dentro.

— Eu não durmo fácil. Pode continuar seu trabalho, Clauss.

— Vou fazer o meu trabalho, sim, e desejo boa sorte com o seu, mesmo duvidando que aconteça. — Clauss girou o corpo e andou dois passos antes de devolver sua lanterna à direção de Louis. — Eu nunca peço a mesma coisa pra alguém três vezes em um mesmo dia, mas o senhor não quer mesmo desistir dessa ideia? Não percebe que está repetindo o mesmo erro daqueles meninos?

— Estou investigado um crime, senhor Clauss. Agradeço se me deixar trabalhar.

— Ela... a coisa que às vezes aparece aí dentro, o senhor não faz ideia, ninguém faz. Ela é obstinada, doutor, ela não desiste. E não pense o senhor que ela prefere as crianças, os meninos só são mais...

— Disponíveis?

— É uma palavra horrível pra gente usar nesse caso, mas é isso mesmo. E o senhor também vai ficar disponível aí dentro, ainda mais sozinho.

— Pode ficar comigo, se preferir.

— De jeito nenhum — Clauss voltou a cuspir no chão e tomou seu caminho. O detetive esperou que a lanterna se afastasse e atingisse a porta do corredor que dava acesso ao pátio. Acenou de onde estava para Clauss, tentando uma trégua, e mesmo à distância pôde ver sua cabeça se movendo decepcionada antes que o homem cruzasse a porta. Sozinho de novo, Louis empurrou a madeira azul recostada à frente e admirou a brancura dos azulejos que escorriam das paredes ao chão. O que poderia ser tão assustador em um banheiro? O cheiro?

Sorrindo da própria piada infame, Louis atravessou a porta e a recostou. Pelo menos Clauss se lembrou de deixar a luz acesa.

— Aqui estou eu, Cinderela.

• • •

Por quase quinze minutos, Louis ficou ouvindo o ronco das lâmpadas fluorescentes e repensando nos detalhes do caso Jonas Duna. O menino foi encontrado no quarto, dos sete boxes do banheiro. Estava no chão, as pernas abertas, molhadas com urina, o pescoço torcido para a esquerda, na mesma direção da língua. Havia uma espécie de queimadura em sua fronte esquerda. Quem o encontrou não foi Clauss, mas uma das senhoras da limpeza, Marlene Santini. Ela disse que sentiu um cheiro esquisito, alcoólico, assim que entrou na escola. Segundo a mulher, ela se sentiu obrigada a seguir a direção daquele cheiro ruim.

O que Louis ouviu dos meninos foi um pouco diferente. Eles contaram *coisas* sobre Jonas Duna. Disseram que ele não era exatamente um bom amigo, mas um daqueles pequenos seres que parecem ter uma semente de maldade germinando dentro deles. Disseram que ele os ameaçou quando recuaram perante seu plano de invocar a "Mulher do Algodão". O que eles contaram depois, quando deixaram Jonas sozinho, foi ainda mais surpreendente. Antes de fugirem, os garotos ouviram passos do lado de dentro, ouviram torneiras e descargas abertas simultaneamente e o crepitar de uma fogueira.

— Claro que sim, fogueira... — Louis sorriu e voltou a encarar o espelho.

Em todas as escolas onde estudou na infância, havia duas coisas que todo garoto sabia: não entre em uma briga que não possa vencer e como invocar a Mulher do Banheiro. A lenda tinha muitas variações: "A mulher Morta", "A Loira do Banheiro", "Maria Ensanguentada", mas todas terminavam com algum garoto morto no passado, que ninguém de fato chegou a conhecer vivo.

Embora a mulher morta que adorava sanitários causasse algum desconforto, a pior parte da formação acadêmica de Louis era responsabilidade de garotos como Jonas Duna. Foi um deles quem o perseguiu pelos dois primeiros anos, roubando seu lanche e o apelidando. O segundo garoto tinha quatorze anos e um canivete de mola, e roubava dinheiro de quem precisasse usar o banheiro. Louis espalmou as mãos sobre o mármore frio dos lavatórios e respirou fundo. Sentiu uma pequena vertigem, provavelmente porque trocou o jantar por bebidas mais uma vez.

— O que eu estou fazendo aqui? — perguntou ao espelho. — Em seguida um bocejo, embalado pela chiadeira das lâmpadas.

O que ele estava fazendo ali era uma boa pergunta. Louis não acreditava nos garotos, tampouco no vigia supersticioso que tratava a porra do banheiro como uma igreja de Satanás. Mas havia aquela interrogação, aquele pontinho de dúvida que os anos ainda tentavam escurecer.

Em setenta e um, Louis aceitou a mesma proposta que Jonas Duna. Ele ficou sozinho no banheiro, disse "Maria Ensanguentada" em frente aos espelhos e chutou uma porta por três vezes. Ouviu uma descarga se acionar sozinha, uma respiração canina e deixou o banheiro correndo.

— Uma válvula hidra com defeito e um cachorro. É por isso que você está aqui, não é mesmo?

Não. Ele estava ali porque um menino fora assassinado.

— Maria ensanguentada — disse ao espelho. Depois pensou: *Você não existe. Se existisse, haveria centenas de garotos mortos por aí. Bocas escancaradas, jeans manchados com urina, pescoços torcidos e pulsos esfaqueados.*

Contrariando o tempo fresco, Louis sentiu um pingo úmido brotar em sua testa e escorrer pela lateral do olho esquerdo. O detetive o secou e em seguida ouviu uma das três lâmpadas do teto chiar mais alto. Uma vibração que aumentou aos poucos, e logo chegou à potência de uma colmeia de abelhas. Louis ergueu os olhos e recuou um passo — os dois tubos luminosos estavam vermelhos como brasa viva. Recuou mais um pouco e sentiu a porta entreaberta do quarto sanitário roçar sua bunda. Então ouviu aquele som às suas costas, algo áspero.

Louis girou o corpo tão depressa que faltou muito pouco para experimentar o chão, mas conseguiu se reequilibrar se apoiando na pia de onde acabara de sair. Em seguida, ouviu o som de uma descarga completa. Não havia ninguém ali. Tinha certeza porque a primeira atitude de Louis naquele banheiro fora vistoriar cada um dos sete boxes.

— Merda — disse, apenas para ouvir o som da própria voz e se acalmar um pouco.

Depois de respirar fundo outra vez, Louis avançou em direção da porta do sanitário número quatro. Sem trancas por fora, a porta estava apenas recostada, a madeira afastada do batente dois ou três centímetros. Receoso, Louis a tocou.

Alguém pareceu sorrir do lado de dentro. Louis se afastou e a lâmpada avermelhada chiou com mais vontade. A porta recuou, e bateu, como se tivesse sido chutada contra a guarnição. Louis sacou sua arma e a segurou com as duas mãos.

— Eu não sei o que está acontecendo aqui, mas se tiver alguém aí dentro, estou armado. Eu sou da polícia e você está invadindo uma investigação oficial.

Grande bosta, pensou em seguida. Não havia ninguém ali, Louis não se descuidou da porta de entrada, ninguém conseguiria invadir aquele espaço sem que ele notasse.

Um novo riso dentro do box. Infantil e provocador, carregado de escárnio.

— Eu avisei — Louis chutou a porta com tudo.

Enquanto a madeira avançava, o detetive calculou se o responsável poderia ser algum moleque pregando uma peça, alguém pequeno que entrou sem que ele percebesse. Louis não lembrou de olhar o teto, talvez existisse um alçapão escondido, alguma passagem desconhecida. A expectativa de machucar um menino não o incomodou tanto, precaver--se era um mal necessário.

Do lado de dentro, encontrou apenas o vaso sanitário com a tampa suspensa, e azulejos brancos. Louis olhou para a água que ainda escorria pela porcelana e baixou o assento. Ele não imaginou aquela descarga, a água ainda escorria na louça.

Antes que se tranquilizasse, as luzes piscaram, todas elas. Louis se posicionou entre a porta e o batente, para que a madeira não voltasse a fechar. Mais daquele chiado de colmeia e, dessa vez, todas as luzes se apagaram. Em vez de assustar-se, Louis pensou naquele vigia. Clauss estava armando para cima dele. Mas o homem tinha um motivo? Claro que sim.

Suponhamos que Clauss conhecesse o assassino. E que ele, por algum motivo que só os malucos conhecem, estivesse tentando protegê-lo. Então ele conta uma história assustadora para o detetive teimoso, planta uma sementinha do mal dentro dele. Antes da chegada do detetive teimoso, o vigia prepara o que precisa. Acionamento remoto da descarga, alguma modificação nas lâmpadas, um alto-falante escondido. Se tudo corresse conforme seus planos, o detetive deixaria aquele banheiro e voltaria para sua casa, convencido que o fantasma da tal mulher de fato existia. Então, dali a quinze anos, outro garoto morreria e continuaria a lenda. Talvez eles fossem uma organização, uma espécie de ordem secreta. A morte seduz muita gente com dinheiro, pessoas que investiriam um valor alto para ter a chance de experimentá-la. O caso 436, por exemplo. A mulher pagou mais de meio milhão para assistir a morte de uma prostituta...

— Você não devia mexer com ela — sussurrou uma voz infantil.

— Quem é você? — Louis alternou a arma em todas as direções, tentando se orientar pelo respirar ofegante da suposta criança.

— Não devia ter vindo aqui, moço, não devia mesmo. Ela conhece você, Louis. Ela já brincou com você — a voz tornou a rir, como um soluço.

Louis não movia sequer os pulmões, apenas seus braços ainda tentavam se orientar. Seguindo o som da voz, apontou para a terceira porta. O dedo deslizou para o gatilho, a pele sentiu a temperatura fria do metal.

— Babaca! — a voz gritou e as luzes piscaram. Com o escuro de antes, Louis estava com os olhos arregalados, a chegada repentina da luz o feriu como um alfinete.

Se fosse possível que alguém assustado como Louis Trindah tivesse alguma noção de tempo, ele teria percebido que ficou fora de ação por apenas meio segundo. Entretanto, quando abriu os olhos, Louis acreditou estar em um açougue.

• • •

Em todo o banheiro, não havia mais do que dez centímetros de azulejos limpos. A cerâmica estava suja de carne, sangue e cabelos empapados, que pareciam ter saído de um ralo. O odor de ferrugem era forte, tão ou mais intenso que o cheiro hospitalar que invadia as narinas e arrancava umidade dos olhos. Louis conseguia enxergar de novo, havia um cesto de lixo de inox se incendiando e iluminando o primeiro box. Ao lado dele, de olhos baixos, um menino pálido vestindo a calça azul e a camiseta branca do uniforme da Aureliano Gomes. A camisa estava escurecida em alguns pontos, manchada com algo vermelho.

— O que você fez com as paredes? — Louis perguntou, atordoado com o que via.

O menino riu. No começo, só com os lábios, mas não demorou muito a mostrar os dentes sujos de sangue. Só então o investigador o reconheceu.

— Isso é impossível. Você está morto, Jonas! Morto! Eu estive no seu enterro, eu toquei o seu corpo!

Lentamente, o menino desmanchou o sorriso e levou o dedo indicador para a frente dos lábios.

— Shiuuu. Ela vai voltar logo. Você não vai querer deixar a moça nervosa, Louis-Galinha.

— Como sabe o meu nome? Como descobriu esse apelido?

O menino não respondeu. Em vez disso, Jonas Duna começou a cacarejar e a agitar os braços. Ele não sorria, mas apertava os olhos tornando-os menores, exatamente como os antigos perseguidores de Louis costumavam fazer.

— Melhor parar com essa merda, garoto. Eu perdi minha paciência quando completei quinze anos.

— Puó, pó, pó, pópópó!

"Ela não tem paciência, a galinha não tem paciência!

Ela não tem paciência, a galinha não tem paciência!" — cantou.

— Você nem é de verdade, seu merdinha, e isso me dá o direito de meter uma bala no seu saco!

— E você é uma galinha! Um franguinho, um pedaço de bosta mole! Você é uma bichinha, Louis! E você espia a sua mãe tomar banho e fica de pinto duro! Você é uma vergonha, Louis-Galinha!

— Eu tô avisando, garoto, você tá indo longe demais!

— Bicha! Bicha! Bicha!

— Puó, pó, pó, pópópópópó! Galinha! Covarde! Vergonha!

Louis começou a tremer, as mãos pesando sobre a arma.

— *GA-LI-NHA!* — Jonas gritou.

Incapaz de se acalmar, Louis pressionou o gatilho. Não satisfeito, disparou outras duas vezes. Não no saco como havia prometido, mas em algum ponto do lado esquerdo do peito.

Agora o espectro deixaria de existir bem diante dos seus olhos e ele acordaria, provavelmente em sua cama, de onde não havia saído. O relógio não tinha despertado e Louis estava mergulhando na melhor fase do sono. Sim, fim da história (exceto que o corpo abatido ainda continuava no chão, sangrando, como uma carcaça atropelada deixada à beira de uma estrada qualquer).

Louis chegou mais perto, as luzes do teto oscilaram enquanto ele se aproximava. Deus, o que havia feito? Ele era só um menininho. Jonas Duna, que deveria estar morto, mas não estava, tinha apenas doze anos.

— Você me obrigou, eu não queria fazer isso — Louis devolveu a arma ao coldre e se abaixou.

O menino continuou como estava, o pescoço pendido, um pouco de sangue deixando os lábios mais vermelhos.

Então um movimento suave do peito.

Sem sair do chão, o menino esticou a metade de um sorriso e entreabriu os olhos.

— Agora você se fodeu...

• • •

Louis ouviu a porta da saída ranger bem devagar. Deixou Jonas por um segundo e olhou para ela, ainda agachado. Estava aberta, deixando um pouco da noite entrar em um vento fresco. Junto do vento, parte daquele cheiro alcoólico que voltava a incomodar. Louis devolveu os olhos ao menino, mas Jonas não estava mais na sua frente. Tudo o que restou dele foram as roupas e um pouco de sangue coagulado.

— Uhhhhaaaaaa — alguém soltou o ar dos pulmões e o fez levantar em um salto.

A pouca luz do lixo incendiado não a teria iluminado nos detalhes, mas a coisa tinha luz própria. Brilhante, azulada, a parte esquecida da noite que consumia cada segundo de quem se aventurasse naquele banheiro.

Trapos.

No corpo e na pele.

Cabelos empapados, dentes afiados e escurecidos pelo tempo.

O vestido da morta estava encardido como um pano de chão, o brilho enferrujado tinha a cor de uma laranja podre. Ela caminhava sem mover os pés, deslizando sobre o ar como uma folha seca de outono. Sua respiração era um gorgolejar sôfrego; seu rosto, um borrão de carne. No nariz, Louis encontrou os dois tufos de algodão. Abaixo dele, lábios negros e borrados, a pele parecendo derreter junto da maquiagem envelhecida e exagerada. A morta tinha saliva escorrendo pela boca, como o lodo verdolengo que se forma embaixo de um amontoado de lixo. Mas a pior parte da coisa eram as órbitas transformadas em dois charcos de piche.

Louis apanhou a arma de volta, dessa vez disparou sem remorsos ou considerações.

Tic, tic, tic-tic.

— O que você quer? — perguntou em seguida, notando a inutilidade de sua pistola automática.

Em resposta, apenas a respiração rachada. Louis se afastou e acabou tocando o lixo flamejante que iluminava o banheiro. As chamas se ergueram, ele se assustou e moveu o corpo para o lado, perdendo o equilíbrio e caindo. A coisa avançava devagar, não parecia ter pressa em realizar seu intento; uma perfeita expressão da morte.

— Maria? É esse o seu nome, não é? Eu precisei vir, eu não tinha escolha.

A coisa continuou se aproximando; agora, Louis conseguia avaliá-la melhor. Os pulsos cortados, os cabelos engordurados, o ventre aberto no vestido e na carne. Não que tivesse certeza alguma, mas a garota morta parecia sofrer, mesmo sem um fio de vida real persistindo em seu corpo. A tinta — ou a sujeira — que escorria pelos olhos formava um borrão lacrimoso, os lábios inexpressivos guardavam segredos que alma alguma gostaria de — ou suportaria — conhecer.

Louis também ouvia sons perturbadores. Um sintetizador compondo notas caóticas, alguma interferência estática, ruídos e lamentos importados do lado escuro do mundo. Um órgão distante e dissonante, um piano de criança, chuva.

Ela estava perto o bastante para tocá-lo.

Como em um pesadelo, Louis não conseguia se mover. Ainda tentava, mas todo o resultado era um fibrilar na musculatura e os ossos congelados dentro da carne. Respirar não era mais simples, seus pulmões queimavam, algo ácido escalava sua garganta e tentava tomar a boca; a língua ressecada parecia ter dobrado de espessura.

— Eu não fazia ideia, vim até aqui para ajudar a mãe de um menino! — Louis gritou. Ou ao menos se esforçou para conseguir, porque tudo o que obteve foi um ruído gasto e picotado.

Ainda assim, a coisa não se deteve.

Não suportando o horror de encará-la, o detetive baixou os olhos. Agora Louis via os pés da mulher morta flutuando sobre o chão que parecia ondular-se em distorções de calor, também via um pouco das pernas. Estavam ressecadas como um galho podre, a pele descascada e tomada pelo que pareciam fungos. As unhas escuras e sujas, terra azeda encardindo cada pedaço que as separava da carne.

Louis voltou a erguer os olhos. A mulher continuava sobre ele, as órbitas negras, a saliva pendendo no queixo.

A morta se abaixou e Louis ouviu ossos estalando e se acomodando, a carne rompendo a rigidez da pouca musculatura existente. Estava morta, não deveria existir, era loucura. Mas Louis não ousaria negar seus olhos, seu olfato, seus instintos básicos de preservação que aguçavam e confundiam cada músculo residente em seu corpo.

Os olhos se encontraram mais uma vez, os corpos estavam tão próximos que Louis sentia o hálito da mulher corrompida. Um cheiro chofre, ácido, o odor conhecido da decomposição dos corpos. Louis o conhecia bem, seis anos na polícia cuidaram dessa parte.

Em um movimento rápido demais para ser evitado ou contido, a coisa agarrou Louis pelos cabelos da nuca. A outra mão deslizou pelo seu pescoço e pressionou o pomo. Louis experimentou asfixia e vertigem, mas conseguiu recuperar algum movimento. Inutilmente, agarrou os braços pegajosos e úmidos da entidade até que o nojo e a repulsa o fizessem desistir. Quando nada mais restou, o detetive implorou que ela o poupasse e desfaleceu de vez.

• • •

Louis abriu os olhos, sentiu sede e frio. Seus ossos pareciam quebrados e recolocados no mesmo lugar. A cabeça ainda girava um pouco.

Definitivamente não estava na Aureliano Gomes. A cerâmica do chão parecia antiga, floral, e não haviam azulejos nas paredes de cimento. A sala estava preenchida com o tom amarelado de duas arandelas presas às paredes. Louis ainda tremia, ele podia sentir o cheiro pungente. Aquela mulher, a coisa, ainda estava por perto.

De algum ponto depois da única porta do cômodo, Louis ouviu um som abafado, um gemido doloroso. Também ouviu um homem pedindo para que alguém ficasse quieto. Louis procurou pela arma em seu tornozelo e não a encontrou, tampouco a que estava em suas mãos.

Depois da porta, o mesmo ambiente escuro e lúgubre. Paredes encardidas, cheiro de urina, três cadeiras de rodas desocupadas formando uma espécie de círculo. À frente, uma luz mais forte do que as velas insuficientes das paredes pareceu convidativa. Louis caminhou até ela, tendo plena certeza de estar preso em um novo pesadelo. O que não o deixava mais tranquilo. Na verdade, o detetive imaginava estar morto, experimentando alguma espécie de descarga neural, algo que o lançaria na mais profunda escuridão tão logo acabasse.

— Quieta, menina! Já mandei ficar quieta! — a voz masculina tornou a ordenar.

Sem suas armas — funcionando ou não, uma arma é uma arma —, Louis avançou devagar, mantendo-se o mais próximo possível das paredes. Ele já estava a dois metros do quarto iluminado quando ouviu um animal rosnando aos seus pés.

— Droga... — se recostou ao cimento gelado.

Era um cão. Louis não conseguiu ou tentou definir a raça, mas notou os dentes enormes e a baba branca que descia por eles. Acuado pelo animal, ouviu passos chegando mais perto. Tentou se mover, bem pouco, mas o cão latiu com mais vontade e ameaçou abocanhar sua mão direita.

— Átila! O que pensa que está fazendo? — um homem vestindo um jaleco perguntou. O cão, incapaz de entender o motivo de ser repreendido por atacar um invasor, tornou a latir e ficou onde estava.

— Suma daqui! — o homem o chutou na barriga. Com um guincho e um novo latido, o cão foi novamente golpeado, dessa vez perto da cauda. — Vá deitar! Agora! — o homem fez um gesto brusco para repeli-lo, e dessa vez teve sucesso. O homem de jaleco olhou em direção à Louis, parecia tremendamente curioso.

— Que lugar é esse? Quem me trouxe para cá? — Louis quis saber.

O homem sacudiu a cabeça e seguiu o caminho de volta, tratando Louis como uma daquelas paredes cruas ou os tijolos encerados do chão. O detetive decidiu segui-lo.

Terminaram em um espaço amplo, de mais ou menos quatro metros quadrados. Louis notou uma bandeja de instrumentação; sobre ela, alguns objetos prateados que refletiam a luz das velas espalhadas por todo o cômodo. Sobre um anteparo de granito que tomava toda uma parede, alguns frascos. Âmbar, transparentes, alguns eram bem grandes e carregavam vísceras e fetos mortos.

Louis demorou alguns segundos até conseguir avançar e descobrir o que se escondia à frente do ocupado homem de jaleco.

Em uma cadeira reclinável e estofada com couro, uma garota de no máximo doze anos se debatia. Havia pânico em seu rosto. Os cabelos loiros escorridos, os olhos vermelhos, a boca transpassada por uma mordaça encardida. Ela moveu os olhos em direção à Louis como se pudesse vê-lo e agitou-se ainda mais. Irritado, o homem de jaleco embebeu um tecido claro em um dos frascos cor de âmbar.

— Eu já pedi para você se acalmar. Sou o seu pai, você deveria ter mais confiança em mim — disse, ainda de costas.

— Humm! Hummmm!

— Shiuuu. — O homem chegou mais perto, posicionou o pano com éter no rosto da garota e esperou que ela aspirasse a solução. Seus olhos infantis rodopiaram por alguns segundos. As mãos apertadas contra o estofado fino do braço da cadeira relaxaram a tensão, as pernas tremeram e desistiram da tentativa inútil de içar o corpo.

— Melhor assim. — O homem de jaleco esboçou um sorriso e se interessou na mesa de instrumentação feita de porcelana. Embebeu um algodão em algo ferruginoso que o detetive julgou ser uma solução de iodo e o deixou repousando sobre um pires. Fez o mesmo com o líquido âmbar que possivelmente era éter, também com os dois chumaços de algodão que exalava o cheiro daquele frasco.

— Você sempre tem uma desculpa. Sempre a culpa é de alguém, sempre alguém a persegue. Percebe o que me obriga a fazer? — perguntou à moça que recobrava alguma consciência. — Eu e a sua mãe estamos cansados. Você nos envergonha, por que sempre faz questão de sujar o bom nome de nossa família? Sabe como chamam você? Seus amigos e os funcionários do seu colégio? Maria Louca.

Ouvindo aquele apelido infame, a mocinha voltou a se agitar. Em vez de pânico, havia ódio em cada linha de seu rosto.

— Vamos executar um procedimento bem simples, Maria. O nome correto é lobotomia. Você vai dormir e quando acordar vai se sentir mais calma, você vai aprender a se comportar como nós queremos.

Mais uma vez, a garota tentou se reerguer da cadeira, fez tanta força que uma das tiaras que prendia suas pernas acabou se soltando.

— Deus, o que eu e a sua mãe fizemos para ter um castigo como você? Por que não pode ser dócil como ela? Ou organizada como as suas irmãs? Você traz destruição onde quer que vá, minha filha. Faz sua mãe chorar todas as noites. — O homem calmamente se abaixou e a prendeu novamente.

— *Humm! Malchtuuuu!* — a menina gemeu. E o detetive apostaria que ela o chamou de maldito.

Louis duvidava muito que funcionasse, mas ele precisava tentar.

— Já chega! Você não pode fazer isso com ela. É desumano! É tortura! — gritou de onde estava. Também chegou mais perto e chutou a bandeja que concentrava todo tipo de antiguidade cirúrgica.

Não tão surpreso quanto gostaria de estar, Louis viu seus pés transpassarem a bandeja como se fosse feita de luz e vento. No entanto, a moça ainda o encarava. Não com medo, não com raiva, mas com alguma esperança.

O médico voltou até a bandeja, apanhou o algodão iodado e o esfregou na fronte esquerda da filha.

— É geladinho, não é? Aposto que traz uma boa sensação nessa cabeça infernal — sorriu. Seus dentes eram amarelos como uma chama que chega ao fim. Os poucos pelos vermelhos espalhados no rosto, insuficientes para compor uma barba, o faziam parecer doente.

Terminada a assepsia, o homem retornou à bandeja e apanhou um bisturi; também algo que lembrava um martelinho e outro objeto pontiagudo, que parecia forte o bastante para quebrar alguns ossos.

— Não vai dar certo! Meu Deus, ela é sua filha! Não pode continuar com isso!

— Vai doer só um pouquinho — o homem disse. — Depois de toda a vergonha que você nos fez passar, eu deveria permitir mais dor, no entanto... A medicina me faz ter clemência por todos os pacientes. Tome — apanhou os dois pedaços de algodão embebidos e enfiou um em cada narina. — O éter vai fazê-la dormir.

— Não! — Louis gritou. — Ela não vai morrer, não vai funcionar como você espera! Sua filha vai se tornar um demônio! Ela vai se consumir em ódio, vai ser prisioneira de seu próprio corpo até que morra. Jesus Cristo! Eu nem sei definir o que ela vai se tornar depois! Pare!

Sem ouvi-lo — ou aos tremores que tomaram a menina —, o médico, o pai, fez uma pequena incisão na pele da fronte. As pernas da mocinha tremeram, o cabelo loiro que pendia pelo encosto da cadeira se agitou como um lençol ao vento. Louis notou brotos úmidos ganhando os olhos que insistiam em encará-lo.

Agora, o homem de jaleco tinha o objeto pontiagudo em mãos. Mesmo sedada, a mocinha tentava agitar-se, mas sua cabeça estava imobilizada, amarrada naquela cadeira estofada. O homem colocou a ponta prateada na incisão sangrenta, ergueu o pequeno martelinho e o desceu com força.

Ao mesmo tempo, a aparição da escola emergiu do solo como uma explosão sombria e se avolumou à frente de Louis. Ela gritou, sua boca se distendeu a ponto de partir a junção dos lábios, o nariz começou a despejar algo denso e preto. Os gritos continuavam, enchiam de eco cada espaço vazio daquela sala. Em segundos, ficaram tão altos que Louis levou as mãos aos ouvidos. Desorientado, caiu de joelhos. Chorou, sem saber exatamente o motivo. Talvez estivesse tomado pelo horror, ou temesse pela própria vida, mas para Louis Trindah, era como se ele sentisse toda a tristeza daquela garota. O que não impediu o espectro de se vergar e mergulhar um de seus dedos podres no ventre do detetive.

— NÃÃÃOOO!

• • •

Um simples piscar de olhos foi o suficiente para trazer Louis Trindah de volta.

No começo, o banheiro estava escuro, mas não demorou até que as lâmpadas chiassem e devolvesse sua luz. Louis tremia, todo seu corpo parecia rebelar-se às lembranças que começavam a se dispersar como em um sonho.

Olhando ao redor, Louis não encontrou espíritos carregados, vinganças ou corpos, mas ele ainda sentia o cheiro. Também sentia sua pele queimando, logo acima do umbigo.

Com algum esforço para reafirmar as pernas, Louis se levantou, as costas escoradas nos azulejos frios que condensavam alguma umidade.

De pé, olhou seu rosto pálido refletido no espelho.

— Tudo bem, você está de volta. O que quer que tenha acontecido, já terminou.

Vacilante, deu os passos que precisava até o quarto sanitário. Pousou suas mãos úmidas na porta pintada de azul e a empurrou. Não havia nada do lado de dentro que não fosse o vaso sanitário e um rolo de papel higiênico. Nada visível, mas Louis ouviu claramente quando um suspiro o chamou de Louis-Galinha pela última vez, tão bem quanto ouviu o riso que se desfez como um vento de fim de tarde.

— Tudo bem com você? — alguém à porta perguntou. Louis girou o corpo e, quando ficou de frente para o homem, segurava sua fé na mão direita.

— Ei! Por que está apontando essa gerigonça para mim?

O detetive ainda demorou três longos segundos para baixar a pistola e devolvê-la ao coldre.

— Quando chegou aqui? — perguntou ao vigia.

Clauss não respondeu imediatamente. Antes, caminhou pelo banheiro, procurando alguma coisa que não estava mais ocupando aquele espaço.

— Ainda sinto o cheiro dela — disse. — Sempre o cheiro. Foi a primeira coisa que sentimos quando alguma coisa deu errado.

— E quem disse que alguma coisa deu errado? Eu peguei no sono e você me assustou — Louis disse ao homem.

Clauss estava sorrindo de novo, o brilho de seus dentes postiços tão branco quanto algodão.

— Você pode dizer o que quiser, detetive. Mas aposto minha aposentadoria que o senhor recebeu uma visita. Era ela, não era? A mulher? — Clauss estava olhando para o ventre de Louis. Sem notar, o detetive fez a mesma coisa. E sem se preocupar com o homem à sua frente, ergueu a camiseta e checou a integridade da pele. Caminhou até o espelho e deslizou os dedos sobre a ferida recente que parecia cauterizada com fogo.

— Como pode ser? Como é possível?

Sem traços de empatia, Clauss caminhou e parou ao seu lado. Em seguida ergueu a camisa grossa e cinzenta de seu uniforme. Havia um sinal nele, já consolidado, mas exatamente igual ao de Louis, um semicírculo.

— Não conheço muita gente que escapa dela. Ou que é poupada, se o senhor preferir.

— Então aconteceu? Aconteceu mesmo?

— Quem sabe? — Clauss procurou alguma coisa no bolso da camisa. — Nós não deveríamos fumar aqui dentro, mas certos hábitos são difíceis de abandonar. — Estendeu um dos tubinhos de *Plaza* ao detetive. Louis aceitou o cigarro e o isqueiro *Bic* oferecido pelo vigia.

— Eu fumei escondido nesse banheiro muitas vezes — Clauss continuou. — Quando a escola municipal ainda era boa, embora os meninos brancos fizessem questão de torná-la um inferno. Conheci Maria em cinquenta e oito, quando eu ainda era um menino. De alguma forma, ela me ajudou, mas eu sinceramente gostaria que nenhum dos meninos tivesse morrido.

— Do que está falando?

— Dos perseguidores, senhor Louis, dos meninos maus. Hoje tem um nome para o que eles fazem, mas eu sempre soube que era maldade pura. O senhor deve imaginar que eu sofria um bocado, uma ruindade enorme só por conta da minha cor.

Louis tragava o cigarro e escondia suas palavras. Não queria confessar a Clauss que também passara maus bocados, que ele perdeu metade dos seus lanches e que, algumas vezes, precisou dizer que estava doente e encarar algumas injeções para não apanhar na porta da escola. Ele era um detetive, alguém forte, um combatente da maldade humana. Era o que diziam na academia. Proteger e servir, servir e proteger.

— Por que ela faz isso? Por que os meninos?

— Quando nos encontramos, eu fiquei apavorado. Eu não tive a sorte do senhor em ser um homem adulto, eu tinha apenas quatorze anos. Mas naqueles dias, ainda era possível seguir o rastro da moça. Eu descobri que Maria era como eu, alguém que precisava ficar calada e se esconder. Não sei o motivo dos outros meninos implicarem com ela, talvez fosse por causa do pai, ele era médico aqui na cidade. Gerenciava o...

— Manicômio — Louis deixou escapar. Clauss não pareceu surpreso.

— Ela foi injustiçada. Na escola, na cidade, dentro da própria casa. E quando as injustiças ficaram grandes demais, ela começou a dar o troco. Pelo que se sabe, ela acertou a cabeça de um menino com um cano de ferro quando ainda era viva.

— Foi por isso que o pai dela...

— O que o senhor descobriu pertence a você e a ela.

Louis continuou olhando para Clauss pelo espelho, tentando racionalizar o que acabara de vivenciar sem perder o juízo.

— A lenda existe em muitos lugares — o detetive disse. — Não parece possível que ela...

— Maria se apropriou de um mal antigo, um que eu ou o senhor nunca poderemos compreender. Existem Marias aqui, na França, na Alemanha, no mundo todo. Eu acredito, do fundo do meu coração, que todas elas foram injustiçadas, que todas foram obrigadas a calar seus sentimentos. O pagamento que nós recebemos são suas visitas. Entenda, detetive, ninguém é obrigado a chamá-las, mas os garotos mais cruéis acabam fazendo isso somente para provocá-las. Com os outros, ela não se importa, um susto parece ser o suficiente, mas se o senhor for mau, mau de verdade... Jesus tenha piedade.

— Acho melhor voltar para casa. Eu ainda tenho que perseguir os homens maus amanhã bem cedo.

— Pensei que o senhor trabalhasse à noite, detetive.

— Eu também, Clauss.

Louis esperou que o vigia atravessasse a porta e depois o seguiu. Pelos espelhos, conseguia ver um espectro borrado e flutuante à espera de sua próxima vítima. Ele não tentaria impedi-la, não procuraria por um padre exorcista ou um médium espírita. Na polícia, muitas vezes a justiça parecia torta e falha, inexistente, mas naquele banheiro de escola Louis Trindah presenciou o oposto. A justiça de Maria era algo tão real quanto sua nova cicatriz ou o cheiro alcoólico que ainda morava em suas narinas.

WHERE FLAT "TWIN LEAD" TYPE OF ANTENNA WIRE IS USED

CONNECT SWITCH BOX AS SHOWN.

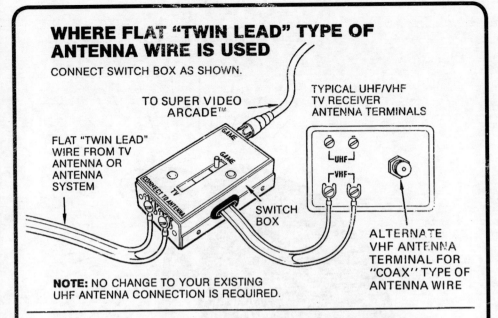

NOTE: NO CHANGE TO YOUR EXISTING UHF ANTENNA CONNECTION IS REQUIRED.

FOR TV INSTALLATIONS WHERE ROUND "COAX" TYPE OF ANTENNA WIRE IS USED

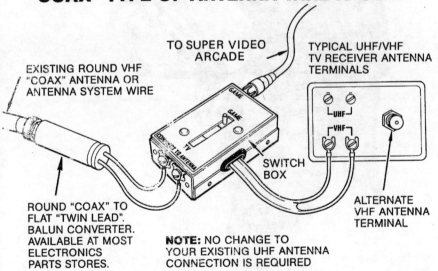

NOTE: NO CHANGE TO YOUR EXISTING UHF ANTENNA CONNECTION IS REQUIRED

NOTE: FOLLOW THE DIRECTIONS IN YOUR TV OWNERS MANUAL OR ON THE BACK OF YOUR SET FOR CHOOSING BETWEEN THE ALTERNATE "COAX" VHF TERMINAL AND THE FLAT "TWIN LEAD" VHF SCREW TERMINALS. YOU MUST SELECT THE FLAT "TWIN LEAD" VHF SCREW TERMINALS WHEN USING THE SUPER VIDEO ARCADE SWITCH BOX.

Break off the tab with a screwdriver.

Agora que perdi tudo para você
Você diz que quer algo novo
E isso está partindo meu coração
CAT STEVENS

BICHO-PAPÃO

Now that I've lost everything to you//You say you wanna start something new** *And it's breakin' my heart Wild World — CAT STEVENS

Ernesto vivia como um cão. Amarrado em um porão escuro, ingerindo ração, remoendo seu passado selvagem na esperança de que a morte não demorasse a alcançá-lo. Enquanto isso, o tempo passava trazendo novas dores, humilhações e espancamentos.

Pelas suas contas, a brutalidade acontecia há alguns meses, mas Ernesto podia ter passado uma ou duas semanas desmaiado, de tanto apanhar. Não tinha dentes na boca, as fezes eram líquidas, os ouvidos zumbiam os acúmulos infecciosos de pus. O homem-cão continuava amarrado à parede, encolhido, sem nenhuma chance de fuga — metal de primeira, feito para suportar a força de dez homens.

O pouco que ainda ouvia descia pelo ralo do andar de cima. Além de um alto-falante, o ralo parecia um pequeno sol, um brilho fugaz de esperança, embora toda luz se distorcesse em tragédia quando os captores de Ernesto urinavam pelo mesmo buraco. Algumas vezes, a sede foi tanta que ele bebeu do líquido amarelo que descia, embalado pelo instinto primordial de preservar sua existência insignificante. Mas ele talvez merecesse. O espancamento, a dor, a fome, Ernesto só não via justiça em passar o resto da vida naquela prisão.

Os ouvidos pulsaram, sons pela escada disseram que alguém se aproximava. Certamente um dos sequestradores. Ernesto tinha perdido a esperança em salvar-se. Em Deus, no Diabo, e ele nunca tivera esperança alguma na humanidade.

Geralmente três homens desciam as escadas. Não raramente, vinham com o fardamento da polícia. As horas que passavam com Ernesto eram chamadas por eles de "terapia".

A terapia consistia em socá-lo até ele perder a consciência. Nas ingratas ocasiões em que não apagava depressa, os três só paravam de golpeá-lo quando se cansavam (e demorava um bocado até acontecer). Ernesto tinha somente um olho agora, o outro era uma enorme bola vermelha que marejava sangue e líquor ininterruptamente. A boa notícia é que quase toda dor do corpo havia ido embora, o que restou se concentrou em seu ânus, onde, seguidas vezes, os homens fardados testaram a resistência da musculatura. Não era muita. Graças a Deus, o buraco se tornara maleável. Atualmente, o que sofria com cabos de vassoura já acomodava, com algum esforço, um frasco bem grande de xampu e condicionador 2 em 1. Em duas ocasiões, deixaram objetos dentro de Ernesto, demorou dias para sair. Na pior experiência, ele precisou beber óleo de máquina em um funil. E ele tomou, como também tomou detergente, suco de sabão em pó, ah, e um pouco de feijão apodrecido...

Ernesto acordou de pesadelos passados quando a luz ineficiente do teto do porão iluminou seu rosto. Graças a um espelho, podia acompanhar sua própria desumanização. Os homens gostavam disso, que ele assistisse seu dia a dia obsceno e doloroso. Ernesto desviou os olhos, como sempre fazia. Ele não se reconhecia naquele pedaço de vidro. Cabelos apodrecendo no couro, pele edemaciada, cortes; aquele olho morto que parecia um gomo de intestino. O peito magro, despido, populado por queimaduras e cicatrizes; costurado com remendos tortos nos pontos onde a selvageria dos homens arrancara bem mais que a cobertura de pele. Eles sempre o costuravam, o queriam vivo.

Encolhido, Ernesto pediu para morrer antes que eles vencessem o último degrau. Como sempre, ninguém o ouviu. Ele não culpava Deus por isso, tampouco o absolvia por permitir que os monstros o martirizassem por tanto tempo. Monstros... Ele também havia sido um monstro, um bicho-papão que atacava os milagres mais sagrados do mesmo Deus.

O primeiro a chegar ao buraco foi o mais forte dos três. O homem parou e encarou Ernesto; esperou pelos outros companheiros sem abrir a boca. O cheiro doce de seu desodorante barato chegou às narinas de Ernesto como uma benção. Dentro daquela cova, onde os únicos cheiros eram fluidos corpóreos ejetados e mofo, o perfume parecia um carinho materno. Mas misturado ao perfume, também vinham memórias das visitas anteriores, dos dentes pulando da boca, das unhas deixando os dedos — Ernesto arranhou um dos homens no primeiro dia, no dia seguinte, não tinha mais unhas, eles as removeram com um alicate.

Logo os outros dois chegaram, o baixinho e o ruivo. Esse último, o verdadeiro motivo da penitência de Ernesto.

— Ele ainda está vivo — Ruivo disse. Não era um lamento.

Quando os três o encararam, Ernesto fez o que devia. Sentou-se de cócoras, botou as mãos em frente do corpo; a cabeça levemente esticada para frente, deixando a língua para fora enquanto os pulmões executavam uma respiração ofegante.

— E aí, vira-lata? Isso é jeito de receber seus donos? — Baixinho perguntou.

Droga. Ele estava fazendo tudo certo, por que o homem ainda não estava satisfeito?

A cabeça de Ernesto andava preguiçosa. Não podia conversar com os homens, a menos que eles exigissem. Se insistisse, apanharia até apagar. Mas mesmo quando eles exigiam, podia ser de mentirinha, uma pegadinha. Cães traiçoeiros não falam, e era isso que Ernesto se tornara para eles, um animal de estimação que morde a mão do dono.

Não demorou muito para que Ernesto notasse seu erro. Ele recolheu a língua e latiu:

— Au! Au-au.

Língua para fora de novo. Olhar submisso.

— Melhor assim, vira-lata. Pensei que tinha esquecido que você é um cachorro — sorriu Ruivo.

Grandalhão os deixou por um instante. Caminhou até onde estava Ernesto, o rodeou, soltou uma risadinha abafada.

— Jesus Cristo, você andou comendo merda? Que cheiro horrível!

Ernesto continuava sentado, apenas seu olho bom tentava acompanhar o policial. Grandalhão ainda estava às suas costas quando Ernesto sentiu a sola do coturno. Foi forte, um golpe duro, para machucar, como todos os que vieram antes dele. Ernesto rolou pelo chão e gemeu. Quando conseguiu um pouco de oxigênio, se refugiou em um canto.

— Animal de merda! Escroto! Nojento!

Grandão ergueu o coturno e desceu outra vez, acertando os pés descalços de Ernesto. A fina pele que o cobria rasgou como papel.

— Infi, himph — ele guinchou. Tinha apanhado o suficiente para aprender que cães não falam, nem mesmo quando são espancados.

— Chega de choro! — Ruivo comandou. — Põe ração pro desgraçado.

O menor dos policiais arrancou um pacote do bolso, ração para gatos.

Ernesto já havia comido todo tipo de porcaria, mas a dona do troféu era a maldita comida de gato. A coisa parecia já estar podre antes mesmo de sair do potinho. Sabe-se lá como gatos adoram aquela merda, mas, para Ernesto, o gosto era de peixe azedo.

Baixinho colocou o pacote dentro de um vasilhame plástico e o empurrou para perto de Ernesto.

Ávido, homem-cão chafurdou no que parecia uma farofa úmida e empurrou garganta abaixo. O potinho não facilitava sua vida. Era um pouco fundo e, quando a ração diminuía, ele sempre precisava usar a língua para raspar o resto. Nunca, em hipótese nenhuma, podia usar as mãos. Fazer isso significava apanhar muito ou ter um dedo quebrado. E os homens não os consertavam como faziam com os cortes profundos — dedos quebrados não matavam ninguém; ele já tinha quatro desses.

— Você vai comer toda essa nojeira, cão. Se sobrar um farelinho, vai ter que fazer terapia pelo dobro do tempo.

Ouvir isso bastou.

Ernesto enfiou a cabeça na tigela e esticou a língua. Era horrível. Mesmo a textura da coisa. Era meio mole e tinha uns pedacinhos que, quando atingiam a parte de trás da língua, soltavam um gosto azedo e amargo, peixe podre concentrado. A coisa raspava a garganta como uma escova de dentes, o vômito era inevitável, principalmente quando o potinho estava chegando ao fim.

Terminado o prato, Ernesto abriu a boca desdentada e arfou. Sem perceber, soltou um arroto.

Baixinho arregalou os olhos, Ruivo fez o mesmo. Grandão fez algo mais.

O coturno dessa vez acertou a cabeça de Ernesto. Ele tombou outra vez e, ainda confuso, recebeu uma saraivada de chutes. Quase todos eram focados na barriga ou nas costas, mas um deles acertou seu rosto.

— Que merda, cara... você quebrou o nariz dele de novo — Baixinho disse a Grandão.

Ruivo riu: — Foda-se, mas toma cuidado para não matar o bicho.

Grandão continuou com aquilo por mais dois minutos. Ernesto vomitou no chão e urinou na cueca. Ele fazia muita coisa naquela cueca, a única peça de roupa que usava. Ficou nu nos primeiros dias, mas até então, ele ainda era tratado como um ser humano. A ideia brilhante de torná-lo um cão veio no final da primeira semana, quando implorou para morrer. Foi Ruivo quem deu a sentença. Ernesto lembrava perfeitamente de suas palavras: "Você não é gente, não é humano. Daqui para frente, você é um bicho, e bicho não fala".

Ernesto tentou ser morto várias vezes, mas aqueles homens... Eles tinham treinamento para manter alguém vivo.

Quando Grandão terminou, Ernesto precisou de outros dois minutos para recobrar os sentidos. Baixinho ajudou nisso, e o cutucou com um fio de energia descascado. Sempre que apagava, eles usavam choque. Era rápido e eficiente. Ruivo estava à sua frente, sentado na única cadeira do lugar. Sempre ficava perto da escada, meio metro antes das correntes de Ernesto terminarem.

— Acorda, animal — disse Ruivo. — Hora da terapia.

Ainda desnorteado pela dor, Ernesto conseguiu se levantar e expressar o melhor que pôde de seu lado canino. A dor não permitiu muito, então o jeito foi sentar-se com as mãos à frente do corpo. Teria que ser suficiente.

— Vou contar sobre a minha menina, tenho novidades.

Baixinho, nesse momento, tornou a subir as escadas, o cara grande ficou às costas de Ernesto, garantindo que se ele rosnasse do jeito errado, lamentaria ainda ter as cordas vocais. Ruivo continuou:

— Quando você pegou minha garotinha, ela tinha treze anos. Era uma criança. Juro por Deus que, depois do que fez com ela, eu não acreditei na recuperação da Belinha. Seu cachorro desgraçado, o que você tinha na cabeça? Quantas pegou antes dela?

Ernesto não sabia se devia usar sua voz, provavelmente não, então continuou na mesma. O pouco de comida no estômago ameaçou escalar a garganta, sempre que ele se lembrava da garota a sensação era a mesma. No começo, antes de tudo acontecer, era diferente. Observar garotas, caçá-las, o deixava excitado. Na verdade, era mais que simples excitação. Era absoluta falta de controle. Ernesto só queria vê-las sem roupa, tocá-las, penetrá-las. Aquilo só parou, aquela fome, quando ele finalmente tomou uma garota. A primeira tinha vinte anos, uma prostituta. Ela não deu queixa, o que a garota fez foi ir para o casebre onde morava e tomar um banho. Para garantir, tomou um abortivo que, naquela área, era vendido em qualquer farmácia. Remédio para úlcera, "um por cima, um por baixo", quando não te mata, mata seu bebê. Depois daquela primeira, o desejo e a ousadia cresceram na mesma proporção. Foi então que Ernesto decidiu apanhar umas garotinhas. A filha do Ruivo foi a terceira, mas ele nunca falou sobre isso. Tinha certeza de que, se confessasse, sofreria por três.

— É, filho da puta. Mas ela se recuperou, sim. Ainda chora todas as noites, mas não pede mais para morrer quando reza. Ela não sabe que você tá aqui, pensa que você tá morto, foi o que eu disse para a Belinha. Mostrei sua pior foto e ela acreditou. Depois dessa merda do seu ataque, minha mulher me deixou e levou a menina com ela. Eu não te culpo por isso, sabe? A gente ia mal, mas acho que você deu uma mãozinha. Não dava mais pra se encarar depois do que aconteceu, *eu* não conseguia.

Ruivo fez uma pausa, respirou fundo, depois perguntou, alto o suficiente para a voz subir as escadas: — Vai demorar muito, porra?

Em segundos, Baixinho desceu alguns degraus.

— Tava dando uma olhada na vizinhança.

— Relaxa — disse Grandão. — Por aqui ninguém dá a mínima.

Baixinho carregava uma maleta e a deixou aos pés de Ruivo.

Ernesto esperava novas torturas. Honestamente, só Deus e o Diabo sabiam o que aqueles três ainda tinham em mente. Eles também não eram mais humanos. Não percebiam, mas a cada novo golpe um pouco de suas almas ia embora. Talvez eles não se importassem, estavam imbuídos com a espada da justiça, gente assim não recua. Eles continuariam até terminarem o serviço.

— Você me pediu uma escolha quando chegou aqui. Tá lembrado disso, cachorro?

Ernesto: — Au!

Os três homens riram.

— Pode falar, seu merda — explicou Grandão.

Foi preciso tomar fôlego primeiro. Ernesto falava muito pouco. Nas primeiras noites, quando tentou gritar, Grandão, o dono daquela masmorra, o torturou para que ficasse quieto. Não levou muito tempo até Ernesto adotar a rotina de um cão. Comia, cagava, farejava, os dias começaram a seguir outro ritmo, reduzidos a duas ou três horas. Sua mente fez o possível para manter-se sã, planejando rotas de fuga, frases que convenceriam os homens da polícia a libertá-lo, propostas que mudariam a opinião de um pai furioso. Não funcionou.

— Eu... — a voz não saía direito, parecia enroscada na garganta, como os pedaços de ração que começavam a se tornar uma espécie de geleia. — Eu quero morrer. Vocês não vão me soltar, então eu quero morrer.

— Quem disse que não vamos soltá-lo? — Ruivo perguntou.

O olho bom de Ernesto soltou uma lágrima de esperança. Seu coração acelerou, os pulmões arfaram o ar fedido do recinto como se fosse alfazema. Sua vontade era cair de joelhos aos pés de ruivo e lamber as solas do coturno. Um rastro, a nuvem brilhante na cauda de um cometa, uma última esperança.

— Graças a Deus — disse Ernesto. Com a boca machucada e as gengivas tão infeccionadas, soou praticamente incompreensível. Mas Ruivo e seus dois colegas haviam desenvolvido a capacidade de compreendê-lo. Era um elo, tão ou mais forte do que o que um garoto tem com seu cão.

— Deus não tem nada a ver com isso — disse Ruivo. Depois tombou a mala e a abriu diante de Ernesto.

— O quê... O que é tudo isso?

Às suas costas, Grandão sorriu. Baixinho também ria, embora não estivesse à vontade com tudo o que poderia acontecer em seguida — nenhum homem estaria.

— É a sua saída pra rua. Você pode ter sua escolha, cão. Viver ou morrer, não é? Foi esse o seu pedido. Bem, nós três pensamos muito se deveríamos ou não atendê-lo, levamos noventa dias para tomar uma decisão. O ponto aqui é: como poderíamos soltá-lo depois do que você fez com a minha menina? Você ainda é um risco.

— Não, eu não sou, eu não tenho mais a maldade. Por favor, eu...

— Tá tenso, né, cão? E eu queria muito acreditar em você. Mas, olha só, a gente trouxe as ferramentas certas pra te dar uma saída. Chegamos a uma conclusão sobre o seu caso, sabe? Você pode sair desse buraco em uma semana, pode viver sua vida, mas, infelizmente, vai ter que deixar seu pinto aqui embaixo.

Ernesto recuou, arregalou os olhos, e só parou de se afastar quando Grandão o chutou nas costas.

— Quieto, cachorro!

Depois de rastejar até a cadeira de Ruivo, Ernesto juntou as mãos e se ajoelhou.

— Tenha misericórdia, pelo amor de Deus! Já chega! Eu nunca mais vou olhar para uma mulher, vocês podem me vigiar, me matem se eu chegar perto de uma mulher!

— Você pediu uma escolha e nós demos; é mais do que você merece. Deixe o pinto no porão e pode sair do canil. Pensa bem, cão, se você nunca mais vai usá-lo, que diferença faz? Trouxemos até anestesia, eu não queria, mas o meu colega ali insistiu. Você não vai sentir nada, ficar sem o seu pinto vai ajudar a continuar na linha. — ele cruzou os braços. — O que me diz? Pinto ou canil?

Ernesto chorou. Soluçou, como não fazia desde o primeiro dia.

— Eu não... Pelo amor da Virgem Maria, vocês ficaram loucos? — gritou.

Baixinho sacou o cassetete da cintura e se adiantou. Ruivo espalmou a mão direita.

— Ninguém tá louco aqui, seu bosta. Estamos arrumando uma forma de você não atacar mais ninguém. É o que se faz com os cães mais agressivos. Castração. Você vai engordar, ficar mais bonito e mais tranquilinho. E ainda vai ter um cu pra dar pra alguém quando quiser. Viu? A gente não é tão ruim...

— Por favor — pediu com algum cuspe saltando da boca. — Pelo amor de Deus, *pelo amor de Deus*.

— Decide, cão. Não temos o dia todo — disse Ruivo, enrijecido de novo.

Claro que vez ou outra sentia pena do infeliz, o problema é que durava bem pouco. As imagens de sua garotinha sangrando, gritando, a lembrança de sua pequena com medo de todo mundo, mesmo dele. Ela ficou semanas sem se aproximar, parecia um animalzinho assustado, bem mais assustado do que aquele maldito. Pobrezinha, ninguém merecia conviver com o demônio pelo resto da vida, ainda mais uma criança.

— Eu quero continuar aqui — Ernesto pediu. — Podem me deixar aqui, vou ser um cachorro bonzinho. Eu vou ser um cachorro manso por toda a vida. Podem me bater, quebrar meus dedos, podem arrancar todos eles das minhas mãos se quiserem. E eu nunca mais vou reclamar de nada.

Ernesto ensaiou um sorriso que não convenceu ninguém. Era doentio, um espasmo muscular vindo de alguém que não reconhecia mais a alegria. Ele voltou à posição acocorada e canina, colocou a língua para fora e latiu com aquele sorriso apodrecido nos lábios:

— Au! Au!

— Tenho más notícias, vira-lata. Você não é mais nosso único cachorro. É uma pena, mas você vai desocupar o canil, de qualquer jeito. Um amigo do meu colega aqui, aconteceu com ele o que aconteceu comigo e com a Belinha. O nosso novo cachorro tá esperando, a gente vai adestrar ele do mesmo jeito que fizemos com você. É o fim da linha, cão.

— Seu filho da puta! — Ernesto disse e se lançou para cima de Ruivo. A corrente no pescoço o trouxe de volta. Grandão o golpeou na nuca e fez com que ele se deitasse. Ruivo partiu para cima e o montou com os joelhos, imobilizando seus braços fracos.

— É uma pena que continue selvagem. Infelizmente, você precisa morrer, desgraçado. Vamos arrancar o seu pinto e dar para o outro cara comer. Eu vou livrar o mundo da sua doença, vou livrar nossa gente e a que nascer depois dela. Você nunca mais vai botar esse olho podre na filha de alguém.

— Não vai funcionar! Eles vão descobrir vocês!

— Eles? — Ruivo escarneceu e olhou para os dois amigos. — Nós somos *eles*, somos a justiça. Vou contar um segredo, já que você decidiu morrer com seu pinto. Nós vamos expandir os canis, vamos castrar os cães até que essa sua raça seja extinta. A sociedade quer, precisa dessa... *medida emergencial*. Eles não assumem, mas querem. Todo pai de família merece a chance de fazer o que nós fizemos com você. Ernesto, o Bicho-Papão...

Ernesto tentou sair do chão, mas não conseguiu. Ele não tinha forças e, de certa forma, não tinha mais vontade. Ruivo apanhou uma faca na maleta e fez o que deveria ser feito, à seco. Ernesto não resistiu. O que sobrou da masculinidade do homem-cão foi para dentro de um vidro com álcool. Ruivo estendeu o vidro para o cara grande, olhou para o resto de Ernesto e chutou a carcaça imunda.

— Pelo menos, a gente já tem outro cão...

Break off the tab with a screwdriver.

Eu vou dar sensações obscuras pela sua espinha
Se você gosta do mal, você é meu amigo
Veja minha luz branca enquanto despedaço a noite
AC/DC

TRÊS
QUE CAPTURARAM
O DIABO

I'll give you black sensations up and down your spine//If you're into evil, you're a friend of mine* **See the white light flashing as I split the night Hells Bells — AC/DC

O garoto estava olhando para o seu avô, esperando que alguma história boa, ou uma tolice que o fizesse rir até perder o fôlego, escapasse por aquela boca pequena que nunca ficou desamparada de um bigode fino desde os quatorze anos.

Ainda em silêncio, o avô deu mais um passo e parou ao lado de um pé de café. Retirou uma das bagas, a abriu e apanhou um grão adocicado. Deu outro ao neto, e em seguida secou o suor que molhava a aba do chapéu de palha e escorria por seu rosto.

— Quero mais — disse o neto.

— Mais? Mas você já comeu treis dessa. Depois vai ficá obrando mole e sua mãe vai botá a culpa em mim.

— Eu falo que o senhor não viu.

O velho olhou bem para ele, com os olhos mais miúdos e interessados que já andaram por todas aquelas terras roxas e férteis.

— E que tipo de avô ia ser se não visse o que cê faz quando tá comigo?

O garotinho sacudiu os ombros, bem mais por incompreensão do que por desrespeito. O avô explicou:

— Esse negócio de mentir pros outro, ainda mais para o seu pai e sua mãe... Isso não é coisa de Deus, Tavinho.

— Acho que não... — o menino concordou. Tavinho não pretendia mentir sobre coisa alguma e, já que estava sendo honesto, ele não queria nem mesmo outros grãos de café.

— Você é um garotinho esperto, Tavinho. É esperto e tem bom coração. Isso é tudo o que um homem precisa pra ficar longe do Diabo.

Nesse instante, uma nuvem bem grande (que surgiu sabe-se lá de onde em um dia de sol claro como aquele) deixou tudo mais fresco e escuro. Vovô bateu a mão nos bolsos e sacou um pouco de palha, também um saquinho onde guardava um pedaço de uns cinco centímetros de fumo de corda. Antes que o velho começasse o ritual sagrado de enrolar um bom cigarro, Tavinho perguntou:

— Quem é o Diabo, vô Deodoro?

O velho gastou um bom suspiro e em seguida cuspiu, meio de lado. O cuspe caiu no chão seco e fez um pouco de terra subir, como uma explosão.

— Vâmo até a ribanceira. Dali a gente consegue vê se vem chuva — Deodoro olhou para a nuvem estranha que de repente ocultou o sol forte.

Foram caminhando bem devagar, vencendo cada pé de café, Deodoro apanhando algumas folhas e checando se não estavam com pragas. O café era uma boa planta, trazia bom sustento, o problema com o café é que não eram só os humanos, as pessoas, que gostavam dele.

Depois de vencerem a maioria dos pés, enfrentaram mais trinta, talvez quarenta metros de uma subida íngreme. Deodoro já estava ofegante, tinha soltado dois peidos curtos na subida (Tavinho riu, ele sempre ria quando o avô peidava) e respirava um pouco depressa demais, mesmo para um velho. Tavinho não sabia quantos anos seu avô tinha, mas se precisasse arriscar diria que eram todos.

— Nossa! — o menino chegou ao topo da ribanceira e cresceu a vista na paisagem. Tavinho levou as mãos acima dos olhos e ficou parado, esticado e observando as terras, como um suricato.

O primeiro a sentar foi o velho. Deodoro puxou um pouco de terra com as mãos, só para deixar mais plano, e se acomodou. Também checou se não havia formigas. Aquela terra fértil era cheia de lava-pés e a picada de uma daquelas pestinhas? Ah, não... Ninguém quer saber disso.

Enquanto o garoto se sentava, ele explicou:

— Tudo lá embaixo, até aquela plantação de cana, é terreno dos Minoro. O velho ficou maluco quando eu ainda era bem moço.

— É maior que aqui, vovô? Maior que a nossa fazenda?

— Isso não faz diferença, Tavinho. A única coisa que importa é água para beber, comida na mesa e uma cama para esticar os osso no fim do dia. Todo o resto é conversa para arrancar nosso dinheiro suado dos bolso. Você entende isso?

— Acho que sim... Meu pai fala que um homem precisa ter uma casa e um colchão, e que todo o resto se ajeita.

— Seu pai é um filho da puta teimoso, mas é um bom homem.

— E o senhor falou palavrão.

— Claro que eu falei, mas entre homens. Você é um homem, não é? Um pequeno, mas é um homem. Ou não?

— Sou! Claro que sou!

— Pois é... Os homens podem falar palavrão quando tão junto. É tão natural quanto cuspir no chão quando a boca fica amarga. Mas não devemos fazer isso perto das mulheres, elas não entendem... Quando você ficar mais velho e arranjar uma boa mulher para você, ela também vai fazer coisas secretas com outras mulheres.

— Que tipo de coisas?

O velho riu e quase derrubou o pedacinho de fumo que estava em sua mão. Terminou por devolvê-lo ao bolso. Onde ele estava com a cabeça? Antes de colocar o fumo, ele precisava esticar as palhas, ora essa!

— Se é um segredo delas, das mulheres, como é que eu vou saber, meu filho?

Tavinho riu do avô. Gostava de estar com ele, bem mais do que gostava de estar com seu próprio pai, mas não diria isso a ninguém. Achava errado, um garoto não iria para o céu pensando essas coisas.

Ainda pensava em como gostava do velho e na vontade irresistível de ser seu filho, em vez de neto, quando vovô continuou:

— Foi para responder sua outra pergunta que a gente sentou aqui, de onde dá pra ver as nuve escura chegando. Ainda se lembra do que me perguntou lá trás?

A resposta de Tavinho demorou um pouco.

— É que... A minha mãe não gosta que eu fale nisso.

— E ela não tá aqui, Tavinho. E menos ainda sua avó, que só existe para me lembrar que sou velho — sorriu. — Quando tivé comigo, você pode dizer o que quiser. Se for alguma coisa inapropriada, eu aviso. Se for inapropriada demais, eu mesmo dou uns tapas no seu traseiro.

Tavinho acatou com um movimento da cabeça, sabendo que o dia dos tapas no traseiro nunca chegaria.

— Eu perguntei se o senhor acredita... no Diabo.

Um farfalhar esquisito saiu dos ramos de café e chegou até os ouvidos. Tavinho e o avô se entreolharam, mas Deodoro não parecia tão preocupado quanto o neto.

— Não precisa ter medo, o Diabo age como o ex-chefe dele. Tá sempre de olho, mas não vai fazer nada se você não chamar por ele, se você não tiver fé.

— E quem é o ex-chefe do Diabo?

— Deus, ora essa! Quem mais seria?

Uma palha de milho estava em suas mãos agora, e Deodoro precisou apanhar um canivete no bolso da camisa clara para alisá-la. Ele perdia muito tempo fazendo aquilo, mas parecia gostar. Era como um ritual, um entre os tantos que os velhos adoram. Segurar uma ponta da palha, dobrar para baixo, depois puxar o canivete bem depressa. Um pouco de pozinho saindo da palha e as mãos fazendo tudo de novo.

— Não sei dizer se acredito, mas com certeza eu não duvido. Um velho com a minha idade vê e ouve muita coisa esquisita, algumas são mentiras, lorota de gente que não vale um sapato furado, mas outras... Rapazinho, seu avô já ouviu coisas que não podiam ter saído da cabeça de alguém, não seria possível. Nem da minha própria cabeça.

Vovô alisou a palha mais duas vezes.

— Vou contar umas coisas sobre o Diabo. E quero que preste muita atenção, e que não abra a boca até eu terminar, ou até eu perguntar alguma coisa. Acha que pode fazer isso?

Tavinho sacudiu a cabeça, animado para ouvir o homem que por um deslize da natureza não era seu pai.

— Naqueles dia, eu, o Minuti e o Toco trabalhava na plantação de algodão — o velho explicou com seu sotaque marcado. — Éramos jovens e, como todo jovem, aventureiros e burros. E foi por causa disso que, quando o falecido delegado Contrera pediu três ajudantes para cercar um fugitivo, nós três se ofereceu. O tal homem tinha fama de mau, um arruaceiro que tinha chegado na cidade fazia uns três dias. Ele tinha feito uma coisa ruim, muito ruim mesmo, com uma garotinha. O delegado sabia que o infeliz tava entocado na mata, então chamou uns bobos para ajudar no cerco.

Vendo os olhos saltados de Tavinho quando disse "mata", Deodoro explicou:

— Tudo perto da cidade era mata. Na verdade, era mato, mato alto, colonhão que chegava a dois metro de altura e plantação de milho e cana que se perdia das vista.

O garoto fez uma cara de sabido e o avô aproveitou para picar o fumo. Aquele negócio preto era ardido, e Tavinho acabou espirrando duas ou três vezes. O avô não, no caso do velho o fumo não tinha mais esse efeito de espirrar, a menos que ele o colocasse dentro do nariz.

Depois de picar tudo bem fininho com o canivete, Deodoro foi colocando pequenas porções dentro da palha, com cuidado para não derrubar nada no chão. Em seguida enovelou o fumo, rolando a palha com os dedos. Não levou nem um minuto e o avô estava lambendo a palha de milho e finalizando o cigarro com um fiozinho do mesmo material, amarrando o tubinho ao meio. Parecia mágica.

— Como eu dizia, eu, os rapazes e metade da cidade estávamos cercando o filho da mãe. Eu tava com uma espingarda do meu pai. Eu peguei escondido, e você nunca me faça uma coisa dessas! O Minuti tava mais bêbado que o padre bêbado da cidade, ele arrumou um revórvinho enferrujado. O Toco, também um pouco zonzo, levou uma garrucha. Ninguém tinha muita confiança que ia encontrar o tal bandido, mas a gente se divertia pensando na possibilidade. Na pasmaceira daquele tempo, qualquer porcaria divertia a gente — ele respirou fundo. — Andamos o dia todo, perto da cidade e depois mais distante, e todo mundo já tava cansado quando o Minuti cismou de olhar dentro do armazém abandonado do Pedro Boracho. Não sei como ele teve esse raio dessa ideia, mas depois que eu contar tudinho para você, rapazinho, você vai entender que nada é impossível, nem pra Deus, nem pro Diabo.

Tavinho estava atento. Esperando cada palavra do avô como um agricultor espera o valor alto dos grãos. O menino não gostava das pessoas da cidade, naqueles seus dez anos, tudo o que Tavinho queria da vida era ser alguém tão alto e tão sabido quanto seu avô. Ele ainda não fazia ideia do que o mundo faz com as crianças, moldando-as como pequenos soldados, privando-as de suas próprias ambições.

— Acho que preciso de um cigarro antes — Deodoro disse, como se pedisse algum tipo de autorização. Seu neto pensou que ele devia estar viciado em pedir ordem pra tudo, por conta da convivência com a avó. Ela era brava; uma mulher pequena, roliça e brava.

Depois do trago que deixou o velho cheio de felicidade, ele continuou:

— O Armazém do Boracho ficava perto do Rio da Onça. Era um amontoado de madeira com um forro furado pelo tempo, estava abandonado desde os anos trinta. Eu e os rapazes íamos até lá de vez em quando pra ficar em paz, fumar uns cigarros e escapar do trabalho que era duro demais naqueles dias. Jesus, como era duro... — devaneou um pouco. Tavinho quase aproveitou o momento para pedir um traguinho daquele cigarro de palha, mas lembrou do que o avô disse sobre tapas no traseiro e engoliu sua vontade. Quando o vovô achasse que era hora, ele mesmo ofereceria o cigarro, como fez com o licor de jabuticaba no último Natal.

— Ficamos de tocaia, andando agachado como aqueles caçador profissional — Deodoro baixou a voz em um cochicho que dava medo. — Todos bem quietinhos — colocou os dedos, tortos pela artrite e por um ferimento com serras, na frente da boca. Os olhos de Tavinho brilhavam mais que a brasa do cigarro. Podia ser impressão, mas o dia estava ainda mais escuro. E mesmo que a noite chegasse mais cedo, eles continuariam ali, principalmente Tavinho — ele não sabia, mas conseguia imaginar bem como seria a dor de viver sem um avô.

— Eu me lembro que o Minuti chegou a ficar agachado, talvez estivesse meio zonzo por conta da pinga. De qualquer jeito, foi ele quem viu primeiro.

Outra pausa, outro trago. Deodoro tirou o chapéu de palha para refrescar o calor.

— Viu o quê, vovô?! — perguntou Tavinho, esquecido que não deveria falar a menos que o avô pedisse. Deodoro não se importou, a ansiedade do garoto fazia bem ao seu coração, um velho como ele ter uma plateia interessada? Era uma raridade boa.

— O capim, Tavinho... No caminho até o armazém, alguns pedaços do capim estavam chamuscados; queimados, como se alguma coisa muito quente tivesse passado por eles.

— Sassinhora! — disse o garoto. Deodoro torceu o bigode.

— Escuta o que o seu avô diz, Tavinho. Esse negócio de ficar chamando os santo nunca salvou um homem bom da fogueira, portanto, pode parar com isso. Se é para chamar alguém, chame logo o Deus-Pai-Todo-Poderoso, que às vezes atende. E não chame demais também, senão ele cansa.

O garoto baixou a cabeça, remexeu nos cadarços dos sapatos para ter o que fazer.

— Você vai lembrar disso, não vai? Claro que vai. Vai lembrar porque é um bom menino, diferente dos trastes que acham que gente da roça é besta.

— Eu vou lembrar, vovô!

O velho ficou tão contente que soltou um peidinho feliz. Fez aquilo com a naturalidade de uma arfada de ar, como todo mundo deveria fazer quando sentisse vontade.

— Bem, filho, eu olhei bem pra'quele mato queimado e disse:

"Vão'bora daqui. O safado vai vê a gente se tiver lá dentro".

"Ele pode fazê o que quisé, daqui eu não saio sem ele", o Minuti me respondeu.

"*Se* ele tivé lá dentro", completou o Toco, que era baixinho e gordo, como um toco de verdade. Mas o baixinho era o mais brabo de nós três.

— Eu penso que o Toco era assim corajoso porque era um desses homens que não têm nada a perder. O Toco trabalhava com o tio dele na lida, o velho tratava o cachorro banguela da família melhor do que tratava o Toco. Os pais dele morreram em um acidente estúpido de carroça e esse meu amigo acabou criado pelo tio.

Tavinho queria saber como tinha sido o acidente, mas dessa vez controlou a língua. Em outra ocasião seu avô tinha contado uma história sobre ter paciência. Não se lembraria dela para repetir, mas lembrava que ter paciência é uma virtude importante. Vovô gostava muito dessa palavra, *virtude.*

— Eu insisti para ir embora, mas foi então que aconteceu o que ninguém esperava.

— O mato pegou fogo de novo? — arriscou Tavinho, esquecendo tudo o que sabia sobre paciência. Deodoro o perdoou mais uma vez.

— Não. Nós três estávamos borrando as calças, com medo de dar um passo em direção àquele armazém abandonado. Então ouvimo um barulho vindo de trás, bem nas nossas costas.

Vovô engrossou a voz:

"Estão atrás de mim, seus caipiras?"

— Enquanto eu fazia o nome do pai cruzado no peito e o Minuti mirava a arma, o Toco se jogava no chão como um soldado na guerra. Deve de ter ralado toda a barriga quando fez isso, mas foi um negócio danado de bonito de se vê.

"Eu te meto um tiro!", o Minuti falou pro dono daquela voz grossa.

— Aquele homem ruim parecia achar graça naquilo, mas só com os olhos (cumzóio). Eu lembro bem do jeito que ele olhava pra gente, ele tinha maldade dentro de si, tinha o que minha avó, que é a sua bisavó, chamava de *olhar ardiloso*. Um homem que olha você daquele jeito não é boa coisa, de jeito nenhum!

Um trago no cigarro.

— Mas nós não atiramos no homem e nem ele atirou na gente. O que fizemos assim que o Toco se levantou e tirou a poeira do corpo foi levar o fugitivo para dentro do armazém. O Toco tinha trazido umas corda, pensando em amarrar aquele filho da mãe bem amarradinho, até buscar o delegado. Deus-Nosso-Senhor sabe que a gente tava orgulhoso de capturar aquele safado, mas o orgulho é um pecado terrível, então... Estávamos lascados.

"Vamos pro armazém, e se você respirar muito forte vai levar um tiro na bunda", o Toco avisou.

— Eu conhecia a valentia dele e não duvidei que ele fosse mesmo fazer aquilo. O Toco era um baixinho inconsequente, ele tinha encrenca no sobrenome — informou. — Fomos andando. O safado na frente, eu e o Toco depois, e o Minuti na retaguarda. A gente ainda não sabia nada sobre aquele homem. Se ele tivesse ficado quieto, não íamos saber nem que ele era o tal coisa ruim que a polícia tava procurando, mas ele mesmo falou quem era. Isso me faz pensar se não havia algum tipo de planejamento ali.

— E ele era o coisa ruim?

— Isso você vai concluir, Tavinho. Quando ouvir a história toda.

O garoto assentiu.

— Quem passou primeiro pela porta fui eu. Coloquei a espingarda longe e dei com os ombros na madeira que alguém tinha pregado. Deve ter sido um vizinho, preocupado que alguém invadisse.

"Vai andando", eu disse pro homem que tinha aquele riso podre no rosto. Ele passou e o cheiro dele, que era uma mistura de veneno e melaço, me enojou um pouco. Atrás dele, vieram Minuti e Toco.

"Senta naquela cadeira", o Minuti mandou e foi para perto de uma das janelas. Eu e o Toco ficamos mirando o desgraçado.

— Tudo estava meio podre naquele lugar, mas depois de suspender meio quilo de poeira, as venezianas se abriram. Eu me sentia um cowboy, como aqueles que eu assistia no Bonanza, quando sua avó não me enchia o saco por causa da novela. Isso é outra coisa para aprender: nunca se meta entre uma mulher e a novela dela. Pra mim, novelas são presentes de Deus pra que elas deixem a gente sossegado na velhice.

Tavinho sacudiu a cabeça, talvez um dia entenderia o conselho.

— O Safado foi até a cadeira, sentou como se aquela porcaria fosse a coisa mais macia do mundo e sorriu. Eu não gostei do riso dele. Não era de coração, era um riso como os dos japonês que se jogava em cima dos navio americano. Eu vi uma foto uma vez, de um amigo que perdeu o pai naquela guerra maldita. Eles riam, mas eram homens doentes, malucos. Nunca queira ver um homem doido, Tavinho. Se alguém fica perto de um doido por muito tempo, endoidece junto.

O velho deu mais um trago no cigarro e então, depois de dar uns bitucões com os dedos na brasa, molhou a ponta deles com cuspe para apagá-la de vez. Enfiou no bolso o que sobrou.

— Foi depois daquele sorriso tedioso que começou a acontecer.

Um vento frio soprou pelo aclive e Deodoro, de repente, ficou com os olhos cheios de receio. Olhou para os lados como quem procura um velho amigo, porém se aquietou depressa, e tocou o joelho do neto com sua mão direita. Tavinho achou que o avô fazia aquilo para garantir que não estava preso em algum pesadelo.

"Tá rindo de quê, homem?", o Toco perguntou, enquanto amarrava o meliante.

— O tal homem não resistia. Ele era bonitão, alto, limpo demais. Usando uma calça de tergal, bota com espora e uma camisa escura. Parecia que a poeira não grudava nele, consegue entender isso?

— A poeira não grudava nele? — reforçou Tavinho. Mas se nem vovô entendia aquilo, como ele poderia entender?

— Nem um floquinho, e não foi só isso o que aconteceu, Tavinho...

Mais uma vez, Deodoro deu uma olhada para trás, para checar que tanto barulho as folhagens das árvores faziam. Pensou em alguma cobra, uma serpente, uma tão antiga quanto a criação do mundo. Talvez ela estivesse por lá, mentindo e embaralhando as bagas, ou talvez fosse só o vento.

— O que mais aconteceu, vovô?!

— Tenha calma, Tavinho. Gente velha precisa de tempo, e gente nova, de paciência.

O menino se encolheu, mas seus olhos continuaram atentos.

— Depois que o Toco terminou de amarrar as mãos do safado na frente do colo, amarrou os dois pés. Ele teria amarrado as mãos do homem para trás, mas o Minuti não gostou disso. Achava que era atormentar demais a pobre criatura.

— Foi enquanto amarravam, que ele falou com aquela voz grossa e cheia de resolução:

"Vocês, matutos, não fazem a menor ideia de quem eu sou".

"Um filho da mãe que se ferrou todo", o Toco disse. Ele estava meio abobado ainda, por causa da pinga. A gente gostava daquela porcaria, mas ele... Oh-oh-oh, ele gostava mais daquilo do que da mãe dele. E o Toco era mais fraco que o Minuti, que mamava meia garrafa e ainda montava um cavalo.

"Não, baixinho. Sou bem mais do que isso", o homem ruim respondeu.

— Vou dizer uma coisa, Tavinho. Nunca na sua vida, mesmo em uma situação de tensão, chame um baixinho de baixinho. Chame de qualquer outra coisa, até de covarde, franguinho ou bundão, mas não de baixinho.

— Ahm-ram.

— O Toco cresceu uns dois centímetros de raiva e indignação e apontou a garrucha para ele. A arma tremia na mão dele, e um monte de suor deixava a pele brilhando. Tavinho... Você não vai acreditar no que aconteceu.

Tavinho não acreditaria, de fato não, mas ele queria tanto ouvir, que começou a estalar os dedos das mãos. Crek-tec-creck. O avô sorriu diante de sua ansiedade, significava que ele estava contando direito; uma história que aconteceu há tanto tempo que deveria estar esquecida.

— O homem esquisito olhou bem fundo nos olhos (nozóio) do Toco: "Você não vai conseguir atirar, *tampinha*".

— Rapazinho... Lembra daquilo que eu falei sobre nunca chamar um baixinho de baixinho?

— Nos momentos de tensão? — completou Tavinho.

— Isso mesmo. Meu netinho esperto, eu vou dizer outra coisa agora. Pior que isso, só mesmo chamar um baixinho, em um momento de tensão, de tampinha. Aquilo machucou mais o Toco que alguém batendo na mãe dele com uma espada de São Jorge. Sabe o que é uma espada de São Jorge, não sabe?

— Sei. Mamãe já me bateu com uma dessas.

— Você deve ter merecido — resumiu o avô. — Mas como eu tava contando, o Toco ficou maluco. E eu, pressentindo o cheiro mofado da desgraça, corri pra perto dele.

"Não se mete, Deodoro!", o Toco tentou me afastar.

"Não vou permitir um banho de sangue", insisti.

"Para com isso, ocêis dois!", interferiu Minuti.

— E o homem?! E o homem, vovô?

— O homem riu. Depois começou a desfiar todo o rosário de provocações que conhecia.

"Anão, baixinho, espoleta, meia-foda, café-com-leite, raspador-de-calo, resto-de-homem, meia-tala, amostra de gente, tampinha, meia-tampinha, você é tão pequeno que mede um-quarto-de-tampinha!"

— E depois, para aniquilar de vez com o juízo do Toco:

"Você não serve nem pra limpar uma bunda".

— O Minuti nessa hora deu uma gargalhada. Ele não era muito bom nisso de segurar a própria língua. Eu me adiantei e preparei o bote. Queria apanhar a arma do Toco antes da desgraça ser completa, mas aí...

— Ele matou o moço! — se antecipou Tavinho, horrorizado.

— Eu penso que era para ter matado, mas a arma do Toco em vez de BAMM! fez CRICK. E depois fez CLICK! CLICK! CLICK! CLICK! CLICK! Todas as seis balas falharam, Tavinho.

O menino engoliu a secura da garganta e esperou pelo que ouviria a seguir. Flagrou-se olhando para trás, para as mesmas folhagens de café que vez ou outra conversavam seus assuntos. O vento frio vinha mais e mais abundante, dizendo que esfriaria o mundo todo quando o sol trocasse de lugar com a lua, ou quem sabe antes disso.

— Foi o próprio Toco — Deodoro continuou — que, apesar de valente, nunca tinha atirado de verdade em alguma coisa que não fosse um rato, quem disse: "Isso não é possível".

"É possível para mim", o homem amarrado respondeu.

"E podemos saber por que o senhor continua amarrado sob a nossa mira?", Minuti perguntou.

— O homem olhou para nós três. E foi um olhar ruim e cheio de ferrugem.

"Porque eu quero", ele disse. E em seguida: "Porque eu sou o Diabo".

Deodoro acabou de dizer a frase e foi atingido por uma tosse feia. Tosse de velho, cheia de um catarro que nunca saía do peito. Tavinho ficou preocupado e deu uns tapinhas nas costas do velho, como se isso fosse encher seus pulmões de ar fresco. Não adiantou muita coisa e Deodoro só parou mesmo com aquilo quando cuspiu uma pelota amarelada de catarro. Tão densa quanto um caramujo.

— Não se preocupe. É o meu prêmio por falar nele.

— Então é melhor a gente parar, não é?

Vovô deu uma tossida bem curtinha e despenteou os cabelos loiros do neto.

— Deus nos deu o direito de falar sobre qualquer assunto, não é justo que alguém nos tire isso.

Do bolso da calça, Deodoro tirou uma latinha, como um potinho desses modernos de pastilhas Valda para a garganta. Mas o dele tinha uns cinquenta anos e nenhuma marcação que indicasse o que levava a embalagem original.

— O que é isso?

— Gengibre. Isso aqui ajuda com a tosse. Mas é ardido que nem pimenta. — Estendeu uma das raizinhas para Tavinho. O menino apanhou e meteu na boca. — Não morda, Tavinho, tem que chupar, como uma bala de açúcar.

Tavinho fez isso, mas mesmo assim ficou com os olhos cheios de lágrimas até se acostumar com o gosto. Vovô esperou e, quando achou que era hora, continuou com a história.

— É claro que três homens criados na lida, na roça, como nós três éramos, não acreditariam em uma conversa mole daquelas, não sem provas. E foi para esse lado que a conversa rumou. O Minuti, depois do alívio de nenhuma bala saindo do tambor do Toco, começou a provocar o bandido:

"O que você fez com a menina é mesmo coisa do Diabo, mas se você é o cão, o próprio Belzebu, o que veio fazer na nossa cidadezinha? Eu não acredito que sua senhoria tenha deixado o principado de fogo e enxofre pra subir até aqui, abusar de uma garotinha como uma raposa sarnenta e depois ser capturado por três homens que vão arrancar sua cueca pela cabeça".

— Não foi na hora, Tavinho, mas o homem ficou meio ofendido. Eu era o mais atento dos três e percebi depressa. A pele do rosto ficou vermelha, ele se mexeu um pouco na cadeira que não tava mais tão macia... E ele olhou para o Minuti, como um boi brabo olha pra gente quando se separa do rebanho.

"A brincadeira acabou".

Deodoro suspirou e olhou para cima. Na mesma hora sentiu um pingo de chuva em seu nariz — dos que caem antes, das nuvens, avisando que vem chuva grossa por aí. Não fez menção alguma em levantar da ribanceira. Tavinho também não.

— Ele tinha acabado de dizer que "a brincadeira acabou" e as janela explodiu nas guarnição, BLAM! Já estava perto da noite, um pouco escuro, e sem a luz lá de fora tudo o que tinha de iluminação eram os furos do telhado do armazém. A pancada da janela serviu para tirar o Toco do estado de susto e incompreensão que ele estava desde a falhada dos seis tiros. Ele correu para a janela e empurrou com tudo as veneziana podre. Vendo que não conseguia abrir, ele falou para mim:

"Não dá, a porcaria virou cimento!"

— Minuti saiu de onde estava e foi ajudar o Toco, eu ergui minha espingarda e mantive o safado na mira. E tava preparado... Se ela falhasse, eu ia espatifar os miolo dele com o cabo. Com minhas próprias mãos — ergueu-as.

"Tá emperrada, Deodoro", Minuti repetiu.

"Acreditam em mim agora?", o homem Diabo na mira perguntou.

— Eu mesmo cuidei da resposta: "Vai ter que fazê mais do que fechar uma janela, moço".

— Ele riu e baixou o pescoço, tirou os olhos da nossa visão. Em seguida estrebuchou feito um cavalo. — O velho passou as mãos sobre os próprio braços, os pelos agitados como que por estática. — Ainda me arrepio.

— Nossa — Tavinho suspirou.

— Pois é, foi mesmo uma coisa surpreendente. Mas ficou pior em seguida, quando começaram os uivos do lado de fora. Vinham de todos os lados.

— De lobos?

— Não, Tavinho. Não de lobo, não tinha lobo nenhum perto daquelas terra, mas tinha cachorro bravo. Eles uivavam como se estivessem sofrendo, um atrás do outro e cada vez chegando mais perto. Toco e Minuti estavam na janela, fazendo de tudo pra abrir aquela joça. Eu desfiz minha mira e fui para a porta.

"É melhor parar com isso, moço", avisei. Eu tava tremendo, mas tentei disfarçar.

"Acreditam em mim agora? Ou preciso mostrar mais?", perguntou o bandido.

— Minuti deixou a janela em paz e chegou perto dele.

"Qualquer dono de circo sabe treinar um cachorro e imitar um cavalo."

— E o homem riu de novo. Baixou o semblante e rugiu feito um leão. GRUAUURRR!

Tavinho se aconchegou mais ao avô. Aquela história começava a afetá-lo de verdade. O menino acumulava tanta tensão que seu coraçãozinho pulava nas pálpebras. Deodoro seguiu em frente:

— Com o homem imitando um animal da selva, Toco se borrou todo. Cruzou o peito com um sinal da cruz e disse: "CREIDEUSPAI".

O outro respondeu de primeira: "Mas ele não crê em você, baixinho".

— O Minuti, ainda brigando com a janela emperrada, deu um tapa no próprio rosto, tentando matar uma mosquinha. O engraçado é que eu fiz a mesma coisa. E em seguida, o Toco.

(E Tavinho também fez isso, mesmo sem mosca nenhuma).

— Você acredita em seu avô, não é mesmo, Tavinho? Acredita de verdade? Você deve saber que alguém com a minha idade já perdeu o gosto pela mentira.

— Claro que acredito, vovô! — disse o garoto, ofendido.

— Então tá. Porque, meu netinho, a sala tinha mais de mil moscas em menos de um minuto. Elas vinham do chão, do buraco da chave da porta, do telhado, do NADA! Tinha mosca saindo de dentro do nosso sapato, tentando entrar nas nossas bocas! Eu juro por Deus que tinha mais moscas naquele lugar do que no matadouro de Três Rios nas vésperas da festa de Aparecida. Tinha mosca para todo lado, em cada pedacinho do maldito armazém... Menos...

— Menos...? — Tavinho repetiu.

— Menos naquele filho de uma égua.

O velho checou o chão mais uma vez, não podia se esquecer das formigas. Elas não estavam lá, então ele continuou:

— O caso é que o Minuti ficou tão desesperado que acabou dando um tiro. PAHH!

— Sasinhora!

— Eu fiquei com medo do endereço da bala. Fiquei apavorado porque, com aquele tanto de mosca, ninguém enxergava nada. Era impossível enxergar, entende aonde eu quero chegá?

Tavinho fez que sim. E ele de fato compreendeu o que o avô quis dizer.

— A bala acertou alguém? — perguntou.

— Acertou, sim. O seu avô — disse o velho. Deodoro levou as mãos até a barra da calça e a ergueu, depois de alguma dificuldade com o alongamento. Baixou a meia bege e fina...

— Caramba!

— Caramba, sim, Tavinho, mas pegou de raspão. Ainda coça às vezes, e, quando isso acontece, sinto vontade de arrancar a minha própria pele. Coça tanto que um homem com menos convicção se esfolaria vivo.

— E as moscas?

— Quando eu senti o calor da bala e gritei, todas elas sumiram. Todas de uma vez. Em um segundo tavam zoando como a esquadrilha da fumaça e depois, ZIP!, nada. Mas você se engana se tá pensando que parou por aí. Eu e os rapazes tínhamos um serviço, uma obrigação com a nossa comunidade. Naquele tempo, a comunidade, a paróquia e a família do vizinho eram tão importantes quanto o nosso pai e a nossa mãe. Não era a pouca vergonha de hoje em dia.

"O indecente pinotizou a gente", o Minuti disse. "Já vi isso num circo."

"De novo isso de circo", rebateu o homem que se passava pelo Cramulhão. "Ninguém faz isso em um circo!", completou.

"Se você é mesmo o Demônio, quero que faça chover", pedi.

"Não vou fazer isso...", o prisioneiro me respondeu. "Entendam... Se chover, o pessoal vai ter sorte na colheita, vão encher os bolsos e eu não quero isso esse ano. Não para vocês, safados, que queimaram os joelhos no chão da igreja".

"Viu só como ele não é o Diabo?", o Minuti zombou. Toco riu, aliviado. Eu fiquei de pé e deixei a canela sangrar à vontade.

"Mas eu posso fazer outras coisas", completou o homem.

"Eu não acredito mais", fiz questão de falar.

— Ele me olhou nos olhos, e os olhos dele ficaram da cor da brasa de um cigarro. Mais iluminados que o olho de um cavalo na estrada.

— Sasinhora! — benzeu-se, Tavinho.

— Sim, sim. Mas eu não arredei pé da confiança. Eu tava mais propenso a acreditar naquilo de pinose. Era o mais seguro para todo mundo.

— Então, ainda com aqueles olhos vermelhos de lebre, ele pediu que eu contasse até três. Antes, eu confirmei com os rapazes. Toco mostrou a arma que tinha falhado e fez que não com a cabeça; o Minuti deu de ombros. Ele também insistia na ideia de pinose.

"Um", contei.

— Demorei uns dois segundos até o segundo número.

"Dois."

— Aí, eu tentei enganar o chifrudo com uma fração, você ainda vai aprender na escola.

"Dois e setenta e cinco."

— E então, de chofre, eu falei:

"TRÊS!"

— E Jesus-Maria-José-e-Todos-os-Santos-do-Firmamento! O céu estourou de um jeito que o velho armazém chegou a balançar.

"Não deixa ele brabo, Deodoro!", Toco gritou.

— Eu com os olhos na coisa. Ele com os olhos de lebre nos meus. Os cachorro lá fora começaram a uivar de novo, devia ter uns cinquenta deles, gritando naquela língua esquisita. E não foi só isso... De cima, lá do telhado, um bando de gatos começou a fazer a mesma coisa. A mesma coisa não, porque gato não uiva, mas eles gritavam, como se tivessem fazendo luxúria.

Nesse ponto Tavinho precisou interromper.

— Luxúria?

— É o barulho feio que os gatos fazem em cima do telhado à noite. Parece um monte de nenê chorando. Ou quase. Mas isso é tudo o que você precisa saber até os quatorze anos.

O garoto concordou e não quis saber mais nada sobre luxúria.

— E as moscas voltaram — seguiu o avô. — Junto com elas um cheiro terrível de enxofre. Antes que você pergunte, enxofre tem cheiro de peido só que bem mais forte. Aquilo virou uma insanidade, o Toco começou a disparar para cima e todas as balas funcionaram! Todas elas, Tavinho! O Minuti estava mais preocupado com a janela, porque as coisas do lado de fora começaram a arranhar a madeira. Ninguém queria que ela abrisse agora. Na porta onde eu montava guarda, a mesma coisa. E vinham outros sons junto com tudo aquilo. Gritos de gente que não parecia gente. Como naqueles filmes terríveis que passam tarde da noite no aparelho televisor.

"Acreditam em mim agora?", o coisa ruim perguntou.

"É melhor parar com isso de pinose", ordenei.

"Digam se acreditam!"

— Do lado de fora, mais barulhos esquisitos. Sons de onça, relinchos, e aqueles sibilo de cascavel. Uma cobra caiu do teto, bem em cima do Minuti. Ele jogou a praga no chão e atirou na cabeça dela. Errou todos os tiros e a maldita escorreu por um furo no assoalho.

"Acreditam ou não", ele repetiu.

"Você não fez chover", gritei. "Se você é o Diabo, então faça chover!"

Deodoro parou de falar e sacou aquele cigarro apagado do bolso. Acendeu de novo, riscando um fósforo na unha.

— Conta, vovô! Conta, por favor! Ele fez chover?

— Se ele fez chover... Ele fez pior que isso. Ele olhou para as cordas e elas se abriram dos pulsos e dos pés, como um encantamento. Depois olhou para a janela e abriu as veneziana do mesmo jeito, com os olhos. Os homens correram para perto de mim, que, nessas alturas, era o único que ainda tinha bala na arma. Os barulhos lá fora pararam de repente. Nada de cachorro, de gente-morta-que-fala ou de gatos luxuriosos. Foi aí que eles chegaram.

Tavinho se achegou mais, deu outra olhada nas folhas do cafezal. Tudo estava mais escuro ainda, o vento mais forte, e duas grandes gotas de chuva tinham acertado sua cabeça. O céu rugia mansinho. Mas ele ficaria ao lado do seu velho avô.

— Quem chegou, quem eram *eles*, vovô?

— Vagalumes. Você já viu uma revoada de milhares de vagalumes?

Tavinho meneou a cabeça.

— Eles foram entrando pela janela. O dia lá fora já tinha virado noite, e, no começo, todas aquelas luzes verdes e amarelas, foi um negócio danado de bonito de se ver. Eles foram entrando e cercando o homem, como um redemoinho de luz. Rodando e entrando cada vez mais deles pela janela.

"Atira nele", o Minuti disse.

— Mas eu não fiz isso. Eu esperei. Nós esperamos. E depois de perdermos o homem no meio das luzes, elas foram saindo pela janela e pelos buracos no teto. O Toco tava se espremendo contra a porta e querendo sair, o Minuti tremia tanto que eu ouvia os dentes batendo um no outro.

— E o homem ruim? — perguntou Tavinho. O menino estava abraçado aos próprios joelhos. Teimando para não sentir o frio daquele vento.

— E ele? O homem que dizia ser o Diabo se foi. E nos mandamos logo em seguida. Tavinho, ele desapareceu junto com os vagalumes.

Os dois ficaram parados onde estavam, e neto e avô não disseram nada, até que o cigarro do velho acabasse. Mas como Tavinho era tão curioso quanto todas as outras crianças desse mundo, perguntou:

— O homem era o Diabo?

Vovô gastou um suspiro e perdeu a vista no horizonte cinza. Ouviu o ronronar do céu e o farfalhar das folhas de café atrás deles.

— Ninguém fez uma boa colheita naquele ano. Nós três saímos do armazém e voltamos pra casa debaixo de chuva. Aquele aguaceiro durou uma semana inteira, e choveu tanto que a igreja da cidade foi inundada. Tiveram que construir outra depois disso. Eu ainda não sei se o homem era o Diabo ou só uma força da natureza, mas, quando escuto as folhas de café se agitando e o vento que empurra as nuvens para maltratar a terra, evito pensar nisso. Agora vamos embora — Deodoro se levantou e estendeu a mão ao garoto. Um pingo mais grosso tornou a estourar em seu nariz e o velho recolocou o chapéu.

Dali foram direto para casa, conversando sobre a quermesse e como Tavinho teria que se comportar na presença do padre se quisesse receber a comunhão da crisma. Também falaram de outros assuntos, que só mesmo avô e neto achavam interessantes. Falaram até do que realmente era luxúria, e Deodoro tentou explicar, citando galinhas, cachorros e éguas, mas Tavinho não entendeu nada.

Já estavam terminando a porteira para a estradinha de terra quando o cafezal se remexeu com um farfalhar mais intenso. Com a distância, eles não ouviram.

Um homem saiu dentre as folhas e não havia um único grão de poeira ou folhagem na camisa escura que usava. Ele foi até o local onde Deodoro e Tavinho estavam sentados, parou no sopé da ribanceira e olhou para as nuvens carregadas lá em cima.

Então, sorriu.

Você se deu um belo presente neste Ano? Ainda é tempo!

A Veiga Som tem sempre uma forma de pagamento para você comprar um presentão daqueles que você merece!

Walkman CCE PS 60

Por **869.000**
ou 1 + 9 de **149.470**
Total: 1.494.700

Micro Aiko

Por **2.799.000**
ou 1 + 9 de **482.000**
Total: 4.820.000

EXPERT PC XP-800

De ~~5.800.000~~
Por **4.640.000**
ou 1 de **1.682.000**
+ 4 de **1.029.500**
Total: 5.800.000

Deck Receiver Aiko AM/FM Cassete — 160W

Por **1.790.000**
ou 1 + 9 de **307.890**
Total: 3.078.900

Telefone SemFio Gradiente

De ~~2.900.000~~
Por **1.499.000**
ou 1 + 9 de **257.604**
Total: 2.576.040

Energy

De ~~17.100.000~~
Por **11.970.000**
ou 1 de **3.078.000**
+ 6 de **2.337.000**
Total: 17.100.000

VOCÊ LEVA TAMBÉM
- Seguro exclusivo contra: roubo, furto, etc. em sua residência.
- 30 dias de garantia adicional para o seu som ou videogame.
- Entrega e instalação imediata.

Gradiente em até 7 pagamentos sem juros.

MEGASOM®
PROFISSIONAIS PARA BEM SERVI-LO

Rua da Quitanda, 30 - grupo 502 · Tel. PBX 221-1525
Rua Barão de Mesquita, 206 · Tel. PBX 248-0992
Rua XV de Novembro, 49 - Rink - Tel. PBX 719-3353
Rua Dias da Cruz, 689/8 · Tel. PBX 594-5699

Break off the tab with a screwdriver.

Eu dirigi a noite toda pra te buscar
Está tudo bem?
Eu dirigi a noite toda, rastejando em seu quarto
Te acordei do seu sono
ROY ORBISON/ INTÉRPRETE CYNDI LAUPER

INTER-SECÇÕES

I drove all night to get to you//Is that all right?* **I drove all night, crept in your room***Woke you from your sleep
I Drove All Night — **ROY ORBISON/INTÉRPRETE CYNDI LAUPER**

Resende estava em seu táxi, observando os pingos de chuva e o avançar vagaroso dos carros à sua frente. Tentava se lembrar de quem tinha sido a ideia imbecil de fazer uma fila em vez de deixar os passageiros escolherem seus carros. O novo mundo, ah, sim, o mundo da cooperação. E que todo mundo ganhasse duas vezes menos dinheiro, viva a porra do socialismo!

O Apolo à frente avançou um pouco, agora só faltava dois.

Com a chuva fina, a noite mal dormida de Resende cobrava seu preço. Ele e Milena tinham acabado de ganhar um bebê, e o pequeno Nestor parecia sentir falta do útero o tempo todo.

Resende piscou os olhos e voltou a sentir a aspereza das pálpebras.

Mesmo precisando daquela corrida, dormir seria um prêmio. De repente, quis voltar a ser o último da fila, sintonizar o rádio na emissora mais sebosa da cidade, ouvir algumas baladas dos anos oitenta e sentir o corpo se desligar da realidade maçante de um homem de trinta e três anos.

Sonolento, ele afastou o banco e diminuiu o volume do rádio.

A chuva estava mais forte. Pelos vidros embaçados do Ford, Resende via as árvores se agitando com o despejo dos céus. Aos poucos — desprezando *a emissora de rádio mais sebosa da cidade* —, seus ouvidos foram se concentrando na chuva. Os olhos deixaram de notar o liga e desliga dos faróis à frente, e a boca se abriu um pouco, deixando um pequeno ronco sair dela.

Resende acordou em seguida, com a buzina do táxi às suas costas. Atordoado, tentou se lembrar de onde estava. Desembaçou o vidro da frente com uma flanela, deu a partida no motor e ligou o ar-condicionado.

Havia uma mulher esperando embaixo da cobertura de telhas de amianto.

O ponto de Resende e de mais meia-dúzia de motoristas ficava em uma praça movimentada de Três Rios. Em um dia seco, ele já teria feito mais de dez corridas às dez da manhã, mas naquela quinta-feira de bosta seria sua primeira. Resende respirou fundo, bocejou, desceu do carro para abrir a porta traseira para sua passageira.

— Moço, era só me avisar, não precisava tomar essa chuva! — a mulher disse, tentando albergar Resende em seu guarda-chuva.

Sim, ela tinha toda razão. Exceto que algum filho da puta inventou um novo esquema chamado concorrência. Agora, todo motorista de táxi tinha que ser solícito, cordial e simpático — e se ficasse sorrindo o tempo todo como um cavalo com freio nos dentes, melhor ainda!

— Tudo bem, estava calor dentro do carro — Resende respondeu e voltou a circular o Ford. Usou outra vez a flanela para secar seu rosto. Os estofados não seriam problema, ele tinha mandado impermeabilizar depois que o pequeno Nestor vomitou neles.

— Para onde vamos?

— Cemitério. Tenho que desenterrar meu avô.

Confuso, Resende continuou com os olhos cravados no retrovisor, tentando encontrar aquele traço que decreta que a pessoa perdeu o juízo. Sua passageira era jovem, estava maquiada, tinha sobrancelhas bem cuidadas demais para alguém que vive com um pé em outro mundo.

— Perdão, moça?

— Estou brincando — sorriu. — Mas preciso mesmo chegar ao cemitério. Meu avô será exumado e transferido para o novo jazigo da família.

Resende ainda manteve os olhos nela por cinco segundos. Ele podia ter tido o azar de perder o emprego na GM e precisar ganhar a vida no trânsito, mas exumar alguém debaixo de chuva? Mais satisfeito com a própria sorte, checou os espelhos e mudou a estação de rádio. E nada de música sebosa naquela corrida gloriosa.

Para alegria de Resende, a mulher do banco de trás não se incomodou com seu rock and roll. A Moça Bonita o ignorava, bem mais interessada na conversa que engatou em um daqueles telefones de gente rica, um celular. Pode até ser que aquela coisa barateasse no futuro, mas em noventa e um nenhum motorista de taxi sonhava com um Motorola.

Passaram pelo centro, pelo distrito industrial, perderam uns cinco minutos na entrada do viaduto Prestes Maia, esperando que o pessoal do guincho rebocasse um Gurgel do meio da rua. Mesmo com a chuva o pessoal se aglomerava, como se aquela porcaria fosse o evento mais importante do ano.

— O que aconteceu? — a moça perguntou, tapando a boca do telefone.

— O de sempre. O brasileiro tem essa mania de achar que os carros duram para sempre. Com essa inflação piorou bastante, e vira e mexe tem alguém enguiçado no trânsito.

Quando Resende olhou para trás, Moça Bonita estava de novo no aparelho, rindo alto, como se estivesse se preparando para uma festa de casamento.

O cemitério ficava depois da Avenida Doze. O departamento de polícia havia colocado alguns radares, mas ainda estavam em teste. Não que fizesse alguma diferença para Resende. Ele andava devagar, o dinheiro vinha pela quilometragem e, em um dia como aquele, correndo ou não, era provável que ganhasse apenas o suficiente para o jantar.

Resende bocejou, aumentou o friozinho do ar-condicionado e a velocidade do limpador de para-brisas. A chuva estava mais forte, o que o deixou com um ar divertido no rosto sonolento. Chuva, exumação, vovô. Moça Bonita pareceu simpática no início, mas era uma falta de educação sem tamanho passar tanto tempo ignorando outro ser humano. Que ela tivesse uma ótima exumação. Resende ainda mantinha alguma alegria contida quando ela começou a se agitar no assento traseiro.

— Alô? Aaaalô, tá me ouvindo, Renata? Renata?

No rádio, nada de rock and roll. Resende tentou as emissoras memorizadas — a sebosa, inclusive — e tudo o que conseguiu foi estática. Em um piscar pesado dos olhos, o dia pareceu bem mais escuro. Não havia carros à frente; o calçamento da avenida povoada por concessionárias de automóveis estava deserto.

— Eu não acredito — a moça disse ao aparelho. — Eles cobram uma fortuna, por que essa porcaria não funciona?

Quanto a Resende, ele ainda tentava entender o que via pelos vidros úmidos. Então, aquela buzina absurdamente alta roubou toda sua atenção.

Por puro instinto acelerou, mesmo antes de olhar para o retrovisor. Quando visitou o espelho, Resende encontrou Moça Bonita de costas, ajoelhada sobre o banco, concentrada em um caminhão enorme que crescia em direção ao Ford.

Resende pisou mais fundo. A coisa continuava vindo, crescendo, buzinando. Moça Bonita estava em pânico, ainda estava debruçada no banco, olhando para o monstro de metal que parecia decidido a tirá-los da avenida ou passar por cima do Ford.

— O que ele está fazendo?!

— Eu não sei, moça, mas ele não vai pegar a gente!

O mostrador avançava os 120Km/h, o pé de Resende grudado no assoalho.

— Mais rápido! Pelo amor de Deus, ele vai bater na gente!

Resende suava, pequenas gotas escorregavam pela testa, tentando chegar aos olhos. Moça Bonita começou a gritar, socando o encosto do banco traseiro como se pudesse afastar o caminhão faminto. Nos alto-falantes, o rádio começou a fazer um ruído diferente, como se alguma coisa gritasse dentro de toda aquela estática.

Então, uma explosão. Resende sentiu o volante tremer.

Um dos pneus?

— Ele atirou na gente! O filho da puta está tentando nos matar! — Moça Bonita gritou.

— Tem alguma coisa errada, eu não reconheço essa pista! — Resende disse do banco da frente.

Em seguida, um solavanco. O carro deslizou para a esquerda, Resende enfiou o pé no freio e trouxe o Ford para a direita.

A buzina soou outra vez, Moça Bonita berrou:

— Deixa a gente em paz!

Então um raio riscou os céus, deixando o dia mais claro do que os olhos suportariam enxergar. Resende piscou mais uma vez. Quando finalmente recobrou a visão, a estrada desconhecida e o caminhão faminto eram os menores dos seus problemas.

• • •

Havia um cheiro.

Álcool? Talvez fosse éter. O bip eletrônico de algum aparelho. Dois homens conversavam e um deles furava seu braço direito com uma agulha.

— O que aconteceu? — Resende perguntou ao enfermeiro.

A cabeça doía do lado direito, o olho esquerdo parecia tapado. Sem respostas, Resende levou o braço esquerdo até o olho escurecido e sentiu um tecido fino nos dedos. Deslizou um pouco e encontrou algo mais grosso.

— O senhor se envolveu em um acidente — o rapaz de branco explicou. O nome do enfermeiro era Orlando, estava escrito no uniforme. — O senhor está dormindo desde que chegou ao hospital.

Resende olhou para o outro homem. Ao contrário do rapaz com a barba por fazer, o segundo homem tinha rosto liso, rugas na testa e boca apertada. Usava uma jaqueta jeans que parecia exagerada para a temperatura do dia.

— O senhor consegue se lembrar do que aconteceu? — esse segundo homem perguntou.

— Quem é você?

— Mauro Ortega. Inspetor Mauro, para você.

Resende levou a mão até a lateral da cabeça. Parecia ter uma máquina de costura dentro dela. A dor era tão grande que o olho bom queria se fechar e continuar no escuro.

— Tudo bem com a moça?

Os dois homens em pé se olharam, e por um momento pareceram tão confusos quanto o homem acamado.

— Não se lembra de nada do que aconteceu? — Mauro insistiu.

— Ele vai se lembrar — o enfermeiro disse. — Nosso amigo aqui bateu com a cabeça, fraturou uma perna, perdeu uma córnea; ele tem sorte de ainda estar vivo.

— Sabe, seu Resende, dizem que o perdão não existe sem a verdade, é por isso que estou aqui. Eu entendo que o senhor não esteja em seus melhores dias, pode apostar que eu o deixaria em paz se não devesse alguma explicação para as vítimas.

Resende olhou para o lado, para o ar-condicionado que suspendia um pouco de mofo. Fechou os olhos, sentiu outra pontada lacerante no fundo do cérebro. Ouviu uma música que já não existia mais. Algo de Jethro Tull? Era o que o rádio tocava antes de...

Com mais um gole de dor, ele se lembrou de Moça Bonita. Ela estava nervosa com alguém, olhava para trás. Pensando bem, não... não era uma pessoa que a deixava nervosa, era um...

— Meu Deus, aconteceu de verdade? Como ela está? — Resende piscou o olho vivo.

— Sua passageira?

Confuso, o taxista voltou ao labirinto. Cheiro de chuva, medo, o pé direito descendo no acelerador. Uma estrada desconhecida e...

— A *moça* — voltou a arregalar o olho azul, preocupado. — O que aconteceu com a moça?

— Pode me deixar falar com ele a sós? — Mauro perguntou ao enfermeiro.

— Não acho uma boa ideia.

— Eu acho. A menos que você queira falar com a família da garotinha...

O enfermeiro corou um pouco, checou o soro que descia para as veias do paciente e sacudiu a cabeça para os lados.

— Vou precisar informar aos médicos.

— Faça o que você quiser, mas me deixe falar com ele — o detetive chegou mais perto da cama. Permaneceu em silêncio até que o enfermeiro deixasse o quarto.

— Muito bem, agora podemos conversar. Eu não acho que o rapaz iria atrapalhar, mas não quero ninguém me acusando de assediar você. Eu só preciso entender o que aconteceu.

— Antes *eu* preciso saber o que aconteceu... — Resende disse.

Mauro o encarou, suspirou e sacudiu a cabeça.

— O senhor enfiou seu táxi em um muro. E antes de acertar o muro, o senhor atropelou uma menina de doze anos. Eu não sei se a sua amnésia é verdadeira ou um artifício para escapar da lei, mas, sinceramente, eu não me importo. A menina morreu na hora, senhor Resende. Sua última passageira teve o mesmo destino. Ela foi arremessada pelo vidro da frente e fraturou o pescoço.

O homem na cama começava a chorar. Lágrimas elegantes, de quem foi ensinado a guardar as emoções para si mesmo.

— Aconteceu alguma coisa no caminho, eu não sei explicar o que foi — Resende fungou o nariz.

— O senhor devia tentar. Digo, tentar *de verdade.* — Mauro se afastou e puxou uma cadeira. — Eu não vou mentir, seu Resende. A cidade inteira está querendo uma satisfação. A menininha que o senhor atropelou, imagine que fosse o seu filho, o que o senhor faria?

— Não consigo entender o que aconteceu. Eu estava indo para o cemitério, tentando me concentrar na estrada quando tudo ficou esquisito.

— Algum problema em gravar nossa conversa?

— Vá em frente.

O investigador sacou um pequeno gravador digital da jaqueta e esperou que Resende continuasse.

— Acho que foi tudo ao mesmo tempo. De repente o rádio saiu de sintonia, o telefone da minha passageira perdeu o sinal... Mas o mais estranho aconteceu com a avenida. A Doze não parecia a mesma, não tinha veículos à venda, concessionárias, não tinha nenhum outro carro na pista! E tinha aquele caminhão.

— Caminhão?

— Sim. Ele estava colando na minha traseira, buzinando e atirando no meu carro.

— E existe algum motivo para alguém atirar no seu táxi? E o que está querendo dizer sobre a Avenida Doze?

— Talvez eu... Talvez eu tenha entrado em um portal... Ido para outra dimensão, entende? Eu sei que pareço um maluco falando assim, mas eu também sei que não estava mais nessa cidade. Até o ar tava diferente, seu Mauro. Alguém deve ter visto!

Mauro esperou quatro ou cinco segundos antes de perguntar o óbvio.

— Andou bebendo, senhor Resende? Um aperitivo? Uma cervejinha antes do meio-dia? O tempo estava carrancudo, chovia, você e os outros taxistas tinham tempo de sobra para um *happy hour*.

— Eu não bebo desde que meu filho nasceu.

— Drogas? O senhor tem algum vício?

— Só trabalhar.

Mauro respirou fundo, apertou um botão do gravador e o devolveu ao bolso. Levantou-se, apanhou a cadeira e a recostou à parede. Caminhou até os pés da cama, onde escorou as duas mãos no colchão e encarou o homem que pesava sobre o leito.

— Sabe, senhor Resende. Eu também tenho um filho, um garoto. Ele tem só um ano a menos que a pequena Eliza. Não consigo imaginar o que eu faria com o senhor se ele estivesse dentro de um caixãozinho.

Resende sentiu os braços arrepiarem; abriu a boca para falar alguma coisa e tornou a fechá-la. De que adiantaria? Quem acreditaria nele? Aquele homem que parecia disposto a crucificá-lo?

— Vou cruzar aquela porta e manter nossa conversa em sigilo, pelo menos por enquanto. Espero que, quando eu voltar amanhã, o senhor tenha algo novo para contar. Pense em dizer a verdade. Sabemos que o senhor não estava bêbado, foi o primeiro teste que fizeram. Mas o senhor pode ter adormecido e perdido o controle, pode ter se irritado com a sua passageira e discutido com ela enquanto dirigia, nós só queremos entender o que aconteceu. E sobre o caminhão que perseguiu seu carro... A Avenida Doze é monitorada por três câmeras, uma em cada concessionária. Tudo o que elas mostram é o seu táxi ganhando velocidade e acertando a menina e o muro da Academia Perfeccion.

— Eu não sei como explicar, mas eu estive em outro lugar. E quando voltei para esse mundo tinha uma menina de vestido azul na frente do meu carro. Acho que eu fui para o Inferno.

Mauro suspirou, voltou a estreitar os olhos e deixou o quarto. Resende esperou que a porta se fechasse e que ninguém voltasse a abri-la. Então, recomeçou a chorar.

• • •

Já passava das oito da noite quando Resende acordou pela segunda vez. Os médicos precisaram sedá-lo mais cedo, sua pressão arterial subiu e ele não parava de tremer. O médico responsável disse algo sobre estresse pós-traumático, mas era cedo para ter certeza. Talvez o homem estivesse apenas se consumindo em culpa e arrependimento.

Resende olhou ao redor imaginando que tudo não passava de um sonho. Então ele ouviu o bip dos aparelhos, sentiu o cheiro pungente do hospital e desligou a TV. Ele não queria nenhuma luz, nenhuma realidade. Pensava em como conseguiria encarar seu próprio filho. Talvez tivesse que passar muitos anos na cadeia, era isso o que acontecia com os pobres. Também pensava naquela menina e principalmente nos pais dela. "Eu não sei o que faria se fosse o meu filho em um caixãozinho." Foi o que aquele homem da polícia disse.

A noite parecia mais escura, mais miserável. Resende ainda podia ouvir os gritos de sua última passageira. O caminhão chegando mais perto. Um rosto infantil deixando uma mancha de sangue no para-brisa do táxi. Sentia sede, mas duvidava muito que conseguisse fazer alguma água descer pela garganta. Ela estava fechada, travada, mesmo respirar era uma tarefa árdua.

Onde ele esteve? Em que mundo ou...

— Em que tempo? — perguntou-se.

Uma pena que fosse um homem tão simples, tão limitado. Alguém que se criou nas fábricas que produziam carros como o que o trouxera àquela cama. Futebol, almoço em família, alguma economia para viajar uma vez por ano. Por que ele? Resende olhou para a janela, decidido a chegar mais perto e respirar um pouco do frescor noturno. Antes, sentou-se à cama, com as pernas para fora. Precisou esperar algum tempo até que o mundo parasse de girar. Mais seguro, tirou o esparadrapo que prendia a agulha em forma de borboleta enfiada em seu braço. Ele era inocente, não tinha culpa. Foi um acaso, um acidente inexplicável. Diria isso à esposa e a convenceria de ir embora de Três Rios, daquela cidade maldita. Ele não era um fugitivo, era uma vítima. Ele, sua última passageira e aquela garotinha.

Tentando não fazer muito barulho, Resende puxou as cortinas e chegou à janela. Finalmente um pouco de sorte. Bem pouco, porque apesar da janela não ter grades de proteção, o quarto ficava no segundo andar. Talvez devesse voltar para a cama e esperar até o dia seguinte. Sim, esperar para ir para a cadeia, esperar para que aquele policial e seus amiguinhos de bosta dissessem que ele estava drogado, bêbado ou maluco. Era o que sempre acontecia, não era? Com os pobres.

A janela se abriu e um vento mais fresco roçou o rosto de Resende, trazendo o cheiro das ruas molhadas. Ele estava vivo. Não importa o que tenha acontecido, alguém lá no céu decidira poupá-lo.

Resende voltou à cama e apanhou alguns lençóis. Parecia bem melhor do que simplesmente pular de cara no concreto. Ele usou os dois da cama e outros dois, que encontrou dentro do pequeno armário do quarto. Terminado os nós, Resende checou se teria alguma chance. Parecia firme. Já estava amarrando uma das pontas na cama quando sentiu o cheiro de solvente, algo diferente do cheiro etílico do hospital.

Ele se ergueu, mas alguma coisa caiu do teto sem seguida. Resende se abaixou e apanhou o pedaço de tecido. Estava todo cortado, estropiado, era apenas um retalho. Às suas costas, a TV brilhou, sem que ninguém a ligasse. Estava fora de sintonia, com algum ruído gasto e rouco misturado à estática. Resende voltou a olhar para o tecido em suas mãos. *Azul, claro que seria azul*, gastou seu último sorriso. Quando ergueu os olhos, uma luz forte o cegou. Ele ainda teve tempo de girar o corpo e olhar para a janela, mesmo sabendo que jamais saltaria por ela.

• • •

O telefone de Mauro Ortega começou a tocar às oito e quarenta. Alguém da administração pedia que ele fosse até o hospital São Lucas o mais depressa possível. Mauro sabia o que esperar. O safado tinha se matado, porque é isso que os assassinos covardes sempre fazem.

Quando chegou ao hospital, não encontrou somente os dois ou três policiais que sabia estarem no local. Mauro contou cinco homens fardados e pelo menos três unidades móveis da TV. Também dezenas de pessoas que se espremiam na entrada, como se existisse doação de ouro do lado de dentro do ambulatório. Mauro se identificou, venceu os repórteres e curiosos e se banhou com as luzes irritantes da recepção. Alguns policiais vieram falar com ele, mas Mauro concentrou-se em um enfermeiro que derrubava metade de um copo com água antes de conseguir vergá-lo à boca.

— O que aconteceu? Por que todo esse circo?

Orlando ergueu os olhos vermelhos e respirou tão fundo que seu peito ficou roliço.

— Eu levo o senhor até lá.

Antes, o enfermeiro trocou algumas palavras com a garota da recepção. A atendente tinha aquele mesmo assombro na face, algo muito semelhante ao que Mauro encontrou no rosto de Resende. Eles tomaram as escadas e chegaram ao segundo piso, o enfermeiro Orlando disse algo sobre os elevadores estarem interditados, nada que chamasse a atenção do investigador diante de todo aquele alvoroço.

No corredor, Mauro encontrou dois colegas fardados à porta do 209. Eles se afastaram assim que o viram, pareciam nervosos, desencorajados em dizer uma única palavra.

— É melhor o senhor olhar por conta própria — disse Orlando.

Mauro obedeceu, passou por ele e torceu a maçaneta da porta.

O cheiro de sangue era tão forte que ele precisou se afastar antes de ingressar de vez no quarto. Sangue pelas paredes, sangue no chão, sangue respingado no teto. Pedaços de um corpo podiam ser reconhecidos, mas alguns estavam tão dilacerados que seria preciso um legista para identificá-los. Mauro também encontrou um aparelho telefônico arruinado no chão, ao lado da metade inferior de um braço. Depois de algum tempo contendo o vômito, o detetive identificou o aparelho como um Motorola. Também reconheceu o cheiro de combustível. Gasolina, álcool, diesel, o quarto tinha o odor penetrante dos postos de gasolina. No que restou da janela, um retalho azul brincava com o vento noturno. Mauro foi até lá e reconheceu o pedaço de tecido. Olhou para baixo, uma perna e uma cabeça parcialmente escalpelada dormiam na grama curta da área externa.

Bom senso era importante, mas naquele instante Mauro precisou de um cigarro. Ele o acendeu ali mesmo, tragou bem fundo e recolheu um saquinho plástico que pesava em um dos bolsos da jaqueta.

Mauro ainda não entendia de onde tinha vindo aquele projétil, da mesma forma que não entendia o aparelho celular Motorola caído ao seu lado. E o que dizer de um veículo grande como um caminhão entrando em um quarto, no segundo andar, estraçalhando um homem contra a parede e desaparecendo antes de chegar ao chão?

Mauro apertou o projétil e se preparou para as perguntas que morreriam sem resposta. O taxista chamado Resende disse que atravessou um portal e que esteve no Inferno.

Mas parecia mais certo que o Inferno estivesse atrás dele.

JEZEBEL

Love is just a lie* **Made to make
you blue//Love hurts, oh, love
hurts Love Hurts — NAZARETH

O velho acordou e serviu a ração ao cachorro. Em seguida, aqueceu a água do café, cumprindo o ritual que o acompanhava há quase setenta anos. Dormir cedo, acordar mais cedo ainda, chutar o rabo do galo, como dizem.

Dagmar gostava da rotina, de saber como seria seu dia, e provavelmente nada teria mudado sua vida se a mãe do menino não tivesse dado no pé e deixado o garoto com ele. O trabalho com uma criança de oito anos nunca é fácil, mas Dagmar sentia-se agradecido em finalmente ter um garoto correndo pela casa. A mãe do menino nunca foi fácil, era uma mulherzinha danada de ruim.

Em cinco minutos o café estava dentro da garrafa térmica e o menino chegava à cozinha carregando sua melhor amiga sob o braço direito.

— Dormiu bem? Ouvi você falando sozinho de madrugada — o velho comentou.

— Tive um sonho ruim com o Opala.

Opala era um vira-lata cor de leite amanhecido. Não era branco, não era bege, era apenas... borrado. Também era manso como chuva de outono. Sua única implicância era com gente estranha. Ainda assim, em seus cinco anos de existência, o cão nunca ameaçou morder um tornozelo.

— Qué me contá seu sonho? — Dagmar perguntou ao neto.

— Acho que não — o garoto respondeu. Um pouco inseguro, acariciou o cachorro. Opala retribuiu o carinho com um aceno do rabo. Em seguida, se interessou pela amiga.

Como toda galinha, Jezebel não confiava nos cachorros. Mas ela permitiu que Opala a cheirasse e embaralhasse suas penas. Quando o cão se cansou, o menino colocou a galinha no chão e puxou uma das cadeiras da mesa.

— Tá quase na hora desse bicho ir pra panela — o velho disse. O menino sacudiu a cabeça e encheu um copo com leite. Juntou um pouquinho de café, apenas para dar gosto.

Enrico sabia que o avô não falava sério. Se o velho quisesse mesmo transformar Jezebel em canja, ele não a trataria tão bem.

Jezebel chegou ao Sítio São Benedito seis meses antes, um pintinho, uma coisinha amarela que poderia ser pisoteada por um pé descuidado. O velho a ganhou na feira, de um amigo que vendia porcos na cidade. Segundo esse amigo, ele tinha acabado de deixar alguns suínos em um matadouro em Três Rios quando percebeu Jezebel no caminhão. De alguma maneira, aquele pintinho esperto conseguiu fugir de uma morte quase certa, de modo que parecia justo ajudá-lo a encontrar um bom lar. O que o vendedor de porcos e principalmente Dagmar não imaginavam é que o garoto fosse se afeiçoar à galinha daquela maneira, dormindo com ela, dando banho, passando talco quando o cheiro das penas ficava forte demais. Mas o que o velho poderia fazer? O menino já tinha perdido a mãe; se manter uma galinha embaixo do braço o fazia feliz, que assim fosse.

— Hoje a gente vai dá uma olhada no café. Parece que tem uma praga nova atacando as terra dos Minotto.

— Ah, vô... mas hoje eu ia dá banho na Jezebel — Enrico lamentou. Molhou um pedaço de pão no café pingado e o enfiou na boca. — Não pode sê amanhã? — perguntou com a boca cheia.

— A praga não vai esperá até amanhã — Dagmar respondeu e avançou até o pequeno rádio da cozinha. O Motoradio ficava sobre o armário, e naquele horário sempre falava mais alto que o vento. Era hora do *Repórter da Manhã*, o melhor programa para se ouvir em Gerônimo Valente antes de apanhar a enxada. — Hoje você vai comigo. Amanhã você pode dá banho na Zeisa. — A vinheta sensacionalista do programa (bem parecida com a música do *Plantão da Globo*) já enchia a cozinha, dividindo espaço com o coça-coça do cachorro e com os cacarejos de Jezebel.

— Eu posso levá a Jezebel com a gente?

— Pode sim, agora me deixa ouvir o rádio.

Assim foi feito, e depois de falar mal dos políticos da cidade por cinco minutos, o radialista trouxe algo novo, uma novidade que nem mesmo o velho e toda a sua experiência estavam preparados para ouvir. A notícia falava sobre cães. Uma doença ainda desconhecida que fazia os bichos se morderem até verter sangue e atacar pessoas. Ouvindo o radialista, o menino deixou o pão e o leite de lado.

— Eles tão matando os cachorro? — perguntou ao avô. — A gente vai matar o Opala também? — um embargo tomava a voz.

— O Opala é nosso amigo — Dagmar respondeu e chegou mais perto do cachorro. Acocorou-se, o cão rolou e deixou a barriga para cima na intenção de ganhar algum carinho. Dagmar deu o que o animal queria e aproveitou para conferir a pelagem.

Havia uma pequena mancha vermelha, nada de sangue, mas havia uma irritação na pele.

— Ele tá se mordendo, vô? — O menino deixou a cadeira e chegou mais perto. Aproveitou para apanhar Jezebel do chão e recolocá-la sob o braço.

— Não dá pra saber. Mas se o que o moço do rádio falou for verdade, é melhor não bobear. Eu gosto muito do Opala, mas não vô arriscá que ele morda nós dois.

— Vai matá ele?

Como se compreendesse o que o menino dizia, Opala se colocou de pé e começou a lamber a mão do velho.

— De jeito nenhum. Mas eu vou prendê ele no chiqueiro enquanto a gente vai pra lida.

— Ele não é um porco...

— Claro que não é! Mas ele gosta dos porco, e a lama fresquinha vai fazer bem. A gente dá uma olhada nele na volta, se o Opala não arrancá nenhum pedaço da pele, é porque não tá doente.

• • •

Perto das sete da manhã, o velho já estava com a mochila de veneno nas costas, pulverizando as folhas de café. O menino estava longe, brincando com Jezebel. Geralmente Enrico conseguia agarrá-la uma ou duas vezes, e aquilo era o bastante para que ele e a ave se cansassem de correr. Naquela manhã, entretanto, não foi o que aconteceu. A galinha parecia ter recebido carga extra e, quando o garoto se cansou, sentindo os músculos da barriga se encurtarem em câimbras, ela ainda esvoaçava, provocativa, saltitando à sua frente.

Depois do cafezal, Dagmar convocou o neto para avaliar as laranjeiras. Em seguida, deram uma boa olhada nos limoeiros, e quando os dois se deram conta, o sol já estava fraco demais para queimar a pele.

O velho se lavou em uma bica d'água do terreno, incentivou o neto a fazer o mesmo e perguntou:

— Cadê a Zeisa?

— É Jezebel, vô! Ela não gosta de apelido.

— Quem não gostava de apelido era a sua mãe, e você sabe que eu não consigo falar essa porcaria de nome. Onde já se viu chamar uma galinha de Jeza... desse nome aí.

Enrico riu, como sempre ria quando o avô se lembrava de ser velho.

Acima deles, no topo de um pé de romã, Jezebel arrancava um gomo de carne de suas costas com o bico. Os olhos frios indo e vindo, perscrutando e redescobrindo o terreno. Com a agitação e o chamado dos dois humanos, a galinha parou de se bicar. A pupila ainda diminuída, as penas do pescoço eriçadas.

Depois de se sacudir e reorganizar as penas, Jezebel pousou ao lado do menino e voltou para baixo do seu braço. Dagmar riu. Ele não entendia toda aquela afeição, mas como poderia implicar com um amor tão puro?

— Vâmo indo — ele sacudiu os cabelos finos do neto —, eu ainda tenho que dá uma olhada no Opala.

· · ·

O velho precisou de muita força de vontade para não aliviar o sofrimento do bicho assim que chegou em casa. O cão havia trabalhado o dia todo, e agora havia dentes ensanguentados e um caminho vermelho escavando a pele do dorso. Mas Dagmar não poderia se livrar do amigo, não antes de esgotar todos os recursos. Depois de vasculhar o galpão dos fundos e encontrar o que precisava, o velho colocou o abajur no pescoço do cão e amarrou suas patas dianteiras para que ele ficasse imóvel e não arrancasse o colar elisabetano improvisado. Opala tentou morder o velho várias vezes, Enrico precisou ajudar enquanto Dagmar segurava o cachorro. No dia seguinte chamariam o veterinário, talvez o doutor soubesse alguma maneira de combater aquela doença maldita.

— Será que ele vai se comê? — Enrico perguntou duas horas depois, quando o velho o colocava para dormir.

— Só se ele conseguir roê a corda. Tenta dormir, amanhã a gente resolve.

— Cadê a Jezebel?

Dagmar checou o quarto. Não encontrando a galinha pelo chão, olhou em cima do armário do menino. A ave o encarou de volta e seus olhos refletiram a luz do corredor de um jeito que o velho só via acontecer com algum bicho iluminado pelos faróis dos carros nas estradas.

— Vem, Zeisa. Seu amigo tá chamando — o velho chegou mais perto. A galinha ameaçou bicá-lo. — Vixi! Por que a senhora tá tão brava? — ele a agarrou.

— Ela tá com sono — Enrico recebeu a galinha. Abraçou-a, depois a cobriu com o lençol, arrancando um riso frouxo dos dentes amarelados do avô.

— Nunca vi um bicho gostá tanto de gente.

Dagmar se despediu do neto e caminhou até a porta. Deu uma nova olhada na galinha, apenas para tirar a cisma sobre aquele olho brilhante. Sem notar nada de estranho dessa vez, foi até seu quarto, exausto pelo dia bem trabalhado e, principalmente, pela preocupação com Opala.

* * *

Dizem que o primeiro animal a ser domesticado foi um cachorro, mas pode ter sido uma galinha. Que Dagmar soubesse, elas eram mansas, bobas, e tão impressionáveis que podiam ser hipnotizadas. Ele não podia dizer o mesmo sobre os cães.

Horas depois de apagar a luz, o velho ainda ouvia os uivos de seu melhor amigo. Podia imaginar Opala livre das cordas, mastigando o dorso, talvez arrancando o próprio rabo ou os testículos. Pelo que os ruídos mostravam, o cão não estava mais com o abajur no pescoço. Ainda assim, o velho deixou a natureza seguir seu curso, até que o sono o venceu.

O rádio-relógio ao lado da cama marcava quatro e meia da madrugada quando Dagmar voltou a acordar. Dessa vez não era Opala uivando, ou os porcos incomodados com sua presença; o que arrancou o velho da cama foi um grito de seu neto. Dagmar acendeu a luz do quarto e correu pela porta.

Enrico estava ao lado da cama, de pé, as mãos se espalmavam no frio noturno. No rosto, a cavidade dos olhos deixava o sangue escorrer. Aos seus pés, Jezebel matava sua ânsia, se rendendo a uma natureza há muito tempo esquecida. Furioso, Dagmar decidiu que só cuidaria do neto depois de acabar com ela. No chão, a galinha ainda estava concentrada, bicando e brincando com o que sobrou de um dos olhos do menino.

— Desgraçada! — Dagmar gritou e saltou sobre a ave. Infestada ou não, doente ou não, ela pagaria pelo que fez ao menino.

— Não mata ela! — Enrico implorou enquanto rodopiava às cegas, guiado pela voz do velho.

Naquela confusão de braços, penas, olhos e pernas, Dagmar se enroscou no neto e acabou caindo. A testa encontrou o pedaço do pé da cama que emergia pelo colchão, a pele se abriu, o cérebro perdeu a orientação. Atordoado, paralisado, incapaz de fazer os membros funcionarem, Dagmar abriu os olhos.

Então viu aquele bico ensanguentado chegando cada vez mais perto.

Break off the tab with a screwdriver.

Minha vida está caindo aos pedaços
Alguém me junte
Deitado com a cara virada para o chão
E os dedos em meus ouvidos
Para bloquear o som
FAITH NO MORE

TORNI-QUETE

```
My life is falling to pieces//Somebody put me together**
*Layin' face down on the ground//My fingers in my ears
to block the sound Falling to Pieces - FAITH NO MORE
```

Tudo começou com uma coceira...

Meu nome é Millor Aleixo. Tenho trinta e dois anos e acho que Deus é um sacana. Hoje sou paciente da ala de recuperação do Hospital Santa Luzia, na cidade de Três Rios, internado por amputação voluntária da perna direita. À minha frente, sentado em uma cadeira que range a cada respiração, Sanitiel Gorja, repórter de uma revista sem expressão lida em clínicas de lipoaspiração e cabeleireiros — com alguma sorte...

Ele pretende me entrevistar. Como você deve ter percebido, falávamos sobre Deus agora a pouco, porque Gorja teve a infelicidade de dizer que *graças a Deus* eu estava recuperado.

— ... eu não pensei sempre assim — continuei —, não sou o tipo de cara que foi molestado sexualmente enquanto se confessava, não é por isso que não gosto de igrejas. Aliás, nem sei por que estou falando de religião. Na minha opinião, isso não tem relação alguma com a sua revista de malucos. Como é mesmo o nome?

— *Verdades e Mistérios* — respondeu o repórter.

Eu sempre imaginei qualquer repórter como um sujeito esperto, com um olhar sagaz, que usa um chapéu idiota e óculos com armação de ouro. Então me aparece um homem mais jovem do que eu, com o cabelo amassado tipo Pedro De Lara e o sovaco entupido de desodorante Avon. Eu pensava que repórteres ganhavam bem...

— Eu vou ficar falando sozinho, ou você vai me fazer perguntas?

— O que você prefere?

— Prefiro que faça as perguntas, Gorja.

Sujeitinho difícil... Bem, pelo menos ele tem as duas pernas.

Sanitiel se ajeitou na cadeira que quadriculava sua bunda — o assento era de vime, trançado com redinhas de nylon, e não consigo deixar de pensar na bunda branca do camarada estampada com um tabuleiro de damas —, pegou caneta e bloquinho e começou a escrever. Acho que ele não está escrevendo nada, só desenhando caretinhas, como um universitário de rabo-de-cavalo que cursa moda mas é obrigado a assistir às aulas de matemática.

— Do que está rindo? — perguntou-me.

— Nada. Está pronto para começar com as perguntas? Acho que tenho alguma coisa nova para a sua revista.

Gorja ligou o gravador e relaxou o bloquinho de anotações que pesava em suas mãos, me certificando que o papel só servia mesmo para fazer tipo.

— Vejamos... Você disse que começou com uma coceira, toda essa... isso... essa...

— Essa loucura, doideira, coisa de maluco? Pode ser sincero, eu não me incomodo.

— Simplifiquemos, Aleixo: como decidiu amputar sua perna direita?

Eu me ajeitei na cama, respirei mais fundo e comecei a contar a coisa mais corajosa e estúpida que alguém com duas pernas poderia pensar em fazer.

• • •

— Eu estava saindo da casa da minha ex-namorada quando senti uma coceirinha pela primeira vez. Ela me chutou, sabe? Depois, por causa da perna. Mas naquela época eu ainda tinha as duas e ela dizia que me amava. Estávamos na metade de junho, as ruas estavam frias. Eu ia a pé, apesar de ter um carro e uma moto velha, daquelas de fazer trilha. Naquela noite, depois de andar dois ou três quarteirões, senti a perna direita coçar um pouco. Foi meio assim, sem mais nem menos. Eu cocei e continuei andando, apenas cocei. — Gorja se ajeitou na cadeira, um pouco incomodado. Sempre que começo essa história noto que o ouvinte se coça, mas ele resistiu. — Ela coçou de novo e eu cocei de novo, e, antes de chegar à minha casa, estava sentado em frente à rodoviária onde as prostitutas fazem ponto, olhando para todas aquelas unhas coloridas e me perguntando quanto me cobrariam por uma hora de coçação. Pode ter começado depressa, mas aquilo se tornou infernal.

— Tentou algum medicamento?

— Amigo... Eu tentei tudo o que você possa imaginar, de mertiolate à babosa espremida. Minha avó disse que babosa era bom, embora para mim a coisa espremida se parecesse com algum tipo de esperma de ET. E quer saber? Eu passaria até bosta de gambá se curasse a coceira. Tentei álcool, querosene, cheguei a jogar gasolina uma vez.

— Adiantou? — perguntou o boçal e escreveu algo no caderninho.

Como alguém me pergunta uma merda dessas se sabe que falta uma perna no meu corpo de cheirador de cola? (Eu não cheiro cola, só sou magro tipo alguém que cheira.)

— Pelo contrário, a coceira foi tanta que eu comecei a enlouquecer. Naquela primeira noite, depois de me coçar por horas, consegui dormir, mas, na semana seguinte, além de me coçar, eu precisei comprar pomadas cicatrizantes. Para os rasgos...

— Rasgos?

— É, companheiro, comecei a me coçar com todo tipo de coisa, de toalhas a lixas de parede. A perna coçava como se uma família de vermes passeasse por dentro da minha carne. Festejando, deslizando, explorando a musculatura e a pele. Cheguei a ter pesadelos várias noites; um dia eu acordaria e os bichos estariam pelo chão, pelo teto, dentro da minha boca... No meu pin... Você me entendeu.

— Nessa época você trabalhava, certo? Tinha um emprego? Como conseguiu conciliar?

— E alguém nesse país fica sem trabalhar? Eu trabalhava como um doido, se você quer saber, limpando as janelas dos prédios. Não era um trabalho dos mais agradáveis, mas pagava bem. Pouca gente tem coragem de fazer rapel com esse objetivo. Pensando friamente, talvez meu velho emprego tenha me ajudado na decisão de arrancar a perna.

— Não entendo. O que houve de tão grave? O que aconteceu depois? — Gorja perguntou. Notei que ele não parava de olhar para o meu coto e sorri.

Imagino que vá parecer estranho, mas preciso ser sincero: se eu não tivesse motivo nenhum para arrancar um membro, o faria para ficar famoso. Não vejo nada demais em fazer o que eu fiz e do *jeito* que fiz, mas, para sujeitinhos como Sanitiel Gorja e sua trupe de carniceiros, eu me tornei um super-herói, uma escultura peniana da coragem. Claro que alguns têm nojo e medo, mas são minoria, quase todos me veneram.

— A coceira chegou a um estágio em que eu corria risco de vida.

— Por causa da perna?

— Não, por causa do rapel do meu trabalho... Como acabei de dizer, eu limpava janelas nas alturas. Só que a coceira era tanta, que quando *batia forte*, eu precisava tirar minha calça e me coçar. Imagine fazer isso longe do chão? É claro que o Técnico de Segurança do Trabalho não gostou quando me viu rasgando a porra da calça com um canivete e me coçando...

— Ele viu? — perguntou-me.

— Não *in persona*... mas o pessoal engravatado numa reunião no prédio viu direitinho... — nesse ponto da entrevista eu me apanhei sorrindo, lembrando de uma gostosa de terninho preto que ficou com o rosto colado na janela. Tadinha... Deve ter sido bem impressionante porque, depois de alguns segundos, ela deixou a sala e esbarrou em cada cadeira que encontrou pelo caminho.

— No outro dia, eu estava no olho da rua. A coceira junto comigo, um pouco pior.

Tomei um gole de água e prossegui.

— Na semana seguinte, comecei minha sina...

Gorja colocou o radinho gravador mais perto, em uma mesinha que já tinha algumas garrafas d'água sobre ela. O gravador era um Rq 209, da Panasonic. Grande, meio velho, mas ainda competente.

— A empresa me deu alguns meses de prazo no convênio quando ameacei processá-los por me demitirem por causa de uma doença. Visitei dermatologistas, fisioterapeutas, ortopedistas, quiropráticos, reumatologistas, traumatologistas, imunologistas, reflexologistas, homeopatas, farmacêuticos, macumbeiros e o tiozinho que mora na minha rua e benze as pessoas com folhas de mamona; eu tentei de tudo.

— E nada resolveu? — perguntou Gorja.

Havia empatia em seus olhos. Nesse momento, realmente senti que Sanitiel se afeiçoara a mim. Um cara sem perna, sabe como é, gente como eu sempre ganha um pouco de afeição gratuita.

— Nadinha... E como eu dormia pouco porque passava a noite toda me coçando, comecei a ficar desorientado e pensar que todo mundo tinha culpa da minha situação. Acho que foi o mau humor que me levou ao psiquiatra. Como ninguém descobria o problema da minha perna, resolveram que minha cabeça era a culpada. Fico nervoso só de lembrar...

— Se não quiser contar, podemos pular essa parte...

— Tá brincando? Essa é a melhor parte.

— Quando cheguei na clínica do doutor Me-Dê-Um-Comprimido-Colorido, já estava sem namorada e com escaras por toda a perna... Com nojo da minha pele, a Kelly tinha me deixado. Kelly Milena... Além do emprego, eu

tinha perdido o amor da minha vida por causa da maldita perna. Amigo...
sem sacanagem, nada dói mais que perder o amor de sua vida, nem mesmo
perder a perna na porcaria da lin... Ainda não chegamos lá, não é mesmo?

Gorja concordou com a cabeça.

Empatia que nada, o safado estava gostando do suspense. Meu amigo
curioso tornou a se ajeitar na cadeira, esticou o braço e bebeu um gole da
água mineral que estava na mesinha. Ele trouxe quatro delas, eu já tinha
bebido uma inteira. Isso é uma coisa que nunca tinha imaginado: perder um
membro dá muita sede. Engraçado, né? Devia ser o contrário porque você
está economizando um monte de coisas; nutrientes, comandos cerebrais,
sangue... Porra, cara! Como sai sangue. É uma coisa indecente de sangue!

— Podemos continuar? — Sanitiel era educado, bem mais do que eu. Mas
tinha cara de bobo, bem mais do que eu...

— O que o psiquiatra fez foi me entupir de comprimidos. Ele testou de
tudo: Diazepam, Lorazepam, Lexotan, Rivotril, Prozac e muito mais... Eu
tomei tudo o que o Almeida da farmácia podia me vender por quatro meses.
E cheirei pó junto com a mistura.

— E não resolveu nada?

— Não foi bem assim... A coceira passou. O problema é que começou a doer.

— Pode descrevê-la? A dor?

Sádico! Sabia que aconteceria. Todo ser humano gosta de assistir outro
ser humano sofrendo. É coisa nossa, a gente se comove com a dor do outro,
então passamos a sentir esse tipo de interesse bizarro. Mas ele estava certo, de que adiantaria contar o santo sem contar o milagre? Eu iria até o fim
nessa entrevista, como vou até o fim em qualquer coisa nessa vida.

— Era alucinante — respondi. — Como sentir os ossos congelando ou
sendo esmagados. Já quebrou algum osso, amigo?

— Uma vez quebrei a mão.

— Tá... — continuei. — Existe um procedimento chamado *redução*. Quando você demora para ir no ortopedista, eles precisam quebrar seus ossos de
novo, porque a fratura se calcificou do jeito errado. Sei como dói porque
precisei passar pelo procedimento uma vez quando quebrei o braço.

— Pode descrever melhor?

— Dói pra caralho. Uma redução deve ser o mesmo que quebrar a mão
cinco ou seis vezes. Já a dor na minha perna...

Suspirei só de lembrar.

— Era como um trator passando por cima da minha perna, indo e vindo, o tempo todo. Como fazer reduções seguidas, a cada dez minutos, o dia
inteiro, era coisa do demônio. Às vezes, eu nem saía da cama. Ficava lá, tentando a combinação de drogas mágicas que me faria dormir para sempre.

— Quer dizer...? — ele perguntou sem jeito.

— É, cara, pensei em me matar várias vezes, mas tive medo.

— De Deus? Do Inferno? — Sanitiel até largou a caneta.

— Por favor... — respondi, sarcástico. — Eu temia que minha perna doesse mesmo depois de morto.

Não sei por que, mas essa última resposta afetou meu amigo repórter bem mais do que a amputação em si. Acredito que ele deu uma nova dimensão à minha dor. E eu estava sendo verdadeiro, estava sendo sincero. Minha perna doía como se estivesse enrolada com arames farpados, com corrente de mil volts passando pelo metal, como se estivesse sendo mastigada por um crocodilo — dizem que isso dói muito, mas tenho certeza que minha perna doía mais.

Sanitiel se recuperou depressa e continuou a entrevista.

— E você acredita que a medicação teve alguma relação com o aparecimento da dor e a extinção da coceira?

— Acredito que não. Eu sou azarado, sabe? — Ele me olhou esquisito, se perdendo de novo no assunto. Gorja não devia ser muito inteligente apesar da cara de ser muito inteligente. Eu expliquei. — Quero dizer que existe muito azar nesse mundo. Algumas pessoas desenvolvem dor de cabeça crônica, outros ouvem vozes, alguns azarados nascem homens-cotos, sem pernas e sem braços. Sem contar gente que tem o pinto enfiado no saco e pessoas nascidas com gêmeos fantasmas em alguma parte do corpo. Esse tipo de coisa eu chamo de *azar*. E pensando neles, o meu foi bem pequeno. Bem, pelo menos o meu eu consegui resolver.

Sanitiel começou a olhar para o relógio. Obviamente ele tinha uma esposa gostosinha o esperando em casa (ou um esposo gostosinho; não era da minha conta. Não se deve invejar a sorte ou questionar a orientação sexual das pessoas).

— Antes que você me apresse, vou contar *como* aconteceu.

Os olhos do sacaninha brilharam, ele até se endireitou na cadeira para espantar o tédio (e ajeitar a bunda de tabuleiro de damas). O homem já devia estar com cãibra no cóccix.

— Não é segredo que eu resolvi acabar com a tortura e me livrar da porcaria da minha perna. Você precisa entender que ela não era mais útil, além disso, aquele pedaço de carne, ossos e músculos, me tirou tudo o que eu gostava na vida. Primeiro, meu emprego — e eu adorava aquele trabalho, apesar de todo mundo achar um lixo —, depois tirou minha namorada, e, por fim, depois de tanta medicação, estava tirando minha sanidade. Mesmo assim, não foi fácil decidir... Passei em todos os médicos da cidade, fiz petições na Secretaria de Saúde do Município, do estado e no Ministério da Saúde e Bem-Estar Social. Amigo, eu escrevi para o Conselho Federal de Medicina! Sabe o que eles fizeram?

A criatura na cadeira balançou a cabeça, todo interessado. Falou em Conselho Médico todo mundo se interessa...

— Eles queriam me entupir de morfina! Quem trabalha entupido de morfina? Eu queria minha vida de volta e não morrer doidão pensando que todo dia é Natal com filme bom na Globo.

Meu entrevistador olhou para o relógio outra vez. Decidi chocá-lo.

— Então, depois de alguma pesquisa, decidi amputar eu mesmo, sozinho.

— Minha Nossa Senhora — ele resmungou. Eu sorri.

— Pensei em facas, machados, alicates de bombeiro. Ah!, eu também pensei em uma motosserra.

— Jesus... — resmungou Gorja. Invocar o céu inteiro devia ser algum cacoete do miserável.

— Meu problema é que eu resolvi *não morrer*, entende? Só queria me livrar daquela perna.

Tomei outro gole de água.

— Em uma dessas noites que eu passava em claro, ouvi minha resposta.

Ele ajeitou a caneta no bloquinho, e dessa vez estava anotando, mesmo com o gravador ainda ligado. Imagino que fossem minhas expressões pálidas, o cheiro de álcool-iodado no quarto, o sol que entrava pela janela entreaberta e acertava apenas metade do cômodo.

— A cidade está na rota de um trem. A locomotiva passa todos os dias, carregando um monte de sei-lá-o-quê, mas acho que a carga do trem não vai interessar à sua revista; o que os seus leitores querem são os detalhes angustiantes, os que todo mundo gosta de saber.

— Por favor — pediu o repórter. Apertava a mão livre, sacudia as pernas, o cheiro do desodorante Avon batia forte por todo quarto. Pedi para que ele abrisse a janela, eu começava a ficar enojado.

— Eu pensei em cada detalhe que garantisse meu êxito — expliquei. Esperei que ele sentasse de novo. — Você deve imaginar que não seja tão fácil arrancar um pedaço de seu corpo. Um dedo mindinho é uma coisa, mas uma perna?

— Suponho que sim, que não, que...

— Pensei em algo que me deixasse anestesiado. Não minhas drogas psiquiátricas ou eu não chegaria ao hospital, eu precisava de alguma porcaria para não sentir a perna enquanto... enquanto a desprendia, a desligava de mim. Meu amigo... perdi a conta de quantos tubos de xilocaína eu gastei em vão. Mas eu tive outra ideia: lidocaína com vasoconstritor. Acabei roubando todo o estoque do meu dentista, mas foi por uma boa causa. Também contratei um serralheiro para fazer um negócio parecido com uma camisinha de ferro com a largura da minha coxa. Eu botaria água dentro e congelaria. A cadeira de rodas eu arranjei com uma entidade beneficente, os Filhos de Jocasta, lá em Cordeiros; eu nasci naquela merda de cidade. Eu disse a eles que os médicos amputariam minha perna por causa da diabetes e que eu estava fodido porque em Três Rios não se conseguia uma cadeira nem com reza brava. Claro que era mentira, mas eu tinha tantas feridas que eles engoliram. Minha perna parecia o pantanal visto de cima, mas a parte molhada era vermelha.

— Mas não tinha parado de coçar?

Espertalhão...

— Tinha, mas quando doía demais por dentro, eu machucava a pele tentando melhorar.

— E resolvia? — perguntou.

— Eu teria me rasgado todo se não melhorasse? — eu disse. E continuei com o trem, empolgado em contar tudo pela primeira vez. — Além do que eu já citei, precisei de cordas, para me amarrar e me agarrar às margens da linha, para que o trem não me arrastasse junto com ele. Também usei um cinto de couro com furos extras para o torniquete, e um canivete suíço, para o caso de sobrar alguma coisa depois d'o trem me operar. E antissépticos: merthiolate, água oxigenada. E não me esqueci dos antibióticos para não infecccionar... Tomei alguns Bactrins. Eu tinha os comprimidos em casa, sobraram uns cinco ou seis, de um tratamento de gonorreia. Mas não precisa colocar isso na sua entrevista, ok?

— Fique tranquilo — disse ele. — E como foi? — perguntou na sequência, sem parar para tomar fôlego. Sanitiel era um virgem querendo experimentar o pecado na festa de quinze anos.

— Tá querendo detalhes, né?

— Eu não, mas nossos leitores...

Leitores... E aqueles olhinhos brilhando como uma criança no mundo do sorvete grátis? Sanitiel estava gostando, claro que sim. E eu não o culpava, também gostaria de ouvir um caso desses, se o caso não fosse eu.

— Cheguei ao local uma hora antes do trem. Escolhi um ponto bem próximo ao hospital, cerca de duzentos metros. Deixei minha carteirinha do convênio bem fácil, na parte da frente da carteira. Atrás dela, meu dinheiro e um talão de cheques.

Dei uma pausa na entrevista e me ajeitei na cama — aquela coisa me dava dor nas costas se eu ficasse muito tempo sem me mexer. Tente ficar com sua perna-coto para cima o dia todo e me responda depois...

— Primeiro eu posicionei a cadeira de rodas e a caixa de isopor (que carregava minha capa-de-coto-congelada) bem perto de mim. Na mesma caixa estavam os remédios; antibióticos e um pouco de morfina (morfina era útil, mas eu me controlava pra caramba, nada de me viciar nessa merda e ficar vendo passarinhos fluorescentes cantando "Ilariê").

— Depois me besuntei com a xilocaína, esfreguei até esquecer que tinha perna. Naquela noite, a safada doeu como nunca, ela parecia saber que alguém levaria um *pé* na bunda. Gostou do trocadilho? — eu sorri. — Eu sei, eu também achei péssimo... Bem, mas esfreguei a pele até que a dor ficasse restrita aos ossos. Em seguida apliquei as injeções de dentista. Não fizeram milagre, ainda doía um pouco. Mas que se foda, pensei...

— Com tudo resolvido, ajeitei uma almofada, liguei o walkman com um som do Faith No More e deixei as cordas bem perto para eu me agarrar. A noite estava bonita, a lua iluminava os trilhos, posso dizer que aqueles minutos antes do trem chegar foram pura magia. Eu ouvia os grilos namorando, as gatas no cio... Tudo amplificado. O trem costuma passar perto das nove da noite, pouco antes de começar a novela que devia ser das oito e nunca começa às oito. Estava quase na hora quando um cachorro se aproximou e mijou em cima da minha perna.

— Filho da mãe... — Gorja resmungou.

— Eu não culpo o bicho. Animais sabem quando alguma coisa está errada, eles sempre sabem. Normalmente se contentam em lamber nossos machucados, mas aquele vira-lata devia saber que não tinha saliva canina no mundo que me curasse. — respirei fundo. — Assim que o cão se aliviou, senti uma vibração nos trilhos, pensei que fosse minha imaginação. Depois outro tremor, e outro, um pouco mais forte. A linha era como um daqueles aparelhos de massagem de fisioterapia vibrando no mínimo. Mas foi aumentando. Tombei a cabeça para o lado, aumentei o volume do walkman e...

— Pensou em desistir?! — perguntou Sanitiel.

— Nada disso, só dei uma última checada nos equipamentos.

— A vibração aumentou mais e os trilhos já eram praticamente uma cama de motel quando eu vi a lanterna do trem. Pequenina, avermelhada, como um vagalume queimando as asas no inferno. A distância fazia a luz oscilar um pouco, como se piscasse.

— Lancei minhas mãos nas cordas, me agarrei, encolhi o máximo que pude da minha perna boa.

— Sentiu medo? — perguntou o camarada.

Pergunta idiota. Alguém com uma dor igual a minha saberia que eu não sentia nada a não ser esperança em me livrar dela.

— Meu medo era o trem acertar o meu pau, mas, se quiser omitir essa parte da entrevista, eu agradeço.

— E acertou?

— Não! — respondi. — Meu pau vai perfeitamente bem! — Funguei, dei uma apalpada no meu *perfeitamente bem* e continuei. — Depois de enlaçar minhas mãos nas cordas foi só esperar o trem chegar, com suas rodas de aço que esmagariam um crânio como pão amanhecido. Tchum-tchum... Tchum-tchum...

O maquinista fez a buzina gritar um pouco com aquele som de fãããéééééãããã maldito. A coisa chegava perto, nada de diminuir a velocidade, e o porrinha do vira-lata voltou até onde eu estava e começou a latir. Filho da puta! Mijar na minha perna era pouco, ele ainda precisava me atormentar com aquele escândalo. — Me recompus — Tchum-tchum... Tchum-tchum... Tchum-t-chum... Tchum-tchum... E então senti a luz dele me atingindo, me obrigando a fechar os olhos. Meu coração disparou e minhas mãos se cravaram naquelas cordas malditas. Rapaz, eu não me caguei porque não tinha jantado. Tchum-tchum... Tchum-tchum... E era chegada hora e...

Os olhos do Sanitiel-Sacanão brilhavam. Ele estava com a caneta na boca, mastigando o plástico e olhando para mim.

Continuei falando mais alto, quase gritando:

— Tchum-tchum... Tchum-tchum... Tchum-tchum... Tchum-tchum... E eu comecei a gritar feito um maluco e o cachorro latia e aquela buzina alucinada! Tchum-tchum... Tchum-tchum... *Fãããéééééãããã!* E flapt, rasg, regss, cacete! Caralho! Porra! PUTAQUEOPARIU! Gritos, latidos, desespero e uma dor que fez a anterior parecer um peido úmido!

Meu ouvinte estava vidrado.

— O sangue espirrou para todo lado, fazendo de mim um Platoon urbano, sangue no chão, no rosto, mais sangue no ar do que oxigênio na atmosfera! A perna amputada foi arrastada e eu puxei o que sobrou de volta, com o trem ainda passando. O som da locomotiva estava me deixando surdo quando rastejei até o isopor onde estava o porta-coto. O que sobrou da perna parecendo uma tromba cuspindo groselha concentrada. Cortei o que tinha de pele desfiada com o canivete, amarrei o corte com a cinta de couro. Precisei apertar, e isso doeu pra caralho!

Contar essa parte sempre era intenso.

— Enfiei tudo no porta-coto e gritei mais um tanto. Caí umas cinco vezes até conseguir me enfiar na cadeira e rodar até aqui, para esse hospital. Eu já tinha cuidado do resto, pedi a uns amigos meus para apanharem o carro e o resto das minhas tranqueiras, que ficaram na linha.

Mais um pouco de água na garganta seca.

— E aqui estou eu. A perna evolui bem e eu durmo em paz, sem sentir nada abaixo da metade da coxa direita.

Olhei para o coitado do Sanitiel. Ele estava pálido, suas mãos tremiam sem conseguir escrever direito. Decidi falar algo mais leve para retirá-lo do transe.

— Pode desligar o gravador...

Ele fez isso e continuou me olhando, taciturno. Me senti uma estátua de Nossa Senhora chorando sangue.

— Terminamos? — perguntei.

— Sim. Claro que sim — ele disse, juntando suas tralhas. Colocou tudo numa maletinha de couro que não era couro de verdade e saiu, logo depois de me pagar os duzentos paus pela entrevista. Pela expressão em seu rosto e os quinze "muito obrigado" que eu recebi, me vendi bem barato...

Quando Sanitiel saiu pela porta, a enfermeira Lorena entrou. Ela era bonita, tinha uns peitos enormes e firmes. Eu sempre me aproveitava um pouco dela pedindo que me suspendesse na cama. Se ela ligava quando meu rosto esbarrava nos seios enormes, não demonstrava.

— Como vamos hoje? — Lorena perguntou e me deu três comprimidos.

Eu respondi que estava ótimo, engoli os comprimidos e simulei uma escorregada na cama. Ela me suspendeu de novo, como sempre. Peitões...

Acomodado tão bem quanto era possível, fiquei sozinho outra vez.

Peguei-me olhando para fora, contando nos dedos quanto tempo demoraria para recuperar minha vida. Quem sabe arrumar outra namorada, um emprego mais calmo, reatar com Deus e com tudo o que deixei para trás.

Distraidamente, cocei a perna esquerda...

Desenterraram o meu recanto,
Desenterraram as minhas raízes
Trataram-nos como uma cidade de massinha
Eles nos construíram e nos derrubaram
THE HOUSEMARTINS

ÚLTIMO CENTAVO DA SENHORA SHIN

```
Dug up my den, dug up my roots* **Treated us
like plasticine town//They built us up and
knocked us down Build — THE HOUSEMARTINS
```

Senhora Shin era a última descendente de sua família no Brasil. Seu pai, oriundo de Okinawa, deixou o Japão bem cedo para trabalhar nas lavouras de café. Na Fazenda Esperança, interior de São Paulo, o jovem Satoro conheceu a mãe de Shin. Tiveram seis filhos e, então, a mãe faleceu, vítima de uma doença misteriosa — um mal súbito, como diziam. Shin, segunda filha da família, acabou ajudando o pai a sustentar os outros seis irmãos que, por uma terrível má sorte, acabaram perecendo antes dela — dois deles com menos de dez anos, de sarampo. Mas Shin não questionava o destino. Budista, ela conhecia as leis do carma e sabia que todo sofrimento promove novas oportunidades ao espírito.

Duas vezes por semana, senhora Shin ia ao supermercado Galeão. Não era um supermercado japonês e ela, no fundo, detestava aquele lugar. Shin fora educada nos moldes da tradição nipônica, e lidar com o *jeitinho* brasileiro, com os risinhos e as constantes provocações dos garotos de olhos redondos era uma penitência dolorosa.

Naquela quarta-feira o sol estava decidido a fritar o mundo, então, antes de sair, a senhora Shin se cobriu um pouco mais. Vestiu calças e camisas leves, um xale sobre os ombros, besuntou o rosto com protetor solar — e um pouco de Minâncora no nariz. E ela não se esqueceu do chapéu de praia, feito de palha. Terminados os preparativos, Shin apanhou sua bolsinha com pouco dinheiro — para não correr o risco de ser assaltada — e foi até o supermercado. O bairro onde morava era uma mistura perigosa de pior-bairro-da-cidade com condomínios-de-alto-padrão, o que levava o pessoal a se dedicar aos bons empregos ou ao tráfico de drogas, para fornecer porcarias ao pessoal com bons empregos.

— Xiii, lá vem o Pastel-de-Flango — informou Leandro cruelmente.

Duna olhou rapidamente para a porta do supermercado, filtrando a claridade com as mãos.

Era ela mesma. O corpo arqueado, o andar curto, os olhos pequenos mirados no chão. Duna detestava a velha Shin. Ela não falava português direito, desconfiava de todo mundo e já tinha brigado feio com ele por causa de um único centavo. Na ocasião, Duna ficou com tanta raiva que tentou se unir a outros dois vagabundos para dar um susto na senhora Shin. Quem sabe o susto fosse tão bom que ela se mudasse de vez para um asilo, mas acabou não dando em nada — tinha jogo do Corinthians naquele mesmo dia, e Duna e os outros ficaram tão felizes com a vitória que se esqueceram da velha Shin.

A verdade sobre aquele centavo é que o salário dos operadores de caixa do supermercado Galeão era uma piada, o que levava os caras mais ansiosos a tirarem a diferença nas próprias gavetas. Uma moeda aqui e outra ali, e no final do mês, praticamente o dobro do dinheiro na carteira. Mágica pura.

Shin entrou, limpou o pé em um capacho de boas-vindas e carregou as duas sacolas do açougue e mais outra consigo, em vez de deixá-las no guarda volumes como todo mundo. Paloma, que deveria cuidar disso, não a impediu. Aquela lontra não era uma ladra, era só burra, velha e desconfiada demais. Que ela estragasse as costas carregando suas sacolas como um caramujo.

A senhora Shin continuou pelo corredor entre os caixas de cabeça baixa, sempre baixa. Quando estava perto da seção de enlatados, Duna comentou às costas:

— Tomou banho de talco... Viu a cara branca da velha?

— Coitada, mano — disse alguém.

— Coitada? Ela não presta.

Senhora Shin continuou suas compras, se esforçando terrivelmente para entender o que as duas pessoas diziam naquela língua estúpida e enrolada. Sempre que Shin era obrigada a encarar a maldosa sociedade e seus mercados, postos de gasolina e bancos, se lembrava de como era feliz no campo. O trabalho era duro, sim, as mãos estavam sempre feridas e partidas, e em algumas noites as pernas doíam tanto que dava vontade de arrancá-las, mas, ah, era uma vida simples. O sonho de Shin era um dia voltar ao sul do estado onde foi criada. O noroeste paulista era uma região triste para ela; triste, cruel e quente.

Na seção de hortifrútis, algum tempo perdido na escolha dos melhores tomates. O responsável pela seção, um rapaz chamado Euclides que detestava seu trabalho, perguntou depois de vê-la amassando os legumes:

— Quer uma ajudinha, senhora?

Shin o fitou com os olhos desconfiados por cima dos óculos:

— Não pedi ajuda, né? — rateou e continuou fazendo aquilo.

Os tomates mais passados explodindo entre os dedos. Euclides não voltou a se intrometer. O gerente do Galeão que respondesse por aqueles tomates, ele não era pago para ficar de olho nos clientes, seu trabalho era colocar os tomates na prateleira e cuidar da balança. Além disso, ele preferia ficar de olho na bundinha da Denise (conhecida como Denise Provolone), a garota que tomava conta dos queijos.

Todo mercado tem um gerente, e o cara de gravata musgo do Galeão era um tipo animado chamado Pedro Godoi. Naquela manhã, Godoi estava com um belo problema nas mãos: teria que demitir um dos garotos do caixa. Na verdade, nem era um pepino tão grande assim. Ele já tinha alguém em mente, mas Godoi temia que o funcionário levasse a empresa à justiça — porque, é claro, o mercadinho com mania de grandeza perderia feio. Por esse motivo, precisava esperar a hora certa, o momento exato para que a raiva do felizardo não recaísse sobre o Galeão. Godoi estava no andar de cima, observando e repensando sua estratégia quando a hora certa chegou.

— Shin — ele sorriu e desceu as escadas.

Tirou Euclides da balança e tomou seu posto. O rapaz saiu agradecido e foi ajudar Denise Provolone enquanto a senhora Shin terminava de separar seus tomates e seguia até balança com uma nova sacola em sua coleção. Ela foi colocando uma a uma no chão, com uma lentidão irritante, até que só restasse a sacola com os tomates.

— Pesa — disse ao gerente.

Godoi lançou seu sorriso de lagarto e fez o que ela pedia. Olhou bem para o visor avermelhado da balança. Os números foram crescendo até que chegassem à marcação final, R$3,50.

— Três e quarenta e nove, dona Shin. Desconto especial da gerência.

— Quanto? — Senhora Shin levantou o rosto tão rápido quanto um cachorro Shi-Tzu atento.

— Três reais e *quarenta e nove centavos*! — Godoi repetiu mais alto.

Ele podia ter dito três e cinquenta. Conhecendo a fama da senhora Shin, qualquer pessoa com uma fagulha de bom senso teria feito isso. Mas o plano de Godoi era justamente o contrário, ele queria que senhora Shin perdesse a linha com um dos garotos do caixa. Prova ele não tinha, mas desconfiava que eles andavam desviando dinheiro, principalmente o fedido do Duna. Aquele garoto era problema, ex-viciado, passagem pela polícia. Deus sabe que Godoi não teria contratado aquela ameba por vontade própria, mas suas escolhas acabaram quando os donos da rede decidiram que a maldita inclusão social era uma coisa boa. No caso de Duna, felizmente, isso acabaria hoje.

Sempre sorrindo, Godoi se ofereceu para ajudar Shin com as sacolas. Ela o enxotou e disse:

— Não sou alejada!

Godoi segurou o sorriso e continuou observando enquanto Shin se afastava e escolhia um dos caixas disponíveis. Era o destino.

— Três e cinquenta, senhora — Duna disse.

O talco no rosto de Shin começou a se liquefazer depressa. O rosto ganhou um ar vermelho e rugoso. Ela respirou fundo, estendeu a mão direita e ganhou a voz de um samurai desonrado:

— *Meu* centavo!

— Não tem, senhora.

— Centavo meu! — Shin bateu sobre a esteira de compras.

Alguns clientes na outra fila começaram a se interessar depressa.

— Centavo meu, não seu! — ela repetiu com o dedo em riste.

Duna esboçou um sorriso clássico de "ela é maluca" e chamou o próximo.

Mas Shin não saiu da fila. A mulher estava estática, endurecida, esperando seu troco. Só sairia dali morta.

— Dá logo a moeda pra ela — disse Milton. Era o chaveiro da esquina. Costumava ser grosseiro e amolava o pessoal do mercadinho o tempo todo.

— Não tenho. Ninguém tem um centavo, pô!

— É direito dela! — disse uma garota na fila ao lado. Cabelos curtinhos, olhos ligeiros, jeans desfiado. O tipo de garota que espera qualquer confusão para equilibrar a balança que sempre pendeu para o lado errado.

— Eu sei, mas... — Duna começou a falar.

— Meu centavo! *Quero* meu centavo!

Senhora Shin estava vermelha, líquido branco do protetor solar escorria por seu rosto. O suor se misturava ao molho formando pequenas pérolas no buço e na testa. Chegaria a dar pena, mas ninguém naquele mercadinho infernal tinha pena de outra pessoa. Menos ainda Godoi, que via seu plano correr com uma precisão cirúrgica.

— Tudo bem senhora, Shin. Aqui está seu troco — ele disse e apanhou uma moeda de seu próprio bolso.

A moedinha tilintando em suas mãos, polida, nova, como se tivesse acabado de sair da prensa. Senhora Shin a apanhou e a colocou no centro de suas mãos, de onde só sairia com destino certo. O pessoal da fila a apoiou, afinal de contas, a tal moedinha era direito dela, e todo mundo nesse país anda com o saco cheio de ser roubado o tempo todo.

Senhora Shin já ganhava o sol da rua quando Godoi disse ao seu problema quase resolvido:

— Minha sala, Duna. Precisamos conversar.

• • •

O único santuário budista da cidade ficava a trezentos metros do Galeão. Para senhoras solitárias como Shin, não restava muito da velhice senão se preparar para a próxima vida. Ela acreditava nisso como acreditava no sol, no protetor solar em seu rosto e na moedinha quente em suas mãos. E depois de toda aquela discussão, seria justo entregar aquela moeda a quem era de direito.

Depois de atravessar os portões do santuário, tudo era tranquilidade e paz, como deveria ser a vida, se a vida fosse um pouco mais justa com os velhos. O caminho até a estátua que senhora Shin reverenciava era feito de pedras e grama, uma grama tão verde que parecia artificial. Ao lado do caminho, árvores floridas; primaveras, ipês e cerejeiras. O templo ficava mais adiante, mas senhora Shin raramente ia até ele. Uma pessoa precisaria estar em paz para entrar naquele pedaço de chão tão sagrado. A preparação incluía orações, jejum, concentração e silêncio, o oposto do que acontecera há meia hora no mercadinho sem vergonha do bairro.

Uma das moças que cuidava do espaço passou pela senhora Shin, estava com um coelho branco nos braços.

— O que é isso? — perguntou Shin.

Diferente do que sempre faziam as outras pessoas, a mocinha sorriu ao interpretá-la.

— Os coelhos gostam daqui. Uma pena que não tenhamos lugar para eles. Estou indo chamar um veterinário.

— Coelho esperto — Shin concordou e seguiu em frente, assentindo com a cabeça e espalmando a mão direita em um aceno curto e desnecessário.

Andar era penoso, suas costas estavam doendo desde cedo. Shin estava tomando um monte de remédios, mas nenhum deles resolvia seu bico de papagaio. Senhora Shin estava pensando inclusive em fazer Tai Chi Chuan, ali mesmo, no espaço budista, quem sabe com a atividade suas articulações parassem de reclamar tanto?

Shin passou pela fonte de carpas, remexeu uma das sacolas e atirou um pouco de farelo de pão sobre as águas. Depois atravessou a pequena ponte que levava até a estátua de Shinigami. Havia duas ou três crianças por perto, todas de ascendência oriental, e todas ouvindo respeitosamente o que um rapaz de quimono abóbora explicava. Senhora Shin já conhecia a história, mas mesmo assim parou para ouvir.

— Ele é Deus? — perguntou uma das crianças. Compenetrada, imersa naquele mundo interessante e equilibrado. Senhora Shin se perguntava se um dia seu amado Japão fora daquela maneira. Sentia-se miserável em achar que sim... E mais miserável ainda em não ter podido participar daqueles dias.

— Ele é *um* deus — o rapaz explicou. — No Japão, existem deuses, vários deles. E cada um deles faz um tipo de coisa. Alguns protegem as colheitas, outros dão sorte, outros tiram a sorte. Alguns existem para dar vida e outros para tirá-la. Esse que vocês estão olhando é Shinigami, o deus da morte.

— E por que alguém reza pro deus da morte? — perguntou uma garotinha de maria-chiquinha. Os cabelos milimetricamente separados ao meio na cabeça. Tinha no máximo oito anos.

O rapaz de quimono abóbora sorriu, mas continuou seguro. Já devia ter ouvido aquela pergunta um milhão de vezes. Para senhora Shin era diferente; para ela, soou novo e bonito, como sempre acontece com a curiosidade de uma criança.

— Para se proteger, Lee. Shinigami é um deus poderoso, é ele quem escolhe quem vive e quem morre, quando vive e quando morre. Ele pode, inclusive, influenciar uma pessoa a tirar sua própria vida.

— Nossa! — disseram, quase em coro, todos os garotos.

Senhora Shin colocou as sacolas na grama e esperou que as crianças se cansassem de Shinigami. O rapaz de quimono agradeceu sua paciência e logo as levou dali para o templo. Crianças não precisam se preparar muito para lugares sagrados, elas estão mais perto do paraíso do que qualquer adulto penitente jamais conseguirá chegar.

— Agora que estamos sozinhos, podemos conversar — senhora Shin disse à estátua. Falava em japonês fluentemente, como sempre fez desde que aprendera a língua com o pai. Shin sempre se recusou a falar português. Falava somente o necessário, era um idioma enrolado e feio, desprezível.

Como uma saudação, um vento suave refrescou sua pele. Shin agradeceu com uma leve reverência e continuou em sua língua mãe:

— Vim trazer sua oferenda. — Abriu a mão e deixou a moeda refletir a luz do sol contra a cabeça da estátua. — Peço que aceite e continue protegendo as pessoas boas que eu conheço. Existem poucas delas, mas as mantenha em segurança. E se puder, cuide também do garoto estúpido do supermercado. Ele é só um garoto burro, não entende direito as besteiras que faz.

Depois de terminar, Shin atirou a moeda de um centavo no laguinho que corria ao redor da estátua, fechou os olhos, e pensou em coisas boas.

Senhora Shin fazia aquilo todo dia, sempre uma moedinha, um centavo para cada dia que o senhor Shinigami poupasse sua vida e a dos que lhe eram caros.

• • •

O dia passou depressa, e Duna perdeu mais do que ganharia em uma semana de trabalho no bar do Alemão. Estava anoitecendo e, junto com a lua, um punhado de ideias imprestáveis aparecia no céu cinzento de sua cabeça.

— Ele não podia ter feito isso, o safado do Godoi — disse.

Elton, um cara bem mais imprestável e violento que Duna, matou sua quinta dose de cachaça e opinou sobre o que ouviu mais cedo.

— A culpa não é do babaca do teu chefe. Eu conheço aquela velha.

— A dona Shin?

— Ela é uma escrota. Já me entregou uma vez porque eu tava pichando o muro da Igreja. *Os* porco me fecharam, pintaram minha cara toda com a tinta, eu quase fiquei cego por causa daquela bocetuda. E ainda tive que doar cesta básica pra molecada piolhenta da Creche Esperança por seis meses.

— Sei não, acho que eu ia rodar de qualquer jeito...

— Ia nada. Se ela não tivesse feito birra por causa de um centavo, o Godoi não ia ter motivo. É foda, irmão, mas a velha ferrou você direitinho. Agora é aquele lance: você pode enfiar o rabinho entre as pernas e ralar de servente de pedreiro pro resto da vida, ou pode dar o troco nela. E a japa tem grana, imagina se não... Uma velha que economiza um centavo? E você sabe onde ela mora... a gente podia fazer uma visita.

— Deixa quieto. Vai dar merda. Vai ficar pior.

Elton puxou um Belmont amassado do bolso da calça, esticou e pilou sobre o balcão. Foi até a porta para poder fumar e ver as meninas ao mesmo tempo. Duna foi atrás dele, depois de encher mais dois copos com amarelinha. Elton tragou o cigarro e olhou para lua doente de tão grande. O tipo de lua que inspira os animais selvagens a procurarem uma refeição extra.

— Sabe do pior, Duna? Você vai perder consideração na quebrada. Eu tô com um lance novo, vendendo uns pacote pros playboy. Tava pensando que você podia dar um reforço para mim. Mas não vai rolar depois disso, ninguém vai respeitar um cara que baixa a bola pra dona Shin.

— Eu não baixei a bola pra ela.

— É o que vão dizer se você deixar quieto.

Elton matou a pinga, voltou ao boteco e pediu a conta para o Alemão. Duna já tinha outra ideia imbecil tomando conta da cabeça.

∙ ∙ ∙

Pelo caminho até a casa da senhora Shin, Elton e Duna espatifaram três retrovisores, surraram um bêbado, fumaram dois cigarros e tomaram outras duas doses de amarelinha. Senhora Shin morava a duas quadras do supermercado, Duna já conhecia o endereço porque tinha entregado compras quando o mercado ainda fazia entregas. A rua estava propiciamente escurecida, o único poste com a luz queimada. O tráfego de carros era escasso, ainda mais depois das dez da noite.

— Acho que eu não quero fazer isso, mano...

— É, Duna? Vai mijar pra trás, mano?

— E se ela reagir?

Elton bateu a mão na cintura e apanhou um bastonete de madeira. Era pequeno, do tamanho de um cassetete da polícia.

— A gente usa isso. E vê se para de se cagar todo. Se você não acertar com a velha, tá desconsiderado. E tá desconsiderado pra sempre, tá ligado?

Doeu ouvir aquilo. Ser desconsiderado, na linguagem de caras como Duna e Elton, era o equivalente a morrer em vida. Um desconsiderado não tem amigos ou inimigos, não tem respeito, não consegue empregos, carros, crimes, bocetas, maconha pra fumar ou cachaça pra tomar. Um desconsiderado vale menos que um policial honesto — e isso no subúrbio é pior que um homem nascendo sem pinto.

— Tá certo, mas vamo devagar, não quero acabar com a velha.

Levaram menos de cinco minutos com o portão. Elton era bom nisso, ele já tinha puxado cadeia, então manjava um pouco de tudo, inclusive como abrir cadeados com clips de arame, desativar alarmes e fazer outras coisas que só vagabundo conhece. Duna ficou vigiando, lutando para manter a sanidade enquanto todo o álcool em seu sangue brigava pela tontura.

As luzes da casa estavam apagadas, só uma luz fraquinha e oscilante escapava pela lateral do que devia ser uma sala. Provavelmente era a TV.

Elton moveu o portão com cuidado e o deslizou para fora. Passaram por ele. Elton o fechou de volta.

— E agora? A gente bate na porta? — Duna perguntou.

Andaram até bem perto da porta, mas em vez de tocá-la, Elton usou mais uma lição da apostila dos marginais. Ele apanhou o mesmo clip que usara para abrir o portão e começou a raspar o metal contra a madeira da porta. Executava o serviço com suavidade, a madeira ecoava e fazia um som esquisito, parecia algo vivo dentro do compensado da porta.

— É só esperar — cochichou para Duna.

Não demorou muito e a senhora Shin acendeu a luz da varanda. Tocou a porta em seguida, provavelmente se esticando toda e espionando pelo olho mágico, conferindo se havia alguém em sua varanda. Mesmo com a luz acesa, ninguém na rua daria atenção aos dois rapazes. Senhora Shin alugava sua garagem para Hideo, um rapaz que trabalhava no bazar de armarinhos da esquina.

O som irritante de Elton continuava enquanto Duna tentava adivinhar os pensamentos de Shin. O que estaria raspando a porta? Talvez fosse um gato doente, um cachorro, ou até mesmo uma colônia de cupins. Difícil, muito difícil mesmo combater a curiosidade. Ainda mais se você é um velho e se acha mais esperto que todo mundo. O problema com os velhos, aliás, não era nem esse. O caso é que todo velho pensa que vive no mundo de antigamente, onde todo perigo era um matuto roubando um boi e sendo preso no mesmo dia. Eles não entendem que o mundo na periferia, o subúrbio, muda para pior a cada segundo do relógio.

A chave foi para a fechadura. Do lado de fora, Elton e Duna trocaram um último suspiro de cumplicidade. A porta se abriu, um pouco do cheiro da casa chegou a varanda. Pinho.

Elton saltou como um esquilo.

Duna ficou algum tempo parado, agachado, olhando para as pantufas brancas e felpudas da senhora Shin. Seu estômago queimou um pouco quando percebeu que não havia como voltar atrás. Sentia remorsos pelo que não havia feito, sentia pena. Mas Duna ainda corria o risco de perder algo bem mais sério que um emprego no mercadinho xexelento do Galeão ou sua liberdade. Duna não arriscaria ser desconsiderado. Foi o que o fez entrar na casa e fechar a porta atrás dele.

— O que quer, ladrãozinho?! — Shin perguntou.

— Se gritar morre, tia! — Elton explicou.

O bastão estava no ar, Shin tremia um pouco à frente. Usava uma camisola folgada, de modo que seus seios apareciam um pouco. Duas pitangas murchas e enrugadas que de alguma maneira atraíam a curiosidade dos garotos.

— Dinheiro não tem!

— Aprendeu a falar né, tia? É bom ter DINHEILO sim. Se não tiver DINHEILO, eu vou QUEBLAR suas duas pernas!

— Ei, pega leve com ela — disse Duna.

Senhora Shin o congelou com seu desprezo. Em toda sua vida, Duna nunca tinha recebido tamanha frieza, tamanha decepção. Claro que não, afinal de contas, ninguém nunca se importou com ele. Mas em vez do olhar de Shin provocar alguma compaixão no garoto, o que nasceu foi o oposto.

— É melhor obedecer, velha bocetuda!

Havia um móvel sustentando a TV na sala, um rack bem velho, de cor marfim. Shin deslizou os pés pelo tapete até chegar a ele. Suas mãos pousaram sobre a madeira, deslizaram até um pote de cerâmica azulado, estampado com motivos orientais.

— Tira a mão daí, dona Miyagi! — Elton disse.

— Não faz merda, tia! — Duna gritou. Bem mais amedrontado do que comovido.

Quanto a Shin, sua expressão também havia mudado. Em vez do medo e da surpresa anteriores, o que reinava agora era raiva, era ódio.

Estava vermelha, os cabelos eriçados, as bolsas sob os olhos recebiam um roxo anêmico. A mulher parecia exteriorizar o que sentia, não apenas por conta do que acabara de acontecer, mas por toda uma vida de raiva, desapontamento e agonia.

— Não! — Elton gritou outra vez. O bastão bem alto.

Não faz isso dona, por favor, tira essa mão daí!, Duna pensou.

Mas Senhora Shin não ouvia pensamentos. E mesmo que os ouvisse, ela não os compreenderia, da mesma forma que nunca entendeu o modo de agir daquele povo, daquele país. Ela não compreendia a desonra, a criminalidade, a falta de vergonha, a corrupção; o desrespeito com o próprio corpo e com o corpo dos outros. Os xingamentos. O preconceito. Senhora Shin não queria mais entender, ela queria dar um basta em tudo isso, queria que aqueles dois moleques fedidos saíssem de sua sala, de sua casa, de sua vida.

Ela estava com a mão direita dentro da cerâmica quando o bastão a golpeou com tudo.

PLACK!

Seu crânio rachou como uma fruta madura.

Um pouco de sangue brotou pela testa, também pelo nariz.

Os olhos retornaram ao fundo das órbitas e não voltaram mais.

Shin perdeu a firmeza das pernas e dos braços, soltou o pote de cerâmica sobre o móvel e deixou o corpo desabar no tapete. Enquanto recebia um segundo golpe do bastão de Elton, uma chuva de pequenas moedas ganhava sua liberdade da cerâmica arruinada. Uma cascata de centavos que não tinha valor algum para aqueles dois indigestos, mas que, para Shin, significava vida e saúde, todos os dias, enquanto tivesse forças para visitar e honrar seus deuses.

— O que você fez?! — Duna estava branco como um copo de leite. Tremendo e rezando para acordar do que poderia ser uma espécie de delírio alcoólico. Mas não era um delírio, Deus, aquilo era de verdade.

— Vamo embora daqui. Essa puta não tem nada! Nada, mano! Só um monte de moedinha! — Elton chutou a carcaça de Shin. O corpo ainda dava seus últimos espasmos. Da boca, um pouco de sangue e saliva. Do nariz, um muco vermelho e denso.

Duna não se movia.

Elton passou por ele e deu um tabefe em seu rosto, tentando acordá-lo. Foi como bater em um cavalo morto.

— Acorda, porra! — gritou quando chegou à porta.

Duna ainda parado.

— Foda-se — Elton disse e girou a fechadura.

A porta abriu depressa, como se alguém a tivesse empurrado pelo outro lado. Então uma sombra de quase dois metros se projetou à frente da liberdade da varanda.

— Puta merda!

Elton golpeou o invasor com tudo o que tinha. Houve um estalo, a madeira do bastão se rompendo. Um estilhaço perfurando seu olho esquerdo.

— AHHHH! Meu olho! Você furou a porra do meu olho!

Ele ainda gritava enquanto recuava o suficiente para tropeçar no corpo da senhora Shin. O garoto deslizou sobre as moedas, se agarrou ao tecido do rack da TV e voltou a patinar. As costas explodiram no chão. As mãos sobre o olho perfurado.

Duna olhou em direção à porta e se encheu do mesmo horror.

Havia um homem de granito ali. A coisa ainda tinha restos de musgo, usava uma vestimenta parecida com as roupas dos samurais: armaduras, escamas, adornos e espadas. Seu rosto era frio, como também deve ser frio o rosto da morte. Em suas mãos, uma adaga feita do mesmo mineral, porém, parecia afiada, e tão resistente quanto aço temperado. O deus de pedra caminhou, e seus passos pareciam rochas capazes de destruir qualquer coisa. Abaixou-se e apanhou três moedas de um centavo.

Ele atirou uma delas sobre corpo morto da senhora Shin.

Elton vergou o pescoço e procurou por Duna. Duna retribuiu o olhar suicida e apanhou um dos cacos de cerâmica. As mãos chegando juntas aos pescoços.

O cadáver de senhora Shin sorria.

CLASSIFICADOS

NOROESTE PAULISTA
Prosperidade, família e devoção. Cultivamos o futuro.

TERRACOTA
BAR COMPLETO
Negócio de ocasião
Vendo Bar com cinco anos de **tradição e clientela**
Tratar com Frederico, tel. 459-0303

Venha Conhecer
☞ BAR QUINZE
Cerveja Super Gelada
o point dos amigos!
Av. da Saudade, 531
Aberto até o último cliente

CORDEIROS
ALMOÇO BENEFICENTE TRADICIONAL
Dia 27 de junho. Organização: Filhos de Jocasta.
Reservas pelo TEL. 582-3329

TRINDADE BAIXA
HOMEM DESAPARECIDO

ERNESTO DAS CHAGAS

Família procura Ernesto das Chagas, conhecido como Neto. Informações no tel. 282-2254

VELHA GRANADA
JOVEM DESAPARECIDA

DAYSE GUEDES

Família oferece recompensa. Tratar pelo tel. 456-8049 ou diretamente com a polícia.

VELHA GRANADA
FESTA JUNINA
Colégio **AURELIANO CHAVES** convida amigos e familiares

no próximo sábado. R. das Flores, 422. Bairro dos Colibris, 19h30.

VELHA GRANADA

O VERDADEIRO CHURRASCO ARGENTINO

Traga sua família para conhecer um autêntico churrasco argentino.

CHURRASCARIA CARNIVORANDIA

RESERVAS PELO TEL. 456-4650.
Preços especiais para aniversários, casamentos, bodas e batizados.

ASSUNÇÃO

LAR DE IDOSOS DOCE RETORNO

CUIDE BEM DE QUEM CUIDOU DE VOCÊ
Ótimas acomodações, plantão médico, as melhores condições de pagamento.

Venha nos visitar.
FONE 381.3366

ACADEMIA SPARTACUS

Aparelhos de última geração, ar-condicionado, professores capacitados no exterior.

ENTRE EM FORMA AGORA MESMO!
Informações pelo tel. 456-2022

GERÔNIMO VALENTE

VETERINÁRIO Evandro Luis

Tudo para a saúde do seu melhor amigo. Condições especiais para criadores de Gerônimo Valente e região.

Tel. 258-3529

MILHO E HORTALIÇAS
Cultura **100% livre** de agrotóxicos. Tratar com Dagmar **tel. 258-5239**

MÁQUINAS AGRÍCOLAS Orleon

Tudo para o seu agronegócio!
Venha conhecer nossas soluções para o seu plantio.

AV. DOS JUSTOS, 452

NOVA ENOQUE

VIDENTE MÃE CLEMÊNCIA

AMARRAÇÕES, ABERTURAS DE CAMINHOS, PREVISÕES. TRAGO SEU AMOR DE VOLTA EM UMA SEMANA. – R. DOS PALMARES, 58

TRÊS RIOS

CONCESSIONÁRIA
AUTORAMA

Aproveite a valorização do Cruzeiro e venha conhecer seu novo automóvel. Descontos e financiamentos de veículos novos e usados. Av. Doze, 89

CAIXA ECONÔMICA FEDERAL

LEILÃO DA CAIXA ECONÔMICA FEDERAL
Entre outros itens, será leiloada a corda milagrosa da forca de Emílio Brás. Galpão da Caixa Econômica Federal, 15 julho, 14:30Hs

CASA DE ALTO
PADRÃO
SANTA MÔNICA

6 QTOS, 2 SUÍTE, PISCINA, SALA DE JOGOS E LAREIRA.

TRATAR COM JULIAN
tel. 221-5351

PADRÃO INTERNACIONAL
ACADEMIA
PERFECCION

O CORPO QUE VOCÊ SEMPRE SONHOU!
Professores capacitados, aparelhos de última geração.
Av. Doze, 129. Tel. 221-5418

LOJA MAÇÔNICA
VIGILANTES
DE
TRÊS RIOS

convida a todos os irmãos maçons e amigos

XXI JANTAR
DANÇANTE

COUNTRY CLUB
TRÊS RIOS

07 de dezembro de 1988, às 20h30.
Ingressos disponíveis nas principais agências bancárias da cidade ou com nossos irmãos.

Traje: Social/Maçônico.
Toda renda será revertida para instituíções de caridade.

TÁXI RESENDE
Rapidez e confiança
PREÇOS ESPECIAIS

LIGUE PARA 221-8953 - RESENDE

RAPEL
Ofereço-me para trabalho em limpeza/pintura de prédios. Tratar com Millor, tel. 221-8896

ENFERMEIRA CUIDADORA
Ofereço-me, especializada em atendimento de idosos com oito anos de experiência. Falar com Márcia.
Tel. 381-5850

BMW 325I 1993 AUTOMÁTICA

Preto, sem detalhes, ar-condicionado, 9.400 km.
ACEITO SOMENTE PAGAMENTO À VISTA.
Tratar com Julian ao tel. 221-5351

FIRE STAR
LOCADORA
OS MELHORES FILMES
O CINEMA NA SUA CASA
Alugue nossos pacotes promocionais às sextas-feiras e receba uma locação grátis para as suas crianças
RUA GEORGE ORWELL, 1984

ALPHACORE
Inseticidas e insumos agrícolas; o melhor para sua plantação. Empresa com mais de vinte anos de experiência. Conheça nossa nova linha de fertilizantes ou seja nosso representante.
Contato: 221-0666

PRECISO ALUGAR URGENTE
Procuro ponto comercial para futura Videolocadora.
Tratar com
Dênis tel. 221-5665
HORÁRIO COMERCIAL.

CARNE DE QUALIDADE MATADOURO 7
PURO SABOR
Peças de exportação a preços populares. Compre diretamente conosco. Preços especiais para revendedores.
Tratar com Kelly Milena
Tel. 221-7777 - Ramal 7

CASA RURAL
Vendo. Ao lado do Rio do Onça, próximo ao segundo acesso a Três Rios. 590m². 80m² de área construída. Antigo armazém Boracho.
Tratar pelo TEL. 628-7723

Break off the tab with a screwdriver.

Até que eu finalmente morri
O que fez o mundo inteiro começar a viver
Ah, se eu tivesse percebido que a piada era sobre mim
BEE GEES

LUGAR ALGUM

'Till I finally died//Which started the whole
world living* **Oh if I'd only seen that the
joke was on me I Started A Joke — **BEE GEES**

Para alguém solteiro e sem compromisso mais sério do que procurar emprego no dia seguinte, o Bar Quinze poderia ser o melhor lugar da cidade (a cerveja era um pouco cara, sim, mas era bem mais barata se você fosse irmão do dono).

Minutos depois das duas da manhã, eu estava sentado sob o brilho quase morto dos neóns, ouvindo o chiado morno da TV e os pingos de chuva que golpeavam o telhado. Ao meu lado, dois outros homens, que poderiam estar tão ou mais bêbados do que eu. Entretanto, aos trinta e nove, eu possivelmente tinha uma tolerância espantosa para o álcool, algo que me deixava em pé mesmo bebendo desde as duas da tarde.

Meu irmão se aproximou e trouxe alguns amendoins. Dois dias antes, mesmo com minha tolerância alienígena ao álcool, acabei desmaiando enquanto voltava para casa. Na verdade, desmaiei na casa de outra pessoa, logo depois de ultrapassar o portão — eu poderia jurar por Deus que estava na casa certa...

Dei outro gole na cerveja e ouvi o arroto do outro homem ao balcão. Ele também era mais velho (até mais velho que o Lincoln). Anselmo era estranho, tinha um problema que fazia sua pele descascar e cabelos sem corte que sempre pesavam sobre os olhos. Meu irmão disse que aquele homem já teve muito dinheiro na vida, e que perdera tudo depois de ser enganado pelo sócio. Esse tipo de coisa sempre destrói a vida de uma pessoa, não importa o quanto o mundo evolua.

A chuva estava mais forte agora, trovões irritavam o céu e raios iluminavam as vidraças que cercavam o Quinze.

— Fred, aumenta um pouco essa porra, não consigo ouvir nada.

Meu irmão me ignorou, como fazia desde o meu nascimento. Ignorar deve ser algum tipo de especialidade de irmãos mais velhos, penso eu. Fred tinha quarenta e cinco anos, mas era vigoroso, parecia ser bem mais jovem. Além de forte, meu irmão agora era um católico fervoroso, e Deus do céu, não me perguntem como isso aconteceu... Tudo o que sei é que um dia ele acordou, foi até uma igreja, e chegou com os olhos mareados em casa. Nesse tempo, morávamos com a minha mãe, meu pai morreu bem cedo, vítima de uma anomalia congênita que fez seu coração parar.

— Xingar não vai fazer eu me mover mais depressa — Fred disse e decidiu aumentar minimamente o volume da TV, nada que fizesse muita diferença com todo o ruído da tempestade.

Lincoln deu outro gole na cerveja, e antes de devolver a caneca ao balcão, alguém abriu a porta do Bar, fazendo o pequeno sino da entrada tilintar. Olhei em direção à porta, na verdade, todos nós olhamos — só alguém fora do seu juízo perfeito (ou entusiasta do álcool como nós três) enfrentaria um tempo ruim como aquele para tomar uns goles.

O homem estava ensopado. Seus cabelos sem corte escorriam pelo rosto, ele tremia um pouco, os sapatos coaxavam como duas rãs enquanto se aproximava do balcão. Exceto por aquele corte de cabelos e pela barba que cobria seu rosto, ele não parecia um vagabundo como o resto de nós. Usava jeans novo, botas polidas e camisa de flanela cobrindo um moletom cinza. Ele também levava uma mochila nas costas e isso — mais do que todo o resto — foi o que manteve nossa atenção ao sujeito.

Não estava sendo fácil viver em nosso país. Inflação, desemprego, revolta; o padrão de vida despencando e aniquilando o que anos atrás fora chamado de classe média. Em uma situação como essa alguém perde o juízo com facilidade. O homem poderia ter um filho, o filho poderia estar doente, e ele precisando de dinheiro para os medicamentos. Pelas roupas que usava, ele já teve alguma grana, e aprender a viver sem ela poderia ter um custo bem alto...

— O que vai ser, meu amigo? — meu irmão perguntou.

O homem olhou para os lados, havia alguma perturbação em seu rosto.

— Isso aqui é um bar, certo? — ele perguntou e se sentou no banco vazio entre o meu e o de Lincoln. Levou as mãos à mochila, e confesso que levei as mãos até a minha garrafa pensando em usá-la como arma.

Mas da mochila ele sacou apenas uma jaqueta seca. Camuflada, surrada, algo que usou quando serviu o exército dez ou doze anos atrás. Isso nos tranquilizou. Ainda respeitávamos os militares. Ele colocou a jaqueta ensopada dentro de uma sacola e devolveu à mochila. Era organizado, outra característica de militar.

— Eu só preciso de um lugar para passar o tempo. Que horas vocês fecham?

— Isso depende de quem senta nos bancos — Fred respondeu, com a expressão que sempre me deixava inquieto. Meu irmão não tinha muita paciência, e essa característica nem mesmo o Senhor Jesus Cristo conseguiu mudar.

— Preciso de uma bebida forte.

Fred limpou as mãos no avental e apanhou uma garrafa de conhaque, que manteve fechada, enquanto encarava o sujeito.

— Dá logo essa merda para ele, Fred. O infeliz deve tá congelando.

O recém-chegado pareceu ter compreendido a precaução de Fred. Sem gastar um sorriso, enfiou uma das mãos na parte de trás da calça e mostrou três notas úmidas de cem. Meu irmão carregou o copo com duas doses e voltou a se afastar. Acima de onde Fred parou, o aparelho de TV mostrava um crime bizarro, parece que dois rapazes tinham invadido a casa de uma mulher japonesa, acabado com ela e se matado em seguida.

— O mundo está perdido — comentei. Meu irmão sacudiu a cabeça, concordando que o mundo se arrastava para um precipício de merda.

— Que horas são? — o sujeito de cabelos molhados me perguntou. Apontei para um grande relógio que ficava bem ao lado da TV. Faltavam quarenta minutos para as três da madrugada.

O rapaz se aninhou cobrindo os braços, devia estar com frio, mas mesmo assim os tremores que sacudiam seus dentes pareciam exagerados. Ele também tinha um cheiro rançoso, cheiro de suor vencido. Eu apostaria em algumas semanas sem um banho. Agora, com toda aquela água evaporando sobre ele, o fedor ganhava o mundo.

— Preciso de mais bebida — o rapaz disse.

— Ei, Jimbo! Parece que encontramos alguém pra beber para você — Lincoln me provocou. Meu nome não é Jimbo, Jim, ou Jefferson, mas aquele velho sempre me chamou assim. Na verdade, me chamo João, possivelmente o nome mais ordinariamente comum desse mundo...

— Não enche — respondi e me virei para o rapaz. — Noite difícil? — perguntei ao novo cliente do Quinze.

— Todas as noites são difíceis.

Do lado de fora, outro trovão ganhou os céus. Nem era dos mais fortes, mas o rapaz ao meu lado pareceu ter levado um tiro. O sujeito se levantou, esbarrou no copo e quase derrubou a mochila que estava em seu colo. Ela não caiu, mas ficou com a boca aberta, enquanto um livro grosso deixava a abertura.

Meu irmão chegou mais perto, ainda desconfiado sobre o que havia dentro da bolsa.

— A palavra de Deus — Fred disse e voltou a se afastar, com um ligeiro sorriso ganhando seu rosto. Algo que se desfez quando o visitante recolheu o livro e disse:

— Como se servisse para alguma coisa.

Lincoln riu, aquele velho filho da puta sempre ria de tudo quando estava bêbado. E ria um pouco mais quando alguém zombava do Deus do meu irmão. Lincoln perdera a mulher e o respeito próprio, também perdeu a filha que o tratava como o bêbado que ele se tornara. Junto, ele perdeu a fé, que já não era grande coisa antes de tudo acontecer.

— Não devia falar assim de Deus, meu amigo. Um homem sem fé é um homem condenado.

O rapaz acatou o conselho de Fred e se aproximou mais do balcão, debruçando sobre a madeira gasta e olhando para o copo novamente cheio, como se aquele amarelo límpido pudesse apagar seus pecados. Como eu imaginava, meu irmão Fred, dono de bar e mais novo eleito do povo do senhor, não deixou o homem em paz.

— Por que carrega uma Bíblia se você não acredita na proteção de Deus?

O rapaz alisou os fios do bigode e deslizou os dedos pela barba igualmente farta.

— Esse livro pode ser uma arma, mas ninguém me ensinou a atirar na direção certa.

Ficamos em silêncio pelos próximos seis ou sete minutos, bebendo nossos venenos e ouvindo a tempestade. Teríamos ficado assim por muito mais tempo se o último homem do balcão, Anselmo, não tivesse começado a tossir.

Fred aguentou quase um minuto inteiro antes de ir até ele e oferecer um copo d'água.

— Tira essa merda de perto de mim ou eu vou... ficar... enferruj...

Anselmo mal terminou a frase.

O pobre diabo tossiu tanto que perdeu o ar. Suas mãos se agarraram ao balcão com força, a garganta chiava.

— Que merda, Fred! É melhor chamar uma ambulância! — Lincoln disse quando parou de escarniar o velho Anselmo e se deu conta de que a coisa era séria. Eu estava ao lado deles, golpeando as costas do condenado para que o ar pudesse reencontrar o caminho até os pulmões.

— Vai passar logo — o estranho disse. Havia uma expressão nova em seu rosto, um cinismo doloroso.

— Por acaso você é médico? — Fred perguntou, sem nenhuma paciência. Terça-feira, noite de tempestade, se aquele velho tivesse algum tipo de mal súbito, morreria antes de receber atendimento. Péssimo para os negócios, péssimo para o meu irmão Fred. Bares como o Quinze têm o único propósito de aliviar seus clientes. Ninguém precisa do fantasma de um cadáver sentado eternamente em um dos bancos.

— Confie em mim, vai passar — o estranho repetiu. Ergueu os braços, se espreguiçou, e quando os devolveu ao balcão Anselmo tinha parado de tossir. O velho ainda respirava com dificuldade, e demorou mais de dois minutos para a vermelhidão do rosto sumir.

— Eu disse que ia passar — o homem comentou tão logo eu retornei ao meu banco.

— Moço, já vi muita gente entrar e sair desse bar. Gente feliz, gente triste, gente que perdeu tudo o que tinha, como o meu amigo ali — apontei para Anselmo. — Mas você é esquisito de verdade.

Ele não me respondeu. Talvez sequer tenha me ouvido. Toda a atenção daquele rapaz estava concentrada em outro ponto.

— Algum problema com o relógio?

Aquele mesmo riso gasto voltou ao rosto do sujeitinho. Ele espirrou, fungou o nariz e respondeu:

— Ele não para. Esse é o maldito problema. E todas as noites ele precisa passar do dois para o três, tingindo o meu mundo de preto.

Fred riu de onde estava.

— Se você soubesse usar o que traz na bolsa, não teria medo do escuro. Deus é mais, meu amigo. Deus é o meu senhor, e ele é mais forte que todo o resto.

— Com todo o respeito... Fred. Você não conhece o *resto* — o estranho disse a ele.

Não sei como explicar o que aconteceu a seguir, mas foi como se alguma coisa tivesse atravessado meu corpo. Senti um arrepio tomar minha pele, meu coração disparou, a coluna retesou. Comecei a procurar alguma janela aberta que pudesse ter trazido aquele vento gelado. Ao contrário de mim, o rapaz estava rindo, mas, agora que sei da verdade, acredito que ele tentava disfarçar o próprio pânico. Lincoln também não estava com uma cara boa, parecia apreensivo e totalmente são, o mesmo com o velho Anselmo que quase morreu de tossir minutos antes. Mesmo meu irmão Fred, que não se assustava fácil, olhava para os cantos do bar repetidamente. Nada que o impedisse de continuar com aquela discussão estúpida.

— Por que não me explica, sabichão? Se existe algo mais forte que Deus Nosso Senhor, eu gostaria de conhecer. Aliás, se você não se importa, é melhor começar a tratar Nosso Senhor com algum respeito.

— Eu sei o que EU VI! — o homem surpreendeu a todos e socou o balcão. Com o impacto o copo tombou e verteu o pouco conhaque que havia no fundo. Fred chegou mais perto, encontrando o motivo que precisava para dar uma lição naquele ateu de bosta.

— Ei, ei! Não precisamos disso. É o seu bar, não é, Fred? O bar que você ralou para transformar em um lugar decente. Ninguém precisa de uma briga. E quanto ao nosso amigo, ele já terminou sua bebida e está indo embora. Certo, amigo? — perguntei e o agarrei pela camisa camuflada. Ele me ignorou e manteve os olhos no relógio. Faltavam vinte minutos para as três da manhã.

— Eu não posso sair agora. Por tudo quanto é mais sagrado, não me obriguem a sair daqui. Eu vou me comportar, eu prometo. E se estiverem dispostos a ouvir, vou contar como se sente uma ovelha à mercê dos lobos.

— Sem essa, você já falou bem mais do que devia — Lincoln disse e ameaçou se levantar, e tudo ficou tenso novamente.

— Tudo bem! — Fred gritou. — Você pode ficar e contar a sua história. Mas eu juro por Deus que se faltar com o respeito mais uma vez, vai sair daqui sem os dentes da frente.

Ouvindo Fred, o sujeito me encarou retomando a calma e eu soltei sua jaqueta camuflada. Ele agradeceu meu irmão e observou Lincoln voltando ao seu banco. O último homem do balcão tossiu duas vezes e raspou a garganta, se controlando antes que tivesse outra crise.

— Eu posso contar sobre a escuridão, meus amigos. Sobre coisas que nenhum homem gostaria de ver. Vim até aqui porque era o lugar mais iluminado da rua. Minha casa está sem luz há semanas; não importa quantas lâmpadas eu compre, todas elas queimam. Eu não aguento a penumbra, sabe?

— Devia comprar umas velas — Lincoln provocou de onde estava.

— Velas... De onde eu venho elas não ficam acesas por mais de três segundos.

Nos entreolhamos contendo o riso que tentava dissipar um provável receio. Entretanto, nenhum de nós conseguiu algo melhor que esticar os lábios e dar um gole em nossas bebidas.

— Não gosto desse tipo de conversa no meu bar — Fred disse. Frederico era durão, tão durão que, quando foi apelidado de Fred, se esqueceu do próprio nome. E agora ele era algum tipo de soldado de fim de semana (que é quando a igreja chama seus fiéis ao trabalho).

— Dá um tempo, Fred... Deixa o cara falar. Eu tô curioso com essa bobageira toda — disse o homem mais calado do bar. De tão interessado, Anselmo trouxe seu traseiro a um banco mais próximo.

Fred continuava carrancudo, coçando os lábios como quem tenta suprimir a vontade de dizer umas verdades. Como não disse, nosso amigo estranho recomeçou a falar.

— Eu também não acreditava na escuridão. Não mais do que acreditava em extraterrestres ou em políticos honestos. Foi só quando perdi a minha esposa que coisas estranhas começaram a acontecer.

— Sabia que tinha um rabo de saia na história... O que aconteceu? — o velho Anselmo perguntou. — A dona da pensão chutou sua bunda?

— Ela morreu.

Ficamos em silêncio, um pouco penalizados com a situação do homem. Uma coisa era levar um chifre ou ter sua conta depenada, outra era perder a mulher para a Dona Foice. Fred deixou um suspiro escapar, eu brinquei com meu copo, Lincoln recarregou o dele.

— Eu sinto muito — foi o que o Anselmo disse, traduzinho o pensamento comum de quem estava no bar.

— Eu também. Mas acho que a Soraia aguentou o quanto pôde. Quando as coisas ficaram difíceis e eu perdi meu emprego e comecei a beber, ela tinha seus próprios problemas. Soraia era uma boa mulher, dedicada, lecionava na Junqueira Mendes. Mas então alguma coisa aconteceu. Ela começou a ficar triste, parou de comer, ouvia vozes... Acabou pedindo demissão do emprego e indo atrás de um psiquiatra. Eu nem sei quantos comprimidos ela tomava por dia, e não que os remédios resolvessem alguma coisa. Minha esposa continuava ouvindo vozes pelos cantos da casa, pobrezinha, eu nunca acreditei nela.

— Não se culpe — eu disse. — Ela estava ruim da cabeça, é natural que você tenha duvidado.

— Sim. Minha Soraia definhou como uma espiga ao sol. Seus cabelos ficaram ralos e fracos, a pele perdeu a cor... Então eu a encontrei no jardim, morta em nossa cadeira de balanço. Ainda me lembro do rosto dela, que merda, ela parecia feliz em encontrar a morte.

Esfreguei meus braços com alguma força, a parte mais visível do meu corpo arrepiado. Os homens continuaram calados, torcendo para que aquele rapaz fizesse o mesmo. A tristeza dele era tão grande que parecia transpassar nossas almas. Tenho certeza que todos, mesmo Fred Durão, se sentiam da mesma forma. Mas o homem continuou.

— Meu nome é Estevão Brita. Sou engenheiro mecânico por formação, ou pelo menos eu era. Hoje me considero uma ferida aberta.

— Não precisa continuar, meu amigo. Esse é um lugar onde as pessoas vêm para se divertir! — Lincoln bradou, sendo tão mentiroso quanto era possível. Todo mundo ali tinha seus próprios demônios. A falta de esperança, a bebida, o tédio e a velhice. Éramos pares relutantes de um mundo sem sorte.

— Já fazia um mês que ela tinha partido. Como eu *ainda* era um bom cristão, dei o melhor tratamento à sua passagem. Nos meses seguintes, comecei a me sentir um pouco melhor. Estava participando de algumas entrevistas de emprego, tentando retomar minha vida. Acreditei que tudo ficaria bem com o tempo, que eu conseguiria me reerguer e encontrar o caminho. Então, em uma noite qualquer, que eu me lembre era uma terça-feira, acordei às duas e quarenta e dois da madrugada. Sem sono, rolei pela cama vazia. Depois resolvi acender um cigarro, do lado de fora da casa. Essa era uma regra da Soraia que eu ainda mantinha, nunca fumar dentro de casa. Mas, antes... acho que falta uma parte da história, uma parte importante.

— Mais importante que a morte da sua mulher? — perguntei.

— Mais importante que todo o resto.

— Não sei se eu quero continuar com isso — Lincoln disse. Mas continuou sentado onde estava, e pediu que meu irmão recarregasse seu copo.

Nosso novo amigo estava começando a se aquecer, seus cabelos úmidos secavam sobre o rosto barbudo.

— Deixa o homem falar — Fred disse. — Nada de ruim vem de um desabafo.

— Soraia morreu insistindo que alguma coisa estava atrás dela. Atrás de nós dois. Ela dizia que estávamos condenados, que eu e meus hábitos tínhamos atraído o mal para dentro de nossas vidas.

— Que hábitos? — Fred quis saber. Acho que o meu irmão começava a desconfiar do sujeito outra vez. Estevão cheirava mal, tinha aquele olhar baixo e transtornado, e agora tinha uma esposa morta no currículo. As peças começavam a montar um quebra-cabeças bem ruim de se olhar.

— Misticismo, ocultismo, magia antiga; eu sempre gostei do assunto — Estevão confessou. — Hoje eu penso que a minha demissão pode ter contribuído para que eu retomasse minha antiga paixão. Foi quando a Soraia começou a ficar estranha.

— E você continuou? — Anselmo perguntou.

— Antiga paixão? — confirmei.

Estevão não respondeu, não imediatamente. Antes ele precisou de outra dose de conhaque. Do lado de fora, a chuva parecia sentir nossa tensão; a cada cinco minutos um novo trovão fazia o mundo estremecer.

— Claro que não continuei. Eu fiz uma pilha com todas as porcarias ocultistas que eu tinha e ateei fogo. Mas não adiantou nada, meus amigos. Fosse o que fosse, eu abri uma porta que não conseguia fechar. Eu convidei a escuridão para dentro de nossas vidas, entendem? E ela não queria ir embora.

— Quanta bobagem — Fred finalmente disse. — Você precisa de um padre, rapaz. Essas coisas não existem, é tudo coisa da sua cabeça. Eu não culpo você, não depois do que aconteceu com a sua esposa. Às vezes, precisamos de uma explicação mágica para uma desgraça grande demais. Confie em Deus, é tudo o que você precisa.

— Eu tentei...

O estranho estava com os olhos perdidos outra vez, encarando seu próprio reflexo no espelho das prateleiras. Às vezes, os olhos mudavam de direção. Sem que ele movesse o rosto, sondavam os arredores do balcão.

— O que aconteceu naquela noite? Quando você saiu para fumar.

Dessa vez o rapaz reagiu, e foi tão bruscamente que todos nós nos afastamos um pouco. Ele esticou o corpo, espreguiçou os braços e checou o relógio.

— Acho que ainda dá tempo — disse. — Naquela noite, eu já estava na metade do cigarro, sentindo o vento frio bater na minha pele. Eu estava na porta da cozinha, sem muita vontade de me afastar dela. Então ouvi.

Estevão começou a imitar o que ouvira. Ele baixou a cabeça e passou a respirar como um cachorro ofegante. No começo não era tão perfeito, mas logo ele parecia um cachorro de verdade.

— Pelo amor de Deus! Quer parar com essa merda? — Lincoln pediu e socou o balcão.

— Foi o que eu ouvi. No começo, era apenas um... uma... coisa. Ela arfava sem parar e parecia estar dentro dos meus ouvidos. Eu não me intimidei e caminhei até a frente da casa, imaginando que encontraria o pulguento que fazia aquele barulho. Mas o som caminhou junto comigo, cada vez mais alto, cada vez mais rápido. Eu me virei de costas, porque a coisa parecia estar bem na minha nuca. Arf, arf, arf, arf... Não demorou muito e tinha mais daqueles sons. Parecia que uma matilha inteira estava ao meu redor. Eu comecei a me assustar de verdade, joguei o cigarro fora e corri para dentro de casa. E assim que toquei a maçaneta da porta os sons desapareceram, todos de uma vez!

— Sem cachorro nenhum? — perguntei.

— Para fazer aquilo que eu ouvi, você precisaria de uns dez cães, talvez um pouco mais. Acredito que tenha sido um aviso — o homem olhou para o relógio outra vez.

— O que foi? — Lincoln perguntou. — Por que não deixa a merda do relógio em paz?

— Falta pouco tempo. Naquela noite, os relógios marcavam três e cinco da madrugada quando os ruídos me deixaram em paz. A pior parte é sempre perto das três.

— A hora do demônio — Fred disse e cruzou o peito com a mão direita.

Tudo ficou silencioso depois de Fred citar aquele absurdo. Todos conheciam a história. Zombaria da Santíssima Trindade, hora morta, e claro, o que Fred disse sobre a hora do demônio.

Ao contrário dos homens dentro do Quinze, mesmo a chuva pareceu ter se acalmado. Estávamos receosos, tão ou mais que nosso novo amigo. Talvez para escapar desse receio, ou mesmo porque Lincoln não conseguia manter a boca bêbada fechada por mais de cinco minutos, ele perguntou ao homem mais velho do bar:

— Você que é quase um ancião, Anselmo, o que tem pra falar sobre esse monte de merda? Por acaso acredita em fantasmas?

Anselmo coçou a cabeça e olhou na direção do meu irmão; depois olhou para mim, evitando o forasteiro assustado que bebia em nossa companhia.

— Não entendemos nada do mundo, é o que eu sei. Homens como a gente não conhecem nada além do que a TV mostra. E a TV é cheia dessa gente que se diz esperta, essa corja de cientistas e astronautas, eles não conhecem nem a profundidade do próprio cu.

— Fomos até a lua, não fomos? — perguntei.

— Vocês, jovens, acreditam em qualquer coisa. Eu já ouvi dizer que a lua é oca, e que foi colocada no céu por um bando de ETs.

— Deus do céu, essa é a pior merda que eu ouvi essa noite — Lincoln riu.

— Ele está certo — eu disse. — Nós mal conhecemos os oceanos. Quanto eles dizem que conhecem, Fred? Dez por cento?

— Oito — Fred respondeu.

— Vocês podem falar o que bem entenderem — Anselmo continuou. — Eu já ouvi muita coisa estranha sobre os oceanos, sobre ETs, e mais ainda sobre cemitérios e assombrações. Digo que não acredito ou duvido de nada até que me provem o contrário.

Continuamos nossas cervejas esperando que aquele rapaz assustado desistisse de encarar o relógio. Faltavam quinze minutos para as três da manhã.

O silêncio começou a fazer seu trabalho outra vez. Mesmo a TV não tinha muito do nosso interesse, ela falava sobre o Carnaval que terminara há pouco. Um monte de mulher pelada que nunca sairia com a gente, cerveja cara, o Rio de Janeiro que parecia tão distante do Quinze quanto a lua oca de Anselmo estava da Terra. Com a falta momentânea de distração, notei que a umidade da chuva trazia um pouco de tudo para o ar do Quinze. Lixo, fuligem, restos que a humanidade destilava nas ruas e entrava pelas frestas das janelas.

— O que aconteceu depois dos cachorros? — perguntei, quando não aguentei mais esperar que alguém abrisse a boca.

— Você não desiste, não é mesmo? — Lincoln disse. — Por que não deixa o homem em paz? Ele está perturbado, não está vendo?

Mas Estevão respondeu por si mesmo.

— Não tinha cachorro nenhum, era só o barulho que *eles* faziam. E com a altura que o ruído tinha, eu duvido muito que fossem cachorros, invisíveis ou não. — O rapaz deu mais um gole em seu conhaque. — Naquela noite, tudo ficou em paz quando eu atravessei a porta da minha casa. O problema só continuou na semana seguinte, quando os aparelhos elétricos ficaram doidos.

— Você poderia ganhar dinheiro com essas histórias, já pensou em escrever um livro, meu filho? — Anselmo perguntou.

— E de que adiantaria? Dinheiro não compra o que eu preciso.

— Deus tem o que você precisa — Fred tentou mais uma vez.

— Seu Deus desistiu de mim, parceiro. Como todos os meus amigos. Até os meus pais desistiram de mim.

— Por que não conta mais sobre os problemas com a eletricidade? — Lincoln quis saber. Ele era medroso, bêbado, não tinha mais fé que uma Mula-Sem-Cabeça, mas o desgraçado era curioso.

— A primeira manifestação foi com o três em um, o gradiente da sala. Ele ligou sozinho, exatamente às três da manhã. Eu ainda estava dormindo quando aquela porcaria começou a gritar *Sarah*.

— Música bonita — eu disse.

— Você não teria gostado. E se você quer saber, eu precisei desligar aquela merda três vezes para que o rádio calasse a boca, e nas três ele voltou a ligar sozinho! O aparelho só parou de tocar aquela música quando eu puxei o fio da tomada e voltei para o meu quarto. E eu juro por Deus que a porcaria gritou mais uma vez.

— Será que... — Anselmo começou a dizer.

— Depois foi a televisão. Eu tinha dois aparelhos em minha casa. E os dois ligavam e desligavam quando queriam, mas principalmente às três da manhã. Terminei quebrando os televisores, não adiantava mais deixá-los fora da tomada. Fiz o mesmo com o meu 386 novinho quando começaram a aparecer coisas que eu não entendia na tela. Símbolos, rostos desenhados com letras; às vezes acontecia com a tela desligada, e você só conseguiria enxergar as letras se fosse de noite.

— Às três da manhã? — perguntei. O homem assentiu, devolvendo os olhos ao relógio.

— Eu tenho uma suposição — Fred disse. — Antes de me tornar católico, um de verdade, e não um desses que usa Deus para fugir das cagadas que faz, eu frequentei outras religiões. Uma delas foi a espírita. Eles acreditam que espíritos raivosos ou confusos são capazes de influenciar objetos. O que estou querendo dizer, é que sua esposa morreu, ou desencarnou como eles dizem, com medo e confusa, foi o que deu pra entender do que você contou. Pode ter sido ela, quer dizer, eu não acredito mais nessas coisas, mas como disse o Anselmo... Quem tem certeza?

— Não era a minha Soraia. Minha esposa me amava.

— Sim, mas ela perdeu o juízo por causa das merdas que você lia, não foi? — Lincoln perguntou. Meu irmão franziu a testa. Ele não estava gostando nada da quantidade de palavrões que a gente falava. Mesmo assim Fred não interferiu. Naquele ponto da noite, nós só queríamos voltar para a segurança irritante de nossas vidas, e queríamos convencer aquele coitado a fazer o mesmo.

— Vocês não entendem. Nós tínhamos combinado que se um de nós morresse e conseguisse voltar, deixaríamos uma mensagem. Tenho um globo de neve em minha cômoda. Tudo o que a Soraia precisava fazer era mover o globo.

— Talvez ela não consiga — opinei.

Nosso novo amigo riu de verdade pela primeira vez, desde que entrou no Quinze. O rapaz chegou a golpear o balcão, como se tivesse perdido o resto do juízo. Então ele parou com as gargalhadas e arregalou os olhos para mim.

— *Eles* quebraram todos os espelhos da casa. Colocaram fogo em um guarda-roupa de madeira maciça e deixaram três pombos brancos decapitados em cima da minha cama. Também deram nós nas calças que eu guardava dentro das gavetas e encheram meu banheiro com mofo. Vocês não fazem ideia, nem o meu carro escapou. Em uma das madrugadas, tentei dar a partida para sair de casa e não consegui. Então abri o capô. Tinha uma massa escura e podre sobre todas as peças. A coisa soltava uma fumaça, parecia ácida, e cheirava como carne queimada.

— Minha Nossa Senhora — Lincoln deixou escapar. — Eu não culpo você por estar nesse estado. Com metade disso eu teria me dado um tiro na cabeça.

— Ei, não precisamos desse tipo de ideia — Anselmo interferiu. No estado daquele rapaz, não era de se duvidar que ele tentasse algo assim. De qualquer forma, pelo risinho em seu rosto, não pareceu uma sugestão inédita.

Faltavam menos de dez minutos para as três. De repente, todos estavam olhando para o relógio, esperando que alguma coisa impressionante acontecesse dentro do Quinze. Todos nós, mesmo Fred, começávamos a dar crédito àquele homem.

— Eles, ou a coisa que vem com as três horas, não me deixam fazer isso. Como disse o amigo ali, minha primeira opção foi uma pistola. Seis balas, seis falhas. Também foi difícil para mim acreditar, então eu recarreguei.

— Por acaso é policial, rapaz? — Anselmo perguntou. — Nesse país, você precisa ser um para ter uma arma em casa. A não ser que...

— A arma era do meu tio. Quando as coisas começaram a ficar estranhas, pedi emprestada. De qualquer forma, não teria funcionado. Como também não funcionou quando eu tomei todos os tranquilizantes que encontrei em casa. Em cinco minutos, eu não tinha mais forças para vomitar.

— Pensou em algo mais simples? Como uma faca? — Fred perguntou. Eu agitei a cabeça, incapaz de acreditar no rumo que aquela conversa tomou.

— Minhas mãos não me obedecem, eu posso provar a vocês.

— Pelo amor de Deus, chega dessa merda — Lincoln disse. — Por que não tentou algo mais lógico? Mudar de endereço, por exemplo.

O rapaz brincou com o copo quase vazio em suas mãos.

— Tentei quatro hotéis. Também a casa de um amigo, estava vazia por causa do feriado. Em todos os quartos, em todos os lugares, a hora maldita me persegue. Vocês verão com seus próprios olhos — apontou para o relógio. Dessa vez ele parecia quase cínico, como se a divisão do seu veneno o tornasse menos tóxico. — O que me persegue é como um vírus, como uma gripe que invade as células sem que nós tenhamos consciência antes que estejamos contaminados. Essa coisa se arrasta no ponto cego dos olhos de Deus há milênios. Vocês conhecem a lenda da hora morta, eu não preciso contar outra vez.

— Você disse que invocou essa... coisa. Por que não a manda de volta? — perguntei a ele.

— Eu nunca invoquei nada. Jamais desenhei um símbolo de poder ou entoei cantos druidas. Eu inclusive fui batizado, se isso interessa a vocês. Pelo que entendi, meu erro foi ler coisas que não deveria, coisas secretas. Talvez minha esposa tivesse algum tipo de sensibilidade e as criaturas tenham se aproveitado dela, ou quem sabe o problema seja comigo. Alguém abriu e trancou a porta, gente. E eu não aguento mais procurar pela chave.

— Então você veio até aqui para que alguém ajude a encontrar essa chave? — Fred perguntou. — Porque, meu filho, longe de mim querer desapontá-lo, mas Deus é a sua resposta. Ele é maior que tudo isso.

— Não, senhor. Eu vim até aqui para que vocês me matem.

· · ·

Fred não é um cara muito grande, mas sendo dono de bar, aprendeu o caminho mais curto para botar um bêbado inconveniente para fora. Antes que Estevão percebesse, Fred havia atravessado o balcão e torcido seus braços atrás das costas.

— Não vai funcionar, meu chapa! Olha o relógio, falta menos de dois minutos — Estevão disse e amoleceu as pernas, obrigando Fred a sustentá-lo. — Vocês têm menos de dois minutos para me fazerem esse favor e escaparem do Inferno. E eu garanto que é um lugar bem ruim.

— Vai ficar olhando? — meu irmão me encarou. — Levanta esse rabo daí e me ajuda a colocar esse lixo para fora.

Saí do meu banco, e para ser sincero, eu não estava com a mínima vontade de ajudar meu irmão. Do meu ponto de vista, seria muito mais fácil deixar que o relógio se movesse e destruísse a teoria insana daquele coitado.

Quando finalmente consegui agarrar suas pernas, faltavam menos de dez segundos para as três da manhã. Foi quando notei algo muito incomum acontecendo.

— Jesus Cristo! O que você tem nos bolsos? Chumbo?

— São eles, seu imbecil! Eles não vão me deixar sair! — Estevão gritou, lançando um monte de cuspe para cima. Eu e o Fred não conseguimos dar dois passos segurando ele. Meu irmão foi o primeiro a largá-lo. A cabeça de Estevão golpeou o chão, ricocheteou e ele parou de se debater.

Os olhos estavam virados para trás, e ficaram assim, brancos, por um tempo. Assustados com a possibilidade de termos machucado o rapaz sem intenção, ninguém se movia. A chuva ficou mais forte outra vez, cobrindo nossas respirações aceleradas. Dei alguns golpes contra o rosto barbudo do homem, sacudi seus ombros três ou quatro vezes.

Eu nunca vou esquecer da expressão daquele rosto quando Estevão recobrou a consciência. Ele me agarrou pelos braços e me trouxe tão perto de sua boca que eu pude sentir o cheiro do conhaque.

— Me mata! Por favor, acabe logo com isso! Eu posso sentir, eles estão aqui, estão furiosos!

— Eu não vejo nada, moço. E você apagou por cinco minutos. Sua hora morta chegou e nada de inexplicável, além do seu peso, aconteceu. Parece que você não precisa ser assassinado — sorri e me afastei, ajudando aquele homem confuso a se levantar.

Foi como se uma tonelada de tensão tivesse deixado o Quinze. Lincoln voltou a tomar sua cerveja, Anselmo começou a revirar os bolsos em busca do dinheiro para pagar sua conta. Mas um de nós continuava bem sério.

— Na verdade... — Fred disse. — Aquela porcaria está adiantada em cinco minutos. Eu sempre faço isso para não perder a hora.

Nos entreolhamos mais uma vez, e foi quando tivemos certeza que aquela noite terminaria mal.

A porta do Quinze sempre está recostada. A chave costuma ficar pendurada nela, espetada na fechadura. Todos nós vimos quando a maldita chave deu duas voltas e se quebrou, torcida por uma força invisível. Também vimos todas as luzes explodindo em seguida, apenas um dos neóns avermelhados da propaganda de Brahma continuou inteiro. Lincoln correu até a porta, tentando entender o que acontecia e abri-la ao mesmo tempo. Em desespero, apanhou uma das cadeiras.

— Não vai dar certo! — Fred gritou. Ele já estava de volta ao lado de dentro do balcão, apanhando uma arma que, com alguma sorte, poderia explodir a fechadura (ainda prefiro acreditar que essa era sua intenção ao apanhá-la).

— Minha nossa senhora, que barulho é esse? — Anselmo perguntou.

Todos ouvíamos. Não os ruídos ofegantes e caninos mencionados por Estevão, mas algo muito pior. Havia gemidos, sussurros, sons de gente escarrando e rosnando. Eles vinham de todos os cantos do bar, mesmo do teto. Comecei a sentir um ar gelado batendo no meu rosto. Do lado de fora, a chuva deixava o resto do mundo surdo.

— Deus é maior! — Fred gritou, apontando para cima, como se aquela porcaria de .32 fosse o cajado sagrado de Moises.

— Eu disse a vocês, eu implorei! — Havia lágrimas nos olhos de Estevão, o rosto estava vermelho como quem sai de uma nevasca. Ele também devia sentir frio, porque seus lábios estavam quase brancos.

Então alguma coisa o tomou pelos braços. Estevão gritou quando a força pareceu estirar todos os músculos dos ombros. Um pouco de saliva deixou sua boca, espessa como gel de cabelos.

— Alguém ajuda ele! — Anselmo disse e não se moveu, e nenhum de nós o culpou por isso. Eu e o Lincoln tentamos ajudar o rapaz, mas parecia que havia dois cavalos, um de cada lado, tentando separar os braços do corpo.

— Ahhhhh! — ele gritou. E não demorou nada para que a voz se tornasse um gemido rouco e doloroso. Logo depois, alguma urina manchou seus jeans já quase secos da chuva. Estevão lançou os olhos revirados para mim e pediu mais uma vez: — Me mate.

Talvez por perceber que nós não conseguiríamos ajudar aquele rapaz, Anselmo chegou com uma cadeira erguida sobre a cabeça. Sim, desmaiá-lo era melhor do que acabar com ele, pelo menos seria mais "cristão", como diria Fred, muito tempo depois.

Anselmo estava a um passo do seu intento quando algo o golpeou na barriga. Ele se arqueou, a cadeira foi ao chão, ao mesmo tempo nosso velho amigo foi lançado pelos ares — e só parou quando suas costas encontraram uma das paredes.

— Tudo bem aí? — Fred perguntou.

— Eu vou sobreviver, mas o safado quebrou minha costela — o velho disse, tão alto quanto era possível sem respirar direito.

Antes que pudéssemos nos dar conta do que acabara de acontecer, uma dúzia de copos ganhou vida nas prateleiras. Eles começaram a tilintar, como se grandes unhas os golpeassem. Estávamos mudos, hipnotizados por aquela força invisível. Não bastasse o ruído irritante que produziam, os copos começaram a se agitar, como se estivessem sendo sacudidos por um terremoto.

— Fred! Cuidado! — gritei quando um daqueles copos voou em sua direção. Fred se abaixou a tempo, então outros copos seguiram o exemplo daquele primeiro. Lincoln girou de costas, tentando chegar até uma das mesas e usá-la como trincheira. Quando ele tocou a madeira, um copo o acertou na nuca.

— Filho da...

Outro copo estava a caminho, esse eu evitei com uma cadeira. Mas então vieram três ou quatro de uma só vez. Olhei para aquele rapaz estranho que parecia ter o azar grudado na pele. Ele estava parado, bem pouco surpreso, contemplando o ritual de destruição que se abatia sobre o Quinze. Havia cacos de vidro forrando o chão, e eu agradeci a Deus por não estar descalço como Bruce Willis, naquela cena do *Duro de Matar*.

— Faz alguma coisa! — Fred gritou para o estranho.

— Não está em minhas mãos, se quiserem acabar com isso, precisam acabar comigo — ele gemeu, ainda naquela posição torturante.

— Pelo amor de Deus! Quer parar de insistir nessa merda?! — Lincoln gritou, quase suplicando.

Agitados como estávamos, não percebemos que Anselmo estava novamente de pé. Cambaleando, mas se movendo, com as mãos sustentando a barriga fraturada. Ele trazia um estilhaço de vidro na mão direita e se aproximava de Estevão.

— Não faça isso! — gritei. Para minha surpresa, Estevão desceu os braços, dessa vez voluntariamente, deixando-os caídos ao lado do corpo.

— Ninguém morre essa noite! — Fred gritou e disparou contra o teto. Acabou acertando o reator uma das lâmpadas fluorescentes. Algumas faíscas desceram sobre ele e iluminaram seu rosto contorcido. Mas não era só decisão que embalava meu irmão. Ele estava apavorado.

Com o disparo, Anselmo largou o pedaço de vidro e se juntou a mim e a Lincoln. O vento frio parou de soprar, os copos pararam de saltar das prateleiras. Mas ainda havia algo muito ruim dentro daquele bar, podíamos sentir pelo cheiro.

— Minha nossa, que fedor é esse? — Anselmo disse por nós todos.

Eu havia sentido cheiro de carne podre umas duas vezes na vida. A primeira foi de um gato, meu gato, que morreu dentro do sótão. Quando meu pai removeu a carniça, todos nós sentimos e o Fred vomitou. Mas a segunda vez foi pior. Nós viajamos para o litoral, viagem de férias. Quando voltamos, depois de uma semana, algo havia desarmado os disjuntores de energia. A geladeira inteira tinha apodrecido e quando abrimos o freezer, o cheiro da carne cheia de vermes era parecido com o que eu sentia agora.

— Vai piorar. Sempre piora — Estevão disse e começou a caminhar de costas, como se observasse algo que nós três não conseguíamos ver. Ele só parou quando suas costas esbarraram no balcão.

— Fred... Tá vendo aquilo? — Lincoln perguntou.

No centro do bar, no espaço que havia entre nós e aquele rapaz amaldiçoado, presenciamos uma espécie de... escuridão. No início era uma pequena mancha um pouco maior que uma bola de basquete. Aquela coisa foi aumentando junto com o nosso pavor. Ela sugava a luz como um buraco negro, sugava até mesmo nossa respiração (era o que eu sentia, como se o ar estivesse sendo drenado de meus pulmões). Confirmei minhas suspeitas quando Anselmo levou as mãos à garganta, fazendo um esforço terrível — e inútil — para tomar alguns goles de ar.

— Essa coisa não vai parar. Vocês não entendem? Ela matou minha mulher e está querendo fazer o mesmo com vocês! Precisam fazer o que eu peço!

— Muito bem, seu filho da puta... — Fred murmurou.

Eu nunca vou esquecer o tom daquela voz. Um pouco rouca, levemente mordaz, completamente fora do juízo. Creio que meu irmão Fred tenha perdido a fé naquele exato instante.

— Se alguém vai matar esse desgraçado no meu bar, melhor que seja eu — disse com aquela mesma voz e empunhou a pistola. Fred atirava bem, alguns amigos da polícia haviam se encarregado de ensiná-lo quando deram a ele aquele .32. Ele não erraria, ainda mais de uma distância tão curta.

Mas seu braço não conseguiu sustentar a arma apontada. Em vez disso, parte daquela escuridão se aproximou e moveu cada músculo vivo do meu irmão. O punho foi torcido, em seguida o antebraço. A coisa queria a arma apontada para o Fred.

— Solta o revólver! — gritei.

E relutante, Fred me ouviu, como em poucas vezes na vida. A arma caiu a seus pés e ele a chutou para longe. A escuridão avançou na direção do revólver, se enovelou a ele como se pudesse cheirá-lo. Então se projetou, como uma lança, na direção do rapaz.

— Não, eu não vou fazer isso! — Estevão gritou. Mas deu um passo em direção ao revólver. Seus movimentos eram duros, trêmulos; até onde minhas impressões me levavam, contrariados.

— Acha que ele...? — Lincoln sugeriu.

— Ele vai atirar! — Anselmo concluiu. — Essa coisa ruim obrigou ele a matar a mulher e ela vai fazer o mesmo com a gente! Eu não quero morrer, não assim!

Nos entreolhamos mais uma vez, e logo encontramos a arma caída ao chão. O cheiro horrível que sentíamos ficou ainda pior. Com ele, um som grave que parecia nascer de cada parede do bar ameaçava nos deixar surdos. As luzes piscaram, mostrando manchas brancas onde antes existiam os olhos castanhos do rapaz. O único neón aceso que nos permitia enxergar explodiu em seguida. Então, mergulhamos na escuridão da hora morta.

Não enxergávamos nada, mas ouvíamos o que jamais poderemos explicar. Rosnados, gemidos, choros; alguém rangia os dentes enquanto outros soluçavam. Comecei a andar com os braços abertos, tentando tatear alguém ou alguma coisa que me devolvesse à realidade. O chão parecia úmido. Conforme me movia, sentia os pés deslizando e o cheiro ferruginoso de sangue fresco. Os homens também gritavam, clamavam pela ajuda de seus santos, de seus Deuses. Aquele massacre à sanidade durou pouco mais de um minuto. Foi quando ouvi um disparo que me desorientou momentaneamente. Em vez dos sons horríveis, um ruído agudo surgiu, algo que me dizia que talvez eu nunca mais voltasse a ouvir. Uma a uma as luzes se acenderam, mostrando três homens que se perguntavam o que, de fato, acabara de acontecer.

Fred estava suado, a boca pendida, os olhos presos nos meus. Anselmo estava no chão, a dois passos de um homem morto. Lincoln parecia paralisado, incapaz de encarar a morte de Estevão.

A bala havia perfurado sua testa. Havia um buraco do tamanho de uma bola de *ping-pong*, algo grande demais para um .32. Os olhos estavam arregalados, dos dentes escorriam fios de sangue. A língua estava cheia naquele fluido, parcialmente exposta pela lateral da boca. A pele daquele pobre homem estava tomada por... pareciam raízes escuras, arroxeadas. Tomavam todo o rosto e o pescoço.

Encontramos a arma ao lado da mão direita do rapaz, sugestão de que talvez ele mesmo a tivesse usado. De qualquer forma, era o que diríamos a polícia, era o que precisávamos *acreditar*. E da mesma maneira, um de nós sabia que essa não era toda a verdade.

$$\bullet \ \bullet \ \bullet$$

Eu nunca soube quem disparou aquele tiro, o que sei é o destino que nossas vidas tomaram desde então.

Anselmo faleceu em dois meses, depois do aparecimento de um enorme tumor na barriga. O mais estranho é que tudo começou em uma das costelas quebradas naquela noite no Quinze. Com o diagnóstico, nosso velho amigo se deprimiu de vez, começou a beber o dobro e se rendeu a própria miséria. Eu estive com ele no hospital, e segurei uma das alças do caixão quando a terra o engoliu para sempre.

O que aconteceu com Lincoln foi um pouco pior.

Ele passou a presenciar fenômenos estranhos em sua própria casa. Não como os que Estevão descreveu e nós presenciamos, mas como... uma presença. Ele contou a mim a ao Fred sobre como aquela coisa cochichava com ele em seu quarto, como sugeria coisas terríveis e não o deixava dormir. Entretanto, não tinha hora certa para acontecer. A coisa parecia saber quando Lincoln estava prestes a cair no sono, então ela simplesmente conversava. Em uma das vezes, a voz citou aquele rapaz. Disse, como já sabíamos, que ele era inocente, e que acabar com ele foi um grande erro. Lincoln conseguiu resistir por dez meses, foi quando os medicamentos que usava para dormir esgotaram todas as capacidades de seu cérebro. Ele está internado aqui na cidade, às vezes eu vou até lá, conversar um pouco e tentar trazê-lo de volta ao mundo. Ele nunca responde, o máximo que faz é dar um bocejo, às vezes derruba algumas lágrimas. Os médicos disseram que todas as medicações pesadas que ele usava para dormir o levaram à demência, mas eu não sei se acredito nisso.

Meu irmão Fred continuou com o bar. Mas depois da morte daquele rapaz atormentado, ele pareceu perder o gosto. Em parte, porque a notícia de que Estevão Brita fora vítima de uma perseguição espiritual no Quinze se espalhou pela cidade como poeira fina. O bar do Fred começou a ser frequentado por gente esquisita, que não tinha nenhum interesse nas cervejas ou no ar morno e pacífico do salão. Fred detestava responder às perguntas e começou a abrir o bar dia sim dia não. As visitas estranhas não se cansavam, então Fred passou para os fins de semana. Há uma semana, ele finalmente pareceu pronto para seguir em frente, sem seu maior sonho. Eu estava com Fred enquanto ele fechava o bar, pela última vez sob sua direção. Meu irmão colocou a última cadeira sobre uma das mesas e caminhou até o balcão, onde eu terminava uma cerveja.

— Acho que acabei. Meu Deus, como foi que chegamos a esse ponto? — perguntou-me.

Eu suspirei, incapaz de dizer algo que o animasse um pouco. Fred estava com olheiras, o rosto flácido, mas como eu poderia devolver o seu sono?

— Não temos culpa, Fred. Eu, você, Lincoln ou o velho Anselmo. Ninguém podia ter impedido aquele homem.

— Será? Tem certeza que nós fizemos tudo o que poderíamos ter feito?

Lancei os olhos para o salão, tentando relembrar o que aconteceu dentro daquele Bar. O cheiro que sentimos naquela noite terrível ainda estava no ar, diluído, mas presente, como um pecado distante.

— Ele queria morrer. Estevão saiu de sua casa, encontrou um lugar aberto e deixou que seus Demônios aparecessem. Você já parou para pensar se tudo aquilo não foi obra dele mesmo? Paranormalidade ou coisa parecida? Tenho pesquisado sobre esse assunto, Fred, não me parece impossível.

Fred tomou meu copo e deu um gole na cerveja que restava. Depois me perguntou:

— O que você tem feito às três da manhã, meu irmão?

— Eu? Nada importante. Às vezes saio para caminhar, em outras eu vou até a sala e assisto um pouco de TV.

— E você sempre está acordado, certo? Depois de todo esse tempo e você ainda perde o sono perto das três da manhã.

Assenti com a cabeça, eu não poderia mentir para Fred. Não seria justo.

— Eu tento fazer o mesmo — Fred disse. — Às vezes me pego com a Bíblia, mesmo sabendo que ela não fez muito por nós quatro naquela noite horrível. Depois do que aconteceu, eu não tenho mais relógios em casa, nem mesmo no pulso. Ainda me lembro do rosto tranquilo daquele rapaz, eu nunca vi ninguém desejar tanto a própria morte.

— Às vezes eu penso em quem puxou o gatilho — eu disse e encarei meu irmão.

— Que importância isso tem? O que aquela obscenidade maléfica queria era arruinar algumas vidas. Primeiro a daquela moça, depois a do marido dela, em seguida o Anselmo e o Lincoln. Eu sei dos meus pesadelos e imagino que você passe o mesmo, noite após noite. Prefiro pensar que aquele pobre miserável tenha acabado consigo mesmo, é o que escolhi acreditar.

— Como em Deus? — perguntei, com um risinho no canto dos lábios.

— Meu Deus não me deixou empunhar o revólver, e isso me coloca em débito com ele. Fico pensando no que aconteceria se tivesse sido eu. Quer dizer, depois do que aconteceu com os rapazes, eu não gostaria de estar na mira daquela... coisa.

— Onde você vai?

— Até o banheiro, eu já volto — Fred respondeu.

Enchi minha cerveja e encontrei meus olhos no espelho das prateleiras. Pareciam os mesmos olhos, tinham a mesma cor, mas algo havia mudado dentro deles. Olhei para minhas mãos e pensei em como elas eram inúteis. Então desviei meus olhos para o relógio sem pilhas do bar, que há muito tempo marcava somente o meio-dia. O ponteiro dos segundos se movimentou um pouco, comecei a sentir um cheiro ruim vindo de trás do balcão.

As luzes piscaram algumas vezes.

Talvez eu mesmo tenha puxado o gatilho daquela arma porque bem sei que eu não posso mais confiar em minha sanidade. Noites em claro, dias perdidos em lembranças e dúvidas. Fred estava voltando do banheiro, e ele também não tinha brilho algum na superfície dos olhos. Na verdade, não importava quem havia alvejado aquele rapaz, como também não importava se havia sido certo ou errado.

O que nós dois sabíamos é que a hora morta ainda estava nos caçando, e que o Inferno não demoraria a nos alcançar.

Break off the tab with a screwdriver.

Pare as coisas que você faz
Whoahuh - o que está acontecendo?
Eu não estou mentindo
Yeaaah, eu não suporto - hoo!
SCREAMING JAY HAWKINS

FEITIÇO EM VOCÊ

```
Stop the things you do//Whoahuh — what's up?* **
I ain't lyin'//Yeaaah, I can't stand — hoo! I Put
a Spell on You — SCREAMING JAY HAWKINS
```

Emma acordou cedo e precisou tomar coragem antes de abrir os olhos. Winston, o gato, arranhava impacientemente seus cabelos, exigindo o café da manhã que tinha cheiro de peixe podre.

Pelas aberturas de ventilação da janela, alguns raios de sol cintilavam partículas de poeira. Na claridade dos olhos abertos, o quarto parecia grande demais.

"Foi melhor assim", Emma pensou e se sentou na cama. Winston não ficou satisfeito, e voltou a miar no tom suplicante dos gatos, enquanto se esfregava em suas pernas. Convencida, Emma se levantou e foi até a cozinha.

— Toma aqui, vê se me deixa em paz — serviu a Winston sua preciosa ração fedida.

A cozinha também parecia grande demais, a cabeça dolorida, a lembrando que vodca e agonia não se casam muito bem.

Emma entrou no banheiro e desviou os olhos daquela outra Emma que morava no espelho. Enquanto apanhava sua escova de dentes, voltou a se questionar se estava assim tão certa em dispensar Antônio. Todos diziam que ele era um bom homem, por que ela não sentia o mesmo? Seria por que Antônio parecia algum tipo de italiano que esconde seu trabalho na máfia? Tantos segredos...

A pasta de dentes fez arder suas bochechas, a pasta que Antônio gostava. Três meses separados e ela ainda sentia seu cheiro, seu gosto; seu corpo sentia sua falta.

Desde o rompimento com Antônio, mesmo a higiene dos dentes havia se tornado um martírio. A cada pequeno esbarrão da escova na gengiva, um pouco de sangue novo. O que mais faltava acontecer?

— Ah, não! Não isso! — Emma gritou. Em seguida socou o espelho. Ele se vingou, cortando a palma de sua mão direita.

Mais calma (e não estava sendo fácil, não mesmo), Emma apanhou um dos cacos para confirmar o que vira anteriormente. Desgraçadamente se esforçou para não rir do próprio sorriso decrépito. Acabara de perder um dos dentes, um dos centroavantes. Estava com cara de imbecil, sentia-se uma imbecil.

Os problemas de saúde de Emma se agravaram há dois meses, algo que começou com sua menstruação — e ela ainda estava menstruada, sangrando um fluxo de primeiro dia a exatos sessenta dias. Em seu rosto, os dentes e a boca estavam longe de serem os maiores problemas. Sua pele tinha desenvolvido acne severa, furunculose, o tecido era uma tela dividida entre o vermelho irritado e o ponteado amarelo das espinhas.

Naquela manhã iluminada, finalmente armada de todo arsenal conhecido de exames, ela visitaria outro médico. Quisera ter feito isso antes, mas junto com a vitalidade, Emma perdeu o emprego e seu plano de saúde. Por sorte, o pai de Emma era alguém influente, alguém que trabalha na Receita Federal e tem uma longa lista de devedores, muitos deles, médicos.

Emma livrou-se de um naco de pele solta de seu rosto e passou as mãos úmidas sobre os cabelos oleosos. Alguns fios se partiram, frágeis como teias de aranha. Ela também não podia lavá-los. Quando o fazia, eles simplesmente desgrudavam de sua cabeça e iam para o ralo. Perucas também não serviam, o forro causava alergia e piorava as feridas do couro cabeludo.

— Que se dane — ela secou os olhos e apanhou a primeira roupa que encontrou no quarto.

• • •

Dentro do ônibus, pessoas a encaravam, como se Emma fosse a própria lepra. Às vezes ela tinha o cuidado de se cobrir, mas com a urgência daquela manhã, Emma esqueceu o xale sobre o sofá. Além disso, andar como uma beduína sob sol de quarenta graus do nordeste de São Paulo parecia bem pior que o risco de nausear alguns passageiros. E haviam compensações: Emma sempre tinha uma fileira de assentos para ela, por exemplo. Também ganhava lugar na fila do banco, na padaria, às vezes as filas se desfaziam por sua simples presença.

Naquela manhã não teria tanta sorte. Uma mulher velha insistia em olhar em sua direção desde que Emma entrou no ônibus. Emma fazia sua parte e a ignorava, procurando algo nas janelas do lotação.

Aparentemente tentando acabar de vez com o que restava do humor de Emma, a mulher se aproximou mais um pouco. Tornou a sentar-se, dois bancos à frente. Os olhos insistentes tentando contar alguma coisa, algo diferente do nojo e da piedade que Emma costumava sentir.

Decidida, Emma não voltou a olhar na direção daquela mulher, até que o ônibus chegasse no ponto onde ela desembarcaria. Do mesmo modo, ela deixou seu assento e desceu os degraus que a levaram à calçada.

Mais distraída, Emma observou aquele enorme monstro de metal se afastando, pensando que um deles pudesse gentilmente explodir seus intestinos embaixo de suas rodas, e livrá-la do martírio que se tornou sua vida.

— Não é possível. A senhora tá me seguindo, dona? — perguntou.

A mulher velha pareceu surpresa. Os enormes olhos azuis arregalados como um céu de inverno.

— Depende...

— A senhora estava me encarando dentro do ônibus. Sei que pareço um demônio, mas alguém com a sua idade não devia perder seu tempo com isso.

A mulher velha usava um vestido brilhante, o tecido vinho dava a ela alguma mágica, o mesmo efeito produzido pelo lenço de cetim preso à cabeça. E aqueles olhos... Nada com olhos tão bonitos poderia ser ruim.

— Alguém te enfeitiçou — a velha disse a Emma.

— Sim... Deve ter sido a bruxa AIDS...

— Não se trata disso, minha filha. O que você tem não se cura com seringa e agulha. O ar a sua volta é cheio de pestilência, de coisa ruim.

— Obrigada, mas eu realmente não preciso ouvir esse tipo de merda.

Emma acelerou os passos e ouviu saltos de madeira a perseguindo. Acelerou mais e seus pulmões se rebelaram. Privada momentaneamente do oxigênio, Emma se apoiou em uma caçamba pública de lixo carregada até a tampa.

— Eu quero ajudar, mocinha. Fique com o meu endereço.

Cansada demais para se opor, Emma apanhou o papel engordurado oferecido pela velha.

— Eu devia agradecer por isso? — resmungou.

— Ainda não. — A mulher lhe deu as costas.

— Qual é o seu nome?

"Clemência...", Emma leu no papel. A mulher já estava longe.

Mais recomposta (e satisfeita por se livrar daquela velha), Emma enfiou o papel na bolsa. Imediatamente sentiu algo estranho no interior do couro, um incômodo que a fez olhar para sua mão direita.

A pele dos dedos vinha escurecendo gradativamente há meses, como se o tecido fosse vítima de uma queimadura química. Mas a unha ausente no indicador era uma surpresa. Em seu lugar havia uma pele enrugada e opaca, parcialmente insensível.

Piorava depressa.

• • •

No prédio do consultório, Emma aproveitou a falta de companhia no elevador para chorar um pouco. Ela só se conteve quando a sineta avisou que era hora de descer.

Quarto andar.

Dr. Plínio Couto.

Não demorou muito para que a secretária de sessenta anos, bem mais atraente que Emma, a chamasse para a consulta. A garota se levantou e tomou um corredor iluminado demais para alguém que pretendia se esconder. Doutor Plínio estava vindo de uma antessala em sua direção, e deu de cara com ela. Seus olhos se arregalaram um pouco, um esgar deformou sua boca. Aquele era seu primeiro encontro direto com Emma.

— Emma Rios?

Emma assentiu e ignorou a reação do médico. Aceitou seu convite para acompanhá-lo e, calada, puxou uma das cadeiras da sala. Só depois tirou os óculos escuros e exibiu seus olhos ictéricos.

— Espero que o senhor consiga me ajudar — disse. Não tentou ser simpática, ela não conseguiria.

— Seu pai falou comigo, nós vamos revolver o seu problema. Trouxe os exames?

Emma atirou os papeis sobre a mesa.

— Pode calçar luvas, se o senhor quiser.

— Não é preciso — Plínio mentiu. Se pudesse, usaria um escafandro para atendê-la.

O homem leu os papéis. Alguns, Plínio leu por duas vezes. O médico não demorou muito a dizer o que Emma suspeitava desde o início. Na realidade demoraram seis "humms", duas ajeitadas nos óculos e menos de dois minutos.

— Não existe nada que indique uma doença física nesses papéis. Pelo que avalio, é provável que seu estado reflita um problema psicossomático. Tem andado sob estresse ultimamente, Emma?

— O que o senhor acha?

— Eu quis dizer antes de começarem os sintomas.

— Rompi meu noivado — Emma cruzou os braços e sentiu seus seios murchos.

— Ainda mantem contato com o rapaz?

— Não, achei melhor para nós dois a gente não voltar a se encontrar. E a separação também não gerou tanto estresse assim. Doutor... Meus dentes estão caindo, minhas unhas; estresse?!

— Emma, todos os seus exames estão normais. Podemos encaminhá-la a um psiquiatra, tentar um tratamento simultâneo, talvez juntos consigamos alcançar uma resposta satisfatória.

— Não vou a bosta de psiquiatra nenhum — ela disse e se levantou. Como era de se esperar, seu humor não estava melhor do que sua aparência.

— Emma...

— Não se preocupe — apanhou os exames e começou a enfiá-los na bolsa, amassando quase todos os papéis. — Eu não vou me matar, doutor. Não ainda.

— Tente esfriar a cabeça, sim? E leve meu abraço ao seu pai quando encontrá-lo.

— Acha mesmo que alguém quer me abraçar, doutor? — Emma sorriu e atravessou a porta.

• • •

Quando parou de caminhar depressa, Emma já estava no ponto de ônibus, pensando na última pessoa que não quis vomitar ao vê-la. Antes de apanhar o cartão em sua bolsa, sentiu algum fluxo escorrendo por suas pernas. Com sorte ninguém perceberia e o sangue ficaria oculto pelo jeans escuro, quase negro. Mas que sorte ela ainda tinha?

— O que eu tenho a perder... — ela se perguntou e rodou o cartão pelos dedos. E foi tudo o que tomou de decisão pelo resto daquele dia.

• • •

— Odeio essa música — disse, ríspida, ao taxista. Já era noite. A lua cheia gritava no céu.

— A senhora odeia a música ou o cantor preto que tá cantando? — perguntou o motorista da mesma cor.

Emma não respondeu. Explicar àquele homem que ela poderia simplesmente não gostar de Screaming Jay urrando no microfone levaria uma eternidade. Seria mais útil digerir toda injustiça e guardar o que sobrasse para aquela velha.

Emma falaria com Clemência, falaria com o próprio Belzebu se ele tirasse toda aquela doença ruim de seu corpo.

O motorista continuou curtindo seu som, um pouco mais alto depois da reclamação de Emma. Obviamente, o cliente nem sempre tinha razão dentro daquele táxi.

— Quanto eu devo? — ela perguntou ao chegarem à rua marcada no papel.

O homem esticou o pescoço, como se procurasse algo que não quisesse encontrar do lado de fora.

— Qual é o número da casa?

— Cinquenta e oito — Emma repetiu.

— Não me deve nada, moça. Mas desce logo do meu carro.

Emma obedeceu, mas deixou o suficiente para a corrida, no banco traseiro. Mal havia colocado os dois pés na rua molhada pela garoa fina e o homem arrancou com seu carro branco. A porta traseira ainda aberta se fechando com a aceleração do Santana.

Da casa cinquenta e oito, Emma ouvia tambores.

— Merda, aonde fui me meter? — perguntou-se e deu às costas ao portão de chapa de zinco. De repente, a ideia de estar ali pareceu tão ruim quanto o que acontecia com o seu corpo.

— Entra, moça — disse um jovem com charuto na boca. Emma girou o corpo depressa, não lembrava de ter tocado a campainha.

— Você quase me matou de susto.

— Quem deve, teme — disse o rapaz com sagacidade. — Vem, a Mãe está esperando a senhora.

Emma conteve a estranheza, devia ser uma espécie de clichê daquela gente prever o futuro o tempo todo. Então seguiu o rapaz por um longo corredor. Era úmido, velho, um pouco de musgo se aderia aos tijolos nus das paredes. O rapaz sempre à frente, se ocupando em soltar o que podia da fumaça daquele charuto.

Depois do corredor, Emma encontrou um braseiro que tomava boa parte de um galpão coberto. O círculo contido por blocos de cimento ardia, deixando tudo avermelhado, deixando o ar quente e sufocante. Sobre as brasas, algumas mulheres nuas, cobertas com o que parecia ser sangue. Dançavam em um frenesi quase sexual, a mais voluptuosa das garotas tinha algo enfiado no ânus, simulando uma cauda.

À frente das mulheres, a sacerdotisa, a mulher velha que se identificou mais cedo como Clemência. Aos seus pés, uma cabra degolada. Ao lado, estátuas de entidades tenebrosas, todas de costas para ela. A cabeça da cabra jazia no colo da Sacerdotisa.

Emma ainda sofria o impacto visual do que via quando o garoto que a conduziu até o galpão se aproximou e baforou fumaça em seu rosto.

Emma tossiu, o ar não encontrou o caminho de volta. Sentiu um espasmo. O estômago se retorceu. Emma tentou continuar de pé, mas não tardou a mergulhar na escuridão.

• • •

Quando acordou, Emma estava despida, deitada um pouco à frente do braseiro que ainda ardia. Diante dela, os lindos olhos azuis de Clemência refletiam o amarelo do fogo.

— O que fizeram comigo? Quem são vocês?

— Boca fechada, vagabunda — Clemência disse e acariciou a cabeça de cabra que continuava em seu colo.

— Filho — gritou em seguida. — Parece que você tem visita.

Os tambores rufaram, as mulheres nuas voltaram a dançar.

Cruzando o braseiro surgiu um rapaz vestido com um terno branco. Havia uma flor vermelha em sua lapela, uma bengala negra nas mãos. O homem caminhava e gingava, alguém que não precisava se preocupar com a vida ou com a morte. Um sorriso iluminando os dentes, uma autoconfiança irritante.

A visão de Emma estava confusa com a fumaça das brasas. Ela esfregou os olhos, o globo direito saiu em sua mão, com um filete de carne preso a ele. Emma tentou gritar, mas Clemência atirou a cabeça da cabra no braseiro e prendeu sua voz dentro dela.

— Emma, minha querida — Antônio sorriu e ajustou a flor em sua lapela. — Você deve estar curiosa. Eu também estaria se o meu corpo começasse a apodrecer. Sabe, eu não pude aceitar nosso rompimento, não parecia certo.

— Desgraçado — Emma rangeu.

— Eu coloquei um feitiço em você, Emma. E você deve achar esse castigo severo demais. Mas garota... esse feitiço só tem um jeito de funcionar. E você nunca aceitou...

Emma fechou o olho que lhe restava e deixou rolar uma lágrima. Ela entedia, ela finalmente entendia o que Antônio queria dizer.

— Eu ainda te amo.

Break off the tab with a screwdriver.

O mapa representa você
E a fita é a sua voz
Segue você o tempo todo
Até que você reconheça a escolha
DEPECHE MODE

MUSEU DAS SOMBRAS

```
The map represents you* **And the tape is your
voice//Follow all along you//Till you recognize
the choice Photographic — DEPECHE MODE
```

Os Rocha já estavam na estrada desde as oito da manhã. Haviam passado por cidades, pastos, grandes plantações de cana-de-açúcar e pequenas florestas esquecidas que nunca foram batizadas. As florestas não eram florestas, não na verdade, mas para o pequeno Raphael, qualquer aglomeração verde com mais de cem metros era bem próxima a isso.

    O menino e sua família vinham da cidade grande, de um lugar onde o concreto, o ruído das ruas e as portas fechadas eram a paisagem predominante. A garota ao lado de Raphael era Cíntia. Tinha seu mesmo sangue, um pouco mais de quinze anos e se vestia como se tivesse quarenta e dois. Cíntia era séria demais, responsável demais. Na opinião de seu irmão mais novo, ela tinha se tornado uma adulta aos dez anos de idade. Não que ele se importasse com nada disso, como o papai dizia, "a gente escolhe o que quer para gente, desde que esteja disposto a conviver com o que escolheu". Ele também estava calado naquela manhã, o papai.

Seu nome era Eduardo, mas quase ninguém o chamava por esse nome. Os amigos mais antigos o chamavam de Ed (que a mamãe detestava), o pessoal do banco o chamava de Edu, muitos funcionários abaixo na hierarquia preferiam chamá-lo de senhor Edu. Mamãe chamava Ed-Edu-Seu-Edu de momô (e quando estava brava — quase sempre — chamava simplesmente de Eduardo). Uma vez Raphael chamou o pai de Ed-Caveira, por conta de um vinil que ele encontrou na casa do primo (Batata, o primo, foi quem explicou que o personagem com uma machadinha na mão na capa do disco do Iron Maiden se chamava Eddie), mas mamãe deu uma bronca nele, disse que esse tipo de apelido (e de música) era o que fazia os meninos se tornarem marginais no futuro. Raphael obedeceu, na época ele não sabia bem o que era um marginal, mas não parecia nada bom.

— Você sabe para onde está nos levando? — Mamãe perguntou de seu trono de rainha.

— Claro que eu sei — Edu respondeu e tossiu a secura da garganta.

Estava mentindo.

Eva sabia disso tão bem quanto Cíntia e Raphael, até mesmo as moscas espatifadas no para-brisas sabiam que Edu não dizia a verdade quando tossia daquele jeito.

Em silêncio, Raphael continuava observando a estrada.

Às vezes, em viagens como aquela, o menino queria saltar do carro, dizer adeus e sair andando por aí. Imaginava que seria perigoso, porque ele era apenas um garotinho e Eva sempre dizia que gente ruim adorava perseguir criancinhas, mas o medo não tirava o encanto da estrada, o medo era incapaz de diminuir sua atração mágica pelo desconhecido.

— Humrummmm — Edu raspou a garganta de novo.

— Pelo amor de Deus, se var ficar *catarrento* desse jeito é melhor chupar uma bala.

Do assento traseiro, Cíntia riu. Ela achava engraçado quando o pai era desmoralizado, uma vingança bizarra por todas as decisões do velho que ela fora obrigada a seguir. Decisões como aquela, de entrar em um carro e visitar a tia Perséfone que já devia ser velha quando criaram o mundo. Ela era tia de Edu, e Raphael ouviu claramente quando o pai e a mãe disseram aquela palavra que a mãe não gostava de falar, aquela que também é um dos doze signos do zodíaco além de ser uma doença terrível. Tia Perséfone era a única parente viva de Edu, então era compreensível que ele quisesse se despedir, mas pedir que uma adolescente demonstrasse a mesma empolgação?

— Dá uma olhada no mapa, Eva. Vê para mim quanto falta para a Vicinal Benedito Fragatso.

Eva sacou o mapa no porta-luvas e o esticou. Depois fez uma careta feia, que o filho analisou pelo espelho retrovisor como um mau presságio.

— Eu não faço ideia de onde estamos.

— É só olhar direito, estamos no Km 41 da Afrânio Guerra, tente encontrar a partir da rodovia Washington Luiz.

— Eu sei analisar um mapa, amor. Sou professora de geografia, esqueceu?

— Eva...

— Essa viagem é um despropósito, Eduardo. Eu entendo que você queira vê-la, mas arrastar todos nós para a sua despedida?

— Eu queria vir — Raphael disse do banco de trás.

— Você fecha essa boca — mamãe avisou.

— Ei! Não desconta no garoto — Edu pediu a ela.

Ao lado, Cíntia riu e aumentou um pouco a música do walkman.

— Minha tia cuidou da gente quando meus pais faleceram, de mim e do meu irmão.

— Do tio Metralha? — Cíntia acabou ouvindo mesmo com o volume mais alto.

— Querida, seu pai já pediu para não chamar o tio Roque por esse apelido — Eva disse à filha, sem convicção alguma. Na verdade, ela estava vermelha, apertando os lábios para não rir de tanta satisfação.

Quanto a Raphael, ele havia se desligado de todos eles de novo. O lado de fora era mais interessante. As árvores que corriam, as nuvens que deslizavam, duas ou três vacas pastando sobre um morro, tão inclinadas que parecia que elas cairiam e rolariam morro abaixo a qualquer momento. E nada, dentro ou fora daquele Monza, seria mais interessante que o outdoor enorme que despontava do ponto mais alto do cume.

— Museu das Sombras — o menino leu. — Eu queria ver, pai. Será que a gente pode ver?

— Não — Eva disse.

— Amor... Podemos aproveitar e pedir informações — Edu replicou.

— Mas para isso você precisaria assumir que está perdido. Certo, momô?

— Eu tô com fome — Cíntia disse.

De repente muita gente falava ao mesmo tempo, inclusive o Tears For Fears que habitava o toca-fitas do Monza e repetia "Shout" sem parar. O único que não falava nada era Edu, preocupado com uma nuvem grande e carrancuda que surgiu sabe-se lá de onde.

. . .

Pelo visto, aquela não era uma nuvem que gostava de andar sozinha. Em menos de quinhentos metros a estrada ficou mais escura, como se o sol tivesse perdido metade de seu brilho. Ficou tão escura que Raphael checou as horas em seu relógio-game, um Casio GS-16, pensando que o carro dos pais talvez tivesse atravessado um portal dimensional, como às vezes acontecia nos episódios do *Além da Imaginação* que Edu adorava.

— Era o que faltava, dirigir o resto do caminho com chuva — Edu lamentou.

— Talvez não seja má ideia parar um pouco — Eva sugeriu.

Dentro do carro, todo mundo sabia que ela morria de medo de tempestades. Pelo que os filhos conheciam da história, uma chuva terrível caiu sobre a propriedade rural onde Eva morava, quando ela ainda era uma garotinha, um pouco mais velha que Raphael. A chuva foi tão forte que fez o pai perder a direção do trator na volta para casa, o Massey Ferguson acabou virando e esmagando o abdômen do velho. Vovô Pedro foi socorrido, mas morreu cinco dias depois, e ele sofreu bem mais do que merecia. Foi após essa tragédia que a família de Eva se mudou para a cidade, de onde nunca mais saiu.

— Tudo bem — Edu deu uma piscadela ao filho pelo retrovisor e ligou a seta da direita, cento e vinte metros depois. Segundo a nova placa de orientação, faltava menos de dois quilômetros metros para o tal museu.

• • •

O céu era puro chumbo quando o carro estacionou. Ao lado dele, um total de vinte e uma vagas desocupadas (e uma ocupada com um Del Rey pintado de pó) — Raphael fez questão de contá-las por duas vezes. O garoto tinha desenvolvido esse traço obsessivo a menos de dois anos, e ninguém sabia bem por que a compulsão começara. Raphael contava os passos, contava as nuvens no céu, em uma rua calçada com paralelepípedos, ele só pararia de contar se fosse para o colo de alguém e não precisasse pisar o chão.

— Anda logo, Senhor Bizarro — Cíntia disse e deu um pedala na cabeça do menino. Raphael colocou os cabelos finos no lugar e foi para perto do pai, que alongava a coluna da forma mais improdutiva possível.

— Não liga pra ela — Edu disse. — Seu tio também implicava comigo.

Raphael continuou quieto, evitando botar os olhos em qualquer coisa que se repetisse e o obrigasse a iniciar uma contagem. O que o pai acabara de dizer não tinha ficado muito claro dentro dele, será que Cíntia seria presa como o tio Roque-Metralha? Era isso?

Eva estava mais recuada, afastada do carro e da família, parada em um ponto onde conseguia avaliar melhor a construção. Ela não foi capaz de imaginar como alguém conseguiu erguer um lugar com aquelas dimensões no meio do nada, mas tinha uma pista. Lavagem de dinheiro, claro que sim. Tráfico de entorpecentes, corrupção, Deus sabe o que mais o Diabo teria inventado. Que outra forma o dono daquele lugar teria para manter tudo funcionando? Só de ar-condicionado, Eva contou sete aparelhos, e pelo ruído, todos ligados. O prédio também era bem grande, tinha mais de duzentos metros de extensão. E cada pedacinho da parede havia sido pintado de preto, provavelmente para enganar o calor desértico que, mesmo com a ausência do sol, continuava cozinhando o mundo.

— Vem, amor. A gente aproveita para comer alguma coisa. Se importam de trocar o almoço por um lanche? — Edu perguntou aos filhos.

Cíntia sorriu, o primeiro riso verdadeiro daquela manhã.

— Achei que não — Edu sorriu de volta e abraçou seu garoto, o escoltando até a entrada do museu.

Havia duas bilheterias. Ficavam depois das torres de inox ligadas por cordas vermelhas que orientariam as filas. Mas não havia fila ali, não havia ninguém, não havia nada, nem mesmo uma mosca, nem mesmo um cachorro sarnento vadiando e esperando a sorte de um almoço.

— Acho que a gente deu azar — Edu disse, ainda procurando por um aviso com o horário de funcionamento do lugar. Eva bufou como um dragão.

Enquanto Cíntia aumentava o som dos fones de ouvido para não ter que ouvir uma nova discussão, Raphael se afastava, cabisbaixo, sentindo vontade de desaparecer para sempre. Por que nada nunca dava certo com ele? Que droga... O museu podia não ser grande coisa, mas era alguma coisa. Era uma lembrança, um momento, uma recordação que ele levaria para escola e dividiria com os amigos, fazendo com que ela se tornasse bem mais especial do que de fato era.

— Vamos embora desse lugar — Eva chegou mais perto. Estava de braços cruzados, a expressão enrugada no rosto, os lábios um pouco descorados, pressionados um sobre o outro. No céu, um trovão tão forte que a jogou nos braços do marido. Edu a acolheu, a beijou, deixou que ela ficasse aninhada em seu peito.

— Quantas vai ser, moço? — Alguém perguntou à frente de Edu, fazendo com que seu estômago nadasse em fluidos congelantes. Eva se desgrudou dele, Cíntia chegou mais perto, Raphael sorriu e correu até eles.

— Preciso saber o preço antes, estou com pouco dinheiro — Edu disse, duvidando muito que eles aceitassem cartão de crédito ou cheques. Só depois deu uma olhada em quem estava do outro lado da janelinha.

Sendo um bancário, Eduardo conhecia muita gente velha. Ainda era um mistério para ele, mas todo velho parecia adorar certas coisas. Varrer calçadas, acordar com o sol, falar da vida dos outros sem se interessar de verdade por elas, velhos adoram principalmente encarar uma fila, principalmente se for uma fila de banco. E mesmo com todo seu vasto conhecimento sobre rugas, cabelos brancos e calças estufadas por fraldas geriátricas, Eduardo não se lembrava de já ter visto uma mulher tão velha.

— São dez cada. E o menino mais novo não paga.

— Tem certeza? Ele é pequeno, mas já tem nove anos.

— Ele podia ter quarenta e cinco, se quisesse, moço. Por aqui, o mais novo sempre entra de graça.

— Vocês aceitam cheque? — Edu se encorajou.

A criatura velha, arqueada e diminuta do outro lado da janela sorriu.

— Dinheiro, cheque, cartão Elo, vale-alimentação, nota promissória, a gente aceita até mesmo seguro funerário, se você estiver com os pagamentos em dia. E se estiver vivo, obviamente — sorriu e mostrou dentes tão amarelos que pareciam tingidos.

— Pode ser no Elo mesmo — Edu explicou. Enquanto a mulher passava o cartão na maquineta (uma espécie de copiadora tão rudimentar quanto seria possível naqueles anos modernos) o provedor dos Rocha aproveitou para fazer algumas perguntas. — É sempre tão cheio aqui?

— Não. Hoje estamos batendo nosso recorde.

— Eu não quis ofender, mas...

— O senhor não consegue imaginar esse lugar cheio, certo?

Edu arregalou os olhos, chegou a recuar um passo. A velha riu.

— Eu não leio mentes, moço. Mas velha como eu sou, aprendi a pensar como as outras pessoas. O menininho aí, por exemplo, ele está pensando em encontrar mágica do lado de dentro, mágica antiga, mágica boa. Sua esposa só está pensando em sair daqui antes que a chuva comece a cair. E quanto à menina, ela não está pensando em nada, porque a música no ouvido da coitada está tão alta que os pensamentos morrem assim que nascem.

— Impressionante — Edu disse. — E quanto a mim? No que eu estou pensando agora?

A velha retirou o cartão da maquineta e o devolveu a Eduardo, junto a uma via carbonada. Depois riu, enquanto separava os bilhetes de entrada.

— O senhor está pensando que eu sou uma charlatã e está com medo que eu cobre pela consulta.

— Eu não...

— Tá tudo bem, seu Edu. O senhor não passou tão longe da verdade.

— Como sabe o meu no...

— A fila é daquele lado — a mulher velha apontou para a direita e fechou a portinhola com um estrondo. Edu olhou para baixo, meio sem jeito, meio sem saber o que deveria dizer aos outros, e se ele deveria dizer alguma coisa. Raphael já estava correndo para porta de entrada, para o lado de Eva que olhava para as nuvens de chuva a cada dois ou três segundos.

• • •

Logo depois da entrada, os Rocha encontraram um pequeno anteparo, um átrio suficiente para seis ou sete pessoas, debilmente iluminado por um único ponto de luz. Raphael olhava para aquela luz azulada, encantado como estava com todo o resto. Aos nove anos, o encantamento ainda existia em seu mundo, e era tão real quanto a confiança cega em seu pai, ou no chão em que eles pisavam.

— Só um instante — a mulher velha pediu. — O senhor Ludovico já vem.

Cíntia precisou olhar para o lado ou começaria a rir. Aquela mulher não era apenas a criatura mais velha que ela conhecera em vida, também era a menor. Pelas contas de Cíntia em seus 1,68m, aquela coitada não chegava a 1,30m de altura, não sem os saltos que emprestavam a ela alguns centímetros.

A mulher pequena saiu em seguida, pisando com mais vontade no chão emborrachado do vestíbulo. Provavelmente já tinha percebido os olhares nada discretos da garota, ou os golpes em sua mãe que a essas alturas estava vermelha como um rabanete.

— Gente, por favor — Edu pediu as duas.

— Desculpa, momô, mas é que essa mulher... de onde ela saiu? Do filme do *Poltergeist*?

— "This house is clean!" — Cíntia citou. Ela não gostava nada de filmes de terror, mas acabou assistindo o longa na casa de uma amiga. O que restou a Eduardo foi sacudir a cabeça e rir discretamente.

— Vai demorar muito? — Raphael perguntou ao pai.

— Eu não sei, espero que não. Ainda precisamos comer alguma coisa antes de voltarmos para a estrada — ele colocou a mão esquerda no ombro do garoto, daquele jeito que os pais fazem e conseguem melhorar qualquer coisa. — Tá com fome?

— Não. Mas eu tô curioso — o menino se adiantou um pouco, buscando o final da cortina negra que limitava o espaço onde estavam confinados. Havia um cheiro ali, não muito forte, mas presente. Era levemente metálico, como o cheiro do zinabre de um controle remoto que esqueceu de se livrar das pilhas. A fim de confirmar que o cheiro vinha dos tecidos, Raphael chegou mais perto da cortina por onde a mulher velha e pequena havia atravessado. Foi quando o tecido se moveu novamente.

Por puro instinto, o menino saltou para trás e correu de volta para o pai. Enlaçou-se em sua cintura, em seguida procurou as costas de Edu, deixando apenas a cabeça aparecer rente à cintura.

— Desculpa, garoto. Eu não quis assustar.

— Quem falou que assustou? — Raphael se recompôs.

O homem de fraque riu, e pareceu fazer algum esforço para cumprir a proeza, como se o riso fosse algo esquecido pelos músculos do rosto. Seria justo dizer que Eva não gostou dele desde o primeiro momento, mas isso era tão comum, que nem mesmo ela tomou o desapreço como algum tipo de aviso ou prelúdio. Seria igualmente justo dizer que Cíntia gostou menos ainda — ela gostou tão pouco daquele homem que teria ido embora se existisse alguma porta de saída por perto.

Ao contrário do resto da família, Edu ofereceu seu melhor sorriso.

— Como minha secretária deve ter informado, meu nome é Ludovico. Ludo para os amigos, que é como espero ser tratado por vocês antes que esse passeio termine.

— Ludo? Como o jogo? — Eva perguntou.

— Como você preferir, minha querida. Sendo um anfitrião, minha única missão é manter os visitantes felizes e interessados em nossa exposição. Posso ser como um jogo, como uma boa mão de pôquer, posso ser inclusive um bilhete premiado de loteria. Que tipo de jogo a interessaria, minha estimada?

— Detesto jogos — Eva o dispensou e cruzou os braços. Sem jeito, Edu olhou para o homem e fez uma careta confusa, que confessava também não saber que bicho havia mordido sua esposa.

— O que tem no seu museu, moço? — Raphael cuidou de acabar com o mal-estar repentino. — Quadros? Obras de arte? Como são as sombras?

Ludovico inclinou o pescoço de leve, coçou a barba grisalha que tomava seu queixo, só depois chegou mais perto do garoto. Daquela distância, Raphael pôde constatar que embora aquela barba parecesse falsa, era bastante real. O que era esquisito, porque o homem chamado Ludovico tinha os cabelos bem pretos, e não havia sombras de fios brancos perdidos entre eles.

— O que mais agradaria a você, meu jovem?

— Faz diferença?

— E se eu dissesse que esse não é apenas um museu comum, mas um lugar mágico? Um lugar onde muitos sonhos se realizam?

Confuso, o garoto buscou o pai. O rosto de Edu se reconfigurou depressa e expressou algo como "se ele está dizendo... por que não?".

— É que não existe esse negócio de mágica. Na verdade são truques, e todo mundo sabe disso — o garoto disse.

— Humm... entendo. E o que me diz dos milagres, jovenzinho? Consegue acreditar neles?

— Somos agnósticos — Eva se adiantou.

Raphael continuou olhando para o rosto do homem chamado Ludovico. O anfitrião agora estava abaixado à frente dele, sustentando um sorriso que, diferente dos anteriores, não precisava se esforçar para existir.

— Eu vou te ajudar nisso. Qual é o seu nome, rapazinho?

— Raphael. Raphael Rocha.

— Muito bem, senhor Raphael Raphael Rocha, vamos começar com a mágica — o homem voltou a se levantar e ajustou o fraque. Fez o mesmo com os cabelos e com a camisa vermelha, que era brilhante e fora de moda na opinião de Eva Rocha. Sem notar, a família foi se aglomerando, se juntando, se afastando de Raphael, demostrando que aquela conversa pertencia somente a ele e a Ludovico, não por desinteresse pleno, mas era como se eles não a merecessem.

— A mágica existe para explicar o que não conhecemos, consegue entender isso?

— Eu acho que sim. Mas nesse caso — Raphael chegou mais perto do homem, e precisou olhar para cima até sentir dor no pescoço para manter os olhares unidos — a mágica não existe de verdade, existe? Do jeito que o senhor falou, a mágica só serve para tomar o lugar de outra coisa que a gente não conhece ainda.

— Exatamente — Ludovico respondeu, orgulhoso, deixando bem mais ar do que sons escapar por sua garganta. — A boa mágica é exatamente isso. Uma resposta que não chega a ser uma resposta, um desfecho que não finaliza, uma esperança que raramente se concretiza. Mágica é um sinal da presença de Deus, meu caro Raphael Raphael Rocha, principalmente do Deus que muitos creem, sem de fato chegar perto de conhecer.

Com o novo silêncio de Ludovico, o incômodo cresceu rapidamente. Cresceu a ponto de Edu começar a pigarrear e Eva abanar o próprio rosto, demostrando um calor que ela não poderia sentir com a refrigeração do lugar. Percebendo que perderia aquelas pessoas se não agisse depressa, Ludovico chegou mais perto da cortina e apanhou o tecido com a mão direita.

— Bem-vindos ao Museu das Sombras.

· · ·

— Nossa... A gente pagou para ver essa porcaria? — Cíntia disse assim que bateu os olhos na exposição. Nada de esculturas, nada de quadros e montagens, nada que pudesse ser considerado uma obra de arte na opinião de uma garota de dezesseis anos. Tudo o que Cíntia via em diferentes tamanhos eram...

— Fotos? Isso aqui é um museu de fotos?

— Sim e não — Ludovico respondeu, ficando à direita de Edu, que estava à direita do menino. — O que você vê, é exatamente o que foi prometido na entrada, um museu, uma homenagem às sombras. As fotografias são exatamente isso, minha cara, agentes reveladores das sombras. Vocês me parecem surpresos, mas, estamos em um museu, certo? Meus amigos... existe alguma coisa que represente melhor o passado do que as fotografias?

— Sim, mas...

— Onde está a mágica? — Ludovico interrompeu o menino. — Era o que você ia me perguntar, não é mesmo?

— Acho que sim — Raphael se frustrou pela primeira vez desde que desceram do carro. Poxa vida, perder um tempão olhando fotografias? Fotos de gente que ele nem conhecia? Qual era a graça nisso? E o pior era que as fotos nem eram coloridas, e os quadros eram meio distorcidos, como se tivessem sido copiados em mimiógrafo.

— E se eu dissesse que todos os retratos nessa exposição são fotografias especiais?

— Eu diria que enganar criancinhas é pecado — Cíntia não resistiu. Eva a corrigiu, mas só depois de rir um pouco. Edu olhou para trás com os lábios torcidos e as fez se calarem.

Raphael continuou caminhando, decidido a dar algum crédito para as fotografias. Seu avô, que era um homem bem mais esperto que ele e seu pai, costumava dizer que todo homem merece três chances de provar suas ideias antes de ser desprezado, três chances de se defender, acusar, ou defender uma outra pessoa.

Calados, eles passaram por duas grandes telas, que representavam cidades. As fotos pareciam muito antigas, e não só pela coloração em dois tons dos retratos. O que datava a reprodução era algo dentro da própria reprodução, uma espécie de ausência.

— Que lugar é esse? — Edu perguntou, quando chegou ao segundo retrato.

— Uma cidade chamada Três Rios.

— Fica no Rio de Janeiro, certo? — Edu perguntou.

— Não. Não essa aqui. A Três Rios dessa foto fica seguindo em frente na estrada que o senhor se desviou para vir até aqui. É uma cidade grande, uma boa cidade, mas é uma cidade estranha.

— O que quer dizer? — Edu deu algum crédito ao homem, aproveitando a ausência de Raphael. O menino se interessava por um retrato de alguém que se parecia com a mulher baixinha da entrada, mas ainda bem jovem.

— Algumas cidades crescem sobre areia e pedra, outras, como Três Rios, crescem sobre ossos. É por isso que mantivemos essa fotografia na parede por tanto tempo. Três Rios pode parecer mansa, meu amigo, mas não passa de um animal sedado.

— Quem é esse aqui? — Raphael perguntou à frente. O primeiro dos homens, Ludovico, se adiantou. Edu ainda atrás, tentando tirar os olhos da fotografia antiga da cidade chamada Três Rios. Era mesmo muito estranho olhar para ela. Na foto, que parecia ter sido tirada de um lugar muito alto, o novo aglomerado crescia desordenado, como um tumor. Pelos flancos, haviam fundações de prédios, novas cidades nascendo, mas naquela fotografia os metais lembravam pelos grossos e esparsos. As pessoas não se pareciam pessoas, mas contaminações insetívoras; pulgas, carrapatos, percevejos. E havia uma sombra sobre a metade esquerda do quadro, e assim como Edu, qualquer pessoa que ficasse muito tempo com os olhos naquelas sombras se sentiria coberto por elas. Era um peso, uma escuridão ruim.

— Pai? — Cíntia disse. Edu arregalou os olhos como quem desperta de um sonho e seguiu em frente, na direção do garoto.

— Jesus, que coisa é essa? — Edu perguntou.

No quadro à frente de Raphael, em preto e branco de alto contraste como todos os outros que compunham a exposição, havia a perna decepada de um homem. Estava desfiada, sangrando, o fêmur despontava pela carne arruinada. Assim como no outro retrato, havia um estranho jogo de luz e sombras, segredos que ninguém gostaria de descobrir.

— Ela estava doente — Ludovico explicou.

— Credo, que coisa horrível é essa? — Cíntia perguntou um pouco à frente. Eva esticou o corpo.

— Essa coisa é a cabeça de uma galinha?

Ludovico se adiantou até a garota. Eva o seguiu de perto.

— Não. O que vocês estão vendo é o artefato que inspirou essa fotografia. E no caso desse artefato, um que foi legitimamente amado. Na realidade, amado como poucas coisas nesse mundo chegam a ser.

— Isso é bizarro — Cíntia continuou caminhando. Eva também o fez, mas só até parar ao lado de Edu.

— Eu quero ir embora desse lugar, Momô.

Ele pareceu não ouvir. À sua frente havia algo que conseguia ser bem mais esquisito que um mapa cancerígeno ou uma cabeça de galinha.

— Isso é... — Eva começou a dizer.

— Uma forca? — Edu completou.

Ludovico se afastou um pouco, passou por Edu e parou ao lado do próximo quadro que, para Cíntia Rocha, não passava de uma maçã desenhada dentro de um círculo igualmente desenhado dentro de um retângulo.

— O que temos aqui — sorriu —, e garanto que o que vocês viram é apenas o começo, é um compêndio de danação e fé, uma coleção de confiança e coragem, de projetos e realizações. O que vocês encontrarão nessas paredes confunde sorte e azar, pessoal. Dentro desse museu, martírio e prazer, destino e acaso, presente e futuro, doença e cura são feitos da mesma matéria.

— De fotos? — Edu se arriscou a colocar o dedo naquela tela.

— De mágica — o pequeno Raphael sorriu e apanhou a mão de seu pai, o arrastando até o próximo quadro. Temendo ficar sozinha, Cíntia desacelerou os passos e esperou por eles. Eva preferiu manter os olhos na próxima tela. Insegura, ela cruzou os braços e respirou bem fundo, se perguntando o que a foto de todas aquelas fitas de VHS empilhadas tentava dizer. Eva Rocha não ouviu as respostas. E foi um pouco estranho que, apesar do isolamento das paredes, ela tenha ouvido perfeitamente o primeiro trovão caindo do céu.

— Mágica... — ela conteve o arrepio nos braços e caminhou depressa até os filhos.

Break off the tab with a screwdriver.

Todos os caras maus estão
permanecendo nas sombras
Todas as garotas boas estão
em casa com seus corações quebrados
E eu estou livre, caindo livremente

TOM PETTY

PESO
DO ENFORCADO

And all the bad boys are standing in the shadows//
All the good girls are home with broken hearts*
**And I'm free, free fallin' Free Fallin' — TOM PETTY

A forca fora transferida para Três Rios há anos e Emílio Brás gostaria que nunca tivesse acontecido. Há vinte dias, depois de ser condenado pelas autoridades pelo assassinado do soldado Clóvis Villão, Emílio aguardava sua sentença em uma cela escura e fria onde nem mesmo os ratos gostariam de criar suas famílias. O cheiro da urina, o gemido dos condenados, o sorriso e o som dos jogos que animavam os carcereiros; se havia mesmo um inferno na terra, talvez fosse aquele lugar.

No sábado, 26 de junho de 1828, Emílio estava sozinho em sua cela, cruzando as mãos resfriadas pelo suor e apoiando os joelhos no chão ríspido enquanto rezava para um crucifixo desenhado na parede à sua frente. Dando algum amarelado luminoso e trêmulo ao espaço mofado, uma única vela.

Emílio ainda implorava novamente por uma intervenção divina quando ouviu alguém falando com os oficiais que guardavam sua prisão. Ele conhecia a voz daquele homem. Era a mesma entonação grave e decidida que costumava absolvê-lo de seus pecados aos domingos, e dar-lhe alguma fé no Todo-Poderoso e em seu único filho chamado Jesus Cristo. Sem muito ânimo, Emílio se levantou e passou as mãos encardidas sobre o rosto oleoso. Em seguida usou a parte de baixo da camisa na tentativa inútil de parecer mais limpo. Sabia que não adiantaria, naquele espaço, a dignidade não era um direito humano.

Os passos aumentaram, Emílio ouviu de uma cela distante:

— Seu Deus não se importa conosco! Seu Deus nunca perdoou ninguém!

O dono daquela voz era Miguel Sartre, assassino confesso de três crianças negras. Ele costumava ser o capataz da fazenda de Hermes Batista. Quando perdeu sua função — Miguel tinha se aproveitado de uma das escravas e feito um filho nela, a escrava preferida e amante de Hermes Batista —, Miguel enlouqueceu, então ele voltou a fazenda e matou as três crianças negras que diziam ser outros filhos bastardos de Hermes.

Não, nada de perdão para ele. Miguel *merecia* a forca. E merecia o inferno depois que seu pescoço estalasse e seus intestinos desaguassem na frente do povo sedento por justiça que se aglomerava no Largo da Forca de Três Rios.

— Padre? Não chegou cedo demais?

— Vim receber sua confissão, meu filho — disse o capelão.

— De noite?

Emílio sentiu mais daquela ansiedade absurda escalar seu peito. O coração disparado, um nó que tomava sua traqueia e o fazia engolir sem parar. Um padre tão tarde da noite... Que horas seriam? A escuridão da cela costumava distorcer o tempo, mas Emílio apostava que passavam das dez.

— Não poderei vir amanhã cedo, Emílio, Dona Clemente Celeste vai precisar se confessar. Como todos sabem, é um longo caminho até a Fazenda Cordeiros. A pobre mulher está nas últimas e ela insiste que eu lhe dê os últimos sacramentos. De todo modo, não creio que você consiga pecar tanto assim, não trancado nessa escuridão.

— Quer que eu fique com o senhor? — um dos oficiais perguntou ao Padre. Tinha barba negra pelo rosto, olhos pequenos, uma barriga que começava a pesar mais que o resto do corpo. Também cheirava à bebida dos escravizados, aguardente.

— Pode continuar seu trabalho — o padre disse.

O oficial abriu o cadeado que prendia a corrente enrolada sobre o metal da cancela e esperou que o capelão entrasse. Em seguida, voltou a fechar as grades.

— O senhor não devia perder tempo com esses animais. São assassinos, Padre. Molestadores, assaltantes, gente que não devia ser chamada de gente.

— Os homens fazem esse julgamento, não Deus — foi a resposta do padre.

O homem riu, como sempre ria do homem de batina que ouvia os últimos lamentos dos desgraçados. O soldado venceu as celas que o separavam de sua mesa (e de sua cachaça) e mandou que os outros homens aprisionados se calassem, ou não viveriam o bastante para conhecer a forca.

Em silêncio, padre Estevão caminhou pela cela, desviando de um pouco de estrume que alguém atirou no chão. Os guardas costumavam tratar bem os condenados à forca, mas Emílio Brás não merecia esse privilégio, ele havia matado um soldado, era escória. No ano passado, por ocasião do enforcamento de um estuprador, os oficiais fizeram algo parecido. Eles juntaram a urina das celas e atiraram sobre o homem, diariamente, por todo o tempo que ele esperou pela forca. Dois anos antes, colocaram um cachorro raivoso e o esperaram transmitir sua moléstia a dois abolicionistas — segundo a opinião adoecida do império, libertar os escravizados era bem mais prejudicial do que estuprar, roubar ou matar.

— Tentei interceder por você — disse o padre. — Eu fui pessoalmente falar com os responsáveis.

— Sabemos como funciona a justiça desse lugar. Intencionalmente ou não, eu me desentendi com o homem errado.

— Ainda insistes não ter participado da morte do Soldado Clóvis?

Estevão esticou o peito, tentando encontrar alguma calma na imundice do ar. Quantas vezes tinha contado sua versão da história? Trinta? Quarenta? E quantas vezes alguém a ouviu de verdade? Uma? Duas?

— Eu sou inocente, não há sangue daquele bastardo em minhas mãos, não como estão dizendo.

Padre Estevão também estava cansado de ouvir tais alegações. Quem sabe os anos mudassem essa estatística, mas o fato é que não haviam criminosos em uma cadeia. Apenas inocentes, injustiçados, homens que perderam a sanidade em algum ponto de suas vidas miseráveis e venderam suas almas aos serviços do Diabo.

— Emílio... Vocês brigaram na Taberna Reis, trocaram socos, todos presenciaram o homem chamando você para um duelo. E o que tu fizeste? Aceitaste, não foi? Os dois caminharam até o Rio Choroso e atiraram um no outro.

— Eu o acertei na perna, padre! Na perna e de raspão! Pode me explicar como uma ferida tão pequena matou o infeliz? Eu nunca o quis morto, tentava apenas dar-lhe uma lição — Emílio caminhou dois passos pela cela, parando em frente ao crucifixo que seus antigos colegas deixaram como herança. — São esses soldados... Eles pensam que são os donos da cidade, que são os donos de nós todos. Eu não queria assunto com Clóvis Villão. Estava tomando minha bebida e fui provocado. Ele me chamou de amante de pretas, o que não me ofendeu nem um pouco, o senhor conhece minha esposa... mas entornar gordura velha sobre a minha cabeça? Ficar calado seria um acovardamento, nenhum homem aguentaria.

— Discordo, alguns homens aguentaram castigos piores — o capelão direcionou o corpo ao crucifixo.

— Eu não sou o filho de Deus encarnado, padre. Sou apenas um ferreiro.

— Pretende confessar seus pecados?

— Não creio que tenha nada a dizer a Deus que o convença a me livrar dessa pena, ele bem sabe que tivemos muito tempo para conversar.

— Confessar seus defeitos alivia a alma, meu filho. Não tenho poderes para livrá-lo de sua sentença ou retirá-lo dessa cadeia, mas posso encaminhar seu espírito a um bom lugar.

— Abena está grávida, Padre. Grávida de um filho meu. Ela vai precisar do meu corpo, do meu trabalho, não da minha alma.

Estevão tateou a bíblia que havia aberto há pouco. Sentiu que devia algum consolo ao homem. Alguma esperança. Dentre todos os residentes do povoado, o padre era o único a acreditar que a punição de Emílio parecia severa demais. Ele o conhecia desde garoto, ele ouviu cada confissão daquele menino, e nunca ouviu um pecado que merecesse punição maior que duas Ave-Marias e um Pai-Nosso.

— "Um inocente não morre na forca", Emílio. É um ditado antigo, mas nunca duvidei de sua veracidade. Todos presenciaram, em um tablado parecido, quando a forca recusou a pena do soldado Francisco Chagas. A corda arrebentou por duas vezes, meu filho, duas vezes!

— Ele morreu na terceira, não foi? Aquele trapo de couro que botaram no lugar da corda não conseguiu acabar com ele, então o mataram a pauladas. Não parece muito bom, padre...

— A vida é eterna, Emílio. Chaguinhas está em um bom lugar. — Estevão calou-se e começou a deslizar suas mãos gorduchas sobre a bíblia de couro, parecendo se aconselhar com ela. Quando encontrou as palavras que buscava, continuou. — O povo anda dizendo que o soldado Chaguinhas faz milagres, desde sua morte. Eu não acredito na santificação de um soldado sem as bênçãos do Santo Papa, mas sei que, quando morrem, algumas pessoas ficam bem mais perto do Criador do que o resto dos homens. Você pode pedir que ele interceda por ti, aquele pobre soldado era inocente, pelo que dizem.

— E o que diz o Príncipe? Também enviei um pedido de clemência a ele.

— Dom Pedro? Ele não pode ir contra a força armada do reino, ninguém pode. Ouça o meu conselho, meu filho. Peça a Deus e a Chaguinhas, peça para que a forca poupe a sua vida.

— Sim, padre. E então eu serei morto a pauladas...

• • •

Emílio se confessou como era seu dever cristão e pediu clemência por todos os pecados que teve na vida. Em seguida, recebeu os sacramentos da extrema unção antecipadamente, uma vez que não tinha esperança alguma de se livrar de sua condenação.

Às onze da manhã, ao final da missa, o povo começou a se reunir na praça. Emílio ouvia sua empolgação, seus gritos e risos enquanto enforcavam Miguel Sartre. Também ouviu o nojo e o horror de uma mulher gritando:

— Meu Deus! Ele cagou sangue!

As pernas de Emílio começaram a tremer naquele instante. Imaginar o peso do corpo tentando separar-se da cabeça, os olhos ameaçando saltar das órbitas, o sorriso do verdugo enquanto puxava a alavanca e pendia outro corpo na escuridão da morte. E haviam as crianças... Elas sempre estavam pela praça e costumavam atirar frutas podres, pedras e o que mais encontrassem pelo chão enquanto o condenado sacudisse as pernas. Alguns homens tinham a sorte de morrer depressa, e esse foi o último pedido de Emílio Brás antes que o soldado da escolta o tirasse de sua cela.

Calado, o homem indicou o caminhou e ficou às costas de Emílio. Antes que cruzassem a saída, outro os acompanhou, um soldado magro, alto e com os olhos vermelhos de quem se recupera de uma noitada. Um dos condenados chorou ao ver Emílio passando em frente à sua cela. Não por piedade ou empatia, mas porque seria o próximo.

O caminho até a forca era bem curto, pouco mais de cinquenta metros. As pessoas formavam um corredor e ficavam encarando os caminhantes com seus olhos arregalados, os provocando com suas bocas abertas que não exibiam coisa melhor que fileiras de dentes podres e gengivas infeccionadas. "Justiça!", gritavam. Mas havia mais. Desde o episódio ocorrido há quilômetros dali, com o Soldado Francisco Chagas, muitos iam até os enforcamentos por outro motivo. Embora nenhuma outra corda tivesse se partido desde então, eles queriam sentir a presença de Deus, de sua clemência, queriam mais uma prova de que não estavam abandonados à própria sorte naquela terra úmida e quente.

— Desgraçado! — uma mulher disse e cuspiu no rosto de Emílio.

Ele a reconheceu, claro que sim. Era a esposa de Clóvis, o soldado que o destinou àquela forca. Os olhos arregalados, a saliva branca se acumulando nos cantos da boca, os cabelos arrepiados e secos.

Dez passos adiante, reconheceu outra mulher. Abena, sua esposa, estava recuada, sozinha, como ficaria daquele dia em diante. Uma mulher grávida naqueles dias cinzentos, uma mulher negra, grávida e viúva de um assassino que morreu na forca.

— Eu te amo — Emílio disse. Ela moveu os lábios dizendo o mesmo.

— Vai andando, filho de puta — disse o soldado que o escoltava. Também o chutou nas pernas e o derrubou. Com as mãos amarradas nas costas, o corpo só parou de descer quando o rosto encontrou a terra. O povo gritou, empolgado pelo sofrimento daquele infeliz. Estavam vertendo alegria, tinham acabado de sair da missa e expiarem seus pecados, eles podiam recarregar a alma com um pouco de escuridão.

Quando Emílio voltou a se erguer, reviu a figura encolhida de Padre Estevão. Ele lia alguma coisa em sua bíblia; os olhos baixos, a batina encardida com um pouco da poeira do chão. Com o clamor dos curiosos, claro que o capelão sabia que Emílio se aproximava. Ainda assim, Estevão não tinha coragem ou vontade de observá-lo, era como se a injustiça proferida contra Emílio brincasse com sua fé. Um crime sem intenção punido com a forca? Deus, não parecia justo.

Emílio também viu o corpo de Miguel Sartre pesando sobre uma carroça à esquerda, guardada por um soldado. A cabeça do cadáver estava coberta com um pano preto, mas o corpo estava disponível à visitação das moscas. Elas estavam por seus braços, pelos pés descalços, mas principalmente na região da pelves. O cheiro era forte; excrementos, urina, provavelmente algum sangue — era o que a cor das vestes transparecia.

Um pouco à frente, outros dois soldados guardando uma escada. Emílio havia jurado que não faria aquilo, mas acabou com os olhos na corda que abreviaria seus dias. Sentiu a escalada úmida do choro, seu nariz pareceu se abrir como quem respira amoníaco. A pele do rosto se contraiu e esfriou, por um breve instante o mundo girou como um pião de madeira.

— Esperem, eu vou cair se subir agora — Emílio disse aos soldados.

O homem gordo que acompanhou sua última semana voltou a empurrá-lo, mas o outro, o magro de olhos vermelhos, disse:

— Dê um tempo ao desgraçado. Ele vai morrer de qualquer jeito.

Assim, esperaram por alguns segundos, até que, mesmo trêmulo, o condenado avançou por suas próprias pernas. Emílio deu uma última olhada em sua esposa.

Ele gastara todas as suas economias em sua Carta de Alforria. Ele e Abena se conheceram há dois anos, e foi como se o casamento (que nunca aconteceu, de fato) estivesse escrito nos céus. Os dias seguiram do mesmo modo, e às vezes pareciam tão perfeitos quanto impossíveis. Sim, como a própria felicidade era impossível naqueles dias. Não demorou até que os homens começassem a provocá-lo, a pagar menos pelos seus serviços, alguns armazéns se recusavam a aceitar o pouco dinheiro que Emílio conseguia ganhar. Ainda assim havia a noite, os abraços de Abena, seu corpo quente e cheio de ternura. *Eu a tirei das algemas e a condenei à miséria,* pensou enquanto mantinha os olhos no laço embalado pelo vento incessante das manhãs de Três Rios. Contrastando com os dias anteriores, aquela manhã estava cinzenta. Poças de barro se acumulavam pelas ruas que tentavam drená-las inutilmente desde a madrugada. Cigarras gritavam tentando explodir seus corpos. Alguns pássaros choravam a queda de seus ninhos. Emílio supunha que nenhum dia nascia radiante para um condenado, mas aquele estava especialmente triste.

Sob seus pés, a madeira velha rangia. Passo a passo, Emílio pensava em Deus e naquele soldado desafortunado que agora era considerado um santo. Clamava a Chaguinhas que toda aquela escultura assassina viesse ao chão. Que não sobrasse uma única viga com força suficiente para sustentar um corpo. Rezava para que o verdugo fosse atingido por uma daquelas madeiras. A cabeça rachada, o povo acreditando em um novo milagre.

E as malditas cordas pareciam novas... Nada de umidade, nada de manchas fúngicas ou pedaços desfiados.

Os soldados do império começaram a cuidar melhor delas depois do que aconteceu com Chaguinhas. Agora ficavam cobertas, e eram substituídas tão logo mostrassem sinais de desgaste.

Um passo, outro passo, quantos passos faltavam para o abraço doloroso da morte?

Alguns homens afirmavam que a morte os chegava como um alívio, mas para um homem de trinta e três anos? Não, no caso de Emílio Brás, a morte ainda era velha e feia, tinha dentes pontudos e a dor destilada do mundo.

Terminada a primeira parte do calvário, os soldados colocaram Emílio em frente ao forcado. Ele enfim ergueu os olhos e encarou a multidão. Homens e mulheres raivosos, provavelmente descontando nele e nos outros condenados toda a raiva que sentiam daquela terra. Mundo Novo, eles disseram. Sim, tão novo quanto a descoberta do verdadeiro Inferno. Homens encardidos e cheirando a suor, escravizados cujas cicatrizes jamais desapareceriam da pele, mulheres que ferviam dentro de trapos coloridos, tentando se vestir como as damas das cortes europeias. E haviam os primeiros colonizadores, aqueles que, segundo as expectativas de Emílio, condenariam aquela terra quente ao crime e à corrupção eternos — o que de fato já começava a acontecer. Prisioneiros, homens de má índole, cafetões banidos da coroa portuguesa. Para distraí-los, prostitutas às centenas que agora se mesclavam com os primeiros descendentes bastardos dos índios. Não fosse por Abena, a pérola mais reluzente do império, Emílio morreria com a sensação de uma redução de pena.

Pelos mesmos degraus que acabara de vencer, Emílio ouviu novos passos. O povo, igualmente ansioso, mantinha sua atenção no Padre que seria o responsável pelas últimas palavras sobre aquele condenado.

Estevão terminou os degraus um pouco ofegante. Ajustou a gola da batina, a Bíblia sob as mãos, então girou o pescoço em direção à corda que já era colocada no pescoço de Emílio. Em seguida encontrou a mulher do condenado aos gritos, irrompendo pela multidão enquanto outras duas tentavam inutilmente contê-la.

— Tirem ela daqui, pelo amor de Deus — Emílio disse. — Minha esposa não precisa presenciar minha execução.

Como se o tivesse ouvido — apesar da improbabilidade de ter acontecido, com os gritos cada vez mais altos da aglomeração de pessoas —, Abena se aquietou. Com as mãos juntas, parecia rezar ao Deus imposto pelos católicos do reino — como rezaria pelo próprio Diabo se ele intercedesse em nome de seu marido.

— Acabe logo com esse sofrimento, padre. Estou pronto — disse Emílio.

Mas a verdade é que ninguém com um pouco de amor no coração está pronto para aceitar a morte. Dentro do homem que agora repelia um capuz, apenas medo, revolta e solidão. Emílio enfim entendia o que diziam sobre nascer e morrer sozinho. O frio do sangue, a cabeça incapaz de organizar pensamentos, os intestinos revoltosos com a melhor refeição de sua vida, feita duas horas antes. Disso não poderia reclamar. A comida era boa, na verdade era espetacular. Lombo, faisão, frutas, tudo o que um glutão desejaria em sua melhor ceia. Alimentos que só serviam para aplacar a fúria de quem enfrentará a morte e despejará sobre o chão da forca seus últimos momentos de contentamento.

Padre Estevão abriu sua Bíblia. Pretendia começar a falar quando foi interrompido.

— Não coloquem essa merda em mim! Não vou morrer como um cego! — Emílio gritou. Ele já estava sobre o tablado e sua agitação por muito pouco não antecipou sua morte. Entretanto, nenhum verdugo arriscaria seu emprego por uma falha tão previsível. O homem enorme ao lado de Emílio o apanhou pela cintura e o apertou até sossegá-lo, então o devolveu à segurança provisória do tablado.

— Eu não vou permitir que me ceguem! Não vou deixar esse mundo no escuro! — Emílio repetiu. Seu rosto estava vermelho, na verdade estava roxo. Os olhos pareciam irrigados com todo o sangue da cabeça, como se raízes vermelhas crescessem e se multiplicasse por todo o globo.

— Padre? — o verdugo buscou confirmação.

Confuso — sim, confuso, nem todos os homens tinham a coragem de deixar esse mundo com os olhos abertos—, o capelão procurou pelo Tenente que acompanhava o martírio de Emílio Brás. O homem deu de ombros, esticou o dorso para parecer mais alto e proclamou:

— Não se deve negar o último desejo de um moribundo, por mais estúpido que ele seja. Se o infeliz quer morrer com os olhos no mundo que ele mesmo desprezou, que seja feita sua vontade. Pode dizer seus sacramentos, padre. Vamos acabar logo com esse circo.

Estevão voltou a abrir sua Bíblia, procurando o trecho certo que selecionou ainda na noite passada, pouco antes de deixar Emílio e seguir sua viagem às terras de Clemente Celeste.

Imbuído de sua fé, o Padre fechou os olhos e recitou o trecho que já sabia decorado.

— "Escute-me, povo meu;

ouça-me, nação minha:

A lei sairá de mim;

minha justiça se tornará uma luz para as nações. Minha retidão logo virá,

minha salvação está a caminho,

e meu braço trará justiça às nações."

Em seguida aos dizeres, o padre voltou a fechar os olhos. Espalmou as mãos ao céu e sentiu algum sereno o abençoando. Então abriu as pálpebras, girou o corpo e deu os dois passos que o separavam do homem que esperava pela morte.

— Tenha fé em Deus, meu filho. Deus sabe o que faz.

— Espero que sim, Padre. Espero que sim.

Mais uma vez de frente para a multidão ansiosa, Padre Estevão ainda tinha algo a dizer.

— Creio que todos se lembrem, ou pelo menos a maior parte de nós, do que ocorreu em outra forca, em São Paulo, alguns anos atrás. Creio que todos aqui conhecem o nome do Soldado Francisco José das Chagas.

Algumas pessoas se benzeram em respeito, mas às costas do Padre, o homem com a mais alta patente do Largo raspou a garganta e dissipou uma pequena tosse.

— Não estou dizendo que Chaguinhas não devesse nada ao estado e aos seus pares, não estou proclamando que o homem não tivesse pecados a pagar. Mas entendam, Deus Nosso Senhor o poupou, não uma vez, mas três vezes. Três! O número santo, a trindade, Pai, Filho e Espírito Santo. E o que nós fizemos? Eu respondo, meus amigos e fiéis seguidores de Deus. Nós o descemos do púlpito e o matamos a pauladas.

— Santo Chaguinhas! — uma mulher gritou. Estava na primeira fileira de pessoas e era, provavelmente, uma das mulheres mais velhas da cidade.

— Não posso assim considerá-lo — Estevão disse e a fez se calar, bem como outras que começavam a se empolgar junto a ela. — Mas... — voltou a encarar o oficial responsável.

— ...ouvi dizer que os favores celestiais de Chaguinhas não ficaram restritos a São Paulo. E caso esses favores legitimamente se confirmes como milagres... — Caminhou alguns passos pelo palanque de execução, encarando cada rosto atento abaixo dele. Estevão fez o percurso por duas vezes, então, muito compenetrado, voltou à frente do condenado.

— ...teremos que admitir que talvez tenhamos executado um inocente.

Nesse ponto, uma grande exclamação ressoou pela praça. Os homens se agitaram, as mulheres colocaram suas mãos sobre as bocas, crianças riram. Quem não achou graça alguma foram os soldados, principalmente o oficial que conduzia aquela execução.

— Não devemos culpar os homens, o exército ou nosso amado imperador. Porque, meus senhores, meus amigos, é ela quem tem a resposta. A forca! — o padre terminou com um movimento vigoroso que fez sua batina se agitar como uma grande bandeira negra. — A forca de São Paulo arrebentou por três vezes! Três! E o que nós clamamos quando a forca renega um condenado?

— Liberdade... — alguém disse timidamente abaixo do tablado escurecido.

— Liberdade! — a mulher velha gritou.

— LIBERDADE! LIBERDADE! — o coro irrompeu em seguida.

Notando a instalação do caos, o Oficial Augusto Gusmão se aproximou do capelão, se esforçando para permanecer firme e inabalável.

— O que pensas que estás fazendo? Perdeste o juízo?

— Quero teu compromisso. Desejo o mesmo que eles desejam: que seja respeitada a vontade de Deus, expressa por esse instrumento de morte — Estevão disse aos ouvidos do oficial. De outra maneira, ele sequer seria ouvido, haja visto que os gritos dos espectadores estavam cada vez mais altos.

— Não cabe a mim. O senhor sabe que a decisão é do príncipe.

— Sim, mas com teu aval ele irá considerar melhor, *bem melhor*.

Contrariado, o Oficial Gusmão fechou as mãos em punho e se dirigiu para a frente da multidão. Espalmou as mãos úmidas, seus homens empunharam as armas. Não demorou até que todos se calassem.

— A forca será respeitada — o homem disse. Depois caminhou até o padre e sussurrou: — Nem mais uma palavra, Capelão. Ou o senhor terá que se explicar pessoalmente com o Príncipe.

Imbuído pela autoridade que detinha, Augusto Gusmão voltou a se aproximar do condenado. Parou em frente a Emílio, sorriu e disse a ele: — Se tens fé, é bom começar a rezar. Trocamos as cordas na noite passada, seu assassino de merda; e elas tem o dobro da grossura das outras.

— Eu nunca quis matá-lo — Emílio repetiu o que dizia há semanas.

— Mas ele morreu, não? Espero que vocês se acertem no céu. — Augusto estendeu um sorriso morno. — Ou no inferno que é para onde você vai.

• • •

Não demorou muito tempo. Em menos de cinco minutos, Emílio Brás sentia a corda ajustada a seu pescoço. Também sentia o cheiro de excrementos antigos e o odor do suor ansioso do verdugo. Abena parecia mais conformada, graças ao bom Deus das viúvas, mas ela ainda chorava. As mãos sobre a barriga, talvez conversando com o bebê da maneira que só as mulheres grávidas conseguem fazer.

— Tens algo a dizer? — o padre perguntou a Emílio.

Se ele tinha algo a dizer? Ele tinha todo um dicionário de palavras e expressões, tinha cada sílaba que aprendeu durante a vida — e muitas outras que sequer pretendia dar uso até aquele momento. Entretanto, uma única pessoa naquela multidão de almas mereceria ouvi-las.

— Eu te amo — disse, mantendo o semblante trêmulo sob Abena.

Como combinado, Padre Estevão girou o pescoço na direção do Oficial Gusmão e assentiu com a cabeça. O oficial fez o mesmo, acenando na direção do verdugo. O assassino contratado pelo império firmou a mão direita sobre a alavanca de madeira, como quem apanha o cabo de um machado.

E puxou.

Emílio não fechou os olhos quando sentiu o chão ceder sob seus pés. Não pensou em clemência ou amaldiçoou o soldado que o condenou àquela danação. Tampouco viu imagens de sua vida como diziam que acontecia. O que ele sentiu foi o vento sacudindo a espécie de camisola que o vestia e uma força irrefreável o puxando para baixo. Em queda, viu o rosto de sua Abena se tornando um borrão doloroso. Ela também não fechou os olhos, não até que o corpo de seu marido chegasse ao destino carregado de sujeira e morte.

Com o impacto, os olhos de Emílio finalmente se fecharam. Sentiu algum ardor no pescoço, dor nas costas, alguma desorientação.

— Estou morto? — perguntou-se. O que seus olhos mostravam não poderia ser o paraíso, ou mesmo o Inferno. Era apenas um quadrado iluminado, por onde alguns grãos de terra desciam e um rosto conhecido o espreitava, um rosto vivo.

Ouviu um clamor crescente, um murmúrio, uma tentativa de expressar o espanto. Logo a vocalização cresceu, tomando corpo, tomando forma. Algum choro, algumas saudações a Deus. E então a palavra que, embora desejasse, jamais conjecturou ouvir naquela praça de morte.

— LIBERDADE!

A voz era conhecida, era a mesma voz que anos antes o aceitou como marido. Junto a Abena, muitas outras, dezenas de vozes clamando pela mesma sugestão. Emílio tateou o pescoço, encontrou a corda que deveria tê-lo matado. Acima dele, não a entrada para o céu ou o calabouço da danação, apenas a abertura do fosso, de onde o verdugo o observava como se estivesse diante do próprio filho de Deus.

— Milagre! — ouviu Padre Estevão gritar. — A Forca fez sua escolha, devemos obedecê-la!

No tablado acima, além da voz de Estevão, muitos passos, que deixavam mais daquela poeira cair sobre o rosto aturdido do condenado. Emílio pensou em correr, talvez o tivesse feito se o seu pé direito não estivesse torcido para dentro. O que ele conseguiu foi se arrastar, e tão logo venceu o teto do tablado, se surpreendeu com dois oficiais empunhando porretes. Eles não pareciam tão felizes quanto ele, não pareciam nada felizes...

• • •

Emílio não soube precisar quanto tempo demorou até abrir os olhos novamente. Sua cabeça doía como se estivesse partida ao meio, seu peito parecia ter as costelas viradas ao avesso. A respiração era difícil, quase tão penosa quanto coordenar seus pensamentos.

— Estou morto? — perguntou de novo a si mesmo.

Caso estivesse, seu destino certamente não era o paraíso. Porque a casa de Deus não teria aquele cheiro rançoso e viciado, não teria o choro de alguém distante, provavelmente não teria moscas como a que deslizava por sua boca em busca de uma abertura nos lábios. De fato, Emílio demorou algum tempo para reconhecer onde estava, e talvez tivesse levado o dobro do período para aceitá-lo. Antes disso, porém, alguns homens conversaram e aumentaram suas vozes em sua direção. Emílio se reergueu como pôde, o pescoço ainda tão dolorido quando seus pés.

— Eis aqui o desgraçado — disse um dos soldados. Atrás dele, a figura conhecida e carregada de seriedade de um velho amigo.

O padre esperou que o soldado abrisse a cela, então a atravessou. Confuso e apavorado como estava, Emílio mal notou que a porta continuou aberta.

— Você está livre, meu filho. Livre para continuar com sua vida e criar seu herdeiro.

— Livre? Padre, eu pensei que estava morto.

— Acredito que sim, meu filho. Mas milagres existem, nunca duvide deles. Consegue caminhar até o lado de fora?

— Acho que sim.

De dentro de uma sacola de couro, o Padre sacou uma túnica com capuz.

— Vista isso por enquanto.

— Vão me enforcar de novo? Ou pretendem me matar a pauladas?

— O povo está curioso, é para o seu próprio bem. Vamos, Emílio, vista-se. Já está tudo arranjado.

— Tão rápido?

— Milagres pedem urgência.

Assim, Emílio deixou a prisão às cegas, de cabeça baixa e sem autorização para erguê-la. Caminhou algum tempo com o padre, até que ele permitisse que Emílio tirasse seus trajes; já estavam aos fundos da igreja.

— Então aconteceu mesmo um milagre? — Emílio perguntou. — Estou vivo? Ou isso é algum tipo de delírio?

— Você está tão vivo quanto qualquer outro homem dessa cidade, talvez um pouco mais, agora que testemunhou a morte. Sobre sua primeira pergunta, eu vi com meus próprios olhos quando a corda arrebentou. Eu, os oficiais e o resto do povo.

— Pensei que tivesse morrido a pauladas — Emílio sorriu.

— Eles precisaram silenciar sua boca e tirá-lo de perto da forca antes que você começasse a falar. O povo estava nervoso, o povo é como um barril de pólvora, meu filho, e suas palavras poderiam ser o pavio.

— Onde está minha esposa?

— Abena está dentro da igreja. Ela concordou que vocês se mudem daqui. Você pode ter escapado da forca, meu amigo, mas isso não significa que escapará dos homens. Eles ainda querem a vingança pela morte do soldado Clóvis. Mas você está livre, teve o perdão do príncipe, eu mesmo cuidei dessa parte.

Emílio arfou o ar limpo da nova manhã, e se pegou pensando que nunca tinha respirado coisa melhor. O tempo ainda estava úmido, as ruas vazias. Pela preguiça do sol, a cidade ainda dormia.

— Sempre acreditei em Deus, padre. Mas eu nunca imaginei que pudesse ser abençoado com um milagre.

— Deus precisa que acreditem nele para que exista alguma ordem no mundo. É no que eu acredito e no que você deveria acreditar. Agora ande logo, meu filho; a cidade estará cheia em breve. Consegue caminhar sem a minha ajuda?

Emílio testou os pés contra o chão. Ainda doíam.

— Foi uma torção, vai ficar inchado por uns dias, mas eu sairia dessa cidade mesmo sem as duas pernas. Estou vivo, padre! Vivo!

— Claro que está — o padre disse, o abençoou e o observou entrar na igreja.

Estevão manteve a vigília, com um sorriso discreto no rosto e uma Bíblia pesando na umidade das mãos. Gostava daquela Bíblia. Uma pena que tivesse que se livrar dela o quanto antes. Dentro das páginas, um pouco da palavra de Deus ainda dividia espaço com a lâmina afiada que milagrosamente salvou a vida de Emílio Brás.

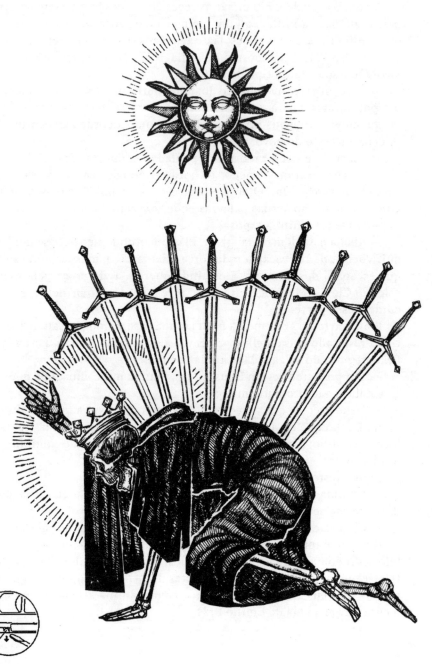

Break off the tab with a screwdriver.

Enquanto meus ossos cresciam
eles doíam/ Eles doíam muito
Eu tentei muito ter um pai
NIRVANA

TALHERES
DE OSSOS DO REI
INVERTEBRADO

As my bones grew they did hurt//They
hurt really bad** *I tried hard to have
a father Serve the servants — **NIRVANA**

Eu tinha de doze para treze anos quando descobri o que meu pai fazia para ganhar dinheiro. Descobri não, descobrir seria exagero, mas foi quando eu tive certeza. Aconteceu uma semana depois que os jornais e a polícia pararam de ter medo do meu velho e decidiram caçá-lo como a um chacal.

Em noventa e três, completei quatorze anos, e tudo o que eu podia desejar da vida era ser vocalista do Nirvana. Eu usava roupas pretas, estava começando a fumar de verdade, e não poderia imaginar que o meu pai, o Rei Invertebrado, morreria na mesma tarde chuvosa em que Kurt Cobain explodiu a cabeça com uma espingarda Remington.

Até onde eu sabia, chamavam meu pai assim porque ele parecia não ter ossos quando se tratava de escapar. Algemas, viaturas blindadas, delegacias de polícia, nada o prendia por muito tempo. Ele ganhou o apelido quando começou com o tráfico de cocaína, na época em que a cocaína era tão popular quanto cerveja. Com os anos, meu pai se tornou um homem rico, e as arestas por onde precisava escapar ficaram mais e mais finas — com a diferença que o Rei Invertebrado tinha agora um esquadrão de advogados vertebrados e espertos, todos prontos para limpar sua sujeira.

Minha mãe, que nem era minha mãe de verdade (minha mãe biológica foi morta pelo meu pai), era uma mulher bonita e bem mais sagaz que a minha progenitora. Ela me criou desde sempre, então posso dizer que a amo — ou que a amava nos anos noventa. Ela gostava do velho, gostava de verdade. Creio que o meu pai também a amava. Acho que alguém que não ama a esposa não a presentearia com um xr3 conversível. Toda essa introdução serve apenas para que todos saibam um pouco sobre a minha família e se preparem para o que virá a seguir. Foi numa quarta-feira realmente cinzenta, quando o dia começou a parecer noite às três da tarde, que eu fui apresentado formalmente ao mundo do meu pai.

· · ·

— Anda logo, Julian! Não vou esperar você o dia todo — ele disse. Eu estava no meu quarto, ouvindo Sex Pistols e trocando a camisa de flanela suja por uma roupa limpa. Minha madrasta me disse que papai odiava que eu me vestisse como um americaninho escroto quando estava com ele. Meu pai tinha um enorme rancor dos filhos do Tio Sam, mas, até onde eu sei, se não fossem as narinas americanas, nós seriamos bem pobres. Ouvindo o Rei me chamar, andei mais depressa. Coloquei uma camiseta branca e, por cima, uma jaqueta jeans, escura e desbotada. Meu pai também não gostava dela, mas eu parecia menos americaninho escroto com jeans.

— Não tinha outra jaqueta? — ele me perguntou, ensaiando um sorriso.

— A mãe falou que você ia gostar dessa.

Ele fingiu acreditar, despenteou meu cabelo e abriu a porta do bmw 325i.

— Sem seguranças? — Meu pai não saía de casa desacompanhado, ele também não atendia o telefone, e, quando aceitava as chamadas, nunca demorava mais de três minutos. Naquele ano, nós já tínhamos morado em sete casas, e a que estávamos agora era a menor delas, casa pobre, em um bairro pobre. A pobreza que nos cercava era tanta que eu me sentia mais miserável que qualquer um ali. Minha madrasta geralmente não ficava com a gente, ela ficava na parte boa da cidade, na casa com piscina que estava no nome da mãe dela.

— Está tudo arranjado, não vamos precisar de escolta.

Eu sorri, dei um abraço no meu velho e entrei no carro. Estava feliz por poder ter algum tempo só com ele, sem aqueles caras que me olhavam como se eu fosse um câncer no escroto. Eles podiam gostar do meu pai, todo bandido da cidade gostava dele, mas me detestavam. Senti o cheiro do perfume que ele usava, Giorgio Armani, assim que entrei no carro. Eu nunca me esqueci daquele cheiro, e, depois daquela tarde, o associei a algo que eu jamais gostaria de ter vivido. Mas eu estava lá, dentro do BMW do meu velho e depositando minha vida em suas mãos.

Meu pai tinha mãos grandes e firmes, quando eu era bem pequeno e tinha bem menos que oitenta e seis quilos, ele costumava me erguer bem alto, me suspendendo pelos cotovelos como se eu fosse um prêmio. Eu adorava, me sentia a criança mais importante do mundo. E talvez fosse mesmo, pelo menos aos olhos do Rei Invertebrado. Essa relação com o velho sempre foi complicada para mim. Eu ouvia todo mundo dizendo que o meu pai era um assassino, traficante, fugitivo, vagabundo... Às vezes, ouvia o mesmo ao meu respeito. Dois anos atrás, ofereceram um bom dinheiro para um colega da escola colocar veneno de rato no meu lanche. Ele não fez isso, preferiu me contar, mas nunca mais comi nada que não saísse de um saquinho lacrado (e, mesmo assim, eu cheirava antes de comer). Comigo, o velho era um doce. Jogávamos futebol (e, pensando bem, nós sempre ganhávamos; só uma vez meu pai perdeu um jogo, e o senhor de óculos que fez o gol decisivo faleceu no dia seguinte), videogame, assistíamos a filmes violentos — que nenhuma criança assistia — e íamos para a Disney todos os anos. Meu pai era tão legal que me ensinou a dirigir (eu detonei um Fiat Tipo novinho enquanto aprendia) e a atirar com pistolas. Essa segunda parte, bem longe dos olhos da minha madrasta, porque ela jamais permitiria.

Naquele carro, meu pai me tirou da pobreza para me levar à miséria. Percebi isso quando as pessoas começaram a se encardir e suas roupas ganharam furos. Nossa cidade ficava no interior, no noroeste paulista, não vou dizer o nome, porque ainda hoje temo que exista gente perigosa atrás de nossa família, do que restou dela depois de acabarem com o meu pai. Eu não moro mais lá, mas podem nos rastrear, gente ruim costuma ser obstinada.

— Aonde estamos indo? — perguntei, depois de me perder totalmente dentro da cidade. Meu pai estava mastigando um charuto, e o carro, mesmo com as janelas abertas, parecia a Mercedes branca do Bob Marley. Ele sorriu e me disse:

— A questão é: você está pronto para onde estamos indo?

Fiquei calado, observando as árvores da estradinha de terra que tomamos se moverem cada vez mais depressa pelos vidros. O rádio tocava música sertaneja, devia ser algo do Milionário e José Rico, ou Duduca e Dalvan, meu pai sempre ouvia canções suicidas dentro do carro.

— Vai me dizer para onde estamos indo ou não?

— Meu filho, sangue do meu sangue, vamos transformar você em homem. Preferia fazer isso mais tarde, quando você não precisasse fazer a barba para engrossar os pelos — sorriu outra vez —, mas o tempo está correndo depressa demais para o seu pai, não sei como será o dia de amanhã.

Percebi que aquele último sorriso se extinguiu depressa. Meu pai, o poderoso traficante do noroeste paulista, o homem mais temido do estado e, por alguns, do Brasil, estava com os olhos molhados. Ele fungou aquela tristeza e logo se recompôs, xingando algum idiota à cavalo que cruzou a frente do nosso carro.

Esperei que se acalmasse antes de dizer:

— Pai, não vai acontecer nada com você. Esses frouxos da polícia não vão te pegar. Qual é! Ninguém nunca te pega, você é o Rei Invertebrado, lembra?

— Onde ouviu isso? — Ele parecia surpreso, como se eu vivesse em uma bolha. Deus! Todo mundo falava do meu pai nos anos noventa, falavam do meu pai desde que eu tinha dois anos de idade!

— Todo mundo diz — respondi.

O Rei respirou mais fundo e baixou um pouco a choradeira do rádio. Abriu a janela e desligou o ar-condicionado que ameaçava congelar nós dois. Ele parecia tenso, um pouco nervoso. Nunca tive medo do meu pai, ele nunca tocou em mim, mas eu não o provocava. Amar meu pai era como amar uma serpente.

— E você sabe de onde veio esse apelido? — Suas mãos seguravam o volante com firmeza. Bem mais do que seria necessário para conduzir um carro.

— Porque você escapa de qualquer lugar — disse, todo cheio de mim.

Meu pai deu outro sorriso, daqueles que te fazem sentir como um idiota completo. Mas não respondeu minha pergunta naquele momento. O que o Rei fez foi ligar a seta e dobrar à direita, tomando a direção de uma estrada que, mais uma vez, parecia fadada a dar em lugar nenhum.

O céu continuava escuro, e a cada dois minutos um trovão nos lembrava da existência de um Deus raivoso. Eu não me lembro de ter visto um céu tão carregado, antes ou depois daquele dia, mas acredito que os acontecimentos posteriores podem ter distorcido um pouco da minha percepção das coisas. Logo, tudo naquela tarde ficaria envolto em cinza. Em cinza e vermelho.

Depois de quase meio quilômetro de poeira, avistei um telhado enorme. A primeira ideia que tive sobre aquilo é que se tratava de uma granja de frangos, daquelas construídas com plásticos nas laterais e iluminação interna, para que as aves comessem dia e noite e engordassem depressa. Quanto mais nos aproximávamos, mais sério meu pai ficava. A certa altura, faltando uns cem metros para a entrada da fazenda (eu acho que era uma fazenda, a propriedade parecia grande), o Rei me pediu um palito de dentes do pacote que sempre ficava nos porta-luvas de nossos carros. Estendi o palito a ele e fiquei com vontade de imitá-lo, mas não o fiz. Perante seu silêncio repentino, era melhor ficar na minha.

— Nós vamos entrar e não quero que você se assuste com nada. Lembre-se de que tudo está sob controle, sob o meu controle — ele disse assim que passamos por cima de uma porteira apertada. Rente a ela havia um homem armado com uma espingarda, usava um chapéu de cowboy, fumava e saudou meu pai como se ele fosse Deus. Fiquei com pena daquele homem, alguém tão velho, segurando uma arma de dois canos. Caramba, o homem parecia uma barata, todo encurvado, tirando e recolocando o chapéu até que terminássemos de cruzar a porteira. Quando olhei para trás ele ainda estava fazendo aquilo, mesmo depois de nos afastarmos.

— Não liga para ele — meu pai disse. — É só um covarde. Nós também precisamos deles.

Atravessamos uma extensão de cem metros, seguindo uma trilha aberta pela passagem de outros carros. Na lateral da trilha havia uma grama rasteira, bem baixinha e ressecada. Notei algumas árvores, como um pé de romã e dois ou três de limão-cavalo, todos com frutas apodrecidas pelo chão. Quando chegamos à metade daqueles cem metros, dois cachorros saíram de dentro do galpão e seguiram o carro, latindo e rosnando. Um dos cães era bege, quase caramelo, o outro era preto. Eles eram grandes e pareciam bravos, dois vira-latas. Nosso carro passou pela entrada do galpão, contornou o lugar, paramos aos fundos da construção.

Havia uma casa ali, o galpão era tão grande que tapava a frente toda. Na frente dessa casa havia quatro homens, todos armados, todos de óculos escuros. Um deles usava um chapéu de palha, o outro era careca, os outros dois estavam de boné. Eles não pareciam assustados como o velho da porteira, mas também tinham aquele respeito absurdo pelo meu pai. Deus sabe que até os cães baixaram as orelhas quando o reconheceram.

— Fica perto de mim, nem todo mundo aqui te conhece.

Obedeci e esperei que ele descesse do carro, e depois fiz o mesmo. Os dois cachorros vieram me cheirar, com um pouco de medo, os acariciei. Quando os cães enjoaram de mim, arranjei algo para observar que não fosse aqueles quatro homens.

A casa não era grande coisa, mas parecia razoável. Era feita de tijolos à vista, envernizados, pareciam novos. Vi duas janelas, e as duas tinham grades de proteção. Também vi o ar-condicionado e isso me impressionou. Naqueles anos, até para o meu pai, ar-condicionado em uma casa de fazenda parecia luxo demais. Fiquei tão curioso com o aparelho que olhei melhor para o tal rancho, galpão — ou o que quer que fosse aquela estrutura à nossa esquerda. Descobri outros quatro aparelhos de ar-condicionado. E dois com o dobro do tamanho daquele primeiro! Eu estava pronto para perguntar o motivo de tanta refrigeração quando um dos homens se aproximou para cumprimentar o meu pai.

— Seu Thiago, como está?

— Acertaram o que combinamos?

O careca acenou com a cabeça. O que estava ao seu lado riu.

— Tá rindo do quê, idiota? — o meu pai perguntou. O homem se encolheu dentro do boné imediatamente, e posso jurar que seus olhos lacrimejaram. Meu pai continuou olhando para ele, como um animal faminto.

— Desculpe, senhor.

O Rei demorou mais uns dez segundos para deixá-lo em paz. Por todo esse tempo, o homem manteve os olhos no chão, nas próprias botas pintadas com uma capa de poeira fina. Notei que, em metade daquele tempo, o homem ficou molhado de suor. Enfim meu pai disse a ele:

— Respeite um homem, ainda que ele seja seu inimigo. Desrespeite um homem daqueles na minha frente e fará um novo inimigo. Eu! — bateu no peito com força. O homem deu um passo para trás e tropeçou nas próprias botas. Caiu. Um pouco de poeira fina saiu do chão e formou uma nuvenzinha. — Desse bagrão aí vocês podem rir — meu velho disse. E os homens riram. O segundo homem de boné, que tinha uma barriga enorme meio escondida por uma camiseta azul, começou a imitar uma galinha. O homem no chão parecia agradecido por ter terminado assim.

Sem gastar novas palavras, o Rei caminhou até onde eu estava e colocou as mãos nos meus ombros. Esperou o coitado sair do chão e se juntar aos outros, então explicou:

— Esse aqui é o meu filho. O que é meu, é dele. E o que ele disser tem o peso das minhas palavras.

Todos assentiram, e eu nunca me senti tão respeitado na vida, nem mesmo na escola onde todo mundo — todo mundo mesmo, até os professores — tinha medo de mim. Até a reitora Darlene, que parecia um homem feio, tinha medo de mim. Eu não gostava disso; para ser sincero, eu nunca soube se algum deles gostava de mim de verdade — acho que não.

— Vamos andando, quero conversar com você antes de terminarmos o que viemos fazer.

Concordei e segui meu pai, sentindo tanto orgulho por suas palavras que me arrependi de cada vez que rezei para que ele perdesse tudo, para que nós pudéssemos ter uma vida normal.

Não é fácil ser filho de um traficante, e era isso o que eu era. Vivíamos como reis e, de repente, só podíamos usar as notas de dinheiro para limpar a bunda, porque a concorrência ou a polícia estavam cercando nossa casa. Ouvi o filho de Pablo Escobar dizer algo parecido mais tarde, quando o ar-condicionado era mais barato e a maioria das casas tinha TV a cabo, confesso que chorei. Mas quando ouvi meu pai me apresentando, quando senti o orgulho vertendo por seus olhos como um furacão de confiança, entendi o poder que o tráfico tem, o poder que meu pai tinha e queria passar para mim.

Entramos na casa pela porta da frente, meu velho pediu para que os homens a trancassem por fora.

— Como vamos sair? — perguntei, antes mesmo de olhar o interior da casa. Ele pediu que eu não me preocupasse com isso.

Do lado de dentro, encontrei uma enorme sala e um biombo — que imaginei ser a entrada para o banheiro. Ao lado desse biombo, à direita, havia uma porta. Também o ar-condicionado que eu vi do lado de fora e uma mesa com tampo de vidro, forrada com notas de dinheiro (dinheiro vivo, dinheiro de verdade!). Sobre essa mesa, havia um cinzeiro limpo e cinco aparelhos telefônicos. Dois pretos de tecla, um preto de disco e dois brancos de tecla. Eu não quis perguntar para que tantos aparelhos, mas imaginei que servissem para despistar a polícia. Perto da mesa, uma TV bem grande estava ligada a um videogame — ficava embaixo dela, no mesmo móvel. Também encontrei um frigobar, em cima de uma bancada de granito escuro. Próximo a ele, um rádio, um três-em-um pequeno, com dois decks de fita — já estavam ficando antigos, mesmo naquela época. Além da mesa e do móvel da TV, havia um sofá de couro, preto e novo. Meu pai foi até o frigobar, apanhou duas cervejas pequenas e me convidou para sentar com ele.

Deu-me uma das garrafas e dois goles na dele, enquanto eu ralava meus finos dedos tentando abrir a minha. Ele riu, parecendo esconder algo atrás do bigode desgrenhado que minha madrasta detestava — estava começando a ficar branco.

— Precisamos ter uma conversa antes de seguirmos em frente.

— Pai, por que me trouxe aqui? Estamos fugindo de novo? — Consegui abrir minha cerveja e dei um gole.

Enquanto isso, o velho invertebrado bateu a mão no bolso da camisa e deixou saltar o maço de Parliament. Apanhou um tubinho com a mesma destreza e me ofereceu:

— Pode pegar, sei que você anda fumando.

Estendi minha mão, ele recuou o cigarro.

— Mas se um dia eu souber de droga, corto seus dedos fora. Um para cada porcaria que usar.

Engoli grosso, engoli em seco, mas apanhei o cigarro. Meu pai estendeu o Zippo dourado que nunca saía de seu bolso e o acendeu.

— Acho que você sabe o que faço para alimentar nossa família.

Traguei o cigarro, dei outro gole na cerveja.

— Sei, sim.

— E o que você pensa disso? Sobre ser filho de um... traficante?

Meu pai foi corajoso em se abrir daquele jeito. Eu era seu filho, o amava, mas hoje, que tenho meus próprios filhos, analiso o peso daquilo tudo. O mais engraçado é que, por mais que lesse e ouvisse o que diziam sobre ele, eu não conseguia enxergar aquelas coisas terríveis, só via o meu pai, o homem que jogava videogame e que me ensinou a dirigir.

— Eu não posso decidir como vive a sua vida. Porra, pai, eu preferia que você trabalhasse em um banco, ou fosse algum político safado, mas acho que nada mudaria o que eu sinto por você.

— Sabe que a polícia anda fechando o cerco, não sabe? A polícia e o pessoal do Doze.

O Doze era o principal rival do meu velho. Ganhou esse apelido porque ele tinha Polidactilia (doze dedos nas mãos). Nosso concorrente chefiava um pessoal da Bolívia que vinha praticando um nível de violência que assustava até o meu pai. Eles costumavam (quando não matavam) dar uma escolha aos inimigos capturados: ou perdiam as duas bolas de cima (os olhos) ou as duas de baixo (isso mesmo) — normalmente o pessoal ficava cego.

— Tô sabendo. Mas não vão pegar a gente.

Eu disse "a gente" sem pensar direito, escorregou pela garganta. Deve ter acontecido por causa da cerveja e dos cigarros, Jesus, eu ainda era uma criança... Mas meu velho levou a sério, na verdade, ele estava esperando uma declaração daquelas desde que entramos no carro.

— Estamos nesse lugar para garantir que nada do que construí se perca. Trouxe você até aqui para que se torne um homem.

— Eu sou um homem — disse, com todo o orgulho que aquela cerveja era capaz de proporcionar. Não comovi o meu velho. Ele riu, colocou o cigarro já pequeno no canto da boca, tirou os óculos e os limpou em um lenço vinho que tirou da parte de trás da calça social.

— Muito bem, senhor homem... — Recolocou os óculos e trouxe o cinzeiro para mais perto. Apagou o cigarro nele, eu também apaguei o meu. — Nós dois vamos atravessar aquela porta — apontou. — E, depois de seguirmos por ela, não vamos voltar do mesmo jeito. Eu ou você. Está pronto para isso, Julian? Está preparado para entender os negócios da família?

Fiz que sim com a cabeça, sem ter a menor noção do que havia depois daquela porta. Imaginei um laboratório cheio de homens mascarados, destilando o pó de anjo que enchia nossa família de dinheiro e problemas. Mas não foi o que encontrei.

O Rei Invertebrado levantou, arrumou as pontas da camisa, apanhou uma chave amarrada em uma correntinha no pescoço e abriu a porta. Estava bem sério; pensando bem, introspectivo seria mais correto. Nós nos olhamos e eu o segui.

· · ·

Depois da porta, uma escada. Imaginei que fosse um porão, mas estava errado. Não havia nada lá embaixo a não ser mais escadas, um corredor que parecia não acabar nunca, paredes apertadas, e iluminação de lâmpadas frias que me fez sentir como se estivesse em uma galeria do metrô. Imagino que tenhamos caminhado cinquenta metros ou mais até encontrarmos outra escada. Minhas pernas tremiam quando comecei a subir, meu pai estava na frente, firme e resoluto, como deve ter sido desde que nasceu. No topo da escada, havia outra porta. Essa tinha uma única diferença para aquela primeira: uma portinhola bem pequena. Meu pai deu duas batidas espaçadas na madeira e esperou.

A portinhola se abriu. Uma luz mais forte, vinda do outro lado, iluminou seus olhos. Depois de dizer algo que não consegui ouvir, ele usou a mesma chave para abrir a porta. Imagino, ainda hoje, o que aconteceria se não se identificasse, ou se, em vez dele, fosse um inimigo com a chave que não deveria ter.

— Vem, Julian.

Subi as escadas e descobri que o Inferno ficava ali mesmo, logo depois daquela porta.

Entrei em uma antessala pequena e fria, com outro ar-condicionado enchendo o ar de ruído. As paredes eram brancas e pintadas com tinta acrílica. Havia um quadro de Jesus Cristo, olhando para cima. No chão, duas poltronas de tecido bem surradas, uma delas tinha um furo no encosto. Nessa sala havia dois homens, vestiam calças sociais e camisas escuras, e usavam coldres amarrados no peito. Cada um deles tinha duas armas. Nesse ponto me assustei, e não foi com as pistolas.

Esses funcionários não tinham o mesmo olhar de cão sem dono dos panacas lá de fora. Eles olhavam para mim como se eu fosse um pedaço de carne morta, um animal atropelado agonizando à beira da rodovia. Para o Rei, olhavam com um respeito quase mútuo. Eu não sei... Tive a impressão que eram da polícia. Meu pai pagava muita gente da polícia para cuidar da gente. Um dos homens, de cabelos ralos e bem clarinhos, cochichou alguma coisa com o meu velho. O Rei pareceu satisfeito, mas não mostrou os dentes. Fez sinal para o outro — um cara que parecia japonês, magro e cheio de tatuagens no pescoço — e pediu que ele abrisse a porta. O homem tatuado fez isso e, em seguida, meu pai estendeu a mão e recebeu uma arma cromada, com cabo de madrepérola. O Rei olhou para mim e me convidou para ir na frente.

Entramos em outra sala, essa sem portas ou janelas, sem ar-condicionado ou poltronas. Vi apenas uma cadeira velha e um homem sentado nela, com um capuz preto cobrindo o rosto. Ele gemia, como se alguma coisa tapasse sua boca.

— Pai? — perguntei, fazendo um esforço terrível para não urinar na roupa ou coisa pior. O que eu estava fazendo ali? Deus do céu!

— Olhe as mãos dele.

Fiz isso e contei duas vezes, mesmo sabendo o resultado final.

— Doze... É o Doze?

— É, sim, Julian. É o homem que quer colocar nossa família em um espeto.

Meu pai foi até ele e puxou o capuz. Tinham arrebentado metade dos ossos daquele coitado.

Seu olho direito estava totalmente fechado, parecia mais um prolapso retal que um olho. Uma das orelhas estava partida, havia um rasgo enorme dividindo o queixo. Mas ele sorriu quando viu meu pai, pelo menos tentou, com os poucos dentes que lhe restavam.

— Parece que te peguei primeiro, Doze.

Nosso rival continuou com aquele riso gasto, o deboche nascendo como o pus de uma ferida esticada. Aquele homem não respeitava o meu pai, ele não temia o meu pai. Algo que nunca tinha visto acontecer até então.

Meu velho não tocou nele em nenhum momento, não era para isso que estávamos ali. O que o Rei Invertebrado fez foi apanhar a arma que estava na cintura e estendê-la para mim. Em seguida, puxou a mordaça que tapava a boca do prisioneiro.

Foi meu primeiro reflexo, mas me afastei.

— Veja o que você produziu — Doze disse. Um pouco de cuspe vermelho escorreu por uma rachadura no lábio inferior.

Olhei para o meu pai e recuei mais um pouco, senti a madeira da porta batendo nas minhas costas. Tateei-a com a mão, tentando encontrar a fechadura. Descobri que pânico era o que eu sentia naquele momento, pânico é quando você percebe que não pode fugir do seu destino.

— Você está aqui para isso, meu filho. Para se tornar um homem.

— Ele não vai conseguir... — disse Doze. — É frouxo.

Meu pai o encarou com todo o pouco juízo que tinha e isso bastou. Penso que o Doze se calou quando percebeu que era uma situação de pai e filho, talvez tenha ficado curioso. Quem sabe até honrado. Meu pai era um adversário valoroso, e o Doze sabia disso.

— Faça o que deve ser feito se quer continuar tendo uma boa vida. Eu não vou durar para sempre, filho.

O cabo da arma estava de novo apontado para mim. Eu tremi, engoli o que restava de saliva e o apanhei.

Claro que já tinha segurado uma arma antes, mas aquela me pareceu bem mais pesada. Não só pesada, como carregada de eletricidade. Minhas mãos adormeceram — elas realmente adormeceram! — quando apanhei aquela pistola. E eu a apontei para o Doze.

Ele estava olhando para mim, e juro por Deus que não enxerguei um grama de medo naquele homem.

— Faça — o Rei ordenou. — Se você não fizer, alguém vai fazer. Ele faria o mesmo com você, comigo ou com sua mãe.

Doze não disse nada. Nenhuma palavra. Eu cheguei mais perto, ergui e sustentei a arma em minhas mãos pequenas e trêmulas. Toquei o gatilho com o dedo indicador.

O homem baixou a cabeça em um gesto de aceitação. Ele estava pronto para morrer, estava pronto para qualquer coisa. Eu já havia visto gestos e olhares parecidos no rosto do meu pai. Eles eram da mesma espécie.

— Eu não posso.

E o destino deu seus passos trêmulos.

Doze ergueu os olhos e riu do meu pai pela última vez. Meu velho tomou a arma de minhas mãos e atirou, com a naturalidade de quem puxa uma descarga. Um pouco de sangue sujou a parede acrílica atrás do prisioneiro, a cabeça de Doze ricocheteou, a sala ficou cheirando a pólvora e ferrugem. Meu pai esperou que eu parasse de tremer.

— No carro eu te perguntei por que será que me chamam de Rei Invertebrado — ele disse, limpando a arma com seu lenço. Eu fazia o possível para continuar de pé, mas não foi nada fácil. Meu corpo queria desistir.

Fiz que sim com a cabeça.

— A outra explicação, sobre fugir sem os ossos, também é boa, mas a verdade é que muitos invertebrados não têm coração ou dentes. Eles precisam de talheres para comer direito — ele riu e tornou a me mostrar a arma, já livre dos respingos de sangue. — Vamos sair desse buraco, o que viemos fazer aqui está terminado.

• • •

De fato, acabou, mas não foi naquela tarde cinza. Aquele dia serviu apenas para me mostrar que eu não era da mesma espécie que o Doze e o meu pai.

O Rei foi assassinado tempos depois. Estava se apossando dos negócios do Doze, mas alguém da polícia (que também era da política) perdeu muito dinheiro e prestígio com isso. Mataram meu pai enquanto estávamos na praia, em um passeio pela manhã. Alguém tomou a mim e a minha madrasta pelos braços e nos levaram para longe. Amarrados em um casebre de pescadores, ouvimos os disparos. O resto nós vimos depois, pela TV.

Eu nunca segui a carreira do meu pai, nunca perdi o meu coração. Continuei minha vida, escolhi uma faculdade, casei e tive dois filhos; fiz o possível para matar meu desejo de vingança. Ainda hoje, quando a noite fala comigo e eu ouço as sirenes de polícia do lado de fora da casa, penso naquela tarde. E no que teria acontecido se eu tivesse usado os talheres de ossos do Rei Invertebrado.

Break off the tab with a screwdriver.

Às vezes, encontro-me muito arrependido
Alguma coisa tola, alguma coisinha simples que fiz
Mas eu sou apenas uma alma cujas intenções são boas
Oh, Senhor, por favor, não me deixe ser mal entendido
THE ANIMALS

WHEY PROTEIN

Sometimes I find myself long regretting//Some foolish thing some little simple thing I've done***But I'm just a soul whose intentions are good//Oh, Lord, please don't let me be misunderstood Don't Let Me Be Misunderstood — **THE ANIMALS**

Quando Prestes entrou na sala de interrogatório, o homem sentado à mesa ergueu os olhos e não tentou desviá-los.

Depois de muito tempo na polícia (some aí mais de trinta anos), você começa a identificar rapidamente alguns perfis. Existe o acuado, o sem escrúpulo, o motivado pelo dinheiro, existe até mesmo o tarado — um grupo bastante numeroso, como devem imaginar. E, logicamente, existe gente como aquele homem, que não parecia ter traços de maldade habitando a tranquilidade do rosto. Ainda assim, Prestes sabia que inocência e delegacia não eram duas palavras que mantinham uma relação estreita.

— Muito bem, acho que chegou a hora de conversarmos um pouco — o detetive colocou uma pequena pasta de documentos de couro sobre a mesa de fórmica. Em seguida pensou em como era impressionante ainda usar papel em plenos anos noventa. A modernidade andava pelas ruas desde o início da década, jovens usavam roupas que pareciam ter saído de um atropelamento, uma banda chamada Nirvana (que tinha um vocalista que passava longe de ser um monge) gritava no rádio enquanto novas tecnologias e computadores pessoais (essa parte era mais engraçada, porque Prestes ainda não conseguia ver um PC sendo mais pessoal que uma motosserra... Mas tudo bem, era o que a TV dizia), enchiam os quartos das casas.

— Eu não quero conversar, quero voltar pra casa e pro meu filho — o homem tirou os cabelos da testa. O resto dele também não cheirava muito bem, era como se o sujeito não tomasse banho há alguns dias.

— Vai voltar assim que esclarecermos tudo, Cassiano. Seu vizinho — Prestes apanhou as folhas de dentro da pasta; passou pela primeira, pela segunda, escolheu a terceira —, senhor Alfredo Bispado, disse em depoimento que ouviu o senhor e a sua esposa discutindo dias atrás. Algo relacionado a despesas.

— Acho que o quarteirão todo ouviu... E o seu Alfredo não sabe bem o que fala faz uns dez anos. Alzheimer, sabe...

— Parte do depoimento de Alfredo foi confirmado por Dráuzio Da Luz, seu vizinho da esquerda.

— Tudo bem. Nós discutimos feio, como todo casal discute às vezes. O senhor é casado, posso ver, deve conhecer as mulheres tão bem quanto eu.

Prestes baixou um pouco o queixo, rodopiou a aliança da mão esquerda, inclinou suavemente a sobrancelha do mesmo lado.

— Minha primeira mulher, a dona dessa aliança, morreu de leucemia. Gostaria de ter tido tempo para conhecê-la melhor. Eu me casei de novo, posso dizer que sou feliz, mas nunca superei a perda.

— Eu deveria dizer que sinto muito, não é mesmo? Porque é isso que uma sociedade moderna, justa e igualitária espera que eu diga.

— O senhor é livre para dizer o que quiser ou manter seu silêncio, desde que assuma as consequências.

Cassiano pareceu decidir-se bem depressa. Ele estava calado mais uma vez, olhando fixamente para um pequeno basculante de ar, a única abertura da sala. Enquanto isso, Prestes o encarava, em busca daquelas pegadas. A mulher do sujeito desaparecida, brigas constantes relatadas pelos vizinhos; Cassiano sequer deu queixa do desaparecimento da esposa. Um bom detalhe para recomeçar aquela conversa.

— Vejamos, pelo que diz aqui sua esposa foi vista pela última vez na última quarta-feira, cinco dias atrás. O senhor não se preocupou que alguma coisa ruim pudesse ter acontecido a ela?

Cassiano passou as mãos pelos cabelos ensebados. Pesados como estavam, a oleosidade se comportava como gel. A barba pelo rosto também devia estar suja, mas ainda brilhava, tomada por um vigor quase simiano, animalesco.

— O senhor ouviu meus vizinhos. A gente não se dava bem há algum tempo.

— E continuaram se esforçando para segurar o casamento... Esse é um erro muito comum, meu caro. E é igualmente comum que esse erro termine da pior maneira possível, bem aqui, na minha delegacia.

— Era para ter terminado bem antes, mas ela não permitiu.

— Geralmente as mulheres são mais resistentes, elas detestam a ideia de que o amor um dia acabe.

— E o que não acaba? Nossa vitalidade acaba, nossos cabelos pretos, até mesmo nossa vontade de levantar da cama e ir para o trabalho um dia chega ao fim.

— Vinha se sentindo deprimido? Ou com raiva?

— Não, mas a Dayse, sim. Eu não sei se o senhor descobriu essa parte nos seus depoimentos, mas a minha esposa teve depressão, foi logo depois que o bebê nasceu.

— O garoto sente falta dela?

— É claro que sim. Mas a minha mãe também tem jeito com as crianças, e ela não usaria o garoto para me machucar ou convencer de alguma coisa.

— E a Dayse? Usava?

Cassiano baixou o queixo, depois ergueu somente os olhos verdes, que agora estavam com alguma irrigação extra pelas veias do globo.

— Ela era uma mulher ruim, sempre foi. No começo ela não era violenta comigo ou com o menino, mas a Dayse era cínica. Você não a ouviria subir o tom de voz em uma discussão, não a veria quebrando louças ou batendo portas de armários, mas você perceberia todo o desprezo daquela mulherzinha. Eu sou de câncer. Mesmo um cético sabe que é melhor cuspir na cara de um canceriano do que desprezá-lo, e a Dayse passava longe de ser uma descrente. Ela fazia para me provocar, para me confrontar. Às vezes, ela discutia comigo e depois se refugiava no menino, ficava brincando com ele o dia todo, rindo, me sufocando com aquela felicidade falsa...

— Desprezando — Prestes recordou. Muitos anos atrás, ele também tivera um bebezinho em casa, na verdade uma bebezinha. E ele também foi chantageado pela mamãe frustrada.

— Bem, se era só isso, preciso ir para casa — Cassiano ameaçou se levantar. Prestes não se moveu.

— Não é só isso. E a menos que você prefira passar algum tempo nesse prédio, é melhor me convencer de sua inocência.

— Olha só, eu não sou advogado, mas pelo que eu sei a inocência é a lei, e ninguém pode ser preso até que se prove o contrário.

— Muita gente acredita que você seja culpado, meu jovem. Inclusive seus sogros — Prestes se afastou um pouco da mesa. Colocou as mãos atrás da nuca, cruzou os dedos, respirou bem fundo. — Eu quero acreditar em você,

Cassiano, quero mesmo. Porque, para mim, nenhum crime é mais nojento que matar alguém que amamos, nada é mais difícil de entender. Assassinos dos próprios filhos, matricidas, gente que mata o pai ou um dos irmãos. Gente que mata a esposa... Me conta tudo, Cassiano, tudo mesmo. Quero ouvir da sua boca, e se no final das contas eu acreditar em você, garanto que sairá dessa delegacia de cabeça erguida.

Cassiano demorou alguns segundos até se decidir.

Ele também avaliava seu interlocutor. A barba por fazer, a gravata com um vestígio de um antigo pingo de café, o cheiro de perfume tentando driblar o suor aderido à camisa. Ele tinha os mesmos indícios, as mesmas marcas de uma relação fracassada.

— Nós nos casamos em oitenta e um. Eu tinha vinte e sete, a Dayse tinha vinte e cinco. Combinamos em fazer uma pequena recepção, discreta, apesar da Dayse viver os próximos dois anos jogando isso na minha cara — sorriu. — Naquele tempo a gente se amava tanto que era até bom discutir. Porque quanto mais a gente discutia e discordava, mais valia a pena uma reconciliação, o senhor sabe do que eu estou falando.

— Por que não me diz? Delegacias não são boas em suposições.

— Tô falando de sexo, doutor — Cassiano riu pela primeira vez desde o começo daquela conversa. — Nós sempre terminávamos uma encrenca embaixo dos lençóis, às vezes era em cima — mais um riso —, e às vezes a gente nem precisava da cama.

— Então as coisas mudaram? — Prestes sugeriu.

(Claro que mudaram, mudaram tanto que você a matou e sumiu com o corpo!)

— O casamento é como uma frigideira de teflon, sabe? No começo funciona que é uma beleza, mas, com o tempo, tudo o que a gente não resolve direito vai grudando no fundo da panela. Então chega naquele ponto que mesmo a comida nova começa a estragar, e daí não tem outo jeito: é hora de trocar a frigideira.

— Entende muito de cozinha, Cassiano?

— Aprendi a entender para não morrer de fome. Mas em um casamento existem coisas piores que um bife queimando na panela.

Prestes não demonstrou entendimento, então Cassiano explicou:

— Sexo de novo, detetive. Ela começou a... a fechar as pernas, a me desprezar, a exigir cada vez mais e me dar cada vez menos. Puta merda... eu não sei porque estou contando essas coisas. Que vergonha.

— Fique tranquilo, todo homem passa por isso. Pode confiar em mim, nada do que disser vai para o relatório, a menos que eu queira. E mesmo que eu queira, serão documentos sigilosos, ninguém vai ler o que você disser, não fora de um tribunal.

— Mesmo quando a gente transava era uma merda — Cassiano confessou. — Era frio, entende? Burocrático.

Prestes entendia. Dentro dele, se perguntava a quantos anos não recebia um bom sexo oral da mulher que tomou o lugar da falecida. Ele não dividiria essa informação com um suspeito de homicídio ou com qualquer outra pessoa, mas, pelo amor de Deus, todo casamento longo parece tratar o sexo como uma contraindicação. Nada de preliminares, nada de gemidos audíveis, nada do instinto que encantou cada homem vivo que foi para o altar.

— Acho que eu entendo, sim — Prestes confessou.

— Eu me rendi no começo. Eu não sei o senhor, mas eu venho de uma família machista. É estranho dizer isso nesses anos modernos, mas, na minha casa, meu pai nunca lavou um talher, uma cueca, ele nem mesmo sabe ligar a máquina de lavar roupas.

(Prestes também não sabia, mas decidiu não exagerar na empatia)

— Enquanto nosso bebezinho crescia, eu aprendia a dividir as tarefas de casa. Lavar roupas, fazer o almoço, cuidar das louças, eu só não era tão bom em limpar a casa, então essa parte ficava com a Dayse.

— Chegaram a pensar em uma faxineira? Uma empregada facilitaria a vida de vocês dois.

— Com que dinheiro, seu Prestes? Lembra que eu contei ao senhor que a Dayse começou a mudar? Bem, quando eu digo mudar, quero dizer mudar de verdade, mudar da água para o vinho. Conheci a Dayse ainda na escola, e ela era uma dessas garotas feministas. A Dayse era tão, mas tão feminista, que não me deixava pagar um sorvete para ela. Isso acabou quando ela ficou grávida. Não exatamente na gravidez, mas depois, quando ela já conseguia trabalhar de novo e não quis voltar.

— É natural, a mulher tem mais obrigações quando chega uma criancinha.

(Prestes se lembrava bem de quando chegou sua primeira criancinha. Ele ficou dois meses fora do quarto, porque o cheiro de sua pele enjoava Tânia e a fazia vomitar. Depois ele passou dois anos dormindo no sofá, porque a cama era pequena demais para ele, a esposa e o bebê. Deus... lembrar do passado chegava a ser doloroso. A verdade é que os bons dias nunca voltaram, não de verdade.)

— No caso da Dayse, as obrigações só diminuíam. Eu não quero dizer que ela estava errada em aceitar a minha ajuda, o problema é que aquela nova mulher não era a mulher com quem eu tinha me casado. Pra começar tinha a droga da greve de sexo. Pelo amor de Deus, como alguém consegue fazer greve de uma coisa tão boa? De uma coisa tão maravilhosa? Elas não gostam de fazer amor, detetive? Como é possível que alguém não goste?

— Algumas mulheres sentem dificuldade em atingir o orgasmo. Muitas nem conseguem.

(sim, muitas... como a Tânia, por exemplo)

— Não era o caso da Dayse. Ela não só atingia como, depois de um ou dois, precisava evitar deles. Ela sempre gostou da coisa — Cassiano corou um pouco — antes de ficar grávida. Ela gostava até mesmo quando estava grávida! Mas então... não sei. Não tenho condições de saber o que aconteceu com ela.

— Que tal as brigas? Suponho que vocês tenham brigado tanto que até as reconciliações perderam a graça.

— Passou por algo parecido, detetive?

— Só estou tentando ajudá-lo.

Cassiano riu, sem muita vontade dessa vez.

— Foi exatamente o que aconteceu. Depois de perder meu lugar na cama por tanto tempo, eu me acostumei a ficar sozinho. Comecei a praticar violão clássico de novo, a assistir meus programas favoritos na TV extra que eu coloquei no quarto dos fundos, eu me adaptei. Para dizer a verdade, acho até que eu estava mais feliz, mesmo sentindo falta do sexo e daquela mulher linda com quem eu me casei.

— E quanto à outra? À mulher que morava em sua casa e te desprezava?

Depois de um suspiro longo e carregado, as mãos de Cassiano se cruzaram sobre a mesa. Ele fez algo com os lábios, uma tensão que os inverteu, como uma máscara tristonha de teatro grego.

— Ela não se daria por satisfeita, não até arruinar meu juízo.

— Confesse o que aconteceu, homem. Vai ser mais fácil para todo mundo. Todos erram, mas alguns homens, alguns de nós, não conseguem suprimir a fera selvagem que dorme aqui dentro — Prestes bateu na própria testa. — Nesse caso o melhor a fazer é aceitá-la e pagar pelo mal que ela faz.

— Acho que eu preciso de uma água. Se não for abusar muito, é claro.

— Vai dizer tudo o que ainda tem guardado? Ou está me enrolando?

— Não dá para enrolar alguém de verdade, eu aprendi isso com a Dayse. Ela também tentou me enrolar, tentou pra valer, mas no final a verdade prevaleceu.

Prestes se levantou e foi até a porta. Sussurrou algo ao policial que guardava a entrada. Cassiano ouviu passos indo e voltando, sem muita pressa. Depois ouviu a porta ranger, mais passos e um copo descartável suavemente colocado sobre a mesa. Ele bebeu em três goles e se justificou:

— Não é fácil dizer a verdade, não quando a verdade dói. Continua casado, detetive?

— Estou com a minha segunda companheira há vinte e dois anos.

Cassiano amassou o copo e o colocou em um canto da mesa.

— Pensei que nós, eu e a Dayse, fossemos envelhecer juntos. Era o que eu queria, bem mais do que eu queria dinheiro, saúde ou um filho. Eu a queria comigo.

— Mesmo com a mulher o provocando? Fechando as pernas? Te chantageando?

— Mesmo assim... A única coisa, o único detalhe que eu nunca consegui perdoar ou relevar era a ingratidão da Dayse. Seu Prestes, aquilo doía mais que todo o resto, doía de verdade, doía fundo. A Dayse teve aquela depressão no final de oitenta e nove. Eu paguei os médicos, mantive o convênio em dia, paguei as sessões de terapia em dinheiro, porque a porcaria do convênio não cobria os custos. — As mãos de Cassiano voltaram para cima da mesa. — Eu não paguei meu próprio convênio médico para poder pagar o tratamento dela. Tive pneumonia na mesma época, eu ainda tenho uma manchinha no pulmão direito, porque não consegui comprar o antibiótico que precisava no tempo que precisava.

Atento, Prestes notava um pequeno tremor nos dedos do homem. Cassiano se esforçava, mas começava a perder o controle, começava a se tornar acessível a uma confissão. O rosto estava ligeiramente úmido, a pele, um pouco mais enrugada.

— Ela ficou boa?

— Bem melhor do que eu. Ficou tão boa que nós praticamente nos divorciamos, mesmo dividindo o mesmo teto.

— O que era o seu desejo, se eu entendi direito? Pelo que o senhor disse, o casamento ia de mal a pior, estou certo?

— Meu desejo era ter de volta a mulher com quem me casei. Eu não desejava aquela biscate mesquinha, babaca e chantagista, eu não desejava nem mesmo a vagina dela! Nem mesmo os seios! — Cassiano golpeou a mesa. Por puro instinto, Prestes se levantou e levou a mão ao coldre.

— Desculpe — Cassiano se recompôs e fungou o nariz. Enxugou os olhos, respirou bem fundo. — Eu guardei muita coisa aqui dentro, muita pressão. O senhor deve saber que fui professor de física. Bem, de qualquer forma, não é segredo que muita pressão gera explosões.

— Foi isso o que aconteceu? Você explodiu com a sua esposa?

(Em setenta e cinco, Prestes também explodiu. Naquela noite, Tânia e ele discutiram feio, os dois estavam bêbados — tinha ido a uma festa de formatura de uma sobrinha de Prestes —, ela o chamou de brocha e ele a golpeou no rosto. Depois dormiram em camas separadas por dois meses, voltaram para a mesma cama e só explodiram depois de outros cinco anos, e dessa vez foi Tânia quem bateu.)

— Não. Eu mantive a pressão subindo.

Sem notar o que fazia, Cassiano apanhou o copo todo amassado e deu um gole, como se pudesse encontrar água dentro dele.

— Desculpe — pediu em seguida.

— Foi mais ou menos dois anos depois que o José Mauro apareceu em nossas vidas. Eu e a Dayse o conhecíamos desde o colégio, então, quando ele apareceu na cidade junto com a companhia de teatro e nos ligou, a gente convidou nosso amigo para um jantar. O Zé agora era José, e essa não era a única diferença. O homem estava mais articulado, nem de longe ele era o troncho inseguro que nós conhecíamos. Eu notei isso bem depressa e acredito que a Dayse tenha notado ainda mais rápido. Depois do jantar, enquanto eu colocava o nosso menino para dormir, eu vi a Dayse e o José Mauro conversando. Deus... Ela ria de um jeito, ela não ria assim comigo fazia anos.

— Parece ter sido uma situação bem ruim.

— Ficou ruim depois de duas semanas, foi o tempo que o José Mauro precisou para levar minha Dayse para cama, para a nossa cama. Eu cheguei mais cedo do trabalho e peguei os dois dormido, a Dayse ainda estava só de calcinha, uma bem cavada, nosso menino dormia no quarto ao lado.

— Então você resolveu as coisas da pior maneira possível. Sabe, Cassiano, eu não posso dizer que concordo, mas eu consigo entender seus motivos. Outros também entenderão, desde que você continue cooperando e dizendo a verdade.

À frente, Cassiano ainda falava, parecendo não ouvir nada do que o detetive dizia.

— ...Naquela tarde eu virei as costas e não fiz o que a maioria os homens faria. Eu ainda a amava, apesar de tudo, eu ainda a amava. E para ser sincero, no fundo eu já desconfiava que nosso amor estava ruindo como uma casa cheia de cupins. As esquivas quando eu tentava fazer amor com ela, o cansaço, ninguém conseguiria dormir tanto, nem mesmo com remédios. O que eu fiz? Eu insisti. Eu pedi para que acontecesse.

— Para onde você foi depois de flagrar os dois?

— Conhece o bar do Piedade?

— Já ouvi falar do filé de traíra, dizem que é o melhor da região.

— E é mesmo. Mas naquela tarde eu só tomei cachaça, pouco mais da metade de uma garrafa. Cheio de coragem, voltei para casa e chamei a Dayse para uma conversa. A conversa esquentou, a Dayse jogou uma panela cheia de feijão no meu rosto, eu dei muita sorte que não estava tão quente.

— Você foi muito corajoso em tentar conversar. A maior parte dos homens teria feito uma besteira.

Cassiano riu.

— Conversar foi uma besteira, moço.

Nesse ponto do interrogatório, Pedro Feio, investigador de polícia número dois, entrou na sala.

— Vocês vão demorar muito? Eu vou precisar dessa sala.

O olhar cru de Prestes disse tudo o que a boca não precisou. Pedro Feio raspou a garganta, se desculpou e fechou a porta.

— O senhor tem esse tipo de autoridade que eu nunca tive — Cassiano observou. — Meu pai sempre disse que eu era um banana, mas eu só acreditei depois de perdoar a Dayse. Quer dizer, quem perdoa uma coisa dessas? Meu amigo, minha cama, meu filho dormindo no quarto ao lado. Sem contar as coisas horríveis que eu ouvi durante aquela discussão, confissões do que a Dayse fazia com o José Mauro, e como ele era melhor, maior — um leve soco na mesa, uma respiração mais funda — e mais quente do que eu.

— Deviam ter se divorciado, seria melhor para vocês dois. Seria melhor até mesmo para o garoto.

— Imagino que sim. Mas certeza mesmo ninguém tinha. Porque, de certa forma, nós fomos felizes nos próximos anos. Depois de conversar com a Dayse, percebi que ela ficava muito tempo sozinha, que ela precisava de um homem por perto. Como eu já andava insatisfeito com as aulas e o salário do colégio, foi juntar o útil ao agradável e mudar de ramo.

— E vocês compraram o restaurante.

— Eu comprei. A Dayse concordou em trabalhar comigo, se eu desse a metade da renda, dos lucros para ela.

— Rapaz... Se eu fosse uma mulher, procuraria um homem como você para me casar. Quer dizer então que depois de tudo o que ela fez você ainda deu dinheiro a ela? Deu uma chance de continuar com o casamento que ela mesma destruiu e ainda pagou metade do que você ganhou com o seu investimento e suor?

Cassiano assentiu, meio orgulhoso, meio sem vontade. Assentiu como quem concorda com qualquer bobagem.

— Foram bons anos.

— Ela voltou a ser quem era? Voltou a tratá-lo como um homem?

— Não. A Dayse continuou me evitando como um carrapato grudento. Eu continuava olhando para ela o tempo todo, a desejando, Deus, eu cheguei a espionar minha própria esposa tomando banho. E o mais trágico é que a cada ano a Dayse ficava mais bonita. Quando nos casamos ela era magra como uma ripa, mas nos últimos anos ela estava incrível. Mesmo os seios... o quadril...

— Acho que deu para ter uma ideia — Prestes se remexeu na cadeia.

— Nunca mais a tive, por mais que fizesse de tudo para agradá-la. Para o senhor ter uma ideia, eu sempre soube que a Dayse gostava de homens musculosos, então o que eu fiz? Entrei em uma academia. E eu também comprei um produto novo, importado, é um concentrado que deixa você mais forte, acho que o nome é Whey Protein. Fiz uma dieta rígida, comecei a caminhar, eu fiquei com um corpo incrível, pela primeira vez desde a adolescência. Sabe o que a Dayse fez?

— Não faço ideia.

— Começou a dormir nua.

— Enfim, você dobrou a fera... — Prestes comentou. Começava a gostar daquele cara. Cassiano era persistente, teimoso, era o tipo de homem que merece as coisas boas da vida, pelo simples fato de nunca desistir de procurá-las. De fato, se Cassiano não fosse um provável assassino, Prestes teria se tornado seu amigo, talvez até o convidasse para fazer parte do Rotary Club, que andava precisando de boas pessoas fazia tempo.

— Ninguém dobra a Dayse, seu Prestes. Nas duas vezes que eu tentei chegar perto ela se vestiu e foi dormir no quarto do nosso filho. Me chamou de tarado, disse que me acusaria de estupro se eu tocasse nela, e que a única maneira de transar comigo seria depois de morta e seca.

— Por que a nudez?

— Para me fazer sofrer, por certo. Ela me odeia pelo simples fato de eu existir. E me odeia um pouco mais por eu ainda amá-la.

— Filho — Prestes começou a arrumar as folhas espalhadas sobre a mesa —, acho que terminamos por aqui. Depois de tudo o que me contou, eu não acredito que tenha matado sua esposa. Mesmo com motivos para pensar no assunto, você ama essa mulher mais do que ama a si mesmo.

— Mas o senhor ainda não ouviu a pior parte.

— Tem mais? — Prestes deixou a pasta como estava e afrouxou a gravata no colarinho.

— O senhor teria gostado do meu pai. Ele era um homem simples, mas havia filosofia em sua simplicidade. Uma das frases que ele gostava de usar nos meus problemas com a Dayse era "quando um não quer, dois não brigam". Até o meu pai sabia que ela não me queria para nada, e que já tinha passado da hora de eu aceitar isso. Agora eu tinha um restaurante de sucesso, um corpo saudável, eu tinha a impressão de que viveria mais cem anos, o que me daria tempo o suficiente para reconquistar a Dayse.

— Ela não voltou a trair você?

— Não que eu saiba. Nos anos seguintes, fui eu que me mudei de quarto. Eu não aguentava mais olhar para a Dayse sem tocá-la, ouvir sua respiração noturna, eu não suportava o fato de não poder abraçar minha esposa enquanto dormíamos. Aquela mulher estava cada vez mais bonita e, quanto mais eu a queria, mais ela me provocava e desprezava.

— Você fez bem. Quer dizer, a separação ainda me parece um bem maior, mas ficar sofrendo desse jeito não seria certo. Não seria... cristão. É certo que Jesus disse para darmos a outra face, mas você já tinha feito isso, e mais de uma vez.

— Bem ou mal, a Dayse não gostou nada...

Sem dúvida houve uma mudança naquele rapaz. Os olhos apertados, os ombros curvados, as mãos fechadas e trêmulas. Sob a mesa, as duas pernas tiquetaqueando como um relógio apressado. Aos olhos atentos de Prestes, Cassiano pareceu ganhar rugas e perder músculos, como se envelhecesse dez anos.

— Aceita mais água, filho?

— A Dayse começou a machucar o nosso filho — Cassiano despejou e enrugou o queixo, prevendo uma horrível tempestade de choro. Ele respirou fundo, chupou os lábios secos para dentro, fungou o nariz.

— Ela... — Cassiano ofegou, e por um momento pareceu que não conseguiria continuar. — Aquela mulher percebeu que não poderia mais me atingir. Durante a noite, eu estava separado dela por uma parede grossa. Durante o dia, o restaurante e a educação do menino me mantinham ocupado. Com o afastamento contínuo entre nós dois, eu acabei dando todo aquele amor para o meu filho. Nós éramos inseparáveis, éramos carne e osso.

— O que foi que ela fez?

— Notei as primeiras manchas roxas no Clube da cidade. Duas delas nas pernas, perto das coxas. E uma tão grande nas costas que parecia ter sido causada por um chute. Perguntei o que era aquilo, o Adrian disse que tinha caído de bicicleta. Seu Prestes... Foram muitas quedas até que eu percebi a primeira queimadura na pele dele. Estava embaixo do braço, aqui, no sovaco. Uma queimadura de cigarro. Adivinha quem andava fumando escondido?

— Que filha da puta — Prestes gemeu.

— Ele não queria me contar. Disse que a mãe estava ruim da cabeça, que ela não sabia mais o que andava fazendo. Até então, a Dayse nunca tinha erguido a mão para o nosso filho, não tinha nem mesmo erguido a voz.

— Ela usou o menino para machucar você, é isso — Prestes se calou novamente, olhando para o rosto do homem à sua frente, analisando, calculando. Então disse a ele: — Acho melhor pararmos por aqui. Eu vou colocar mais gente atrás da sua esposa, se ela estiver por aí, nós iremos encontrá-la. Chegou a confrontá-la? Há quanto tempo isso vem acontecendo com o menino?

— Dois anos.

— Meu Deus.

— A Dayse sempre negou tudo, mas os ferimentos ficaram cada vez piores. Na semana passada, o Adrian foi parar no hospital porque alguém puxou a escada enquanto ele limpava as calhas da nossa casa. Quebrou a perna em dois lugares e levou sete pontos na cabeça. Ele vai ficar bem, mas não queria mais voltar para casa. Foi então que eu e a Dayse conversamos pela última vez.

— Cassiano, me escuta. Por enquanto, tudo o que você disse não o implica no desaparecimento da Dayse, não totalmente, não com cem por cento de certeza. Por que não paramos por aqui? Eu faço o meu relatório, você cria o seu menino; com sorte você vai arranjar uma nova esposa e voltar a ser feliz. O que acha disso? Parece bom, não?

— Eu só dei um susto na Dayse, foi só isso. Como o senhor sabe, nosso restaurante é especialista em carnes. O pessoal da cidade chama de churrascaria, mas o Carnivorândia é bem mais do que isso. Nós importamos peças da Argentina, do Uruguai, procuramos o melhor gado nos melhores pastos. Para o senhor ter uma ideia, a gente nunca compra carne de gado que morreu estressado, ou que viveu a vida toda no confinamento, fazemos questão que o nosso gado viva os anos que os separam das grelhas com qualidade e bem-estar.

— O que disse a ela, rapaz?

— Eu sugeri que, em um negócio alimentício como o nosso, seria fácil desaparecer com um corpo. Era só fatiar, colocar na grelha e etiquetar como uma nova carne. As pessoas que frequentam o restaurante só querem uma boa carne, e desde que o bife seja macio, elas não perguntam de onde vem. Depois de tantos anos tentando reconquistar a Dayse, eu pedi que ela desaparecesse, ou eu mesmo teria que fazer isso por ela. Sem um corpo, expliquei que eu nunca seria condenado, porque é assim que as leis funcionam no nosso país. Pelo que parece, ela ouviu meu conselho. Meu menino sente falta da mãe, mas não muito. Na semana passada, ele venceu um campeonato de judô, foi a primeira medalha que ganhou na vida. Ele disse que viu a mãe assistindo à competição e que lutou por ela, mas eu sei que o Adrian não poderia ter visto a Dayse. Ela está longe, ela finalmente deixou de perturbar nossa paz.

O rosto emudecido de Prestes era um muro branco e imaculado. Não havia como traduzi-lo, lê-lo; era incômodo observá-lo. Haviam tantas dúvidas espalhadas pela pele que era fácil se perder pelas rugas, pelo azulado dos olhos, pelos pontinhos pretos dos cravos enterrados no tecido fino do nariz.

— Seu Prestes? Posso ir agora? — Cassiano perguntou.

Prestes apanhou seu envelope. Ainda com aquela expressão de lugar algum no rosto, deixou o assento.

— Vamos continuar procurando por ela — disse a Cassiano.

— Se o senhor quiser conhecer o restaurante, será um prazer atendê-lo, tudo por conta da casa, obviamente.

Prestes reajustou o colarinho da camisa, coçou o canto dos olhos, deixou um suspiro escapar do peito.

— Acho que não, Cassiano. Acho mesmo que não. Estou pensando em me tornar vegetariano.

Break off the tab with a screwdriver.

Olhe para os rostos
Escute os sinos
É difícil de acreditar que precisamos
de um lugar chamado inferno
INXS

ZONA DE ABATE — MATADOURO 7

Look at the faces//Listen to the bells
* ** It's hard to believe we need a place
called hell Devil Inside – **INXS**

Pestana recostou a cabeça nas palmas das mãos e esticou o corpo para trás. Onde havia lido aquele nome? Por que, mesmo para um ateu convicto, a razão social do matadouro soava tão profana? Tão... orgânica?

— Ultra Carnem... Puta que pariu...

— Falando sozinho, chefe?

Esse era Derriê, o estagiário. Cabelos sem corte, um chiclete pernicioso na boca, penugens de uma barba rala que parecia oriunda da bolsa escrotal. Ah, e obviamente aqueles malditos fones de ouvido.

— Tire essa porcaria da orelha. Detesto não saber se você está me escutando ou não.

O garoto obedeceu, inclusive, engoliu o chiclete que poderia voltar a irritar Pestana.

— Eu não estava falando sozinho, estava pensando.

— Caso novo? — o garoto chegou mais perto da mesa e apoiou as mãos em uma das cadeiras. Ele ainda não podia ocupar aqueles dois assentos, e muito menos o assento que ficava atrás da plaquinha de detetive particular.

— Nada é novo em Três Rios. Mas é um caso, sim, outro caso que aponta para aquela merda de matadouro.

— Morreu alguém por lá?

Pestana riu.

— Filho, o nome do lugar é Matadouro.

— Eu quis dize...

— Se às vezes também morre gente por lá? — Pestana apertou os olhos. — Tá lembrado da moça bonita que veio até aqui na semana passada?

— E tem jeito de esquecer? — Derriê sorriu. Por um momento lembrou ao detetive os tarados da terceira idade que entulhavam os bares da periferia da cidade.

— Respeito, moleque. A moça é casada.

— Achei que fosse viúva.

— Ninguém tem certeza. É por isso que ela me procurou. Você conhece a polícia dessa cidade, quem não se vendeu ainda, pode ser alugado. Se alguma coisa aconteceu com o marido dela dentro do Matadouro, ninguém vai se esforçar muito para descobrir.

— E o senhor vai?

Dessa vez foi o detetive quem riu.

— Vou dar um passeio mais tarde. Tem nojo de sangue, garoto?

Derriê pensou um pouco e sentiu a boca amargar.

— Só do meu.

• • •

Se Pestana tivesse mencionado o horário da investigação, o mais provável é que Derriê tivesse inventado uma desculpa sebosa para não ter subido naquele Verona. Tudo bem que o clima era mais agradável sem todo o calor do sol, e que o trânsito era mais fluido sem tantos pedestres e carros contaminando ruas e estradas, mas a expectativa de visitar à noite um lugar onde a morte era o principal negócio parecia uma ideia tão ruim quanto urinar sobre os próprios pés.

— Precisava ser hoje? — Derriê se ajeitou no banco.

— Quem faz a segurança noturna é o Cláudio Escopa, a gente trabalhou junto na polícia, ele é de confiança e quer ajudar. Podia ser amanhã ou depois de amanhã, mas seria à noite do mesmo jeito. Mas, se você estiver muito desconfortável, te deixo no próximo posto de gasolina e te pego na volta.

Desconfortável, que palavra de merda para substituir apavorado...

— É que eu tenho prova na faculdade amanhã — Derriê mentiu, e como sempre mordeu o lábio em seguida. Cacoetes; eles facilitam muito o trabalho de um detetive.

— Fica tranquilo, eu só quero dar uma olhada no lugar. Muitas vezes a polícia daqui atropela um cadáver e nem chega a sentir o cheiro. O plano é afastarmos essa possibilidade e voltarmos pra casa antes das dez da noite. Eu ainda tenho que levar a Rita na casa da mãe dela, a velha faz aniversário amanhã.

— E o senhor não vai?

— Nem fodendo.

O Verona já levantava poeira na vicinal Carlos Braga, assustando lagartos e explodindo os pequenos mosquitos que se aventuravam no para-brisas. Eles vinham aos montes, fazia um calor terrível no noroeste do estado desde março. A tv dizia que não haveria redução significativa na temperatura para aquele ano; ao que tudo indicava, oitenta e sete seria um inferno na terra.

— Gosta dessa música, filho? — Pestana aumentou o volume e acendeu um cigarro em seguida.

Não demorou muito até que Derriê confessou:

— Acho que nunca ouvi um som tão pesado.

— Você não tem ouvindo muita coisa nova, né? Isso aí é Metallica, eu não gosto muito dessa merda, mas meu menino adora — estendeu a embalagem a Derriê. A capa era estranha, parecia uma poça de sangue. — Semana passada eu tive um quebra pau com ele, porque o Roney não queria cortar a merda do cabelo comprido. A mãe entrou no meio, então já viu. Acabou que ele não cortou o cabelo e eu dormi no sofá. A vida às vezes é uma merda, não acha, não? — Pestana riu.

— Se acho.

E era uma merda mesmo. Ainda mais para um cara chamado Derriê que não conhecia Metallica e ainda pensava que o Guns N' Roses era a única banda de rock do planeta Terra. Além disso, ele estava dentro daquele carro, quase sufocando com a fumaça de Benson Hedges do Pestana e sem a menor perspectiva de perder a virgindade. Isso era ruim, muito ruim. Ele já tinha dezessete anos, puta merda, ser cabaço aos dezessete deveria ser crime.

— Eu não lembrava desse lugar ser tão grande — Derriê disse quando avistou os holofotes azulados do Matadouro.

— E eu não sabia que você conhecia esse lugar.

— Meu pai trabalhou aqui, antes de... você sabe.

Claro que sim, como muita gente de Três Rios também sabia. O pai de Derriê traiu a esposa com um rabo de saia e deixou a mãe e o garoto para trás. A última notícia dele é que o rabo de saia se cansou e o velho comprou e reformou um Bar em Terracota.

— Há males que vem pra bem, garoto. Nem que seja pra bem longe — Pestana disse e diminuiu a velocidade. Dobrou à esquerda sem querer perder tempo com uma conversão decente. Em menos de cinco segundos havia tanta poeira no ar que não era possível enxergar a pista lá atrás.

— Por que eles nunca asfaltaram essa estrada? — o garoto tossiu um pouco do pó que entrou pelo vidro do Verona.

— Eu não faço ideia, mas, se quer um palpite, aposto que alguém lá dentro detesta visitas. O povo dessa cidade é enxerido, Três Rios cresceu, mas a cabeça do povo continua menor que uma ervilha, a estrada dificulta que o pessoal venha xeretar o que acontece aqui.

— Como se alguém se interessasse em ver um monte de bicho morto.

Pestana sepultou o cigarro e atirou a guimba do Benson pela janela.

— Eles se interessam, Derriê, pode apostar que se interessam. O ser humano é um bicho curioso, ainda mais quando o assunto envolve desgraças. Já reparou em um velório, por exemplo? Por que sempre tem mais gente velando um morto do que num batizado ou um casamento? O povo é igual urubu, filho, a gente não consegue sentir o cheiro da carniça e voar para longe, nossa fome não deixa.

— Isso é nojento — Derriê reclamou e cuspiu o amargo da boca pelo vidro. Peçanha riu e voltou a diminuir a velocidade do carro. As luzes do Matadouro já iluminavam o capô cor de sangue do Verona.

• • •

Não foi muito difícil entrar. Como Pestana disse, seu amigo da polícia estava ansioso para cooperar. Tão ansioso que o carro mal estacionou e o homem abriu o enorme portão metálico do Matadouro. Havia um Sete estampado nele, enorme e vermelho. Os dois homens se cumprimentaram sem muito entusiasmo. Derriê estendeu a mão e ficou no ar.

— Que bom que você veio, mas trazer o garoto foi um risco desnecessário.

— Ele é meu ajudante. Além disso, nós também começamos cedo.

— Guarda municipal não é trabalho de detetive, Pestana.

— Eu vim porque quis — Derriê encheu o peito para dizer. Escopa riu.

— Aposto que sim.

O vigia usava uma jaqueta grossa, bem mais eficiente do que as camisas finas de Pestana e Derriê. E o mais impressionante é que ele precisava dela, porque fazia frio dentro daquele lugar, frio de verdade. Escopa fechou o zíper até bem perto do pescoço e seguiu em frente, Pestana colado a ele.

— Achei que você não viria. Agradeço por acreditar em mim — disse o homem do matadouro.

Antes que o garoto abrisse a boca, Pestana olhou para trás e sinalizou com os olhos que estava tudo certo. Ok, uma mentirinha aceitável. Mas para Derriê era bem melhor acreditar que a iniciativa tivesse partido de Pestana. O detetive e o vigia seguiram conversando à frente, Derriê bem mais interessado no que lhe saltava aos olhos.

O lugar estava muito diferente do que conhecera e não só pelo espaço físico. Havia dois prédios separados, um pintado de cor escura e outro bem claro, possivelmente branco pelo azulado que refletia dos holofotes. Também havia contêineres de aço, de onde Derriê estava, conseguia ver três deles. Nos flancos do terreno, mais de cinco caminhões, alguns com caçamba de metal, outros com gaiolas, caminhões para transportar carga viva. No chão, somente a terra afofada pelo sereno.

Os dois homens que iam na frente tinham acabado de passar pelo segundo contêiner quando um urro fez Pestana parar de andar. Derriê apressou os passos até ele, assustado com o som horrível. Não era somente um som, era quase uma vocalização humana.

— São os bois — Escopa explicou. Eles as vezes fazem isso quando percebem a armadilha.

— Que tipo de armadilha? — o garoto perguntou.

— Eles não sabem que vieram até aqui para morrer — Pestana supôs acertadamente.

— É isso aí. Nós tratamos bem os bichos até acertarmos a cabeça deles. Se o animal percebe que vai morrer e fica estressado, a carne ganha um gosto ruim, fica amarga. Um veterinário que vem aqui de vez em quando contou que é a bile dos bichos.

— Acontece só com os bois?

— Não. Acontece bem mais com os porcos. Você já viu como eles morrem em um lugar como esse? — Escopa perguntou a Derriê. O assunto não era dos melhores, mas pelo menos o vigia agora falava com ele.

— Você não quer saber disso, filho — Pestana ainda tentou.

— Eu aguento — o garoto disse e chegou mais perto de Escopa.

— Os porcos ficam soltos um tempo, armazenados e se esbarrando como idiotas. Então alguém abre o portão e um sortudo consegue escapar da aglomeração. O corredor é apertado, mas o porco escolhido está feliz, afinal de contas, ele conseguiu escapar, certo? Errado... O infeliz está caminhando para o matador, que é chamado de magarefe por aqui. No caso do Sete, o magarefe fica no chão, abaixo do nível do porco. Então, quando o bicho passa, chuuiiifff — Escopa fez um som riscado —, ele sobe a faca e acerta direto no coração do bicho. Ele erra um ou outro no meio da porcada, mas o índice de acerto é de quase cem por cento. Depois que o bicho morre, vem um monte de gente nova para abrir a barriga, tirar as tripas, para deixar a carne bonita.

— Puta merda — o garoto disse. Estava um pouco mais branco que o normal.

Munido de boa intenção, Pestana tentou mudar de assunto, retornando ao mugido rouco que agora se repetia.

— Não sabia que também se sacrificava à noite.

— Por aqui a gente diz abate. Mas é raro, sim, quase sempre a carnificina acontece durante o dia. Se eu trabalhasse como um magarefe, ia preferir fazer à noite, por causa do sangue, sabe. Tem muito sangue onde eles matam os bichos. Sangue, urina, às vezes um animal se caga antes de chegar a hora. De noite, a visão não é tão boa.

— Não sei como alguém consegue trabalhar nisso muito tempo — Derriê desabafou.

— Muitos não conseguem. Bem, conseguir eles conseguem, mas a profissão cobra um preço. Quase sempre quem trabalha no abate ganha um peso novo no rosto. Envelhece cedo, essa gente não consegue ficar feliz como gente comum. Acho que eles também morrem um pouco cada vez que matam um bicho. Tinha esse velho que trabalhava aqui, o nome dele era Agenor. O velho matou boi, vaca, porco e galinha desde os quinze anos. Quando ele saiu daqui tinha sessenta e seis, mas quem via o pobre diabo dava noventa anos para ele. O coitado se matou dois meses depois de se aposentar, não com um tiro ou um machado, mas com o carro dele. Ele se jogou com o fusca de uma ribanceira.

— Que merda.

— Foi mesmo. Mas esse tipo de coisa acontece com gente que lida com a morte. Sabe como é... uma hora ela também se interessa — Escopa disse muito sério, como quem profetiza um fato.

Notando o silêncio azedo que tomou conta dos visitantes, ele mesmo engrenou um novo assunto.

— O Matadouro se tornou municipal em sessenta e sete, Três Rios cresceu comendo a carne desse lugar. E a cidade comeu tanto que inexplicavelmente quadruplicou de tamanho. Comeu tanto que logo começou a comer as cidades vizinhas com seu progresso. Cordeiros, Terracota, Acácias, Gerônimo Valente; cada uma dessas cidades acabou enfraquecida pelo apetite de Três Rios.

— Você está sendo cruel com a nossa cidade — Pestana disse, indulgente. Como Escopa e Derriê, ele agora olhava para o curro que acumulava gado a se perder a conta. Todos curiosos, mansos, sem imaginar que logo teriam a cabeça aberta por um machado ou, com sorte, uma pistola pneumática.

— Três Rios não é de toda ruim. De certa forma, a gente também sustenta a vizinhança.

— Sustenta? — Derriê perguntou.

— É sim. Desde setenta e sete toda a região recebe carne daqui do matadouro. *Só* daqui. Fizeram até uma lei para que isso acontecesse.

— Como assim? As pessoas ainda são livres para escolherem a carne que elas compram, não? — Derriê insistiu.

A resposta do vigia foi um sorrisinho e um tapinha nas costas do detetive.

— Venham comigo, quero que vocês vejam o que esse lugar esconde.

• • •

Não podia ser agradável caminhar ao lado de animais que seguem seu cortejo para a morte, mas os depoimentos ininterruptos de Escopa tornavam a situação muito pior. Pestana seguia calado a maior parte do tempo, vez ou outra cedia espaço para uma palavra concordante ou um suspiro. O garoto tentava não fazer nem isso. Quem sabe se ficasse quieto, o amigo de Pestana se desinteressasse em continuar com aquilo. Não era o que acontecia...

— ... alguns animais me pegaram de surpresa. Eu não imaginava que porcos eram estressados até me registrar nesse emprego. Os infelizes são tão apavorados que têm ataque cardíaco com frequência, então caem bem aí, travando a fila do abate.

— Coitados — Pestana disse.

— Os que morrem logo têm mais sorte. Os que sobrevivem, com a pressa de liberar a esteira, são cutucados com paus e pedaços de ferro. Os que não andam, levam estocadas no traseiro.

— E isso não piora tudo? Eu não sei os porcos, mas depois de um ataque do coração, uma estocada no traseiro não me faria andar mais depressa.

— Alguns não andam, então os funcionários da linha enfiam o gancho dentro da bunda do bicho e puxam de volta. Se o porco tiver mais na frente, enfiam o gancho na boca. Eu já vi porco com o cu rasgado, já vi dois ou três perderem um pedaço da boca, puta merda... como eles gritavam, parecia até gente.

— Acho que eu não quero ouvir mais nada — Derriê disse. Se saber aquilo tudo já era horrível, era praticamente insuportável ao lado da esteira. Enquanto caminhavam, mais bichos passavam por eles, todos indo direto para a morte.

— Você não é o único, rapaz. Na verdade, ninguém quer ouvir. Acho que foi um dos Beatles, se não me engano o Paul, quem disse que se os matadouros tivessem paredes de vidro todo mundo seria vegetariano. Eu já vi cabeças de gado presas na proteção da linha, e eu já vi os funcionários cortando os pescoços com os bichos ainda vivos e comemorando em seguida. Alguns dos caras se acostumam tanto, que começam a se divertir com o sofrimento dos bichos. Às vezes, os animais chegam perto de alguém, como se pedissem ajuda e carinho, e dois minutos depois o mesmo cara amassa a cabeça deles com um cano. Os bichos gritam enquanto tiver um fio de vida neles, gritam até quando não deveriam estar mais vivos. Jesus, eu já vi um porco nadando no tanque de escalda, nadando e derretendo vivo.

— É melhor mudarmos de assunto — Pestana reforçou. — E você podia ter me avisado que essa merda faria expediente noturno.

— Não é rotina, a gente também foi avisado de última hora. Às vezes acontece de um produtor vender uma carga a preço de banana, e de ter gente ansiosa pela compra na região. Nesse caso, os homens descem a marreta até o sol nascer, e continuam batendo enquanto tiver um boi berrando. O serviço pode ir até mais tarde, porque tem o corte, a desossa, porque quando os bichos saem daqui estão prontos para que o pessoal da cidade consiga ver — o homem encarou Derriê. O garoto olhou para os pés, ele já não aguentava mais encarar Escopa ou todos aqueles seres que em breve receberiam a classificação de alimento.

Finalmente em silêncio, Escopa tomou a direção oposta dos golpes e reclamações animais. Subiu um lance de escadas de aço, abriu e passou por uma porta do mesmo material, e esperou que os dois visitantes o seguissem.

O novo espaço era bem melhor, um escritório. Não era grande coisa, apenas uma mesa com três cadeiras e um microcomputador, uma janela coberta com persianas orientais e fluorescentes chiando no teto, mas pelo menos estava livre dos animais e de seus pedidos e ajuda.

— Por que estamos aqui, Escopa? — Pestana perguntou.

— Que eu me lembre, você me telefonou — o vigia respondeu e retirou a jaqueta pesada. Colocou-a nas costas da mesma cadeira que ocupou em seguida. — Plínio morreu aqui dentro, Pestana, exatamente como você suspeita. Mas isso vai bem mais longe do que dois caipiras como eu e você podemos imaginar.

— Vai tentar me contar?

Atento à conversa e longe de estar tranquilo, Derriê era o único em pé dentro da sala. Puxava as persianas da janela, tentando descobrir uma possível rota de fuga além da porta de aço. À mesa, Escopa continuava.

— Jesus Cristo, eu não sei nem como começar. Todos esses animais, essas carcaças. Reparou como não existem carniceiros por aqui? Cães, urubus, mesmo as moscas?

— Pensei que fosse por conta do horário.

— Não, meu amigo, a fome não escolhe hora. Sem contar que cães vadios saem pra procurar carniça à noite, quando tem menos gente de olho neles. As moscas também não param de trabalhar, entende aonde eu quero chegar?

— Pra onde vão os restos? — o garoto se antecipou.

Escopa calado outra vez, alternando olhares entre os dois. As mãos se cruzaram sobre a mesa, o queixo pousou nelas.

— Pode confiar em mim, Escopa. Saí da polícia para não me sujar, lembra?

— Por acaso vocês ouviram falar de um homem chamado Hermes Piedade?

Os dois sacudiram a cabeça, embora Pestana ainda reconhecesse o nome de algum lugar obscuro em seu cérebro.

— Talvez tenham ouvido falar da AlphaCore Biotec — Escopa continuou. Eles têm um escritório em Três Rios, fica ao lado da igreja, onde funcionava o antigo orfanato, nos anos trinta.

— Eles têm um programa de extensão na faculdade — Derriê disse. — Para quem está cursando química, biologia ou agronomia é uma coisa boa. Além de desconto na mensalidade, eles pagam os estagiários. Não é muito, mas ajuda.

— Nada que venha da AlphaCore é coisa boa. E esse homem que está à frente dos negócios, Hermes, ele é um demônio. Eu ainda tenho a veia da investigação pulsando aqui dentro, então descobri algumas coisas sobre esse cara. O sujeitinho chegou na cidade com um carro velho e um pulverizador, outro vendedor de fertilizantes milagrosos. Nessa época, coisa de vinte anos atrás, a AlphaCore se chamava AgroHermes, e não era mais importante para a agricultura que um caminhão de estrume. Mas Hermes logo percebeu a possibilidade, na década de sessenta o agronegócio ia mal das pernas na região. Ele foi de banco em banco, até que levantou o dinheiro que precisava. Começou a pesquisar o solo, ele também testava substâncias químicas cada vez mais potentes, venenos que ele mesmo manipulava no laboratório clandestino que o safado ergueu com parte do empréstimo.

— Meu pai dizia que todo homem rico acende velas para Deus e para o Diabo.

— Hermes Piedade não precisa de duas velas, meu amigo. Eu já vi o sujeito por aqui algumas vezes, sempre com um advogado e o seu Timóteo Phoebe, o cara que faz as engrenagens do matadouro continuarem rodando.

— Ou as marretas continuarem subindo — Derriê tentou a piada. Ninguém riu.

— Hermes é um homem muito, muito estranho. Fala mansa e rouca, andar acocorado, e ele é meio pálido, chega a ser esverdeado. Sabe o tipo de pessoa que parece não ter uma expressão definida na cara? A gente não sabe se ele está feliz, ou puto da vida, o rosto enrugado do infeliz sempre está aberto a interpretações. Mesmo as rugas, elas não são rugas normais. São mais grossas, densas, a pele do homem parece firme como o couro de um porco. Mas as rugas ainda estão lá, ô se tão, cavadas naquele rosto estranho.

— Isso não faz dele um monstro. Tem gente que nasce feia — Pestana tentou tirar o peso da conversa.

— Não é só feiura. Aquele sujeito parece saído de um tambor de césio 137, principalmente a pele esverdeada e os olhos azuis. Não é um azul normal, Pestana, eles brilham demais.

— Está fazendo todo esse rodeio para dizer que foi esse homem quem desapareceu com Saulo Dias?

— Não. Mas eu não vou me surpreender se tiver o dedo podre do Hermes nessa história — Escopa se levantou. Foi até a janela e, antes que chegasse a ela, Derriê se sentava na cadeira ao lado de Pestana.

Escopa desceu as persianas e conferiu o outro lado, que dava para o pátio de contensão do gado. De cima, parecia um tapete vivo.

— O responsável por não existir praticamente nenhum bicho carniceiro por aqui é Hermes Piedade, ou melhor, uma das porcarias que ele vende.

— Pesticida? Inseticida...?

— Na verdade, é um composto, um tipo de ácido. O pessoal daqui chama de Resíduo Zero, foi um deles quem me passou essas informações, um pouco antes de morrer de câncer. Eu já vi como eles fazem. As carcaças, o que sobra dos bichos, vai tudo para um pátio coberto, aqui mesmo no matadouro. Eles jogam os restos nesse terreiro, camadas e mais camadas. Depois vem esse pessoal e pulveriza a coisa verde sobre as carcaças. Juro por Deus que em menos de dois dias tudo o que sobra é uma gosma suja, tem cheiro de clorofórmio. Quando tudo está derretido, eles usam tratores para misturar com a terra. Depois envasam em sacos e vendem como fertilizante, o HSB PRO.

— Eles têm autorização para isso?

— E quem se importa? Puta merda, Pestana, você sabe tão bem quanto eu que essa gente manda e desmanda na fiscalização daqui. Com a grana que eles têm, devem ser donos da porra da Vigilância Sanitária. O maior problema vem depois, porque ninguém sabe de fato o que essa coisa verde faz com as pessoas. E a gente come daquilo, quando a gente não come diretamente, come o gado que se alimentou de capim contaminado com essa coisa. Além do sujeito que morreu de câncer, eu sei de dois ou três casos de contaminação direta, dos caras que pulverizavam as sobras. Um deles teve um problema no braço, parece que precisou amputar depois de um tempo, outro perdeu o juízo. Eu fico me perguntando o que mais um veneno que desaparece com carcaças e ossos pode fazer com uma pessoa viva.

— Ou com uma pessoa morta... — Pestana supôs. — Queima de arquivo, eles podem ter feito isso com Saulo Dias. Sem corpo não existe crime, certo? Fim da história.

— Quem era esse cara? — Escopa perguntou.

— Promotor Saulo Dias. Ele estava investigando irregularidades contratuais no Matadouro quando desapareceu. Hoje faz vinte dias. A documentação contratual cita um homem morto, um cigano.

Da janela, Escopa engoliu tão alto que a garganta estalou.

— Tem mais alguma coisa para me contar? — Pestana o ajudou.

Suspiro.

— Essa gente é perigosa, meu amigo — o detetive continuou. — Entendo que você esteja com medo, mas pelo menos caia fora daqui. Tire a Norma daqui; vocês podem ir para casa da mãe dela na capital. Eu faria isso se não dependesse dessa merda de emprego para botar comida na mesa.

— Comida envenenada — Derriê disse. Dessa vez não soou como piada, mas como uma triste constatação.

— Você é um bom homem, Pestana. Acho que merece saber a verdade sobre esse lugar maldito — Escopa deixou a janela e caminhou até a porta.

— E eu? — Derriê se levantou antes mesmo que Pestana o fizesse.

— No seu lugar eu esperaria do outro lado dos portões — Escopa disse e manteve a porta aberta.

• • •

Os três tomaram um corredor comprido, depois um elevador ascendente, em seguida outro corredor mais curto e mais um elevador, que desceu por quase um minuto inteiro. Dentro da caixa de metal, as respirações eram altas e pesadas, os olhos se mantinham no teto.

— Se a intenção é que eu me perca dentro desse lugar, você já conseguiu há cinco minutos — Pestana disse.

— Eu também demorei para aprender o caminho. E da primeira vez que encontrei, preferia não ter descoberto.

O elevador chegou em seguida e, assim que a porta se abriu, Derriê tapou o nariz com as mãos:

— Puta que pariu, que cheiro é esse?

— Parece que estou respirando bosta — Pestana esclareceu.

— É enxofre. O problema é que tem mais coisa misturada.

Havia um ruído mecânico que vinha de todos os lados. Correntes, correias, polias. Plataforma, engrenagens e engates. Junto com o odor apodrecido, também havia algo rançoso, como óleo de cozinha usado, que ficou velho e ressecado. Alguma ferrugem.

O andar inferior era como um porão, mas ao mesmo tempo também tinha algum apelo industrial, como uma fundição de aço ou alumínio. O garoto pensava em dois filmes que assistira há pouco tempo, *Exterminador do*

Futuro e *A Hora do Pesadelo*. Nos dois existia aquele mesmo ambiente escurecido, esfumaçado e quente. Deus, como era quente.

— Caramba, qual é o tamanho desse lugar? — Pestana perguntou depois de um tempo. Pelas contas de Derriê, eles já haviam andando cem metros ou mais sobre plataformas e escadas.

— Não faço ideia, mas cada vez fica maior.

— E não tem ninguém aqui embaixo? — Derriê.

— Não me pergunte de onde veio a tecnologia, mas é tudo automatizado. De vez em nunca a gente vê um engenheiro andando por aqui, mas é muito raro. Eu nem acho que eles falam a nossa língua. É tudo gente de fora.

— Como você descobriu esse lugar?

— Da mesma maneira que vocês dois: às vezes o saber é um fardo muito pesado para se carregar sozinho.

O novo lance de escadas era pequeno, apenas cinco degraus apertados. Quanto à porta à frente deles, era bem mais interessante, ela lembrava um pouco a escotilha de um submarino. Escopa precisou fazer força para desemperrá-la, e assim que conseguiu disse a Pestana e ao garoto:

— Preciso que vocês tenham muita calma a partir de agora. E nem pensem em sair correndo ou vão se perder dentro desse lugar.

— Tá querendo assustar a gente? — Derriê perguntou, tão alarmado que sua voz fraquejou ao passar pela garganta.

— Acredita em mim, guri: depois que vocês passarem por essa porta, eu não vou precisar me esforçar para isso.

• • •

O escuro pode ser misericordioso algumas vezes, e foi somente breu que os olhos de Pestana encontraram em um primeiro momento. As narinas não tiveram tanta sorte, queimaram tanto que o detetive precisou recuar até a porta, o que repetiu algumas vezes antes de conseguir se acostumar minimamente. Atrás dele, Derriê tentava tomar a dianteira.

— Acho melhor você ficar do lado de fora.

— Tá me zoando? Ficar do lado de fora depois de ter vindo até aqui? — Derriê insistiu.

— Garoto, nada com um cheiro tão indecente pode prestar — Pestana esfregou os olhos. — Eu também iria embora se não estivesse trabalhando.

— Só saio daqui se o senhor for junto comigo.

Os dois se encaram à porta, e por um momento pareceram bem mais pai e filho do que instrutor e estagiário.

— Vocês vêm? — Escopa perguntou do lado de dentro.

A visão tende a se esforçar bem rápido para se acostumar com o escuro, e o esforço aumenta um bocado quando o resto do corpo se sente ameaçado.

— O que é isso aqui? Um freezer? — Derriê perguntou. Conseguia ver alguma coisa dois metros à frente, pareciam peças de carne.

— É melhor vocês respirarem fundo — Escopa disse e os cegou momentaneamente com a luz.

Nos primeiros dois flashes da florescente, Pestana acreditou ser vítima de uma ilusão. Junto com a agressão do terceiro, acreditou estar sonhando. E foi só quando as luzes se estabeleceram que ele se afastou, procurando o apoio de uma das paredes azulejadas para compensar a incapacidade das pernas. Ao seu lado, Derriê soltava o primeiro jato de vômito da noite.

— Minha... nossa... senhora. Que tipo de merda é essa? — Pestana conseguiu perguntar com muito custo, brigando com a respiração que não queria continuar.

— É exatamente o que parece, Pestana.

Eram corpos.

Corpos humanos.

Havia mais de dez carcaças dependuradas pelos pés, sangue no chão, músculos seccionados, pedaços de gordura que resistiam nos tecidos. Nada de pele, pelos ou cabelos.

— Eu quero sair daqui! Pelo amor de Deus, me tira daqui! — Derriê gritou, apanhando os antebraços do detetive com força suficiente para deixar uns arranhões na pele.

— Calma, garoto, também estou apavorado — Pestana liberou a mão direita e a deslizou até a cintura.

— Eu não sou uma ameaça, meu amigo — Escopa previu seus movimentos e chegou mais perto. — Acredite ou não, eu não consigo mais conviver com... com isso — botou a mão sobre um dos cadáveres. Em seguida a esfregou nos azulejos, deixando um rastro vermelho e denso.

— Me conta o que sabe de uma vez, tudo o que você sabe.

— Garoto, monta guarda na porta. A gente não quer ser surpreendido.

Apesar de estar ansioso para sair de perto daqueles cadáveres, Derriê confirmou a ordem com Pestana. O detetive assentiu.

— Três Rios não é o que costumava ser há muito tempo. Os crimes aumentam, pessoas desaparecem, a polícia não consegue dar uma satisfação às vítimas. A fé vai embora e cede espaço para o misticismo e a superstição. Tem lido os jornais ultimamente?

— Preciso ler se quiser continuar na ativa. Ninguém contrata um detetive desinformado.

— Gente que volta dos mortos, assassinatos, chegou a chover sangue em Cordeiros, sangue! Eles podem dizer o que quiserem, mas testaram a maldita coisa vermelha que caía das nuvens, AB positivo, puta merda... E você sabe o que dizem sobre o Diabo andar passeando por aqui.

— Conversa... Todo mundo culpa o Diabo por tudo.

— Alguns viram o Diabo, viram com os próprios olhos. Viram trinta anos atrás e há dois anos. A mesma descrição, Pestana, e nós dois sabemos que certas informações nunca saem dos relatórios da polícia.

— Quem fez isso não foi o Diabo, Escopa. Foi gente como eu e você.

Um ruído metálico fez o detetive sacar a arma e girar o corpo para trás.

— Puta que pariu, moleque! Quer levar um tiro? — Pestana tornou a guardar o revólver.

— O que tem aqui dentro? — Derriê perguntou ao vigia e voltou a bater no inox. A coisa parecia um segundo refrigerador, ia do chão ao teto.

— Vá em frente, a porta sempre fica aberta. É só puxar a alavanca para baixo.

— Eu poss...

— Abre logo essa merda — Pestana caminhou até ele.

Com a visão bizarra, o sangue dos corpos pareceu ter mudado de rota. Os olhos nublaram, a bexiga cedeu um pouco, o estômago se afundou em um abismo de gelo. Derriê vomitou pela segunda vez.

— São as roupas deles — o vigia explicou.

— De quem, porra?! — Pestana perguntou. O cérebro querendo explodir, incapaz de assimilar mais horrores.

— Isso aí é pele? — Derriê limpou a boca com o punho. — Pele de gente?

— É o que cobria aquela gente pendurada ali na frente.

— O que é toda essa abominação? O que significa?

— Você não acredita em Deus, Pestana. Por isso eu duvido que consiga acreditar no Diabo. Mesmo assim, cara, você precisa acreditar em alguma coisa. Eles estão vindo lá de baixo, Pestana, do porão. Eu já vi um ou dois deles, são demônios. A pele se parece com a dos porcos, um ex-funcionário daqui também viu, ele disse que as coisas eram Damaleds, foi um pouco antes de internarem o Clayton na clínica de doidos de Terracota. Seja lá o que essa merda de Damaleds signifique, esses demônios precisam da carne das pessoas para andar aqui em cima.

— Um disfarce?

— Não me pergunte. Tudo o que eu sei é que eles se apropriam das peles e os engenheiros fazem os enxertos. As carcaças acabam desaparecendo daqui e ninguém sabe para onde elas vão.

— Eu nem quero imaginar — Pestana disse. Derriê engulhou.

— Essa cidade está podre, Pestana. Tão podre que começou a apodrecer as cidades vizinhas. De alguma forma tudo isso começa aqui, nessa porra de matadouro.

— Precisamos chamar a polícia.

— Não.

— Não? Então por que me mostrou tudo isso?

— Porque você andou remexendo no lixo dos outros, e os outros, nesse caso, nem são seres humanos. Chamei você porque sou seu amigo. Eu vou sair da cidade daqui a três dias, quero que você faça o mesmo.

— Carlão, minha vida é aqui. Se alguém está transformando minha cidade em um inferno, eu vou lutar para que isso não aconteça.

— Você me convenceu a sair da polícia quando a coisa ficou feia. Eu entreguei minha licença e o meu parceiro morreu na semana seguinte, levou uma bala nas costas. Não tenho uma bola de cristal, mas, se eu ainda estivesse na polícia, aquela bala poderia ter me acertado. Estou retribuindo o favor, Pestana, porque é isso que os amigos fazem.

— Gente? — o garoto perguntou às costas dos dois. Pestana girou o corpo.

— Merda...

Break off the tab with a screwdriver.

Do pó ao pó é engraçado e divertido
Nós sabemos que o Major Tom é um viciado
Estendido no alto do paraíso
Atingindo a maior decadência da história
DAVID BOWIE

HSBF6-X

Ashes to Ashes, funk to funky//We know Major Tom's a junkie* **Strung out on heaven's high//Hitting an all-time low Ashes to Ashes — **DAVID BOWIE**

Assim que o homem recobrou os sentidos, sentiu vontade de vomitar.

O odor que o invadia habitava o ranço e o azedo, e conseguia ser vigoroso como a decomposição que restaura a vitalidade da terra. Impiedosamente, os olhos continuavam vendados. Ao que tudo indicava, aquele desgraçado sabia que certos horrores se tornam bem mais intensos quando estão livres na imaginação.

Pelo pouco que viu durante o translado, a sala com o número 3 poderia ser tanto um sótão quanto o porão, mas o cheiro a acusava de se tratar de um lugar bem pouco frequentado pelo sol. Quase sempre não havia vento ou qualquer movimentação do ar e, quando existia, significava que a loucura estava recomeçando.

Sob condições tão extremas, quanto tempo um homem leva até enlouquecer de vez? Existe um limite para a experimentação humana?

Provavelmente Tierri tinha essa resposta, mas ele foi o primeiro a desaparecer.

Quanto aos outros, Milton não os via ou ouvia há pelo menos cinco dias, mas podia fazer bem mais tempo.

Ele e os outros estavam sendo mantidos em cárcere e submetidos a todo tipo de estresse diariamente, e era sempre muito pior quando alguém os arrastava sozinhos. Algumas vezes, era possível ouvir o eco dos corredores e salas distantes, quase sempre embalado por gritos que imploravam ajuda ou perdão. Milton pediu perdão várias vezes. Não que no início houvesse algo a ser perdoado, mas quase sempre existe um motivo, algum tipo de "desvio de conduta" bizarro e distorcido que motiva o algoz a penitenciar sua presa.

Milton sentiu as mãos de alguém retirando sua mordaça.

— Obrigado.

Em seguida precisou gritar.

— Ahhhhh, Deus!

Estava sendo mantido sobre uma poça d'água. Dentro daquele espaço obscurecido, sempre que a poça secava, alguém chegava mais perto e atirava um balde cheio. Nelson Guevara morreu por conta disso, afecção respiratória. Eles o deixaram morrer, afinal, ele já tinha dito e feito tudo o que sabia, talvez um pouco mais. Acabou se tornando o que chamam de obsoleto.

— Pelo amor de Deus! Não precisam me eletrocutar! Eu já disse que vou colaborar. Eu tenho colaborado, não tenho?

Dois homens trocaram um riso curto. Um deles se justificou:

— É pra ficar esperto, doutor. O próximo choque é no cu.

— Ou nas bolas — o outro completou.

Agora era o ruído da porta, depois, um pigarrear dos dois homens.

— Ele já tá acordado, do jeito que o senhor mandou.

Milton ouviu os passos chegando cada vez mais perto, e em cada um deles um osso se rebelou em seu corpo. Também ouvia uma curta respiração cheia de catarro. Sentia o cheiro químico daquele homem.

Então a venda sendo retirada.

— Continua sendo bem tratado, dr. Milton?

Milton firmou os olhos, piscou, demorou um pouco para conseguir o foco. O cômodo ainda estava muito escuro, mesmo sem tecidos bloqueando a visão. Infelizmente, a retomada dos olhos trouxe aquele rosto de novo, aquele demônio.

— Por quanto tempo vai me manter aqui?

— Depende. Qual o tamanho da vontade de ir embora?

— Você é um maníaco, a polícia vai encontrá-lo. Nós somos pessoas importantes.

— Claro que são, aliás, eu diria que você e seus amigos *foram* fundamentais. Era quase impossível manter o controle.

Desde que chegaram, todas as conversas começavam com esse mesmo tom corporativo, quase professoral. Então o homem de olhar brilhante pedia algo tecnicamente impossível, e isso era o estopim para sua loucura explodir.

— Temos muito a comemorar hoje — ele disse em sua voz rouca.

Milton apertou a garganta, mas o choro veio do mesmo modo.

— O que conversamos sobre esses destemperos? — o outro perguntou.

— Pelo amor de Deus, eu estou quase mijando na roupa. Onde estão os outros? O que fez com eles?

O homem riu, mas não foi bem um riso. Foi mais como uma tosse.

— Devia se preocupar consigo mesmo, doutor. — O homem girou de costas e se afastou dois ou três passos. — Podem acender as luzes — ordenou em seguida.

• • •

Depois do clarão ofuscante, Milton experimentou um horror tão intenso que todos os seus sentidos se recusaram a admitir a verdade. Os olhos embaçaram, os ouvidos fecharam, o cérebro criou possibilidades que jamais seriam plausíveis na realidade que conhecia.

Mas, no fim, eram eles.

Ainda usavam jalecos e *somente* os jalecos. Uns com manchas de sangue, outros com borrões de vômito, quase todos rasgados e conservando bem pouco da cor branca original.

— Você é um doente! — Milton desabafou.

O homem riu e deixou suas rugas grossas cavarem o rosto.

— Claro que eu sou. Por que outro motivo eu sequestraria os melhores doutores do país se não fosse um doente? Ou buscasse uma cura, que seja? Temos médicos, biólogos, nutricionistas, especialistas em radiação, temos inclusive um psicólogo!

O homem começou a caminhar à frente dos corpos. Todos estavam amarrados à macas posicionadas verticalmente.

— Se os seus amigos tivessem sido minimamente flexíveis, ou mesmo razoáveis, eles ainda estariam, como posso dizer... do lado certo do balcão.

Mas não... eles preferiram se vestir com a armadura da arrogância, preferiram agir como gênios intocáveis. É por isso que os cadáveres ainda usam esses guarda-pós ridículos, para mantê-los acima da grande e piolhenta casta humana. No fundo, é um ato de benevolência da minha parte.

Milton mantinha os olhos nas pessoas que o acompanharam nos últimos meses. Rose, Nelson, Dênis, Tierri, Érica e De Guilles, todos mortos.

Érica foi uma das primeiras, e seu corpo semidecomposto ainda mantinha a assinatura da morte. Sendo uma mulher, claro que aquele cretino explorou o principal horror feminino. Ela ainda conservava sangue escorrido nas pernas, mas os olhos haviam sido arrancados. Milton se lembrava dos gritos, fizeram o que fizeram com ela ainda viva. E mesmo manchado pela morte, o corpo não deixava de conservar alguma beleza. Tierri havia sido decapitado, a cabeça estava costurada em suas mãos. Rose tinha um corte aberto na barriga, os intestinos se enovelavam no chão. Pelas manchas no jaleco, os seios haviam sido arrancados. Alguém também raspou sua cabeça, transformando-a em uma espécie de palhaço. Milton conhecia o motivo, ela era a mais velha do grupo, cerca de sessenta anos, e também era a mais vaidosa — o que a mantinha na faixa dos quarenta. Os outros estavam menos mutilados, o corpo de De Guilles estava praticamente intacto. Dênis tinha um estetoscópio enfiado nos ouvidos (bastante enfiado...), mas, fora isso, parecia ter sofrido bem menos. Até mesmo na morte a diferença no tratamento com as mulheres se provava cruel.

— Santo Deus, o que é isso, o que deu em vocês?! Isso não é obra de seres humanos! O que são vocês? O que é você, seu desgraçado maldito!

— Eu? — O homem riu. — Eu sou o que essa cidade precisa. Sou o progresso, um bom amigo, eu sou a própria cura para os freios da civilização! Sabe, doutor, eu precisei rodar todo esse país para entender o que coloca a humanidade no topo da cadeia alimentar. Nós não somos os mais aptos e resistentes, muito menos os mais fortes. Mas somos impiedosos, dr. Milton, impiedosos e práticos.

Voltou a se aproximar.

— O senhor recebeu minhas cartas, como todos eles — apontou para os cadáveres. — Eu pretendia assalariar vocês, inclusive. Mas qual foi meu pagamento? Vocês me ignoraram, me rotularam como um... Como foi mesmo que sua amiga Érica me chamou? Um dano ambiental ambulante... — manteve o ar risonho. — Sabia que dois dos seus amigos colocaram a polícia no meu encalço?

— Eu não fiz isso, eu colaborei desde o primeiro momento.

— De fato, eu não teria conseguido chegar ao composto sem o seu conhecimento. Mas sabe o que me deixa curioso? Por que tamanha resistência em me atender? É pedir muito uma fórmula que devolva aos braços da mãe Terra tudo o que lhe foi tomado? Que devolva rapidamente?

— Não é só um composto, aquilo é lixo tóxico, é veneno.

— Veneno ou não, o senhor descobriu o que precisávamos, e é graças a essa única conquista que o senhor ainda está vivo. Vocês acabaram com a minha empresa, acabaram com a minha vida. Precisei rodar esse país de norte a sul com uma montanha de agrotóxicos no porta-malas, e não foram poucos os dias em que me perguntei quanto tempo faltava para Deus me levar dessa terra maldita. Mas havia aquela voz interior, e ela sempre dizia "segue em frente, Hermes, segue em frente que as coisas vão melhorar". E um belo dia eu encontrei esse lugar, quase acidentalmente, procurando por um maldito posto de gasolina no meio do nada. Não sei o que senti quando pisei no asfalto trincado dessa cidade, mas alguma coisa me tocou profundamente.

— Deve ter sido o dedo do Diabo.

— Quem sabe? Por que não? Precisamos continuar abertos a todo tipo de possibilidade, dr. Milton. Se foi Deus, o Diabo ou alguém do alto escalão do limbo eu não me importo, mas gosto de pensar que essas terras possuam uma energia especial.

— Que está acabando com você, Hermes, basta olhar pra sua pele para perceber isso. As substâncias envolvidas ainda não foram completamente estudadas, não sabemos o mal que elas podem causar.

— De onde estou, só vejo o bem que elas causaram, principalmente na minha conta bancária.

Milton devolveu a atenção aos outros cientistas. Sentiu vontade de vomitar.

— Vai me deixar ir? Eu fiz minha parte, não foi? Eu entreguei o que você queria.

Hermes sustentou o olhar azulado e pediu aos homens, sem desviar sua atenção:

— Arrastem a tv pra cá.

Milton sentiu o estômago se perder dentro dele, como se tivesse encolhido.

Os capangas trouxeram um aparelho de tv em um carrinho e entregaram um controle remoto a Hermes. O aparelho acendeu, repleto de chuviscos. Hermes empurrou uma fita no videocassete que existia no mesmo móvel.

— Não é o que parece! — Milton disse.

— Não? — Hermes aumentou o volume. — A imagem é uma merda, mas eu poderia jurar que essa é sua voz.

"*Não sei que lugar é esse, mas estamos sendo torturados diariamente por esse maníaco. Ele nos sequestrou, eu e mais seis pesquisadores. Esse desgraçado quer a nossa ajuda para um agrotóxico, o composto é instável, ele vai envenenar cada grão de terra que essa coisa tocar! Somos torturados dia e noite, eu não vejo o dr. Nelson Guevara há dois dias e...*"

— Acho que é o suficiente — o volume foi ao zero. — Confesso, dr., que me surpreendi quando esbarrei em seu conhecimento sobre eletrônica analógica. O que mais o senhor sabe fazer? Também consegue executar malabarismos circenses? É maratonista?

— Eu precisava tentar, pensei que iam me matar.

— Foi uma boa ideia. A transmissão em frequências discretas e pouco utilizadas ainda será muito representativa no futuro, penso inclusive em patrocinar uma pesquisa séria nesse sentido. Mas quem iria imaginar que o senhor conseguisse fazer isso com os monitores do laboratório? Genial! Realmente ge-ni-al! Percebe como o senhor continua me sendo útil, mesmo quando se comporta como um filho da puta desgraçado de merda?

— Pensei que vocês me matariam.

— Claro que pensou. Afinal, homens dedicados como eu e o senhor aprenderam a não confiar nos outros há muito tempo. E se serve de consolo, o senhor tinha toda a razão. Nós decidimos matar todos vocês quando nos perguntamos quanto tempo levaria pra vocês darem com a língua nos dentes. Ou entregarem tudo de bandeja a um concorrente.

— O composto não é seguro. Você precisa de mim pra não envenenar as pessoas.

— E quem se importa, senhor Milton? O composto é uma saída rápida para a questão agropecuária e isso é tudo o que eu preciso saber. Consome carne, consome vegetais, consome ossos! Pensou na economia dessas toneladas de lixo se tornando adubo em um tempo praticamente desprezível? De certa forma, o que estamos fazendo é dar uma mãozinha para a mãe natureza. Se vai morrer gente? Claro que vai, como também morre gente em um terremoto, em uma queda de raio, pensou nas epidemias? Gente precisa morrer para que o mundo possa viver. Dr. Milton, renascer é uma lei natural que não podemos desprezar. Quanto ao nosso componente, é basicamente ácido fluorantimônico com uma adição muito especial, ele também pode ser chamado por nós, cientistas, de Resíduo Zero. Tenha certeza de uma coisa, depois de usar ele nada mais existirá, é do pó ao pó. Uma verdadeira chance ao renascimento, a hora certa de corrigirmos o que deu muito errado aqui na terra.

— Eu posso ajudar, ainda temos muito a fazer.

— É sempre impressionante observar uma pessoa motivada — sorriu. — E já que sua intenção é contribuir, vamos colocá-lo outra vez no programa. Não vamos, rapazes?

Milton começou a esticar os lábios enquanto os ajudantes saíam, mas os reduziu a um risco quando o primeiro deles voltou a atravessar a porta.

— Merda.

. . .

Ele foi mantido acordado o tempo todo, e precisou de uma nova sessão de espancamento (e um choque nas bolas) para aceitar a maca. Depois que o colocaram de frente para os outros, Hermes se despediu e deixou o cômodo claustrofóbico. As luzes se apagaram, Milton gritou por quase dez minutos, embebecido em seu próprio pânico. Agora, estava calado, praticamente sufocado com o muco que corria na garganta. Ele morreria, e pensar em como seria chegava a ser pior que a ideia de deixar de existir.

A porta se abriu mais uma vez, e o homem de olhos azuis disse enquanto a borracha de seus calçados avançava:

— Tentei não demorar, mas essas roupas de proteção são uma merda. Podem acender de novo, rapazes.

Hermes estava protegido com um avental de plástico. Usava calças de plástico e botas de proteção. Havia um capacete equipado com máscara e filtro na cabeça, que só deixava à mostra dois terríveis globos azuis. As mãos protegidas por grossas luvas sustentavam uma pistola presa a um cabo de inox que ia até o recipiente plástico preso às costas.

— Seu doente! Não joga isso em mim! Não joga!

Hermes subiu o visor do capacete e baixou a máscara.

— Tenha decência. Você foi promovido a último grupo de estudo, e será o primeiro humano vivo a testar esse milagre. Além de inventor maior do Resíduo Zero, você será o primeiro a nos dar um vislumbre de sua incrível capacidade em operar sobre matéria orgânica viva.

— Tenha misericórdia. Tenha piedade.

Hermes voltou a rir.

— Piedade é minha assinatura, dr. Milton — Voltou a descer o capacete e começou a pulverizar os corpos.

Horrorizado, Milton viu cada gomo de carne se derreter. Presenciou os jalecos se tornando úmidos e escorrendo junto a músculos e cabelos. Surpreendeu-se ao notar que o sangue mudava de cor quando entrava em contato com o líquido aspergido, assumindo uma coloração verde e pulsante. Então tudo ia ao chão, libertando uma fedentina sem precedentes.

Os olhos de todas as cobaias explodiram, e a cada estalo Milton verteu um jato de vômito. O pênis de Tierri, o homem já decapitado, inflou um bocado antes de se liquefazer, e seus escrotos se esticaram como um pedaço de colágeno aquecido. Os ossos eferversceram, e não demoraram a se tornarem líquidos.

— Deus do céu! Não! Isso é loucura! — Milton gritou quando o jato líquido atingiu o homem mais intacto do grupo, De Guille. Era exatamente o que aconteceria com ele. A pele inflaria, depois perderia o tônus, os músculos desistiriam dos ossos formando grandes gomos de carne, os cabelos se precipitariam como fuligem. Então, chegaria a vez das particularidades anatômicas imprevisíveis, que iam desde olhos explosivos à escrotos alongados. Milton fechou os olhos e se preparou para o jato mortal. Então tudo foi domado pela sutileza de um gotejar. Milton abriu os olhos.

— Últimas palavras, dr.? — Hermes o questionou.

— Vá pro Inferno!

Hermes riu e atirou o capacete para longe. Se livrou da máscara e empunhou a pistola de pressão com mais vontade.

— Acredite, dr. Milton: eu me sentiria em casa.

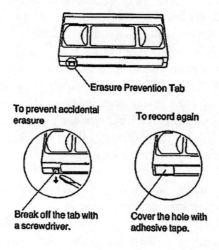

FAVOR REBOBINAR A FITA

ALPHACORE®

RESÍDUO ZERO HSBF6-X

UM MUNDO NOVO VAI RENASCER.

Um produto feito para quem sonha com um planeta limpo e renovado.

HSB PRO® é um agente eliminador líquido de extrema eficácia

IMAGEM MERAMENTE ILUSTRATIVA

PRECAUÇÕES DE USO: Não aplicar o produto em conteúdos desconhecidos, sob risco de explosão. Não misture HSB PRO com outros produtos químicos. Utilize somente em local arejado. Fique afastado durante a aplicação e avise outras pessoas que frequentam o local sobre o manuseio do produto para garantir a segurança de todos. Utilizar equipamento de proteção completo, com botas e luvas de borracha (inclusive para abrir o frasco), de modo a evitar respingos do produto nos olhos e no corpo. Armazenar o produto em local seguro, fresco e ventilado. Não reutilize a embalagem.

FABRICADO POR: CETOX PRODUTOS QUÍMICOS LTDA
Estrada C. Bravo, nº666 - Três Rios

Centro de informações Toxicológicas de Três Rios
0800-666-1888

HSB PRO ALPHACORE 1L

ACIDENTES: Em caso de contato indesejado com a pele e olhos, procure um médico imediatamente e leve a embalagem do produto.

STOP ■

00:06:00

AM 00:00
Jan. 01 1900

FIRESTAR LOCADORA
RUA CORONEL ERNESTO GUERRA, 515
REGIÃO CENTRAL
TRÊS RIOS / DRK

FIRE STAR

XXXX LOCADORA

INFORMAÇÕES DO CLIENTE

PROMO DE ANIVERSÁRIO:
COMPRAMOS SUA FITA
VHS USADA!!!

LOJA FUNCIONÁRIO:
001   CB2576
DATA/HORA:
07/11/1989 19:02
DEVOLVER EM:

MÉTODO PGMNT: DINHEIRO

CÓD	TÍTULO	PREÇO
VHS02	CHUVA FORTE	
VHS03	QUANDO AS MARIPOSAS VOAM	
VHS04	BRANCO COMO ALGODÃO	
VHS05	BICHO PAPÃO	
VHS06	TRÊS QUE CAPTURARAM O DIABO	
VHS07	INTERSECÇÕES	
VHS08	JEZEBEL	
VHS09	TORNIQUETE	
VHS10	O ÚLTIMO CENTAVO DA SENHORA SHIN	
VHS11	LUGAR ALGUM	
VHS12	FEITIÇO EM VOCÊ	
VHS13	MUSEU DAS SOMBRAS	
VHS14	O PESO DO ENFORCADO	
VHS15	OS TALHERES DE OSSOS DO REI INVERTEBRADO	
VHS16	WHEY PROTEIN	
VHS17	ZONA DE ABATE – MATADOURO 7	
VHS18	HSBF6-X	
XXXX	------------------------	
XXXX	------------------------	
XXXX	------------------------	

FAVOR REBOBINAR A FITA.
A FITA NÃO REBOBINADA ESTÁ SUJEITA A MULTA.

VALOR TOTAL: _____ ASSINATURA: _____

FIRE STAR LOCADORA, A LOCADORA DE TODA FAMÍLIA

OBRIGADO
A TODAS AS
VIDEOLOCADORAS

AGRADECIMENTOS

E aqui estamos nós, eu e você, mais uma vez. Como sempre, espero que tenha gostado do meu livro, e me sentirei igualmente realizado se despertei qualquer tipo de emoção verdadeira em você.

Foi um jejum razoável (quase dois anos é bastante razoável para mim), mas sei que muitos de vocês continuaram comigo por todo esse tempo, compartilhando suas opiniões, postando as fotos incríveis com meu primeiro livro, dividindo o que nós temos de mais precioso: nosso tempo.

Meus sinceros agradecimentos tanto aos primeiros parceiros quanto aos que ingressaram no Clã dos Bravos depois do lançamento de *Ultra Carnem* (vocês são a melhor parte dessa loucura). Aos amigos que a internet me traz, vocês são bem- -vindos, desde que sigam a máxima "ninguém solta a mão de ninguém". Aliás, falando em mãos enlaçadas, agradeço a minha família (deste lado e do Outro), que continuou segurando minha mão por todo esse tempo. E falando em família, estendo meu agradecimento a toda equipe do castelo de Grayskull (com uma menção especial ao Grande Oráculo, irmão e maior parceiro), que me acolheu e retraduziu o significado da palavra "confiança".

Enfim, agradeço aos que apoiam e fomentam a arte em todas as suas vertentes, aos que tem a coragem de ser quem são, a despeito dos julgamentos de quem não sabe quem realmente é.

No mais, batam suas asas com vontade — porque esse é o único jeito de ficar longe do chão.

MICAH ULRICH é ilustrador e nasceu em Chicago. Sempre esteve conectado com a arte, seja pela cena musical de sua cidade, ou pela família, de forte veia artística. Os pais o incentivaram, desde adolescente, a desenhar e trabalhar com sua paixão. A arte, expressão máxima do ser humano, caminha lado a lado com a magia e a beleza do oculto se manifesta nas mãos de Micah Ulrich de maneira especial. Saiba mais em micahulrichart.com

CESAR BRAVO nasceu em setenta e sete, em Monte Alto, São Paulo, e há mais de uma década dá voz à relação visceral com a literatura. Durante sua vida, já teve diversos empregos — ocupando cargos na indústria da música, na construção civil e no varejo. É farmacêutico de formação. Bravo publicou suas primeiras obras de forma independente, e em pouco tempo ganhou reconhecimento dos leitores e da imprensa especializada. É autor de romances, contos, enredos, roteiros e blogs. Sua escrita afiada ilumina os becos mais escuros da psique humana. As linhas, recheadas de suspense, exploram o bem e o mal em suas formas mais intensas, se tornando verdadeiros atalhos para os piores pesadelos humanos. Pela DarkSide® Books, Cesar Bravo já publicou *Ultra Carnem*, e agora apresenta VHS: *Verdadeiras Histórias de Sangue*, livro inédito repleto de sangue e mistério. Saiba mais em cesarbravo.com.br

"Tiveste sede de sangue,
e eu de sangue te encho."

Dante Alighieri

APOIO:

CORREM EM NOSSAS VEIAS
TRÊS RIOS DE MUITA HISTÓRIA

VHS É UMA LEMBRANÇA COLETIVA.
O QUE FOI GRAVADO NUNCA SERÁ APAGADO.

DARKSIDEBOOKS.COM

EG+
VIDEOCASSETTE

Quando as Mariposas Voam
Três que Capturaram o Diabo

Whey Protein
Bicho-Papão
JEZEBEL Feitiço em Você

CESAR BRAVO
VHS
VERDADEIRAS
HISTÓRIAS DE SANGUE

300

Fantastic Colours
EQ

Fantastic Colours
EQ

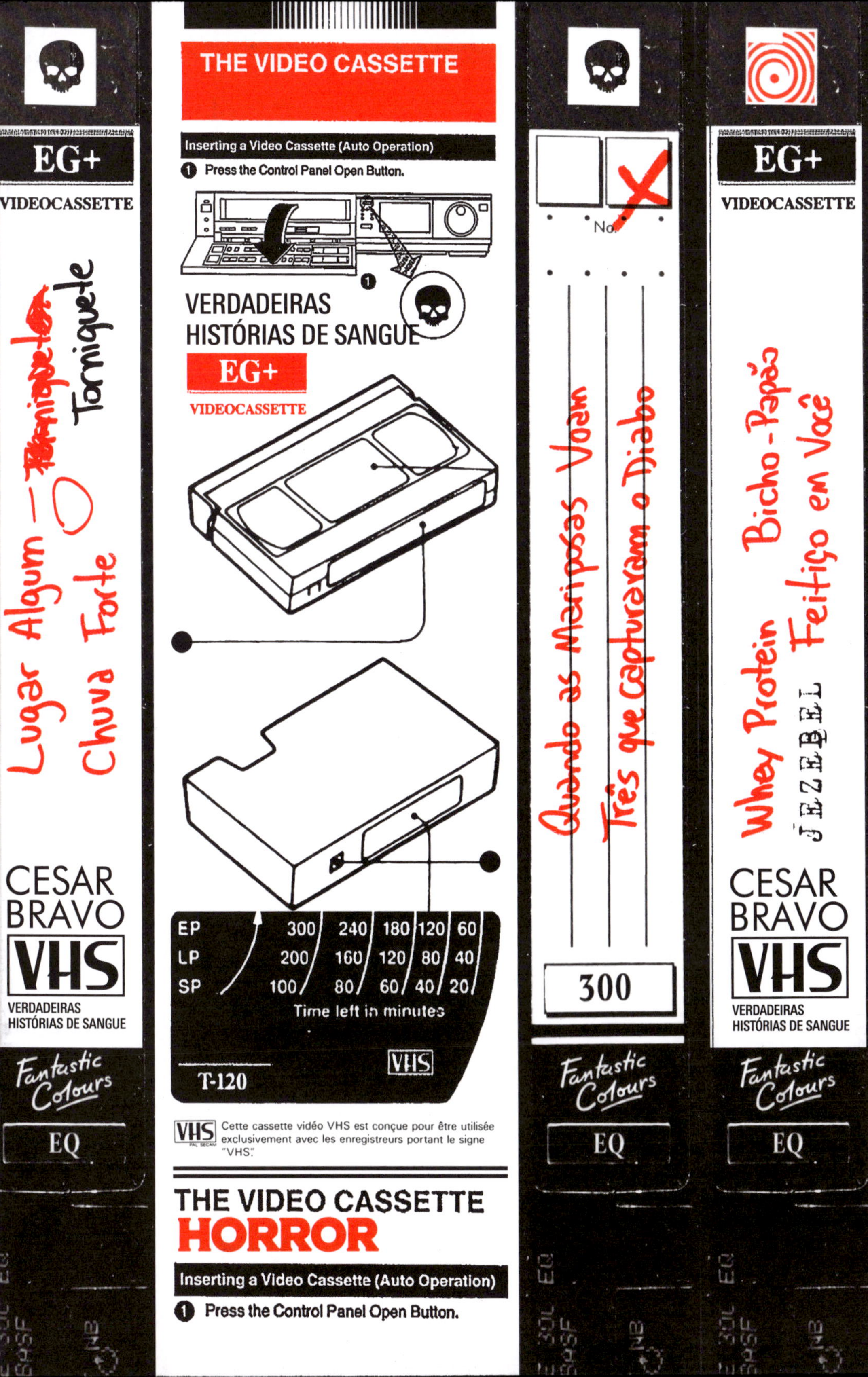

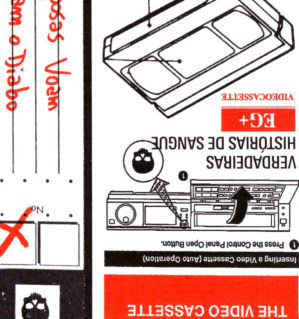

THE VIDEO CASSETTE HORROR

CESAR BRAVO
VERDADEIRAS HISTÓRIAS DE SANGUE

Fantastic Colours

Left spine (handwritten, red):
JEZEBEL — Whey Protein — Bicho-Papão — Feitiço em Você

Middle spine (handwritten, red):
Quando as Mariposas Voam — Três que capturaram o Diabo

No. 300 ✗

Right spine (handwritten, red):
Lugar Algum — ~~Torniquete~~ Chuva Forte ◯ Torniquete

EG+ VIDEOCASSETTE